走向世界的中国作家

鱼钓

高晓声 著

文化发展出版社
Cultural Development Press

图书在版编目(CIP)数据

鱼钓/高晓声著. —北京:文化发展出版社,2020.5（2021.2重印）

ISBN 978-7-5142-2967-7

Ⅰ.①鱼…Ⅱ.①高…Ⅲ.①短篇小说－小说集－中国－当代Ⅳ.①I247.7

中国版本图书馆CIP数据核字(2020)第034185号

鱼钓 YUDIAO

高晓声 著

出 版 人：武　赫
策划编辑：肖贵平
责任编辑：孙　烨
责任校对：岳智勇
责任印制：杨　骏
责任设计：郭　阳
排版设计：盟诺文化

出版发行：文化发展出版社（北京市翠微路2号　邮编：100036）
网　　址：www.wenhuafazhan.com
经　　销：各地新华书店
印　　刷：山东德州新华印务有限责任公司
开　　本：880mm × 1230mm　1/32
字　　数：300千字
印　　张：11
版　　次：2020年6月第1版　2021年2月第2次印刷
定　　价：68.00元
ISBN：978-7-5142-2967-7

不仅是为了纪念

——“走向世界的中国作家”文库总序

野莽

在一切都趋于商业化的今天，真正的文学已经不再具有二十世纪八十年代的神话般的魅力，所有以经济利益为目标的文化团队与个体，像日光灯下的脱衣舞者表演到了最后，无须让好看的羽衣霓裳作任何的掩饰，因为再好看的东西也莫过于货币的图案。所谓的文学书籍虽然也仍在零星地出版着，却多半只是在文学的旗帜下，以新奇重大的事件，冠以惊心动魄的书名，摆在书店的入口处，引诱对文学一知半解的人。

这套文库的出版者则能打破业内对于经济利益的最高追求，尝试着出版一套既是典藏也是桥梁的书，为此做好了经受些许经济风险的准备。我告诉他们，风险不止于此，还得准备接受来自作者的误会，此项计划在实施的过程中不免会遭遇意外。

受邀担任这套文库的主编对我而言，简单得就好比将多年前已备好的课复诵一遍，依照出版者的原始设计，一是把新时期以来中国作家被翻译到国外的，重要和发生影响的长篇以下的小说，以母语的形式再次集中出版，作为中国当代文学的经典收藏；二是精选这些作家尚未出境的新作，出版之后推荐给国外的翻译家和出版家。入选作家的年龄不限，年代不限，在国内文学圈中的排名不限，作品的风格和流派不限，陆续而分期分批地进入文库，每位作者的每本容量为十五万字左右。就我过去的阅读积累，我可以闭上眼睛念出一大片在国内外已被认知的作品及其作者的名字，以及这些作者还未被翻译的本世纪的新作。

有了这个文库，除为国内的文学读者提供怀旧、收藏和跟踪阅读的机会，也的确还能为世界文学的交流起到一定的媒介作用，尤其国外的翻译出版者，可以省去很多在汪洋大海中盲目打捞的精力和时间。为此我向这个大型文库的编委会提议，在编辑出版家外增加国内的著名作家、著名翻译家，以及国外的汉学家、翻译家和出版家，希望大家共同关心和参与文库的遴选工作，荟萃各方专家的智慧，尽可能少地遗漏一些重要的作家和作品，这个方法自然比所谓的慧眼独具要科学和公正得多。

遗漏总会有的，但或许是因为其他障碍所致，譬如出版社的版权专有，作家的版税标准，等等。为了实现文库的预期目的，在全书的编辑出版过程中，出版者会力所能及地逐步解决那些障碍，在此我对他们的倾情付出表示敬意。

2018年5月12日改于竹影居

目　录

鱼　　钓

江南的黄梅天。

大雨哗哗下着，像有千针万线，把天地密密实实缝合起来。

世界一片水汪汪。

漆黑的野外，伸手不见五指，空间像狭窄得仅能容身。

各种水的响声——雨点打在烂泥地里的吧嗒声，落在水面上的扑通声，碰在阔叶树上的沙啦声，以及田水欢腾地经过缺口冲入河里去的轰轰声……像一支永远演奏不完的乐曲。

江水还在倒灌进来，它从一条笔直的小河里奔腾向南，一路泼剌剌打着旋涡，冲进那十多丈宽的大运河里来，气势汹汹，一直撞到运河的南滩；然后大翻一个身，回旋着随大溜滚滚东去。

就在这丁字河口偏旁的运河岸沿头，雨点响着一样嗒嗒的声音，好像滴落在硬物上，同时又滴落在软物上。

原来那儿站着一个穿戴着蓑衣笠帽的人。一眼看去，像个不成形的怪物。他面河而立，不动也不响，好像凝神关注着什么。

不久，他伛下身子，伸出手拎起一根竹竿，用力把竹竿的另一头往上提。原来是一口网，他在扳鱼。

渔网提出水面，空空如也。他一松手，网又沉入水里。

“×娘的，”他悻悻地低骂一声，“今朝碰到鬼了！”说着，在衣襟上抹干了手，伸进怀里去掏出一支香烟，熟练得几乎随手一抛就叼在嘴唇上，咔嚓一声燃亮了打火机，凑到烟头上去。火光照出了一张轮廓清晰的长方脸，正皱着眉心吸烟，使那乌黑发亮的眼睛、隆准的鼻子和尖起的嘴巴都凑紧在一起，变得难看了。

像呼应一样，运河对岸，火光也闪了一下，燃出了一个亮点儿。原来那儿也有人，被惹上烟瘾来了。

在这样的雨夜里，不知有多少人被勾引到河边来，散落在各自认为合适的地方捕鱼。因为这时候河里的鱼多起来了。一部分是随着江水涌进来的；而运河里原有的鱼本来伏在河心的深水里，如今发大水，沿岸被太阳晒干了的泥土和嫩绿的草叶，没进水里，散发出诱惑的芬芳，吸引它们游到岸边来觅食、来产卵、来嬉戏……然后便轻率地当了俘虏。上刀山，下油锅，葬身于人腹。

“泼刺、泼刺、泼刺刺……”分明又是一条鱼落在对岸网里了。接着水声消失，鱼已脱水上岸。手电筒亮了一阵又熄灭。想象得出，那条鱼已被绳子穿住鳃口，就像苏三上了枷，系在木桩上，囚养在河里了。这样，明天上市场卖活鱼，价钱大。

“什么鱼呀？”北岸的人忍不住问了一声。

“鲢壳子[1]。”南岸的人回答。

“多大？”他真想跑过去看看，可惜附近没有桥。

“斤把。”

“贼说贼话！”北岸的人骂道，“听声音就不止！”

南岸的人不再搭话，嘿嘿笑了。

这笑声，刺伤了北岸人的心。他生气地低声骂道：“老子扳鱼败在你手里，除非鬼摸了头！”

沉默了一阵。南岸的渔人显然兴致很高，耐不住寂寞，他喊道：“贼王，贼王！”

嘿，这吓人的称呼！

北岸人不答。

南岸人不肯歇，又喊起北岸人的真名来：“才宝，才宝！刘——才——宝——！”

刘才宝生气了：“叫什么魂！”

---

① 鲢壳子——鲢鱼。

“今天怎么啦？”南岸人的口气有点揶揄，“听不见你网里有声音哪？！”

这是贼王刘才宝前两夜嘲笑南岸人的话，现在人家回敬过来了。好大胆，在捕鱼这个行当里，居然有人敢爬到他姓刘的头上拉屎！他忍住气，不屑地哼了一声，反唇相讥道：“哟，闻着点腥味就神气啦？老子捉过的鱼，比你吃过的米还多呢！”

“嘿嘿嘿嘿。”对方并不反驳，但那笑声里，显然奚落的味道很浓。

刘才宝也不再说下去了。他今天一直很纳闷。他在这里扳了三夜鱼，前面夜几乎网网不落空，可是，今天晚饭后到现在，两三个钟头了，该死，他一共只扳到一条鳗鱼，一只乌龟。一个是举世闻名的滑头，一个是尽人皆知的臭货。按照渔人的迷信，这是今夜不会再捉到鱼的先兆。是倒了霉了。但是，刘才宝天生不是疑神疑鬼的人，要知道他不是一般的渔夫，而是这一行的状元。他精于这个行当，他一贯来靠自己的过硬本领捕到比别人更多的鱼，所以决不相信什么命运。难道他的命运有谁能主宰吗？难道他当状元是河神的恩赐吗？否。假使真有迷信，那么，河神又算个什么东西呢？无非是和土地菩萨一样大小的职司罢了。而状元则是天上的星宿，河神能管得了吗！况且自己的衔头早已不只是状元，已经封了王了。虽然王之上冠了个“贼”字，难听而不协调。但一个人的技能精到状元的程度，如不配以贼心，怎么能发得了财！岂非胸无大志！王而不贼，不乘机捞一把，才是呆子！滑头的鳗鱼和臭货的乌龟舍命来投，凭哪一点能算晦气？滑又怎么样？老婆从前做姑娘时，还不是嫌原来的对象老实才嫁给自己的么！一个人活在世界上，难道应该浑身长着把柄让人捏在手里，而不应该像一颗玻璃珠那样光溜滚圆吗？至于乌龟身上的臭气，也只有放过屁才闻得到。那么，请问谁的屁是香的？谁又是不放屁的？区别无非是有的放了屁不赖，就成了屁精、臭货；有的矢口否认，甚至放了夹屎屁，闻得人恶心，都还像煞是干净的。做贼又怎样呢，难得做一次，被捉出来了，人家会大惊小怪，说什么“好端端的人怎么去做贼”！像自己这样偷惯了又从未被捉住的，成了王，还臭到哪里去！清官误饮一杯酒，有人骂他变了质；贪官长享万民膏，有人说他本领大。兜肚里有钱，照样有人眼红。顶多背后给骂一声“娘的，偷发财的”就是了。凡事只要看穿，好官、好贼就都可以“我自为之”的。刘才宝早经深思熟虑，决不因鳗鱼、乌龟而上当受骗，他要坚持下去，设法扭转局面。

但从乌龟落网以后，确实再无来者。除开那迷信的传说，要另找原因，颇费斟酌。刘才宝研究来研究去，最后认定是乌龟就擒之时，在网上放了一个臭屁，污染了这块地方，惹得游鱼不肯来了。

“啧！”刘才宝不禁咂起嘴来。在这种严重的形势面前，真有点棘手。当然，他并不是不会动脑筋的人，起先他打算换一个地方去扳；但一想到那屁臭是黏在网上的，网到哪里，臭到哪里，搬也无用。因此不禁恼恨起来，咒骂那河里的乌龟心不齐，为什么一只放了屁，别的竟不放？全体龟族若能同时放起屁来，把一河水都搞臭了，那么，游鱼也就无可选择，网臭也不会碍事了。左思右想，没有别的办法，只有耐心等待流水把网臭慢慢冲洗干净，才能东山再起了。不想等了好久，也不曾有半点起色。刘才宝也不焦躁。一个人的耐心再好，也总有个限度。他不禁又咒骂起来：“×娘的，今朝真碰着鬼了吗？”

“泼刺、泼刺刺……”又是一条鱼落在南岸网兜里。电筒光亮了一阵，那鱼又被绳子系住了养人河里。

刘才宝虽然刚满四十三岁，却有二十四年捕捞的经验。他毫不怀疑他选择的这个落网地点要比南岸那个地方好得多。前两夜的捕捞实践也证明他选得正确。为什么今夜兜底起了变化，把全部优势转到南岸去了呢？难道乌龟那个屁真能决定局势吗？也不见得。臭气固然难闻，但刘才宝明明晓得，鱼类中也不乏“逐臭之夫”；鲢鱼就爱食人粪，未见得会拒屁于千里之外的。现在为何一反常态，它也专去南网做客呢？

在刘才宝看来，世上得意事，莫过于自己捉到鱼，别人捉不到。而最惹气的，莫过于自己捉不到，眼睁睁看着别人捉。他是个得意惯了的人，现在弄到这步田地，如何忍得住。时间越长心越暴躁，终于动摇了。不想继续守株待兔。他提出网来，向丁字河口移近了约一丈，把网落入激流中去。

网还没有沉入河底，突然网杆竹被猛烈地击撞了一下，凭经验知道撞上了一条大鱼。好家伙！刘才宝的手脚真快，几乎在同一秒钟之内，就迅速把网提了起来。但是来不及了，“轰隆隆”一声，那鱼吃了一惊，腾空跃起，落在网外几尺远的河里。

刘才宝一愣，网还不曾放下，懊悔还不曾结束，南岸却连续响起了“轰隆隆、轰隆隆……”的声音，分明就是刚才那条大鱼，落入南岸网里了。

刘才宝恨得把手一松，任网落下去，眼睛盯着南岸。那边手电筒亮了很长一阵，隐约看见那条鱼有半人来高，被拎到河边养起来了。

“这条鱼本来是我的。”他咬咬牙说。恨得好像是别人从他手里抢走了鱼。

他重新去提网，发现网被冲得翻了一个身，歪在旁边。他吃了一惊，打亮电筒仔细察看，这才看到今夜的水流太急了，网都停不住。刘才宝的心一沉，他确实从未碰到过这样的激流，他没有经验，他无能为力。他第一次失去了把握，他猜想在这样的激流中鱼也存不住脚，只能被一直冲到南岸去。这大概就是今夜颠倒错乱的原因。那么，除了鳗鱼、乌龟他将一无所得，他这条大船要翻在阴沟里，落得个笑柄遗留在众人嘴里了。

“嘿嘿。”他忽然冷笑了。心里想：“我的鱼竟被他捉得去！唔，捉得去就算了吗？老子……老子不会让你爬到头顶上去屙屎的！”

他把右脚伸到河里去，猛然划了几下：“轰隆隆，轰隆隆……”真像有条大鱼落在网里。

“娘的，你到底来啦！”他装得快活地说。还亮了片刻电筒。

“什么鱼呀？”南岸人信以为真。

“不识得。”他装得不屑回答。

南岸人不愿再问了，却更相信它是一条大鱼。

过了片刻，刘才宝又如此做了一次。不过把水踢蹬得更响些，似乎又捉着了一条更大的鱼。然后，他安然在湿地上坐下，燃起一支烟，悠悠地抽起来。

他无声地笑着，显得很开心。因为他觉得自己摆脱了无把握的状态，正在干着非常熟悉而有丰富经验的勾当。

这时候风轻了一点，雨也小了一点，周围的一切杂声，似乎都想停下来，默默地注视这位状元、这位贼王的艺术表演。

刘才宝看了看手上的夜光游泳表，已经十点五十七分。照前两夜的规矩，大约不要过半点钟，南岸那位老兄应该回去吃半夜餐了。不过今天也许兴致很高，会忘记或推迟。必须自己带头引导一番；同时也是避免嫌疑的一着棋。想罢，不再停留，打亮了电筒，爬上了岸头，晃荡晃荡，故意闪动着电光，朝自家村上走去。一路还唱着动情的山歌。他唱道：

黄梅落雨妹发愁，
情哥捉鱼在外头；
深更半夜不回来，
饿坏肚皮要短寿。
黄梅落雨妹发愁，
情哥捉鱼在外头；
深更半夜不回来，
小妹怕他轧姘头。
……

歌声越唱越远，电光越打越暗，刘才宝煞脚停住，“咕咕”一笑，便熄了电光，轻手轻脚摸黑回头往河边走来。

他还没有回到原来的地方，就看见南岸也亮起了电筒，走回去夜餐了。

刘才宝看到一切尽在意料之中，十分适意。加快步子到了河边，迅速把身上脱得赤条条一丝不挂，悄然滑下河去；顺着水势，很快就到了南岸。然后沿滩摸去，寻找囚鱼的所在。目标就是那条大鱼。本来是他（逃脱）的，竟被别人捉去了，当然应该收回来。

他先摸到了桩。桩上系着好几条绳头。他把每一条绳都拉一拉，试准了抗力最重的一条，然后顺绳摸下去。他摸着了那条鱼。真精，一接触，就知道是条草鱼；从头到尾一摸，就吃准重量在十二斤到十三斤之间。他随手从桩上解下绳子，把鱼像牛一样牵在手里。

目的物到手了，一切如他干过了的千百次一样，平安无事。

现在，只要把这条鱼拿到北岸，这趟生意就算成功。

但是，运河上没有桥。

对于刘才宝来说，这次整个行动，不过是无数次战役中的一次战役；如何把战利品运回去不过是打扫战场中的一个细关末节。即使是真正指挥百万大军的英明统帅，对这样普通的技术问题，也难免偶或忘之。若评历史功过，又焉能涉及若是之末端！所以，精明如刘才宝，也难免犯千虑之一失。没有桥，是极简单的事实，刘才宝决不想临时造一座。他从北岸下河伊始，从未想过要爬上南岸。他偷的是水营，劫的是水寨；只要得了手，就打算带着俘虏游回北岸去。这里面显然并不存在什么困难，无须认真考虑。应该是轻而易举，可以马到成功的。可是，现在将鱼牵在手上，刘才宝却感觉到了这个俘虏在水中游窜的力量。

“该死的，它还真有点劲道呢！”刘才宝嘲笑地想，觉得那鱼犟得有趣。他兴奋起来，他的自负心是很强的。他是个捉鱼精、是状元、是贼王；二十多年的打鱼生涯，他经历过无数艰难险阻，也练出了一身本领，网、叉、钓、罩，十八般武艺件件皆精；鱼、鳖、虾、蟹，千百种习性无不洞悉。他能把它们玩于股掌之上，玩得轻巧离奇，神出鬼没。甲鱼很凶猛，伸头要咬人，他能一下子揪住它的颈脖；鲶鱼浑身刺，张开便伤人，他能一把握牢它的肚皮；鳗鱼最滑溜，双手都难捉，他能用三个指头夹得它脱不了身；七八斤重的黑鱼，即使上了岸，平常人双手也揪不住，他能用两根手指捏着它的眼窝从水里拎出来……至于青、草、鲢、鳙，不过是些普通角色，一旦被他捏着，便如粘在手上，再也逃不脱的了。他早就把鱼类看作他可以随意处置的驯服臣民。他平生捉到的鱼比别人吃过的米粒还多，这给他带来财富，带来出人头地的名声，带来精神上的愉快。他真是“与鱼斗争，其乐无穷”，只要有鱼可捉，哪管病在床上，也会奋然跃起，执戟上阵。看着那水里的畜生被自己逼得乱蹦乱窜，慌不择路，拼命挣扎，终至无路可逃，束鳍就擒，他会兴奋得冒出一身大汗，把伤风病治好。他是个嗜腥如命、乐此不倦的人物。如今面对着一条十二斤重的小小草鱼，若把它看成是一个劲敌，岂不是天大的笑话！

他并没有多想，就决定牵着鱼泅渡。

但是，刚开始浮游，那只牵鱼的手就被鱼拉住了不得自由。刘才宝不得不重新站在河边水中。他想了一想，就把绳子打了个葫芦结，把左脚穿进去，让绳子勒紧在脚踝上，腾出双手，便于划水。然后毫不犹豫，一蹬脚，向深水中游去。

他从未想到有什么危险，因此根本不觉得这行为的勇敢。他只相信自己强有力。

他一鼓作气前进着。他确实是个强者，在那样的急流里，脚上绑着巨大的抗拒力，游出三四丈远，方向笔直，一点没有歪斜。

只是，他觉得他的手必须划得快一点，更快一点，才能够压制住那股拉力。于是他开始喘粗气。

那条鱼一忽儿拉着他往斜刺里去，一忽儿拉着他往水底下沉。他游得很吃力，有时偏离了方向。

“它居然还想拼一拼呢！”他在心里骂那鱼。想起去年秋天有一次在内湾里钓鱼，一条八斤七两重的青鱼吞了钩子，拉着钩线往河心里钻。他怕线断，不肯硬拉，就沿着河岸任鱼牵着自己跑。纠缠了近两个钟头，把沿岸菜畦上的作物都踏光了，那青鱼才力乏，终于任他钓上岸来。

是的，他同鱼拼过不知多少次，从未失败过。他习惯了胜利。

他是有毅力的。

现在的情形很像那次钓鱼，又是鱼在拉着他兜圈子了。

他仍旧没有感觉到危险，他搏斗着，在河心的激流里连连打转。困难已经非常明显，情况显然和钓鱼有所区别，现在是鱼在河里，他也在河里，双脚离开了坚实的土地，他的劲使不足。

草鱼拼命挣扎着，把绳子拉得急腾腾。箍在刘才宝腿肚子上的葫芦结，越抽越紧；勒得他越来越痛。刘才宝忽然想到，自己都痛了，鱼嘴勒在绳子上能不痛吗？他高兴起来，使劲把脚伸缩，要让鱼嘴痛得不敢再拉他。可是，那鱼也像斗出了性子，竟吃得住痛，一步也不让。

经过这一番搏斗，刘才宝力乏了。他马上后悔不该白花这么大力气。他喘着，为了省力，他把仰出水面的头颅没到水中去，只是在透气时才抬出来。

他被鱼拉得沉下水去的次数越来越多，他真正感到了危险。他动摇了，觉得犯不着同这畜生争胜负，他决心要解开绳子，把鱼放开，饶它一条命。

草鱼却不想求饶。它要斗争，它拼命直窜，把绳子拉得像一根铁棒，没有一点松动，刘才宝解不开那个结。

连续三次，刘才宝憋住气，任鱼拉着走，他一手拉住绳，让脚和手之间的那一段绳子松弛，另一只手去解结。但是时间来不及，一口气憋不得那么长，只得放开手，再拼命挣扎着泅上水面换气。

这个企图，终于彻底宣告失败。他刘才宝和这条鱼，结下了不解之缘，不是人死，就是鱼亡。

刘才宝看到了这一点，真正的决战开始了。他很坚强，一点不后悔，他根本看不起这个畜生。别说是鱼，就是人，他也不放在眼里。在无数次偷鱼活动中，他不是没有碰到过危险。人们发现了他，像逐狼似的叫喊着追赶他，他也从未慌张过。他腰里绕着一张丝线结成的大眼撒网，等到别人追近来，他就解下撒网撒出去，把成群的人裹缠在撒网里，使他们跌跌撞撞，滚成一团。自己则从容离开。谁也近不得他的身，谁也没法缚住他。何况是一条鱼！

他咬紧牙关，使出绝力，发疯似的挥舞着双臂，把河水拍打得轰轰直响。但是，前进不到五尺，他沉下去了。

他觉得出了汗，又觉得彻骨凉。

他又一次拼命泅上水面。然后又沉下去，又冒出来……

他张嘴喊救命，却吞了一口水。

他的脑袋保持最后清醒的时刻，想到的并不是他竟死在鱼嘴上，而是后悔自己竟不曾抛得开这畜生，以致人们最后终于要把他连同“赃物”一起捉住了。

之后就开始昏迷。他似乎觉得身体发胀得难受。这感觉带着他迷迷糊糊记起了流传在渔人中的一个老故事。据说鲶鱼善于装死，它翻转白肚皮，朝天躺在水面上，水蛇看见了，悄悄游近来，迅速把它绕住。这时候鲶鱼活起来了，它轻轻动了动身体，水蛇马上用力箍紧，不让它逃走。于是鲶鱼就鼓足气，让身体发胀，奋力展开利刺，一下子把水蛇划成几段。然后从从容容，把蛇体吃个精光。

于是，刘才宝觉得发胀变得舒服了，箍在脚上的似乎不是绳子，是一条水蛇。

他想象着要拼命胀一胀。但是，刺呢……

山　中

在旅途中，宗松生一直惴惴不安，越来越频繁地搔头摸耳朵，总像有一件大事搁在心上，放不下来。

和他一同出差的同伴，都知道宗松生有个搔头摸耳的习惯，本不介意；后来发现他那个习惯动作来得太勤了，就不免要问："你不大出差，有什么不舒服吧？"这就又引得他一阵搔头摸耳。才结结巴巴回答说："没有，没有……我没有。"

但是，那习惯动作真叫人受不了，他的头上已经秃得没有几根毛了，还是那么搔呀搔，搔得别人的头皮直发痒。

为此，同伴们只好不问他，不去注意他，免得跟着他搔起头来。事实上也没有什么可以问，大家都认为宗松生绝无心事。这个五十多岁的老同志，一直是个顺当的角色，连"文化大革命"也不曾有谁去触他的灵魂和皮肉，老婆、孩子也对他挺好，日子过得很安乐；这番出门，任务又是极易完成的，甚至于他不来，同伴也能代他担当下来，他有什么好愁的呢！

同伴们的想法并不错，是宗松生错了，错就错在他的心事异乎寻常，别人猜不到。

宗松生心里在害怕。怕什么？怕死。

他为什么怕死？十年浩劫没有枉送性命，过来了。现在有了法律，他从不犯法，不愁被判死刑。他完全相信他的同伴，决不会有人谋害他。他的身体也还是健康的，尽管跑急了要气喘，实在并不碍事，不会突然发病死亡……

说来奇怪，他怕的是汽车翻身，火车出轨。多少年了，他就为了这一怕，才不肯出差的。他一直记得，十岁的时候，有一次跟着母亲到乡下舅舅家去玩，舅舅带他去放牛，让他坐在牛背上；一不当心，就从牛背上跌下来。好痛啊！哇哇哭不停。后来坐汽车、火车，就想起这件事，觉得幸亏那老牛走得慢，如果像汽车、火车那么快，他早摔死了。那么，这汽车、火车就一定靠得住吗？不怕一万还怕万一呢，翻车事件，尽管不常有，但有史以来，因翻车而死掉的人还少吗！“千金之子，不立危墙”，一个人活在世上，总以小心为妥，否则，阎王不找你，你去找阎王，实在冤枉。宗松生在这个世界上活了几十年，阅历了许多事，坚决相信一个人的命运和速度有密切的关系，星星在天上眨着眼睛，自由自在，一旦失去轨道，变成流星，加速划天而过，它就毁灭了。爆竹静止不动，圆圆的，长长的，花花绿绿的，颇可一观，一旦点着火线，跳出手指，蹿上空间，马上就粉碎了。革命者挺身而出，站在斗争的前列，也死在别人的前头。生命本来已经很短促，为什么还要急急忙忙去寻死？这火车、汽车的速度那么快，飞机就更不用说了，一出纰漏，是无可救药的，休想像从牛背上跌下来那样还能哇哇哭。速度就是要越慢越好，世界上最坚实的是大地，最可靠的是自己的双脚站在大地上，如果不得不走路，也该像学过拳术的人那样，左脚跨前去踏实了，右脚才可以提起来。办事情当然也是这样，千万不要瞎起劲，自作聪明；你尽管坐着，只当没那回事，等领导来叫你做，你便问清楚怎么做法，然后一成不变忠实执行。如果做错了，就用不着负责任。自己就是这样过来的人，不是很太平吗！可是，你去乘汽车，乘火车，乘飞机，把自己的性命交给司机去掌握，非到万不得已，一个人为什么要来干这样的傻事呢！

现在，他偏偏干了这样的傻事，他出差了，不得不坐汽车、火车。也就不得不担心，不得不搔头摸耳。尤其不安的是，这趟出差，还是自己主动争取来的。这真是一反常态、傻过头了，所以会有这样的行动，无非是受到了一种反反复复的引诱。引诱他的不是别样东西，而是祖国的锦绣河山。许多年来，他从报纸上、画片上、电影上、书本上，一再接触那些名山大川；黄山的峻奇，峨眉的秀丽，三峡的惊险，东海的浩荡……唉，秀才不出门，能知天下事，知道了竟引诱了他，一直想找个机会去玩玩，也不愧活了一生。可是为了怕坐汽车、火车，总拖着不肯轻率便行。却又不能取消那念头。因此由不得常常叹气想道："一个人从娘肚皮里滚下来，开口就是喊着要玩（哇——）的，我也是人，能不想吗！现在且不去，等以后年纪大了，死得着的时候再出去玩吧！"好容易挨过了若干年，就像在工作中挨日子一样，挨到今年五十六了，最小的儿子明年高中毕业，如果考不取大学，他准备引退后让小儿顶替。这就是时候了，应该找机会出去跑跑了。否则，退休以后谁付车钱？这一次，机关里要派几个人到那座名山脚下的小城去办些事，最好不过了。他考虑再三，觉得既是顺路，不会被人批评借出差之名游山玩水，又有同伴引路，便决定争取了去。他一开口，居然很顺利，领导上不但同意，而且像懂得他的心思似的，竟鼓励他说："好，好，你也该出去跑跑，见识见识。办完了事，可以玩一玩，那座山真不错！"

一切都如愿以偿，他当时是很愉快的。自然，他开口之前，也想到过那火车、汽车万一出事怎么办。但念头竟一转，想到机关里经常出差的人都还活着，他难得出去一趟未见得真就碰上了。于是也一时胆大起来。总之是那玩的渴望一时迷了他的心窍。一上了路，火车一叫，他就开始搔头了。真的，他想得太简单，身临其境就复杂了。他开始向自己反攻倒算，骂自己不稳，退一万步也不肯原谅自己："就算自己死得着了吧，'死得着'就该死吗？"他不得不把性命交在司机手里，而自己手里只好捏一把汗。再说他主动要求出差有没有后遗症呢？有朝一天人家会问："为什么你一反常态，主动要求出差？"

真要命，他怕惯了。这也不必怪他，虽然他现在害怕的事情很可笑，但世界上确有许多笑不起来的可怕事，会把一个人的灵魂弄得歪歪斜斜。除了从牛背上跌下来之外，宗松生在十三岁那一年还碰到过一件吓破胆的事情。有个星期天，他和两个小伙伴玩出城来，沿着城墙从东门玩到西门，走得疲劳了，想回去。那时候日本人还占着这座城，怕游击队，只开一个东城门；南、西、北门都长年关着。他们绕道再走东门回去，走不动了，其中一个同伴知道西门有一处城墙可以攀登爬进城去，就怂恿伙伴去爬城墙。宗松生以为省劲，马上同意了。跑到那里一看，那城墙并未倒塌，只是太古老了，城墙上的砖头，有许多地方缺了角或脱落了半块，比连着留下一个个的凹塘，脚板可以伸进去踏住。另外，城墙上还长着一些蔓藤和很小的杂树，可以攀缘。爬倒可以爬，危险可不小。倡议的人第一个就往上爬。那时候宗松生胆也不算小，但已经有过牛背上的经验，知道跌了是痛的；所以还是等那位同伴爬上了城头，自己才开始爬。爬上去七八尺，脚就发抖了，想退下来，却看不见退步的凹塘。只有硬着头皮爬上去。伸手离城头仅剩几寸了，竟找不到攀缘的东西。而后面跟着爬上来的人却在骂他为什么不上去。甚至用手拍他的脚。他吓得僵在那里，不敢动一动，连叫喊都忘记了。幸亏后面的人吵着，才使爬上城的那个同伴发觉了，伸手拉了他一把，总算脱了险。回家以后生了一场大病，病是治好的，但吓黄了的脸皮，竟一直没有转色，显然当时他的胆是吓出了一条缝，渗出些胆汁来的，所以把脸皮染黄了。后来缝口合拢，自然胆就缩小了。从此焉能不怕！想起那次危险，如果自己爬在第一个，绝无人拉他一把，非摔死不可；如果爬在最后一个，绝无人喊叫，也就完蛋；巧就巧在刚刚夹在中间，才得化险为夷，平安无事。谢谢老天爷，给了他如此一个好教训，从此他懂得了怎样稳妥地活在世界上。

“在中间，在中间！”这个把世界看成一面城墙，把自己看成是危险地爬城墙的宗松生，就打算这样提心吊胆地蹲在中间度过一生。

然而一乘上汽车、火车，他的观念就被彻底打破。不管是什么人，都得用同一个速度前进，都会以相同的命运结束。“城门失火，殃及池鱼”，在劫者难逃。啊，世界之大如此，为什么要挤进这箱子里来，这太可怕了！于是他的耳朵就发热，秃头就发痒。

然而，“心血来潮”和“掐指一算”在科学时代已经失灵。宗松生出门以来始终太平无事，火车并未出轨，汽车并未翻身，他竖着走上去，并没有横躺着扛下来。他和同伴们到达了目的地，住下来，愉快地工作了几天。晨起，饭后，睡前，望着城外云腾腾、雾蒙蒙的巍峨群山，肉眼凡胎，也看不见边际；一时一个景色，也不知它有几副容貌。在月光朦胧中，尤其神秘。山上的树，远看如毛发，据说竟有几丈、十几丈高。又听说那主峰远远高出云层，循路而上，破云而入，穿云而过，俯看一片云海，如棉絮、如鸭绒，与世隔绝，便如仙境。那里奇花异草，翠禽驯兽，灵岩巧石，碧泉红树，美不胜收，目不暇接。要说有天，那里便是天，要说有神仙，神仙该在那儿住。听了这些介绍，宗松生着实喜欢，工作未完，灵魂儿早飞到了山顶也。

好在任务很快地顺利完成。那天吃过早饭，一伙人嘻嘻哈哈，悠悠荡荡，出得城来，面山而去。原以为靠山愈近，愈有风致；谁知走到山脚，竟是一片单调。原来一座山头把视线完全挡住了。要寻一条上山的路，竟沿着山脚，弯弯曲曲绕了几里，才到了进山口子。这里树大林密，涧泉淙淙，一条通路，沿着涧边向纵深处曲折盘旋而上。此处阳光被高山挡住，一股清幽之气从大山里散发出来，端的能把人胸中的烦闷丝丝抽尽。宗松生心旷神怡，轻松愉快。他沾着了仙气，把汽车翻身、火车出轨之愁，丢得一干二净。那肥白的手指，不再和秃头恋爱了。

这班人走走停停，停停走走，一路尽是峡谷，视野尽被遮住。真是不到半山，不能放眼，虽觉单调，但想到瑰丽奇景，尽在山上等着，也就暂不着急，努力往上爬就是了。

此山实在高大，爬了半晌，依旧未见眉目。但人的体力，早就显出高低来了。这一伙人中，除了宗松生，都是三四十岁的人，又经常在外边跑惯了，自然比宗松生体壮脚健。宗松生毕竟年纪大了许多，平时跑快了就有点气急；此番登山，一开始山道蜿蜒上升，还跟得上大家，竭力走在大家中间；但一上陡坡，立见颜色，很快就气喘起来。爬上百来阶，就要歇一歇。一歇下来，就喘着喊：“等等，等等。”起初大家耐心等他；后来等的次数多了，也不禁嫌他。他再叫时，就说：“我们慢慢走，在前面等你。你慢慢来，横竖一路有标记，不会错。”宗松生到此也无可奈何，只得独自落在后面，咬紧牙关，努力想跟上去。后来转了个弯，人不见了，还能听到谈笑声。再过一阵，距离愈拉愈大，就连声音也听不见了。

宗松生开始不断地埋怨，先是埋怨自己不争气，连爬山都力不胜任了。然后就埋怨起同伴来，怨他们不懂老年人的苦，不知道他胆小，不知道他害怕。最后又埋怨自己这番出游，不该同年轻人一起，至少应该搭配一个和自己差不多年纪的人来，就不至于如此尴尬了。

怨着怨着，便越来越怕，想起这深山幽谷之中，草长林密之地，孤身独行，防身无物，万一跳出个伤人的野兽来，岂不连皮搭骨，统统被它吃进肚里！想到这里，不禁毛骨悚然。正在这时，一阵山风吹来，咔嚓一声，折断一根树枝。那枝上的乌鸦，“哇哇”直叫，扑棱飞上天去。惊得宗松生双脚一软，扑地坐倒，浑身十万八千根毫毛，沁出十万八千颗冷汗来。

他慌慌张张四周一看，见再无动静，便停了停神，摸出手帕拭了拭汗，觉得此处绝非久留之地，为今之计，只有拼命赶上大家为妙。便又站起身来，攀登而去。

人到了拼命的时候，总有一股异乎寻常的劲道，宗松生假想着后面有猛虎赶来，果然喘着气也能不停顿地前进。但毕竟也有一个限度，何况后面的猛虎也不曾来。走了一阵，跑到个拐角地方，便想停下来，后来又猛一咬牙，决心跑过拐角再休息。一则便于看清前面是个什么所在，二则身后有了遮掩也比较安心。他一跑过拐角，眼前顿时一亮，天地豁然开朗，左边是千仞峭壁，右边是万丈深渊，中间一条石路，不过三尺来宽，盘绕过去，不见尽头。朝上看看，一片青天，朝下看看，也是一片青天，放眼远处，千峰万壑，尽在足下；景色瑰宏，形势险峻。宗松生先是惊喜怡悦，接着就目眩头晕，觉得自己像一片树叶，吊在半空，活像十三岁时爬在城墙半腰间，真要吓死了，再也不敢去看。

他毫不犹豫坐在地上，一直坐到山风吹得他有些寒冷，体力恢复到最高限度，才小心地爬起来，紧靠里壁，低着头慢慢行走。心中不住地想着这锦绣山河，也要有胆量才能欣赏，早知如此，就该以看画片为满足。看来这次出游，是第一次也应是最后一次了。想着这些，又不免时时抬头看看。究竟也算来了一趟，到了不看，也太亏待了自己。但那眼色，恰如姑娘初会情人，一瞥便又低头看脚了。

走过一段，他又忽然想起，在这上不着天、下不着地的险路上，如果碰着个谋财害命的歹徒，只要把自己轻轻一推，就会跌下万丈深壑，粉身碎骨，由他下去拾便宜。便又出了一身冷汗。觉得这山上猛兽倒不见得有，坏人就难说了。就是那来游玩的，也未见得都是好人。心里就更加紧张。不由得加快脚步，想迅速走完这段路，脱离险境。

就在这时候，上面“嘀嘀嗒嗒”滚下来几粒细石子，接着便响起“嗒嗒噔噔”的脚步声，一个陌生汉子从上而下，直扑近来。

“我的老天，他是谁？

“同志吗？歹徒吗？

“看上去那人并不异样，像个游客。但能光看外表就信任一个人吗？哪个坏人脸上写了字的！

“现在又没得审查他的条件。

“那就大喝一声吧，叫他靠边站，让开路，我好上去！

“他会听你吗？就算能听吧，他靠哪一边站呢？崖边还是渊边？不管哪一边，靠近了你照样可以动手！

“为什么不在这儿设一个岗哨，站一个警察！”

宗松生迅速地转着这些念头，一点办法都没有。那个人却很快靠近来，他紧张极了，立即背靠石壁站住，把挂包放在地上，双手握拳，做好准备。他的脸上沁出汗珠，眼光显得恐怖。他知道自己的样子很难看，为了掩饰，他强迫自己阔着嘴巴微笑。结果反而更凶恶了，活像真要吃人。

假使宗松生不是这副样子，那位游客也许径直走过，一点事情也不会发生。现在他看出了宗松生不怀好意，当然就警惕了。但是，他并没有停下来，只是在逼近宗松生身边时，使了点暗劲，加快了脚步，凭借从上而下的一股冲力，一个箭步，同宗松生擦肩而过。

这时候，如果宗松生径直向上或者呆住不动，事情也就过去了。但是，宗松生怕那个人从背后袭击他，就迅速地转过身去了。而那位游客，本已有了警惕，一绕过宗松生，自然要迅速回身看一看宗松生有没有行动。所以，在同一个时间，两个人都回过身来，在相距不满三尺的地方，面对面站住了。

一瞬间，两个人同时冒出了一个思想："幸亏我回转身来看一看，果然他想对我动手！"

两个人怒目相对。

他们握紧了拳头。

他们弓起背，双腿慢慢弯曲，各自摆好了坐马式……

但是，他们谁也不敢动手，因为彼此都看到对方做好了准备。

他们谁也不能后退，因为身后都是坎坷不平的路。

他们不得不僵持着。这太可怕了。每一分钟，双方在体力上、精神上都要有巨大的消耗。

全世界谁也不知道在这地球××亿亿分之一的地方在无端浪费如此巨大的能量。

几千年的历史从来不曾记录下曾经发生过亿亿次的如此惊险的一年。

紧张呀紧张，紧张得他们都忍不住要拼命一声吼，吼它个天崩地裂！

紧张呀紧张，紧张得他们连呼吸都屏住了，怕空气稍一流动就破坏了平衡。

宗松生吃不消了，他知道自己马上要垮台，他的腿已经麻木了，真想一屁股坐到地上去。他的脑袋已经发涨了，很可能突然晕倒。啊！他对这花花世界如此迷恋，决不愿轻易离开，天老爷，帮助他坚持到底吧！

然而，这僵持究竟到什么时候才能结束？也许要等到他的同伴在山顶上玩腻了，盼不到他，下山来寻找才能解救他。他能坚持到那个时候吗？万一……万一他的对手也有同伙在山上，马上要下来，那——他就完了。

他的神经吃不消了，他真想和解，可惜他身上没有钱，也没有一件值钱的东西；如果有的话，他就要掏出来丢在地上，让歹徒捡了离开。现在却毫无办法，他绝望了。他觉得宁可绝望，也要让自己轻松一下，他想笑一笑，他真的嘻开了嘴……那形状叫人不忍描绘。

就在这时候，山上响起了脚步声，有人走下来了。

这声音太诱人了，宗松生立刻回头一瞥。

来的不是他的同伴，而是一个魁伟的陌生大汉。那大汉手里，公然握着一管新式手枪（而在另一个人眼中，却是手提式摄影机）。

宗松生眼睛一黑，几乎晕倒，前有劲敌，后有追兵，要想逃命，已是插翅难飞。宗松生积五十六年之经验，一向认定走在两人的中间最为安全，还是第一次尝到这夹击的味道。

宗松生神色的变化非常明显，对手一眼就看出来了，于是他明白来人和宗松生并不相识，而在一个场合下有三个互不相认的人同在一起，就对每一个人都不会有危险了。他轻松地叹了口气，慢慢后退了两步，自在地转过身，走下山去。

宗松生这才发现是一场误会，他不是敌人而是朋友。现在需要有这个朋友同自己一起来对付后面的那个“歹徒”。可是他走了。

唉，把他当敌人的时候，倒长久在一起；认他做朋友的时候，为什么偏偏离开！

宗松生惊慌起来。他没有任何一点力量再面对后来的“歹徒”。于是他像追赶一个朋友那样，也向山下奔跑。下坡路很容易走。

“等一等！”他心里一直在喊，连自己也弄不清究竟喊出来了没有。

他的“朋友”发觉了，停下来回身看他，“朋友”是上了山才下来的，而他还没有上去怎么也下来了？这叫人弄不明白。“朋友”摇了摇头，骂了一声：“精神病。”哈哈大笑，扬长而去。

这骂声和笑声，不但没有使宗松生感到难堪，反而使他轻松起来。他立刻变聪明了，明白这时候他可以像那个放心下山的朋友一样，放心上山去。山上有奇景，还有同伴在等待他。

于是，他掉转方向，迎着后来的“歹徒”，挺身向前，果然平安地互相通过，向上攀登了。

钱　包

一

春天的江南是美丽的，风很柔和，空气很清新，太阳很温暖；大田里的麦苗像一片海，星罗棋布的村庄是不沉的舟；纵横交错的弯弯曲曲的河道，河边的柳枝吐了嫩芽，芦笋也钻出来放叶透青了；河道里平静的水，从冬天的素净中苏醒过来，被大自然的色彩打扮得青青翠翠；真是山山水水都爱娇，好不动人。在阳光明丽的中午，还可以看到水底一群群的游鱼，一动不动地正儿八经停在那儿，好像待命出发的潜艇队伍，这时候整个昆虫界，正在掀起一个极其庞大的解放运动，在每一秒钟里都有无数亿个生命在冬眠的壳壳里冲出来，于是春天才有了活力，春天才如此繁富呀！

一条小河从黄家村旁蜿蜒绕过，曲曲折折向西边伸出去，约莫离村里把路，有一座小石桥架在河面上，把南北两边的大路接通了。现在，就在那小石桥下的一片河面上，有二十多个人，杂七夹八地蹲在河里，细细地踹着、摸着、慢慢地移动着，把那里的水搞浑了。那浑水随着一个个涟漪向四外扩展，就像黑暗在吞吃光明，邪恶在侵蚀正直，叫人看了很不舒服。

从桥上走过的人，看了都不免好奇，因为这时候水牛还没有开青[②]，春水还是冰凉的，为什么这些人把衣袖、裤管撩得高高的，冒着寒冷泡在水里呢？于是便不禁要问：“你们在摸什么呀？”

---

② 水牛过冬，吃的是干草，过了清明，才吃青草。

不管问多少次，没有一个人肯回答，神秘极了。连老实的黄顺泉，都会惊怪地抬起头来看看提问的人，认为他是个痴鬼，怎么可以问这样的话！要晓得，连这些泡在水里受罪的人，也不曾有谁说过他们在干什么呀！

……

当然，黄顺泉也并不是傻瓜，他在世界上也活了四十年了，虽然经历简单得就像只活了一天，无非是劳动、吃饭；但毕竟又复杂得说都说不清楚，因为世界上实在没有比劳动、吃饭更艰难的事情了。对于这一点，他甚至从来没有想清楚，仅仅依靠一种本能，要让自己能生活，要让全家活下去。他老是感觉到这个基本的要求经常受到威胁，要花最大的气力去挣扎、去斗争。正由于这种原因，他希望大家都生活得轻松些，不要互相妨碍，而要互相支持；最低限度，不要让自己挡住别人的路。但是，要做到这一点，又是多么不容易，你不想妨碍别人，别人却偏来妨碍你，抢走你的米，逼走你的钱，叫你累得晕倒在田里也吃不上粥，叫你除了劳动所得之外不得不另外设法谋生。这“另外”的办法又是什么呢？去抢吗？去偷吗？黄顺泉这号人当然不肯干；他只有两个办法，一是去讨饭，是现实的；另一个就是希望有一天拾到一笔钱，是不切实际的幻想。这幻想实在太无聊、太幼稚，难道天上真会落下米来吗？守株待兔有哪个不上当受骗呢！世界上从来不曾有哪一个胃是靠幻想喂饱的。

但是，人们的幻想却并不因此绝灭，反而会更加活跃。黄顺泉他们今天到这儿河里来受苦，也是听到了一种传说。去年冬天，日本鬼子打进来，国民党军队逃走了，县里的警察局长陈龙生拉了一支队伍，自己当司令，在地方上称王称霸。他不去打日本鬼子，却在附近蚕食农民保家保村的自卫武装。有一天，就在这黄家村西打起仗来。农民自卫军厉害得很，把陈龙生的队伍打败了。就在这座小石桥上，一个农民抡着大刀追上了陈龙生，一刀砍下去，陈龙生来不及躲避，用手里的皮包挡了一刀，总算没有砍着。人逃脱了，一只皮包却掉在河里，那包里还装着三百块银洋呢。不知怎么一来，这件事不久就在黄家村上传开了。谁看见的？不知道。谁第一个讲出来的？不知道。那皮包是什么样子？不知道。皮包里的钱谁数过的？不知道。但众口一词，都说确有其事。黄顺泉当然也听说了，与其说他相信这件事，倒不如说他希望确有其事，因为“有”比“没有”实际，更有刺激性，更能带来思想的活力。后来听说有几个人驾了小船去用罱网罱过，不曾罱着，于是就又说没有这回事，纯属谣言。谁知黄顺泉倒反而更加相信真有其事了，他和某些上过当的老实农民一样，有点经验主义的鬼聪明，往往听了传说，不大相信，认为是谣言。但是，一旦有人出来证实那“传说”是“谣言”时，他又猜想这是“别有用心”，认为事情显然是真的，无非是有人要骗得大家不相信，才故意说成是“谣言”。黄顺泉认定自己决不会上当，也不肯说明，说明了就没有意思了。他希望别人都相信那是假的，唯独自己认定是真的。这样一来，他首先就在思想上独占了那个信念，把三百块银洋当作偶像岂不比泥塑的菩萨更实际吗。它会让你产生极其丰富的想象和细致贴切的盘算，要知道那是一笔多大的财富啊！当时一石米（一百五十斤）只要七元银洋，三百元钱等于四十三石米，黄顺泉劳累一生，也积不起那么多的钱财，他怎么能不动心呀！其次，只要大家认为是假的，也就不会有人去捞那个包，黄顺泉就可以慢慢地想办法去摸到它。当然，这绝不是一件容易的事情，他不相信自己有那么好的运气，不相信自己有那么大的福气，也许他毕生都会落空，但也决不抱怨，即使到了临终的时候，他还要交代儿孙们继续去摸索，就像老式故事里常常讲到的祖上传下来的银窖，等待后代人去开挖。它反正藏在那里，至于谁得到它，就看谁有福气了！在黄顺泉看来，福气和运气，是祖祖辈辈给后代的遗产，积的阴德，这叫作“根基”。这根基实在是个了不得的东西，收成的好坏，寿命的长短，子女的孝逆，出门的安危……无不受它的制约；如果根基浅薄，丰收了还会生病呢。李白成不是做皇帝的命，所以他坐在金銮殿上就要头晕。黄顺泉也没有把握能摸到那个皮包，因为他不知道自己的根基厚不厚。他不是个自信的人，他宁愿承认自己不配享福，但从此以后，他立志要终身积善积德，尽力为子孙培植能够享有那笔财富的深厚根基。啊，中国真是一块仙地，作用如此奇特，它竟使空想产生伟大的灵魂，使希望变成崇高的精神。

既然如此，还有谁来回答过路人的提问呢，这纯是只能意会不能言传的行动啊！

二

上面那些想法，完全是真的。所以，他们这天来摸皮包，也并不是约好了一起来的。他们到这里来的目的当然十分明确，但是到现在为止，还从未有人把那句话说出来。

这一天黄顺泉吃过早饭以后，已经在门口坐下来搓土笨绳了，左邻右舍，有的在装铁钯，有的闲散地说着家常话，迟吃早饭的，手里还没有放下碗，大家都没有想到要做什么正经大事。忽然，住在村东头的荣福老爹，经过小桥从街上回来了，他匆匆穿过禾场，在大家身边走过，却反常地没有说一句话，似乎紧张又生气。眼看他进了家门，又背了一只篮很快走出来，仍旧往上街的那条路走去。于是大家注意起来，才看见小石桥下面有两三个小孩子在河里摸东西。荣福老爹走到那里，毫不犹豫，也下河去了。大家愕然，立即就想到……原来已经开始了。有人咂了咂嘴巴，有人明知故问说了句："干什么？"有人为自己的行动辩护说了句："去看看。"立即分散开来，各自归家，拿了自认为合适的工具，一个个出门，陆陆续续往小石桥走去。

黄顺泉完全没有估计到事情竟会这样突然干起来，事前谁也没有透露出一点话风，就一下子各顾各使劲抢在前头……黄顺泉觉得自己的希望幻灭了，原来黄家村上的人，谁都没有上"谣言"的当，都和他黄顺泉一样秘密地坚信有那个皮包，都希望能够摸到它。这能怪谁呢？他们都和黄顺泉一样穷呀！他们早就有足够的经验，晓得在那样的世界上靠种田无法温饱，也从来没有找到过温饱的正当途径，而这一次却有一种可能，可以不损害任何人获得一笔财富，又怎么肯轻易放弃呢。他们中间的每一个人，看到大家都关注那件事，也都会像黄顺泉一样不满的。黄顺泉毫无理由怪罪别人，他很快就醒悟过来，他没有任何别的办法，只有同大家一样，下河去摸，碰一碰运气。

黄顺泉拿了一只篮子，很快也参加了那个摸的行列。水的确还是冰冷的，如果是娇生惯养的人，脚一伸进去就会像被妖怪咬住了，吓得跳上岸来；但黄顺泉毫不在乎，他磨炼惯了，大概是老天爷将降大任于他吧，所以从小就给他苦头吃，让他吃够，他才担当得起粮食供应部长，老实说，交了春还怕水冷，干脆就别当农民！看那河里的人，一个个都是英雄好汉，不用指挥，就能各就各位，摆开战场。每个人对钱包存在的位置，各有猜测，有的认为反正在石桥两侧，便在两侧摸，有的认为既然里面有三百银洋，分量很重，一定已陷入河泥深处，便用竹竿探测，有的认为水是流动的，钱包受水力影响，可能已移到较远的河底（否则为什么用罱网罱不到呢），便到远处去摸；黄顺泉则认为生死有命，富贵在天，如果命中注定归他，又何必自作聪明，别人不去摸的地方，他就低头摸去。真是散散落落，各自为阵。黄顺泉很讲究实际，他知道摸皮包是很渺茫的事，为了捞个饭钱，从下河开始，碰到河蚌、螺蛳，就无样不要，一一拣进篮里，很快就摸了半篮，心里就比较踏实，明早上街卖了，工夫钱还是赚得到的，尽可奉陪人家。他希望大家都摸个落空，从此歇了念头，不再胡思乱想，剩下他一个坚定的人，以后细细来摸。今天他不存任何希望，他到场是因为他不到不放心，到场的目的就是巴望大家失望，他自己不想摸到它，也巴望大家不要摸到，别人摸到了，他的希望就破灭；自己摸到了，别人的希望要破灭；在大庭广众之间，不管是谁摸到都将是一件尴尬的事情，很容易引起一场风波。老天爷如果有灵，就该让大家空手回去。

黄顺泉一边摸，一边想，一边注意着旁人的动静。这时候他摸到了一块大石头，于是就在石头的四边摸螺蛳，后来觉得这块石头很大，很平整，捞上来抬回去放在门口做阶沿石倒很好。便沿着石壁把手插入河泥去测量它的厚度，忽然间就像被什么东西咬了一口，双手倏地抽出水面，双脚倒退几步，把水搞得哗哗直响。惊动了大家，一河的人，眼睛都朝这边看过来，一齐问道："什么，什么？"

黄顺泉惊魂初定，连忙遮掩道："唉，一条鲶鱼，不曾揪住，倒给刺了一针。"

大家马上失去兴趣，不再注意他了。但是黄顺泉的心却颤抖不停：真要命，他摸着了那只皮包。是的，紧靠着石头，河泥里有一个光滑柔软的物件……

黄顺泉定下心来，又开始怀疑，生怕自己想得太急切，错认了。便又小心翼翼再弯身摸去，细细地把那东西四围抚了几遍，一点不错，是一只皮包。捏着它，包里还真有几卷硬邦邦的东西，一捏便滑动了。

黄顺泉紧张极了，这可怎么办呢？怪不得李闯王坐龙庭要头晕，他黄顺泉摸着个皮包就没得主意了。他既不能公开取出，又不能稍或离开，他像孩子们玩老鹰捉小鸡，围着那块石头摸索打转，刻意要想出一个稳妥的办法来。他琢磨来，琢磨去，长久一筹莫展。太阳已到烧饭时光，看来只有拖到大家回去吃饭，才能把皮包转移。再一想，也靠不住，一则吃饭时间并无定规，眼看这种场面摆在这里，不得结果，恐怕谁也不肯先期撤离；二则家家都有灶头，不像军队统一开饭，谁饿了可以回去吃了再来，谁不饿可以摸了一阵再走，轮流往返，也不会断人。哪里就能依着自己的如意算盘，想着怎样就怎样了呢？

正在万分无奈的时候，忽然河里一阵扰动，水声哗啦啦不住价响，大家喧闹着向一处地方围拢。原来那边有人摸着一堆石块，隙缝间竟藏着鱼群，一经触动，便乱窜乱撞，乱跳乱蹦，龙腾虎跃，泼水掀波，把一河的人，都吸引了过去。黄顺泉碰着这样一个天造地设的机会，迟钝的脑筋居然马上灵敏起来，趁大家把屁股朝着自己的忙乱时刻，迅速拎起皮包，蹿上岸去，拣一处麦苗茂密的地方，把皮包藏在麦垄里，连看都来不及看，便急忙回到河里，神不知，鬼不觉，像没事人一样，照旧弯腰在水里摸索。

鱼群被驱散了，消失在茫茫的深水里。于是大家也安静下来，分散开去，重新去摸索那个皮包。

从这一刻起，黄顺泉陷入了十分复杂的心境之中，他人在河里，心却在麦垄里，生怕皮包藏得不好，被别人发觉了拿走，因此，忍不住过了一阵就爬上岸来，假装蹲在那里抽烟，监视着那个地方。甚至要跑到那里去看一看，是否确实还藏在那里。他本来可以乘人不备，把皮包装进篮子，拿回家去；但又心虚得很，怕别人见他第一个离开，马上就会怀疑他已经摸到了，否则怎么舍得呢？他不得不装模作样，去摸那已经不存在的东西；而这一切都是为了欺骗别人，他觉得非常痛苦，因为他从来没有像今天这样对不起他的村坊们。黄顺泉是个渺小的人物，他没有“宁我负天下人”的气魄，他哪里晓得，自从开天辟地以来，有多少正人君子、帝王将相撒的漫天大谎，比银河里的星星还多，常常骗得天地混沌，乾坤倒转，也一向脸不变色心不跳的。可惜黄顺泉不懂“历史”，继承不着“伟大的策略”，他的天真的心，忍受不了虚伪的折磨，他希望这尴尬的局面赶快结束。他作这种孽做什么！他不过为了不伤害任何人独自得到那一笔财富，他要瞒住大家并不是昧了良心，因为宣扬出去可能是一场灾祸，会招惹各种各样意想不到的麻烦。时代不太平，任何人都不是露富的时候，他根本就不曾指望现在得到这笔财富，可是他不幸得到了，是运气吗？晦气吗？该笑呢，还是该哭？真猜不透啊！

黄顺泉思绪缭乱，怔忡发呆，他终于忘记了当时的客观环境，居然有一次竟没有想到避嫌疑，在分明有人窥视的情况下，又去探望了那个心爱的皮包。

间隔了片刻，他再次上岸假装抽烟，慢慢走过去，蹲下身来检查皮包，证明确实存在，站起想回河里去时，忽然发现他被包围了，二十几双眼睛——不满的、轻视的、惊奇的、羡慕的……一齐盯住了他。他的精神一下子垮台了，他对不起大家，他直感到必须弥补自己的过失，他想表态……

但是已经来不及了。二十几个人，竟没有一个人瞧得起那个皮包——尽管大家都知道里面装着三百元银洋。他们一齐谴责黄顺泉说：“什么了不起，你摸着就是你的，你尽管讲明白好了，为啥还让大家饿着肚皮摸不完……”

黄顺泉当然生气了，他把皮包一下打开，拎着皮包底豁朗朗一声，把圆溜溜、白花花的一大堆光洋一股脑儿倒了出来，嘶哑着喉咙喊道：“哪个要，就拿！”

只有到了这时候，大家才猛然明白，黄家村上的人，一个个都是英雄好汉，他们谁都不在乎，没有一个人伸手去摸一摸。

那一刻，世界上什么都不存在，就只剩下了人的自尊心。

黄金——粪土！

三

黄家村上的人，在一堆银洋面前把自己塑成了一群巨人；但是，他们很快就发现大错已经铸成。普遍陷入了深深的不安之中，觉得黄家村上就要出事，黄顺泉危险了。

他们想到，当时根本就不应该责怪黄顺泉，因为不管是谁，摸到了那只皮包以后，唯一的妥善办法，就是把它隐藏起来，不让大家知道，只有这样，才能避免祸患。所以，黄顺泉做得绝对正确。想不到大家竟这样愚蠢，硬要戳穿他，硬要认为他做了对不起大家的亏心事，在官塘大道旁边演出了那样一场品质崇高的好戏，让往来的行路人留下深刻的印象，很快地传播出去……实在是把黄顺泉害了。

地方上的情形，大家都很清楚，政府已经没有了，乱世正在出“英雄”，十几里路方圆之内，就有十几股武装势力，各据一块小地方，有的是流氓集团，有的是土匪势力，有的是地主武装，有的是迷信会门，少数本来是农民的自卫武装，也很快被坏人掌握了，他们一律打着抗日招牌，四处搜刮钱财武器，扩充实力，凡是小康以上人家，都被敲诈勒索，倾家荡产，有的实在拿不出钱来，人被绑去就撕了“肉票”[③]。黄家村上倒还算安稳，因为这个村庄是穷出名的，没有油水，无人眼红。现在，黄顺泉居然家里横着三百大洋，传开去后，会招来什么祸患，并不难猜。去年冬天（其实只隔了三个多月）在浚河工地上，有人挖到一个金色小人像，一下子传开去，说是“金像”。不到半天，竟有十一个武装集团派了荷枪实弹的勇士来攫取，围住了那个河工不让转身，好像要把他撕成碎片后各取一块。所有这些勇士，不管原来关系如何，在“金像”面前，都竖眉瞪眼，准备厮拼到底。当时幸亏有几个识货的匠人来看了，一致说这不是金像而是铜像，并且架起炉子来，当场把它熔化掉，以证明他们的鉴定绝非虚假，才平息了这场风波。否则的话，真要死一批人呢。

所以，黄顺泉非常明白，他等于抓了一手屎，等于抱了一个定时炸弹，尴难危险已把他缠住，无法脱身了。

他没有数清楚究竟有多少钱，他拎着回头，走过那短短一段路程，忽然觉得这世界是多么荒凉，麦苗也好，刚透青的芦尖也好……都龟缩在地里，一个人要躲藏起来的话，竟找不到屏障。村头上散散落落几棵杂树，都还没有放叶，黄家村上几十户伸前缩后的房子，本来还不如王宝钏的寒窑，现在却像琼楼玉宇，突兀地显露在平原上，光棱棱地变得十分惹眼，山羊咩咩，家犬汪汪，好像都在向歹徒通风报信。黄顺泉的心颤抖了，啊，这险恶的乱世，没有钱要饿死，有了钱要遭劫，叫人怎样活下去！黄顺泉尽管根基浅，也不曾作过孽，为什么要受这种折磨！

他把皮包拎到家里，往堂屋里的破桌上一放，就呆呆地在门口一张小凳上坐下来，长久不动不响，村子上的人，默默地走来看看，然后又默默地走开，连小孩子都变得小心谨慎，空气沉闷极了，随手捞一把像能挤出水来，所有的心似乎都被一个问题镇住了：“怎么办呢？”

黄顺泉想不出办法。好人创造的上帝，是站在恶人一边的，乱世把什么都剥光了，让最笨拙的人都看透了世道，痛快而可悲，失

---

③ 肉票——人质。

望得要自杀，彻底得要革命。

黄顺泉的老婆要把皮包藏起来，黄顺泉一抛手说："你省点力气吧！"

他好像在等待着有人来把它拿走。

消息传播得很快，很快，整个下午，那边小石桥沿河一带，附近四面八方村庄上都有人跑来看现场，黄顺泉掩藏皮包的那块麦田，几乎被踩平了，居然还有个人拾到一块银洋。他们在那儿大议大论，说那块麦田里上午堆满了银洋，黄家村上的人用箩担挑了半天，家家发了大财。有些人甚至下河去摸，他们一面骂黄家村上人心眼坏，有财不让大家发；一面又不相信黄家村人能把河里的银洋摸干净，他们也要碰碰运气呢。这就把黄家村人闹慌了，有的人怕羊肉没吃着惹上腥，跳出来洗身清，交头接耳，把真相如此这般传开去。于是，有几个懂得当地局势的包打听就摇摇头说："白欢喜。黄顺泉用了这笔钱，命都要丢脱。"

"为啥？"

"我们这里的几个大亨，已经拜了陈龙生做先生，现在我们这地方，就是陈龙生的势力范围，他若晓得了，会饶你吗？派个弟兄来，拿不到钱就拿你的头！"

黄昏的时候，黄家村上就来了几起陌生人，在村子里游转了一阵，然后又走开。村子里和黄顺泉相好的人们，包括荣福老爹在内，都紧张地跑来，把一切都告诉顺泉，劝他逃走。

那一夜，黄家村上没有一家上灯，很早就吃了夜饭，把门关紧了，穿着衣裳钻在被窝里睁着眼睛睡觉。

那一夜，黄家村上的脚步声和狗叫声一直闹到天亮。

黄顺泉一家，都没有住在家里，谁也不知道他们在哪里躲过了这可怕的一夜。

荣福老爹清早起来上街去，走过黄顺泉家门口，大门敞开着，居然还有两个腰里飘着红绸带（腰里有武器）的人坐在那里。出了村一段路，在一个偏僻的地方，黄顺泉从沿河一个河泥塘里跑了出来，手里拎着那个皮包。

“躲好，躲好，别回去。”荣福老爹急忙说。

但是黄顺泉却毫不在乎，大大方方走近来，笑笑说：“我送去。”

“送到哪里去？”

“给陈龙生送去。”黄顺泉毫无表情地说，“求个安稳。”

“唉！”荣福老爹长叹一声，便像昨天赶去摸皮包那样，紧张又生气，匆匆上街了，没有再说一句话。他当然也想到这祸是他惹出来的，昨天他千不该、万不该引动大家下河去。他何止使黄顺泉受难，他还把整个黄家村上人的希望破灭掉了。但那算什么希望，难道一个钱包就真能包住了人心吗？让它破灭吧，不破灭又哪来新生呢？

黄顺泉跑了二十多里路，把皮包送到陈龙生那里。他肚子很饿，又没带干粮，总以为陈龙生会给他吃一顿饭。想不到陈龙生打开皮包数数银洋，硬说少了五十一元钱，要黄顺泉赔出来，黄顺泉说也说不清，赔也赔不出；陈龙生就叫手下人拿板子来打了他五十一个屁股板，一个屁股板抵一元钱，抵清了才放他走。

黄顺泉回来以后，就生了一场大病，从此变得又痴又呆，再无用处。他常常在街坊、村头游转，站在别人家门口不声不响长久不离开，讨着吃就吃，讨着钱就放进口袋，傍晚回家，走到小石桥那里，把钱一个一个丢入河里。孩子们有时看见了，下河去摸。他等着他们上岸，就捉住了打屁股。这样过了三年，才死去。

烟　鬼

事情发生得非常离奇，许多过门关节我当时就懵懵懂懂，现在再也交代不清，我只记得是我老婆起的头。那天我躺在床上，老婆来催我起身去买菜，我懒着不肯去，说这类事一直由她分管主办的，我绝不插手。老婆反驳说："你又变了，不是早就商量好的吗！"我说："什么时候商量好什么了？我全不知道。"老婆说："你弟媳妇今天出院，前天你弟弟出差前特地跑来要我们到时去接，不是答应过吗。"这么一说，我才记起弟媳妇是生了个孩子，于是我就说："你可以买了菜再去接她，何必增加我的麻烦。"老婆说："我来不及，上班迟到要扣奖金，你不去买菜我去买，医院里就由你去，横竖你要做掉一件事。"我一想，做大伯的到医院去接弟媳妇，还要抱孩子，有点尴尬，还是转让给老婆干吧，于是我就答应去买菜。

我恍恍惚惚跟着老婆出门，经过菜场两人就分手了。她还要往前走一段路才到医院，剩下我一个人在菜场转悠。这时候失去了主见，因为我不知道我该买多少才够吃；又觉得那些菜没有碗里的干净和可爱。在想买又没买的时候，忽然发现一个奇迹，原来我既没有带袋子也没有带篮子，买了没法拿。我大为高兴，老婆毕竟犯了错误，她分配我工作但不给我工具，我只能罢工。现在我可以心安理得在这儿等她回来，难题让她解决。于是我站到路边，睁大眼睛瞧着人流，不让老婆漏掉。没有多久她果然重新登场。她很能干，连车都没有雇，把弟媳妇安置在熟人的自行车书包架上，自己抱着孩子跟在车屁股后头。这一次同我会面已明白无可指望，她吩咐自行车先走，然后把孩子塞进我怀里便去买菜，于是我就蹲在路边等她。

我抱着孩子浑身不自在，好像我在菜市场上卖孩子似的。我当然舍不得，不禁对他仔细端详，孩子长得挺好，挺像我弟弟，我弟弟又挺像我，所以越看越惹看，后来忽发奇想觉得这很像一支燃着的手制卷烟，孩子的头发是刚燃过的烟灰，红红的脸孔像点着的烟头，外面的包裹是燃得参差不齐的烟纸……就在这一瞬间，孩子仿佛真的变成烟卷了。我老婆不早不迟，偏在这时候招呼我过去帮她拎一扎青菜。我匆匆忙忙走过去伸手接住，等到转过身来，便发觉手里的孩子不见了。

我很惊慌，连忙四边张望，要把他找回来，但奇怪的是我并不在找孩子，却全神贯注于别人手指缝里夹着的香烟，看那香烟是不是我的侄儿。我没有找到这样的香烟，于是就注意地上的烟屁股，希望在烟屁股里还能找到我侄儿没有烧掉的余体。结果了无踪迹。

我知道出了大乱子了，这怎么向我的亲人交代？想到这里便出了一身大汗。这一来头脑清醒了，发现自己还躺在被窝里，便料定什么事情也没有发生，纵有发生也无非是在被窝里罢了，无关大局。

细细算来，我戒绝香烟已近九年，吞云吐雾的生活早就淡忘了：想不到有朝一日，还会把侄儿夹在指缝里当香烟燃着，而且，我推断当时一定猛吸了几口才去接过我老婆的菜来。不然，为什么会想到要去烟屁股里寻找踪迹呢？

水东流

一

在苏南东部平原上，纵是冬天，也早已丧失了荒凉的感觉。本来已经很稠密的村庄，这几年一直在扩大，扩大……村与村之间，空隙在缩小，距离在拉近。新起的住房都在向高处发展，青的砖，白的墙，一幢又一幢；冒烟的大烟囱，丁字式架起的胖水塔，以及带有长围墙、日夜轰轰响的大厂房，一天天多起来，工业化的味道越来越浓。站在田野里环顾四周，竟疑身居在城围之中，牧歌式的生活早已结束。

这儿的土地很肥沃，颜色灰黝黝，秋收过后，阡陌和垄头整齐得就像出厂的同一规格的成品。然而它却是有生命的，麦籽在生根发芽；等到麦苗放出三片叶，田野便罩上一层朦胧的淡青色，在薄薄的朝气升腾中，使人想起那飘浮的梦。但就在这几天里，成千上万的农业劳动者行动起来，在麦苗上泼浇一层河泥浆，浑似替大地上了一层乌光油亮的黑漆。只要再过几天，那受压迫的麦苗，便会曲着叶子，用脊梁骨顶开泥浆层冲出来，显得茁壮、碧绿，一崭齐，显得有千斤力，好像整个大地忽然竖满了绿色的钉头。

这是三麦丰收的一道重要工序，对于麦苗来说，这一层河泥浆，既保暖，又营养，把吃的穿的合并在一起了。人类慷慨到了如此程度，要知道，它还没有为自己创造既能吃、又能穿的物质呀！可是它却大量施舍给青青的麦苗。刘西塘大队今年甚至采取了如此疯狂的措施：二十天内，完成这一项加工任务的生产队，每亩奖励人民币十元。第一生产队九十亩麦田，照规定拿到了九百元。刘兴大一家，就得到四十八元奖金。

但是，这笔钱刘兴大一个也没有拿到。他的女儿淑珍，拿了爹的图章，到会计那里去领了来，居然不曾上交。

“反了，反了。”刘兴大生着闷气。这么多的钱，姑娘家藏在身边做什么？

“你真不拿出来吗？”他吃晚饭的时候又问。想不到语气竟那么温和、软弱，不见往日的威严。要是在往时，就是五块钱，他也会毫不通融地说：“拿出来！”

淑珍迅速地瞥了他一眼，不回答，眼里漾着固执、自信而俏皮的笑意。

“有你吃的，有你穿的，还要钱做什么？”女儿讨钱，刘兴大素来就是这么对付的。钱可不是随随便便的东西，他是当家人，财权不抓住，能过日子吗！

“我要用！”淑珍回答了。

“用？这么多钱？”刘兴大吃惊了，“你要买什么？”

淑珍看看娘，看看哥哥、嫂嫂，得到的是鼓励的眼色，于是淑珍胆壮了，说：“收音机。”

刘兴大生气了：“买那干什么？”

“听。”回答得好干脆。

“要听，隔壁人家不有吗！”刘兴大理所当然地说。他以为这是拿钱往河里丢，隔壁人家有了，一开声音就传过来，有白听倒不好吗？

“那是败家当的东西，几十块钱买了，听听就坏，你又不会修，三天两头出利钱，还要花电。”他咕噜说。心里头十分别扭，他想到了一件事，又说不出口。不是吗，这丫头明明被才良家那小子弄邪了心，和自己想不到一块去了。

“譬如这趟奖金不拿就是了，败得了什么家当。”淑珍大胆又大方地反驳。

“啧！”刘兴大咂了咂嘴，徒然愤愤，却没话好说。女儿是话里有话，今年全家净收入工资二千一百十七元六角，女儿名下的一笔就是五百零七元，这些都被自己照单全收藏起来了，他能说买个收音机就败了家当？

“啧——啧！啧、啧、啧！”刘兴大咕着这个单词儿。他看看老婆、儿子、媳妇，分明都是淑珍派。眼睛都在向自己瞟，那眼光有俏皮的、希望的、担心的、不满的、讽嘲的，都在攻他的碉堡。他觉得丧气、烦恼，他已经控制不住家里人：“有了几个钱，就想过快活日脚，都不是东西！”他肚里寻思。

放下晚饭碗，家里人一个个往外跑。去干什么？又是看电影，一个月三五次了，不要钱白看，大队包场。

“又不做蒲包了吗？”他十分不满地斥责了。

“你不去看吗？”儿子、女儿反而颠倒过来问他。好像诧异得很，怎么有电影看还会想到做蒲包呢？

“不要钱白看，难道时间不是钱？”他精刮地想，“耽搁一黄昏，一个人少做三只蒲包，净损失三角六！”他真肉痛，恨不得叫电影队倒贴。

小辈一个个溜走了，老伴儿洗了碗盏，解了腰布，抹抹脸，拍了拍身子，加了一件棉袄，提起一条板凳，一面往外走，一面说：“要来早点来，否则凳给别人坐去了我也不好意思叫人让你。”

“看、看、看，”刘兴大提高喉咙骂山门，火气全发出来了，“看死了我总不来收你的尸！”

老婆睬也没睬他。

“婶婶，看电影去哪！”外面响起一个愉悦而清亮的小伙子声音。

“嗯。”回答得也很快活。

“淑珍呢？”小伙子在问。刘兴大听出来了，是李才良的儿子松全的声音。

“走啦，在前面呢。你还没去哪？”兴大的妻子在回答，声音里充满了亲切感，把兴大的心都刺痛了。

“我还来喊你们呢！”

“那你先走吧！”

“我和你同走呢！”那声音分明在讨好，“凳给我来端。”

“不要。”

“我端嘛！”

“不重呀！”

声音远去了，刘兴大晓得老婆的一张凳已经被李松全拿在手里，自然，他们会坐在一起，怪不得刚才她说“不好意思叫人家让”呢，她真肯做他的丈母娘呀！唉！

二

一屋子的人全走空了，刘兴大现在吼也没有人听见了。他不生神经病，乐得省点力气，不吭声了。

他倒了一杯白开水，点燃了一支廉价烟，坐在靠背椅上，慢慢抽、慢慢呷，想享点清福。但是，他没有那道行；心头一股气，被喉咙结塞住了，在胸膛里窜来窜去，不得平静。哼，只要电影一来，老的、小的、男的、女的，都落了魂。如今又多了一个勾魂的，听听吧，他说得清清楚楚，特地跑来喊呢！你李松全长得漂漂亮亮的小伙子，脸皮为什么这样厚？我的女儿嫁给谁，我有我的主张；你请了两个媒人来同我说，我都明明白白回掉了。你还转什么念头？你以为淑珍看中你了？她二十二岁的小姑娘懂什么！我做爹的不能让她往火坑里跳。我是为她好，不是为她坏；婚姻自主到法院里去讲，在家里就得听爹娘的。你李松全本事再大，我就不相信你能怂恿得淑珍同我打官司，嘿！

在家里，刘兴大铁定是一家之主，“文化大革命”算得厉害了，也不曾说家里不要当家人。他当这个家，上对得起祖宗，下对得起儿女，他从未做过坏事，就算对得起共产党。他向来办事精明，社员们学着他，也沾着一点光。儿女有他这样的爹，老婆有他这样的夫，也算福气。子孙如果有良心，他死了也不该忘记他。可是现在看吧，大家都变了，电影一来，丢开蒲包不做，丢开现钱不赚，都空着两手去闲坐在那黑地里看电光照出来的鬼影子。这还像正经过日子吗！忘家失业。蒲包不做了，家也丢开了。他们不要，我还要呢。嘿，老太婆了，也昏头昏脑学时髦。她还当十八岁呢，还有小伙子替她端凳呢，她还扭扭捏捏做俏说“不重”呢。她还居然喊我也去看呢，家里没有人，她一点不管；贼骨头进来捞一票，得了吗？哪一样东西不值钱？门角落里的垃圾，还好垩田呢！

“莫要看得轻，难道创家立业容易吗！”刘兴大心里喝了一声，睁大了眼睛，骄傲地像看刚娶回心满意足的新娘子一样细细地欣赏着他的家业。不看便罢，这一看，那胸口的一团气，就慢慢地降入腹中，咕噜了几声之后，从肛门里轰轰跑脱了。哎，好不舒服！

这房子，别看外表不显眼，檩、柱、梁、椽哪一根不是杉木！矮虽矮，可房是房，灶是灶，猪圈、柴屋另开造，清清爽爽；大小家具，应有尽有；四时衣着，里外不缺；靠墙着壁，堆堆叠叠都塞得满腾腾。这是他几十年心血的结晶，是他千辛万苦一点一滴积累起来的财产，是他长年累月像蚂蚁一样一口一口啃回来的东西。哪管柱上一只圆钉，灶上一块抹布，门角里一把扫帚，在他眼里都是有血有肉有生命的宝贝，都在他心上占着一个角落，丢失了、损坏了，自然心要痛。真不容易呀，这二十年，跟着“走无派”，肚皮咕噜噜，若做“走资派”，肝胆都吓坏，刘兴大居然还能创家业，帅极了！也难极了！堂屋里这一张榉木八仙桌，对拼的台面，雕花的框档，通身没有一个节疤，精致大方，做手好极了。一九六〇年，卖主只要换六十斤大米。眼馋的人一大群，可是谁也拿不出米来；也有拿得出的，又不肯，认为这世道是活一天算一天，要台子做什么？只要有得吃就算。刘兴大家里一共只有八十斤米，办公共食堂时，原应该交出去；他打了埋伏，生产队来查抄也不曾搜到。

这时候又正是饿得最厉害的时候，可是，他咬咬牙，拿出来换了那张桌子。后来也不曾饿死。一个人在最困难的时候，也应该想到活在世上并不光是为了吃嘛！活一天算一天的人，谁也不及刘兴大相信共产党。刘兴大从来不曾消极失望过，他是个铮铮铁汉，甘心付出最大的劳动换取最小的报酬，善于运用超人的智慧去谋取正当的利益，他从不错过能挣一分钱的时间，从不放过节约一分钱的机会。他儿子长到十三岁，他就安排下养活二十只兔子的任务，当年就赚到了口粮钱。这样年轻就能负担自己的生活，全大队没有第二个。女儿淑珍更出众，八岁学会做蒲包，十岁学会摇棉花，十四岁初中毕业，一家的洗、烧、缝、喂都包揽了。真叫将门出虎子，精明人家的门闩也能舂得米，全靠他教得好哪！

不知不觉间，淑珍长高了，身材窈窕了，脸皮白嫩了，眼睛乌亮了，头发油黑了，重担子挑来轻飘飘，针线活做得呱呱叫。好一个娇女，走在公路上，小伙子看呆了，听不见背后汽车叫；走在街面上，两旁买卖都停掉；坐到戏院里，观众不朝台上瞧；哎呀呀，当年皇帝选妃子，幸亏她还小。

儿女长大了，刘兴大也用不到他们操什么心；吃什么，穿什么，做什么，一样样安排得条条帖帖。媳妇是他看中的，娶回来了，儿子觉得蛮好；女儿的婆家，他心里早有了，是隔大队第三生产队的徐富生家。徐富生同刘兴大关点老亲，和刘兴大一样精明能干，家底子一样厚实。他的独生儿子徐炳元，和淑珍是同学，同他老子一样的秉性，是个正经过日子的角色。在学校里的时候，就有好事的人从中提这个头，双方父母都赞成。后来长大了，徐炳元常借着跑亲戚的名义来看淑珍，淑珍对他也是热心的，而且也到他家去过多次。可是近一年来，忽然冷淡了，淑珍的魂被李松全勾了去，徐炳元来了竟和她搭不上腔。唉，丫头太小，不懂事，徐家是根牢固实、稳当可靠的人家啊！

可是，一提起徐家的事，淑珍就嘟了嘴，前一阵竟对娘说："我不要过那种日脚，我厌透了！"这算什么话！刘兴大看中徐家，就因为徐家过日子同自己一模一样。她厌透了，不就是厌透了自家的日子吗！

“养了她的身，没有养她的心！”刘兴大又惊又气。明明白白，她要像李家那样过日子。

平心而论，刘兴大对李才良、松全父子决无成见。这两个人——大队工厂的供销员和技术员，把厂办得兴旺发达，集体和个人都受到好处。今年真了不起，生产队分红，大队按比例拨下来八千现金，使全队的工资单价提高了四角七分，把其他大队社员的眼睛都看红了。光这一项，刘兴大全家就增加了近千元收入，他能不高兴吗！他备尝过生活的酸苦，懂得世道的艰辛，在那些“唉唉”的年代里，一家五口，拼死拼活，也几乎积不出钱来。今年凭空增收那么多的钱，却不曾要刘兴大花一点力气，简直不可思议。这难道是合法合理的吗？要说不合法吧，这是领导上大白天当众做出来的，分配方案是经过三级机关批准的，要怀疑都没法怀疑。要说合法吧，那么，几十年来刘兴大那个花一分力气赚一分钱的传统观念就完蛋了，刘兴大就不知道以后应该怎样过日子，他大概要重新到马桶里去翻个身才行。所以刘兴大还是不相信。他不相信也有根据，只要看看李家这七八年来三起三落的历史就有数。因为办厂，李才良在“文化大革命”里就红起来了，赚的钱替全大队付了电费、学费、医疗费。可是工作队一来，撤了他的职，关在学习班，拆了他的房子退赔。工厂也停办了。工作队一走，大队书记又拉他出山，又赚了钱，替大队买了拖拉机、电动机、脱粒机，把房子造还给他。过了两年，工作队又来了，又撤了他的职，拆了他的新房子，卖了他的新家具退赔。工厂又停办了。一直到“四人帮”粉碎以后，大队书记又三请诸葛亮，把他拉上台，他儿子李松全也从老师傅升了技术员。全厂父子一把抓，三年大翻身，钞票一大把一大把分到社员身边。过去拆掉的是平房，现在他干脆造了二丈三尺六的高楼，上上下下，一套套新式家具，蜡克树脂漆，光闪闪、澄澄亮；手表，自行车，三五牌台钟，收音机有了不算，还有十六英寸彩色电视机……哎呀呀，真是现代化的生活呀！这三年他们父子俩赚得真不少。合法吗？合法。李才良按照公社规定可以从纯利润中提百分之三，李松全出的产品畅销有奖金，都合法。也没有人不赞成。但是，但是……这现代化的生活究竟能过几年呀！要不要再受折腾呢？共产党的政策变不变，哪个吃得准？说不定哪一天又来工作队，扣他的人，拆他的房，做个闲人，替他想想也发愁，如果结了亲，岂不愁死了！

兴大越想越不安，他坐不住了。他要去查查淑珍在不在看电影，别被李松全勾引到别处去。哎呀，莫出了纰漏！

三

工厂旁边黑黝黝的广场上，密集着成百上千的人群，刘兴大哎，你哪里去找得到淑珍！

放映机的光线照出一个个灰暗而模糊的人头的轮廓，刘兴大从人群的外圈不时找到一个空隙探头进去；能看到的只是一个一个后脑勺；眼睛睁得核桃大，也认不出人来。于是他又扭着脖子细细打量身边的人，一个一个地相面，他的形状非常滑稽，熟悉的人就问了：“兴大，你找谁呀！”

“哦，哦，”兴大不肯说淑珍，却连连问道：“我家的人呢，我家的人呢？”

好不容易有人指示他，“喏，你儿子、媳妇在那儿。”

媳妇耳朵尖，听见了，回头一看是公公，站起来招招手：“爹，你来坐。”

“你娘呢？”兴大挥挥手。

“不晓得。”

“淑珍呢？”

“没看见。”

刘兴大把头缩回去，走几步又找个空隙往里瞧。

“你找谁？”好心人又问。

“我家老太婆。”

有人开玩笑：“老太婆，丢不了，没人要，别急别急，放完电影会找到。”

又伸了十几次头，终于有人指点了：“喏，那边披了棉袄的，不是吗！”然后开玩笑喊道：“喂，淑珍妈，兴大喊你回去哩！”

“嚼舌头！”淑珍妈一边笑骂，一边扭头看了看兴大，“做啥？”

“还有人呢？”兴大见淑珍也不在，忙问。

“不晓得。”

“你就只管自己看电影！”兴大恶声喝了句。

老婆回过头朝着银幕。她把棉袄裹裹紧，表示不理他。

刘兴大生气了，掉头就走，转身急了点，把鼻子碰在身边一个姑娘的太阳穴上，鼻梁骨一直酸到脑门顶。那姑娘尖叫了一声，伴着姑娘的小伙子就一把抓住了兴大的肩胛。姑娘连忙一笑，推推小伙子说：“是我家大伯伯。”小伙子也笑了，连忙放开兴大，还打招呼说：“大伯伯，你找谁？”兴大这才看清姑娘是自己的侄女淑英，那小伙子是她的对象，叫徐青大，和徐炳元是一个生产队的。兴大打了个嗝顿，不曾说得出话来，含糊地“嗯”了一声，就缩出去了；蹲在他们背后，摸出一支卷烟来点燃。前面那一对以为他走了，小伙子低声对淑英说：“你知道淑珍和炳元为什么吹了？”

“她和松全好，自然不能再和炳元好。”

“那么，她原和炳元好，为什么又和松全好呢？”

“你是说淑珍不好吗？不对，淑珍人顶好，炳元总有地方叫淑珍看不惯，才会断。”

“我倒弄清楚了。”小伙子神秘地说，“告诉你吧，完全是为了鞋子！”

“鞋子？”淑英很诧异。

兴大的心抖了一下，耳朵竖得更直了，连烟也忘了抽，急于想听个明白。

“唉，炳元的爹娘，忒忒精明，就是算盘打得忒旧了；他们从来不买鞋，穿自己做的，以为省钱……”

小伙子非常愿意满足姑娘的好奇心，但是旁边有人干涉了：“别吵了，别吵了；看完电影再讲。”于是他不响了。

兴大叹口气，但是他不想离开，希望这断了的故事有可能续下去。他也看起电影来。看了片刻，没有看出个头绪，思想便开小差，想起小伙子刚才评论炳元爹娘的话，很不赞成。他看中的就是这家人精明。一个种田人家，自己能做的东西，为什么还去买？许多零星用具，学会做并不难，笤帚五角钱一把，不过是几根粟苗用麻线扎扎就是了；草篮一元半一只，有二斤半竹子就够了；蒸腰只是一斤半稻草，竟值两角钱；蒸架、笼头、土筐、络索、米囤、小板凳、麻绳、酒、酱油……自己不动手，样样买，哪来许多钱？人家做了卖，哪一样不要赚钱！自己辛辛苦苦做来的钱，能轻易让别人赚得去！他刘兴大从来就是这样过日子的。鞋子当然不应该买，否则要老婆、女儿干什么！忙，就忙一点，辛苦，就辛苦一点，少玩一阵，少睡个觉就是了，做得死吗！一个人就要练，不练，吃现成饭，就一样也不会做，就一点也不会算，就不会有刘兴大的家业，就不会有淑珍的一手好针线！说这算盘打得旧也好，新也好，精明的种田人世世代代就是这样打，就是这样过日脚，总也不曾吃亏！做鞋穿不省钱，倒是买鞋穿省钱吗？这打的什么算盘？

刘兴大不能赞成这种说法。但是，怎么竟是为了鞋子呢，这丫头？这件事不弄明白，今夜要困不着。

说也巧，场地上忽然闹起来了。一片漆黑，断电。现在要等放映队把带来的小发电机架起来发电才能放。

自由了，小伙子应该讲下去了。刘兴大正高兴，那一对却不在了。

刘兴大面对着黑洞洞一片，故事听不到，女儿找不到，还是回去吧。

刘兴大离开了人群，就像小船离开了陆地。回头看看，除了几个散兵游勇之外，那人群真像大地一样屹然不动。他们真有兴趣，真有耐心：电断了，就等电来；片断了，就等接好；今夜放两张片子呢，谁肯走。不到半夜不会散，散了回去还要烧半夜餐吃了再睡。嘿，只说看电影不要钱，就不算算半夜时间，一顿饭全白贴了！还有这一班青年男女，一对对，深更半夜……天又这么暗……淑珍呢？松全居然也碰不见！还有淑英，徐青大……他们在做什么？

刘兴大心不定，四野里瞧瞧，看见工厂那边有手电光游移。便弯过去，吓，原来货船回来了，在开夜工搬运呢。管理员看见他，连忙喊："兴大，你是不爱看电影的，帮忙上一上货，好吗？"

"怎么算账？"

"不亏待你，一个钟头两分工，做过十点，贴三角夜餐费，怎么样？"

兴大一算，两分工值三角，两小时就是六角，加三角夜餐费就有九角了，等于做七只半蒲包（那可要三个人做半夜呢）。老话说："运气好，莫起早。"现在赚钱比从前容易了。不赚干吗，力气藏在皮里也会烂掉的。他心里一百二十个愿意，但却装得勉勉强强地说："要是叫不到人，我就帮帮忙。我难得出来看场电影玩玩，又给你叫住了，真没办法！等歇算时间，你得放宽一些，一张电影票，也值两角呢，总不能白损失！"

他没等管理员回答，就参加进去了。腹稿已经打好了，干不满两小时，也得算四分工；超过两小时，哪管只五分钟，他也要力争算三小时的账。

搬了两趟，电来了。

搬到第三趟，刘兴大从仓库里出来，隔着玻璃窗，看见工厂办公室里坐着四个人，厂长、管理员、李才良和他的儿子松全。刘兴大一块石头落了地，安心了；松全和淑珍不在一起。

搬到第五趟，管理员在门口等他说："停一停，厂长等你商量一件事。”

“叫我？”

“唔。”

“工分呢？”

“照算。”

刘兴大乐得快活。他进了办公室，一看，松全不在了，坐着厂长和李才良两个。见他进来，都朝他笑笑，招呼他坐下之后，李才良看了看台上放着的飞马烟，另从口袋里摸出一包前门，先敬他一支，然后给厂长和自己；亮出打火机，又先替他点着，不用开口，便显出很尊重他了。

“兴大，同你商量件事。”厂长吐了口烟说。

兴大不响，眼睛盯着他。

“你真有本事。”厂长笑着说，“今年天气这么阴湿，别人家种的芝麻都死光了，你还收着那么多！”

兴大一听，明白了。他装得丧气的样子说：“别说了，我也只收了个六成。”

“六成哪？”厂长料得兴大会来这一套，故意惊讶地说，“我还以为只收了五成呢！”

兴大失败了。他后悔没有说得更低一点。

“有多少？”李才良微笑着问。

兴大不答。

“多少钱一斤？”李才良又问。

“一元六。”兴大很爽脆地回答。

“你真是狮子开口，自由市场上卖一元二。”厂长反驳。

“你上自由市场买去！”兴大说。他知道市场上没有货。

“兴大，价钱便宜点。”厂长缓缓劝道，“是厂里派用场的！”

“厂长，你就给点光我沾，也没啥大不了。厂里还在乎这几个钱吗！”

“就算了吧。”李才良温和地点点头说，“依你。有三十斤吗？”

“兴大，你别弄错。”厂长说明道，“是才良自己掏腰包。”

“私人买？”兴大注视着才良。

“是才良自己买了替厂里去送人情。”厂长说，“这费用是包给才良的。他今年是多用了！”

“算了算了。”才良还是温和地说，“横竖都是一个队里人，吃亏沾光都在自己家里。”

“自己家里。”这句话兴大听了有点刺耳，有点脸热。但是不能驳。

“自家人就要体谅点嘛！”厂长说，“这爿厂办到这样子，才良功劳不小啊！今年全大队工资单价提得那么高，你兴大也沾了大光呢！”

“算了算了。”才良一直微笑着说，“沾光也不是兴大一人沾。”

“话是不错。”厂长动感情了，“可大家也要想想，你才良为这爿厂，房子拆了两次呢！”

“啧！”才良皱了皱眉头，叹一声说，“横竖事情也过去了。”

刘兴大忽然被感动了，生活在这个集体之中的人毕竟不能是旁观者，工厂对他的好处暖着他的心也吊着他的心，他一下子吐出了他长久以来的担忧：“过去的总不会再来了吧？”

一阵沉默。

“总不见得再来那一套。”厂长像对自己说。

“来也不过是拆房子。”李才良苦笑说，“我也不曾坏过良心，大家得到好处，能说一声值就算。”

“唉，”兴大叹息说，“看见你们送礼，倒不是肉痛，就怕厂办不长。”

“送礼也不是我们欢喜送，是有些拿着国家工资、管着国家物资的人厚着脸皮开口要的！厂要办下去，没办法哪！我两趟拆房子，都不肯牵他们出来。现在这班人更不像腔了。胃口大得没底，什么都要！我哪，也看透了，横竖材料越来越宽，我们的产品质量也过关了，任务有得做。以后不一定要靠他们，再要搞到我头上，我也不背黑锅了，一年账都在我肚里，有朝一天，我摊出来，就算送他们一口棺材！”

刘兴大听罢，安心地叹了口气说：“你把芝麻放在棺材里一道送，价钱就算一块二。”他原也听说过李松全技术好，东西做得灵巧；就没有想到技术好了就能使工厂硬起来。

大家哈哈大笑。厂长忽然朝李才良眨了眨眼说：“兴大，把淑珍放到厂里来，怎么样？”

刘兴大不答。

四

一个夜工开了两点二十五分钟，刘兴大除了在办公室坐掉的时间以外，大概做了不满一个半小时，果然得了六分工；夜餐费三角照付，不用细算，便是一元二角钱。刘兴大知道，如果生产队里，这些钱起码要开三个夜工，现在办了厂，赚钱的确容易了。

电影还在放。刘兴大有点倦了，不想再耽搁，决定回家。

一路上想着刚才厂长、才良的话。唉，能不反复就好。这样的光景，只要太太平平过三年五年，漏碗也能盛满水。怎不叫人动心啊！农业也发展，工业也发展，这日子有了奔头。在旧社会里苦，是受了剥削；新社会里没有剥削了，为什么还要苦呢？但愿从此就算苦到头了吧。

刘兴大忽然想起了淑珍的那句话：“我不要过那样的日脚！”惊异地发现自己竟和女儿走到一条路上去了。

“唉，这丫头，”刘兴大想道，“那么，日脚该怎样过呢？”

他又想起刚才徐青大同淑英讲到做鞋子的话，可惜不曾说完。

一路想着，在黑夜中慢慢行来，不知不觉，便上了村头。离开自家七八间屋面，是淑英家。门缝里透出灯光来；走近了便听到有人声。走到门口，便听出淑珍的声音来。兴大不禁停下脚步，凑过去朝门缝里看：嚯，四个人，淑珍、淑英、松全、青大，一人一面，坐在八仙桌头喝茶吃葵花子，正谈得有劲。只听得淑英说：“你老老实实讲，我已经掌握情况了，不许你赖！”

松全申辩道：“天晓得，徐炳元那双鞋，我根本不晓得是淑珍做的。淑珍和他不过是同学，怎么会替他做鞋呢！”

淑珍咯咯笑着说：“都是他娘，我一到他家，就塞鞋底给我纳；好像怕我白吃他家的饭，一去就不让我有空闲。”

“那一天我上街去，”松全说，“碰到徐炳元在鞋匠店里取鞋子。鞋子已经绱好了，徐炳元要鞋匠在鞋底上钉上内轮胎橡皮。鞋匠说：‘哎呀，这么好看的鞋底，被轮胎皮遮没了真可惜！’这才引起我的注意，一看，真是扎得好极了，针线细密、匀称、光净，简直是艺术品。这样的鞋底，不要说不该用轮胎皮遮盖，根本就不该穿上脚，应该放到艺术馆去展览，当艺术品珍藏起来欣赏！”

“该死的，这浪荡子！”兴大暗暗骂着，心里却偏偏很甜。

“我就动心了，问炳元：‘钉胎皮做啥？’炳元说：‘钉了防地湿。’我说：‘湿地上走路，你穿胶鞋不好吗？’炳元迟疑着说：‘贵。’我灵机一动说：‘你怕贵，我买一双胶鞋同你换换好吗？’他不吭气。我干脆就说：‘我买一双深筒的回力球鞋同你换！’你们知道炳元怎么回答？他说：‘换就换，我一个钱也不贴。’……”

大家咯咯地笑个没完。

“这浪荡子，就这样过日脚！”兴大喜滋滋的心里骂着。

淑英忽然板起脸，喝道：“招来，还有别的意图！”

李松全对天起誓：“倘有一点隐瞒，让天老爷派工作队来拆我的房子！”

哈哈哈哈……

徐青大摇摇头说：“徐炳元太老实！”

松全马上反驳：“那我倒是滑头？”

淑英白了一眼青大说：“什么老实，眼里只有钱和物，哪个姑娘配他爱？”

“你不晓得，”青大解释道，“他从来没有穿过买的鞋！”

“和我家一样。”淑珍证实说，“什么都要自己做，好像功夫不要钱！其实细算算，做一双鞋子的料，比买一双只差几角钱，倒要花两天工夫才做得出，一工算一元，就大蚀本。就是不肯买，赶着你起早磨黄昏，半点没空歇，想学习不得学，想看电影不得看，想外面去见识见识不得去；有了钱买块糖吃还说吃馋了嘴，这日脚过了有什么意思！”

“嘴倒凶！”淑英指着淑珍说，“大伯伯听见了揍你！”

“我不怕。”淑珍说，“我话说明了。”

兴大摇摇头，不愿再听下去。女儿造反了，哼，你造吧，横竖做爹的也不带什么进棺材！他悄悄走开了。

到了家，兴大到猪圈、羊圈、兔圈转了一转，关好门，灭了电灯，想进房去睡觉，听见大门外有脚步声停下了。两个人在说悄悄话。

一个说：“你走吧。”是淑珍的声音。

“你几时给我做双鞋？”松全的声音。

“不。”

“只做一双。我总不能光拿人家的当宝贝。”

“只做一双！”

“只做一双。否则，你就把我当徐炳元。”

一声低到蚊子一样的“嗯”。

兴大赶快进房睡觉，连灯也没开。

电影完了。儿子、媳妇都归宿。

老婆最后也回来了。坐到床上脱衣服的时候，见女儿房里灯没有熄，喊道：“淑珍，还不困！”

“困了。”

刘兴大揣度女儿在做鞋子，用脚踢踢老婆，模模糊糊地说：“随她去……”

心　　狱

一

一九八〇年初冬。

有一个星期天，吃过饭，我同孩子上南郊公园去看菊花展览。出门刚走过一小段路，就碰到了水头公社小湾村生产队的社员冯炳法。我们是老相识，却有半年多时间不见了。近三年来，他一直在控告原公社民兵指挥部的秘书施阿楚将他儿子冯大荣毒打致死的严重罪行；虽然引起了有关方面的重视，施阿楚因此被撤销职务，但始终没有依法惩办。几次三番，公社经办此案的人向冯炳法提出，以愿意赔偿六百元损失费和安排冯炳法的小儿子冯小荣进社办工厂当工人为条件了结此案。冯炳法不答应，坚持要求依法处理。事情拖着一直没有解决。所以，每次碰到他，他总是愤愤不平，我没法劝他，却也无力帮忙，只得由他。刑法公布以后，我估计事情的结果会加快到来。前一阵听到检察院已决定起诉，我很替他高兴，正设法要告诉他。碰巧他倒来了。

我连忙邀他回家去坐，他一看就知道我刚出门，笑着推辞说：“不耽搁你了，在路上碰着你最好，我也马上要搭车回去呢。”

“这么急做啥？”

冯炳法兴冲冲地把手一抬，让我看到他拎着的罐漆，说道：“明天漆匠来漆家具，小荣要结婚了，好日子定在年初二。我买了漆，看着还来得及到你家弯一弯，所以赶来了。你记住了，初二到我家来吃喜酒。”

"哦！"我心想，怪不得他这样高兴。看来小荣的婚事，冲淡了他对大荣的怀念。我也感到安慰。

"你一定要来，我横竖只有小荣一个儿子了，我要热闹热闹。"

"好、好、好。"我连忙答应。因为他的话里，明显地又想起大荣了。

可是，他不再提打官司的事，竟要走了。

"为啥这样急？"我反觉得有点不满足。

"车快开了。"

我只好长话短说："那消息听说了吗？"

"啥消息？"

"要起诉了！"

"真的吗？"

"可靠。"

冯炳法顿了一顿，出乎我的意料，他平淡地说："不必了。"

"为啥？"

"施阿楚疯了。"

我听了十分惊异，一时竟不知道怎样提问。冯炳法却不再说什么，匆匆地走了。

二

我确实很惊异，因为我从来没有想到过施阿楚会发疯。"文化大革命"暴露出施阿楚是个坏人，坏得很明显，明显得全公社的社员和绝大部分干部都看得清清楚楚。所以，尽管我不相信"恶有恶报"是规律，我却相信施阿楚绝没有好下场。我曾经设想过，他可能被判重刑，可能在他轻率地挑起的一场格斗中丧生，也可能在一次酗酒中醉死。却没有估计到发疯。施阿楚干坏事，不但是家常便饭，而且是他的嗜好。他一天不打人，手脚就无处安放。他不止一次对别人说："你们没有打过人，不晓得打人的滋味。这打人，是越打越惬意！"既然到了这种程度，可见施阿楚的思想感情和行动之间已经没有矛盾。那么，为什么竟又"天良发现"，思想斗争激化得精神分裂呢?

从清理阶级队伍开始，我越来越频繁地听到人们谈论施阿楚，有三十多个受害者亲口向我详述过他的暴行。我了解一切详情末节。但是，我宁可让我的小说写得枯燥无味，也不愿去掏那粪坑，玷污纸笔。这些材料在我的脑子里勾勒出一个极其憎恶的形象，非常鲜明，但却找不到确切的词汇表达出来。很长一段时期，我一想到这个形象就恶心，就沉重，就担忧。

我同这样的凶神恶煞生活在一个公社里，但是从来没有碰到过。我不愿意看见这种人，连一点好奇心都没有。

一九七五年初秋，公社的中学里举行田径运动会，我的大孩子参加跳远比赛，她每次都得到奖状，这使我发生了兴趣。那天下午，我怀着这种兴趣去看她比赛。两点半左右我进了学校的大门，大门口静悄悄，人们都聚集在后面运动场上。这时间，从校门里扑面走出一个人来，三十不到年纪，身材中等略矮，猴瘦而步履如豹。头上戴一顶白亮的宽边新草帽，高高掀在额头上。额头狭窄，颊部扁阔，下巴猴尖；竖眼梢、尖鼻子、小嘴巴、薄嘴唇，一张蜡黄的脸皮绷得紧腾腾，包牢在骨头上，如刀削一般。他不声不响走近来，两眼一眨不眨盯牢地面。和我擦身而过时，我清清楚楚看到他的右脚碾动了一下，留下的脚印中，踩死了几只蚂蚁。我暗吃一惊，这种凶恶的样子，我还从未见过，忍不住回过头去再看他一眼。这时我只能看到他的背影了，他那草帽宽边上，端端正正写着三个大字："施阿楚"。

我不禁倒抽了一口冷气。

我想象中的施阿楚立刻消散了。只有亲眼看到的这一个形象，才能够奇异地和有关他的传说合拍。也许从那以后，我才真正懂得什么叫丑恶。

就在碰到施阿楚之后不到半小时，我和学校里一位相熟的老师走过运动会的司令台，在不到一丈的距离之内，我看到右台角上有个气宇昂然的中年男人闲散地叉开双腿，仰坐在藤圈椅里。那是我们区里的造反权威。在他的里侧，有一个衣着入时、相当俏丽的少妇，像风吹的柳枝，左手撑在藤圈椅的靠背上，斜倚在他的身边，右手不断扇着蒲扇，让两件绸衫在一起飘动。我不认识那个少妇，但是很容易判断她不是他的女儿，也不是他的媳妇，那满脸的春色从风流的眼睛里透露出来，向座中的男人忽闪忽闪打着微妙的信号，一切都明显得像蜒蚰爬过粉墙留下的一条肮脏痕迹。我忽然觉得这是一个戏台，两个演员正在出色地表演调情。可是，我没有像观众那样停下来细看，倒是掉过面孔走开了。我皱着眉头思索，记不起曾否见过这样风骚的女人。等到走得稍远，同行的老师就在我耳边低声告诉我，那女人就是施阿楚的老婆。

听了这话，我先是猛吃一惊，接着脑子里顿时通亮，我发现这样两个人结成夫妻竟那么和谐，而今天看到的场面则无疑是和谐协奏曲里的一个高音。

三

那时候冯大荣事件还没有发生。他死在“四人帮”粉碎前两个月那个酷热的夏天。

儿子的惨死，是冯炳法生平受到的最大刺激。他历来是个和顺的人，从不同人争长短，干活肯出力气，生活十分俭朴，日子比一般社员好过，吃点小亏能忍让，求得太平安稳。他对儿子管教得很严，不许他们出去惹是生非。“文化大革命”闹得那么厉害，他全家不曾蘸一点咸淡。他努力排除世上的一切纷争，要为自家建成一个世外的桃源。但是，儿子长大了，他们必须到“桃源”以外的地方去找一个心爱的姑娘。大荣的名誉很好，人也长得英俊，附近村庄上有好几个姑娘爱他，他规规矩矩地选中了一个，想不到因此就招来了杀身之祸。冯炳法忍受不了这种痛苦，他的愤怒像火山一样爆发了。这个温顺的绵羊忽然变成了一个铮铮铁汉，发誓要替他的儿子申冤报仇。不久，“四人帮”粉碎，党中央的一些有威望的老领导一次次提到要关心群众疾苦，使冯炳法十分感动，充满了必胜的信心。他一次次到县、地区、省登门告状。他还向舆论单位发出一封封信件，请他们帮助呼吁。在半年多时间内，曾经有三批人下来调查这个案子。几乎所有的调查人员都对冯炳法表示同情。全公社闹得风风雨雨，群众轰动起来，在民兵指挥部里受过折磨的人大都出头来告状。施阿楚不敢在群众中露脸了。公社党委受到的压力很大，党委内部对于处理这一案件争论激烈，这种争论逐渐泄露到群众中去，又引起了很大的反响。大家知道，所有的调查都证明冯大荣无辜。他和心爱的姑娘谈情，男未婚，女未嫁，完全是正常的行为。问题是姑娘的父母另想高攀，居心要拆散这对鸳鸯，污蔑冯大荣企图强奸他们的女儿。施阿楚不分青红皂白，把冯大荣捉去，才产生这种严重后果。事实已经推翻了当时公社宣布“冯大荣强奸未遂，畏罪自杀”的结论不确。因为那个姑娘在秉公讲话。那个区里的造反权威亲自代表公社出面打圆场，开始认真和冯炳法谈判。几次三番，表示愿意赔偿损失和安排死者家属中一个人进厂工作，来了结此案。同时又恐吓冯炳法不要听信坏人怂恿。冯炳法不答应，坚持要法办施阿楚。谈判没有进展，转入了冯大荣究竟是自杀还是被杀的争论。冯炳法一口咬定儿子是被杀害的，理由是尸体浑身伤肿。这一事实无可否认，因为运去火化的时候有许多群众看到。但是有伤肿并不等于被杀害，冯炳法的判断并不等于事实。公社办案人提出人证物证说明冯大荣确系自杀。他是用自己的裤腰带吊死在门框上的。当时另有一个外地窜来的窃贼被关押在冯大荣同一间房子里，亲眼看到，可以做证。但是这个窃贼始终未同冯炳法当面对质，据说是调查人员找过他作了核实。因此否定了“他杀论”。然而过了一阵，冯炳法又提出新的根据，认为窃贼如果看到大荣自杀，一定会劝阻。劝阻不成，一定会喊叫，让别人抢救。可是他没有这样做，为什么？只有一个可能，他当时睡着了。等到醒过来，他看到的不是大荣自杀或被杀，只是看到了一具尸体，所以他无权作证。这个推理本身是周密的，无法驳倒。但是公社办案人以牙还牙，用这个推理的逻辑还击冯炳法，指出既然窃贼因为没有亲眼看到就无权作证；那么，冯炳法显然也没有亲见，也就无权说冯大荣是被杀的了（尸体未经法医检验就火化了）。于是，争论就延续下去，无法得出明确的结论。检察人员因此只得努力排除种种干扰，进一步去调查研究，以求做出最公正的判断。于是罪犯施阿楚也就保持住了他的自由。

冯炳法逐渐明白自己碰到了一个强大的阻力。这个阻力用种种办法把事情搞得复杂化，挑起争论，不让弄清。准备一直拖下去，拖到他冯炳法失去耐心，自动偃旗息鼓为止。

四

就在那个时候，我的工作从水头公社小学调到城市里来了。之后冯炳法上城告状，我的家就成了他的一个落脚点。我同冯炳法非亲非故，只是他两个儿子，大荣和小荣，都曾经是我喜爱的学生。大荣的惨死自然也引起我的悲痛和愤怒，我自然而然成了支持冯炳法告状的许多人中的一个。我也和冯炳法想的一样简单，总以为既然一切都在大力拨乱反正，这种案件是不难得到公正处理的。看到一再拖下去，我就迷惑不解了。区和公社干部的内部争执，我比冯炳法知道的多一些，但是我始终不明白为什么被群众痛恨的施阿楚，竟有一些干部舍不得处理！我曾经向我的一位表兄（他在市里担任领导职务）请教。表兄嘲讽地看着我苦苦一笑，不作答复。后来吃晚饭。饮了一点酒，我不禁又提起这个话头，他才长叹一声，轻蔑地说："老弟，你也这么大年纪了，怎么还不懂？要晓得，施阿楚并不是施阿楚个人！"

"这就是我要请教的问题！"我不肯相让，"为什么会有这种反常现象？"

"反常现象？反常现象好像你在'文化大革命'里不曾见过！"表兄叨唠着说，"道理很简单嘛！施阿楚这种人，是'文化大革命'

的必然产物。那时候推行的‘极左’路线，同群众的利益根本对立，要想用说服教育的办法，群众能接受吗？只有用专政的办法推行。就是说，向群众专政！”表兄讲得激愤起来，提高了声音：“有党性的共产党员谁也不肯这样做！而施阿楚这类人就应运而生，他们头脑简单又有野心，没有别的本领，却肯用拳头杀开一条登天之路。他的行为解决了他的顶头上司的困难，当然受到了默许或支持！因此，无形中有感情，有牵连。把他抛出来不是一件简单的事情！”

我恍然大悟，但是心里非常窝囊，我的感情不愿意承认这是事实，我宁愿相信“真理必胜，邪恶必败”“善有善报，恶有恶报”是谁也不能逃避的规律。否则的话，人类一切高尚的情操岂不垮台！几十年的冤、假、错案都在一个个平反昭雪，我就不相信这新的冤枉不能得伸！“若要不报，时辰未到！”我希望胜利终将属于冯炳法。

但是我却老是惴惴不安。我不得不承认表兄的剖析是高明的，十年混乱使人们之间的关系复杂而畸形，拨乱反正的进程也十分曲折。冯炳法这条青鱼究竟能否破网而出，是令人焦急的。

五

之后的一段时间里，我和冯炳法又有过多次接触。他几乎和过去一样，仍旧是十天或半月一次到有关单位去催办他的申诉。每一次碰面，他都要告诉我一些新的情况，但却没有一点实在的东西。乡下的风声时紧时松，有时甚至传说施阿楚已经主动投案去了。有时则烟消云散，好像大家已经忘记了。冯炳法只能从干部对他们的态度变化上猜测内情。有一段时期，公社办案人不断升级，答应开除施阿楚的职务，赔偿的损失费增加到一千元，使冯炳法感到公社受到了较大的压力。有些时候，冯炳法主动去找公社办案人，人家爱理不理，冯炳法就猜到上面施加的压力又被顶回去了。冯炳法和他们打过无数次交道，他们每次都表示关心和同情，但总是劝说冯炳法不要经过法院而是用一般调解的方法来解决。一直到刑法公布之后，按照法律条文可以清楚地看出施阿楚犯了法，还是这种态度。

冯炳法不止一次发牢骚，他说："私和官司，只能暗地里沟通沟通，沟通了就私下了结，沟不通就得公事公办。贪官污吏尽管可以帮一方、压一方，但是歪理也得在公堂上说出来。现在有人只管公然出面私了官司，不管人家愿意不愿意，倒也不曾见过。"

我没法说什么，只好笑笑。冯炳法的努力究竟会怎样呢？我没有勇气鼓励他继续干下去，但又懊丧地预想到他将会灰心失望而宣告失败。

之后每碰到冯炳法，我们没有几句话好说了。往往是我先问："又去过了吗？"

"又去了！"

"有什么说法？"

"还是那样。"

有一次我忍不住了，提醒他说："这样下去，你看会有结果吗？"

想不到冯炳法竟笑笑说："我现在不是来告状的，是来同不信法律的人比比韧劲的。我已经想透了，大荣已经死了，再也不会复活。我失去的东西已经失去了，再也没有办法找回来。我无所谓了。不管官司打赢打不赢，我都睡得着觉。但是，一天没有结果，我就一天不歇。我要让大荣的影子永远搁在犯法者的心上。他们愿意拖，就让他们拖吧。水里拖稻草，愈拖会愈重，法律挂在他们的头上，终有一天会落下来。别看他们现在抵住了，他们会发抖的，我要让他们提心吊胆，困不着觉！"

冯炳法说得很冷淡，很沉着，而我却像听到了一颗炸弹的爆裂声。这个人的性格活生生跳出来了。过去看他一贯和顺，不与人争，只不过是一个外壳。这个外壳是因为他知道自己内部的熔岩会随时爆发出来毁了自己，才长期凝练而成的。这种长期的凝练已经表现出性格的坚毅，不过不为人所知道罢了。现在，外壳被震破，熔岩冲出来了，他也就会坚毅地一冲到底，不达目的，不会休止的。

之后，我就一直没有碰到他。直到这一次来约我吃喜酒为止。

六

真的，假如不是施阿楚疯了，我几乎把他忘记了。

很奇怪，三年来无穷无尽的争论，中心就是施阿楚，但是这争论只是由旁人进行着，施阿楚已没有开口的权利，甚至也很少露脸。事实上大家等于把他遗忘了。历史就是这样悄悄地起了伟大的作用。施阿楚消失了，向人民专政的时代宣告结束。

有人偶然想起他，便问："施阿楚呢？"

"不还在公社！"

"他在干什么？"

"还能干什么呢——吃饭！"

在人们眼里，施阿楚已经是一个等待处决的囚犯。他会有什么想法，没有人再关心了。

我历来认为施阿楚是没有心肝的人，用当地农民的话来说，他的良心早被狗吃掉了。这样的人不会有思想，不会有感情。但是现在他疯了，那么，我显然是想错了。一个没有感情、没有思想的人是不会发疯的。

我首先想起了他的那句"流芳百世"的名言："打人越打越惬意。"明明白白，这就是一种感情。

但是，凭这样一种感情怎么能导致发疯，我缺乏证据来阐明它。

我心里在揣摩，施阿楚打人的时候，越打越惬意。如果变换一下位置，他被人打的时候，会有什么感觉？

一个人，认为可以凭拳头去征服世界，认为所有的人都会忍受不住皮肉的痛苦而屈服，这种想法究竟有什么根据？

我认为，这根据只能从他自己身上找到。

假如他自己是一个无所畏惧的英雄，那么，他怎么会相信别人会在拳头底下屈服！

很明显，恰恰是施阿楚这样的人，是最怕拳头的懦夫。

他所以是懦夫，因为他没有信仰，他的思想是空虚的。

这样的人，会随时轻率地抛掷生命，成为自戕者或成为凶手，因为他从来不懂生命的价值。也会吃了三棒头就跪下来苦苦求饶，因为他本来就无可坚持。

任何人都把自己的灵魂当作镜子去照世界，而世界也就在这面镜子中看透了他的灵魂。

但是，我却绝少听到这类人会发疯。施阿楚居然发疯了，这使我感到惊异。我非常想弄清促成这种变化的原因。从那以后，凡碰到水头公社的人，我都要问起这件事，春节中，我也真的去参加了小荣的婚礼。

七

我得到的材料是零碎而复杂的。大体上我摸索到施阿楚三年来有过如下的经历。

在冯大荣事件发生后不久，随着“四人帮”的粉碎，拨乱反正工作的进展，公社民兵指挥部就撤销了。民兵指挥部一撤销，施阿楚就没有了职务。他原不是正式干部，不属国家编制，不过是用集体积累养一个打手而已。现在用不着了，原应该回到生产队去，况且又是出了纰漏的。但是，有些人极讲仁义道德，他们说：“要用叫他来，用不着就叫他走，这不叫人寒心吗！以后还叫得动谁呢！”于是就留下来了。

就在那个时候，一天漆黑的夜里，施阿楚从公社走出来，到原来的民兵指挥部去睡觉。这一段路程不到三百米，可是，就在离公社大门百米以外的地方，有几个黑影窜出来，一下子把他揿倒地上，扼住了他的喉咙，狠狠地打了他一顿。

施阿楚吃了苦头，又怕坍台，不肯讲出来。之后，天不黑就关门睡觉。但是，民兵指挥部倒闭以后，冷冷清清，一到夜里，便阴风阵阵。灯光摇曳处，仿佛怪形鬼影，在墙角走廊间飘忽。深更半夜，椽间梁上，时有声响。风吹门环，雨打山墙，便像千军万马杀得来。施阿楚疑惧不已，便和老婆商量搬到公社去住。无奈公社里没有空屋，家没法搬，只得在人武部办公室里临时架一张单人铺住下。从此就龟缩起来。

冯大荣事件闹大了之后，公社党委对他的态度是很严厉的，不断地责令他做检查。调查人员也往来如走马灯，反反复复查问他。据说施阿楚的思想很混乱，说话不懂得轻重，还常常扯开去，牵连到别人，因此常常受到个别人严重的警告和训斥。经过了很长一段时间的训练之后，他反映的情况才纳入轨道，对了头路。这是一次“极好”的“法制教育”，使一个罪犯懂得怎样逃避罪责。但是，教育他的人并未想到另一种效果。有位观察细致的人回忆当时的情况说：“这个‘专政’的‘英雄’愈懂法律，就愈相信自己是个罪犯。从那时候开始，他的精神彻底垮台，变得神经过敏了。他常常手足无措，在风声最紧张的时候，甚至要到公安局去投案。”

另有些人则认为，当时施阿楚最害怕的是被踢出公社回生产队，因为他结怨太多，随时会受到报复。一离开公社，他就失去了保障。他曾经苦苦哀求过公社当局，还叫他的老婆到区里那个权威跟前去说情。

人们肯定这是施阿楚能够长期留在公社里的一个重要因素。

但是，区里的那个权威终于像石头一样被搬掉，公社党委终于一致同意检察人员提出起诉之后，也就决心要把他摆脱。

施阿楚听到这个决定就呆住了。像一截木头般长久站着不动弹。公社办案人知道他的心思，安慰他说：“你不要怕，回去后不会有人敢打你的，现在有法律保护你。”

施阿楚顿了一顿，他的嘴角牵动了，却什么也没有说，竟哈哈哈哈傻笑起来。

我们不难猜出施阿楚当时想到了什么。

于是精神分裂了。

他要同老婆一道回去，老婆不肯，说他疯了，她在社办工厂里有一个惬意得几乎“按玩取酬”的位置，为什么要回去呢！于是他就狠命地打她，打得她哇哇喊救命。如果不是被别人拉开，也许他真会把她打死的。

于是她就找到了不再回去的理由。

八

吃喜酒那天，我特地去看了施阿楚。他的家离冯炳法所在的小湾村不远，只消半小时路程。

施阿楚家有两间平房，从外表看上去还是崭新的，造了没有几年。生产队长施永平同我走进去，外间屋是个客堂，收拾得倒还整齐，靠里壁架了一张床。施永平告诉我，施阿楚的侄儿住在这里，以便照料他。然后推开房门，我立刻打了一个寒战。我看到的不是一个普通的房门，而是我想象中的地狱。这里四壁萧空，沿墙角的地面挖得坑坑洼洼，施阿楚穿着一身灰色的破布衣坐在房子中央一块石头上，双脚被铁索锁住了。他瘦得像一个饿鬼，漆黑的头发披散到眉际，灰白的脸色像涂着一层油彩，瞪着眼睛一动不动地盯着地面。薄薄的小嘴唇机械地掀动着，不断地发出一种均匀的声响：“斥、斥、斥、斥、斥、斥……”

我呆呆地望着这一切，一言不发。

施永平告诉我，施阿楚回来后很快就疯了。起初大家不知道，他不大出门。后来，他房里的电灯通夜亮着，邻居听到挖地的声音。从窗外向里窥探，原来他在挖老鼠洞捉老鼠，捉到就一撕两爿。大概他睡不着，恼老鼠吵了他吧！过了几天，就听得乒乒乓乓响起来，大家赶去一看，他正在砸家具，床、橱、台子，都砸坏了。

“他真疯了！”我浩叹地说。

“这个人发疯的时候，说不定倒有了良心。”施永平沉思着说，“那些家具都不是买来的，是在民兵指挥部时，割别人的资本主义尾巴割来的。想不到他看着竟受不了了。”

“大家看见了，就上去阻拦。”施永平顿了顿接着说，“想不到他竟打起人来，力气大得惊人，几个小伙子都揪不住他，打伤了三个人，才晓得他真发疯了，只得把他锁起来。”

施永平叹了一口气说：“他是个武痴。”

……

我默默地离开了那里，回到小弯村冯家。这时候冯家一片喜气洋洋，新人到家，酒筵排开。

我打起精神，强颜欢笑参加了宴会。我的酒量是很大的，农民自做的米酒，饮那么三斤五斤，从来不算什么，但是那一天，只两碗，就醉了。

飞　　磨

一

解放以前，常州和武进不分家，常州就是武进，武进就是常州；一块地方，两个名称，连城带乡，统括在内。但也不是一直如此。再往上推，又不同了。清朝时候，原是两个县。这两个县把一座常州城劈成两爿。城中心以西，叫武进县；往东，叫阳湖县。统归常州府管辖。后来合并，为什么不叫阳湖叫武进，我就不懂了。其实阳湖的人文地理，远较武进丰茂。清代两大学派，一个出在安徽桐城，一个就在这个阳湖县。阳湖所以得名，因为境内有一个阳湖，约有近千亩田面积，就在古战场五码东南。五码已经是无锡县了。无锡县还有一座山，叫阳山，在阳湖的正南方，大概也是因湖而得名的。这里的人，没见过高山大峒，难得眼前有一座几十丈高的荒山，便当成宝贝，说阳山有万丈高，纯是海话。有识之士，深以为羞，编了两句话纠正道："瘌痢阳山万丈高，不及昆仑半只腰。"其实按海拔计算，阳山的山顶，比昆仑的山脚还低得远呢。要说这地方的特色，实在不是山，而是水。阳湖以南，是茫茫的太湖，阳湖以北，是浩浩的长江，在这东西四十里，南北五十里的平原上，到处布满了弯弯曲曲的大小河流，互相串联，四通八达，就像人体上的血管经络一样，使得一切都活蹦鲜跳起来。土地肥沃了，物产丰富了。这丰富的物产，很方便地从村边的小河运出去，五湖四海任泛舟。几百斤、几千斤东西，用小船或大船载着，艄公不紧不慢地一橹一橹推扳，又像用力，又像玩耍；悠悠荡荡，晃动一河清水，摇曳的云天，便在船底下流过。等到风起，便扬起一面帆，把稳了舵，任船自飞，再不费劲。江南水乡，顶呱呱是块好地方哟！

许多条小沟浜，通到大河里去，这大河便是连接江海湖泊的纽带。这样的大河沿岸，相隔十几里地，就有一个或大或小的市镇，起了货物集散的作用。现在我要说的柳塘镇，就是这类市镇中的一个。

柳塘镇在阳湖以北二十里左右，再往北二十多里就是长江，是个水路码头。一条街沿河筑成，约莫一里路长。街面两旁，开满各色店铺，京广洋货，南北什货，应有尽有。最多的是粮行，因为这儿是粮食产区。平常时候，街边河下停满船只，大都是装运粮食的。为了适应过往客商的需要，饭店、茶馆、客栈、浴室，也各有几爿。周围十里开外的人，都上这条街。生意兴隆，十分热闹。商人虽然没有社会地位，但靠买卖发财的倒不少。

单说镇上的茶馆店，就有三爿，大小不同，等级也不同。一爿最大的叫“荣记茶馆”，有三进房子，头进三间铺面，东边一间是工作室，中间一间是过道，西边一间放三张桌子，是一般乡下人吃茶的地方。很挤，茶也便宜，茶叶也蹩脚。头进往里，是一个大天井。穿过天井，又是三间厅屋，只放五张桌子。每张桌子，朝南放两张靠背椅，其余三面是单人骨排凳。这儿是地方上有钱的商人或地主、过往客商的坐地，茶价要高一倍。再往里走，便是一个清静雅致的院落。中间三间花厅，放五张红木台子；一色单靠，也都是红木的。这儿是当地有财有势的头面人物吃茶地方。每张桌子，都有人包着的，不许随便乱坐。用的茶叶，也是各人带来存在茶馆里的。这儿又是议事大厅，地方上有什么公事要议，头面人物就在这儿聚会。花厅四角，还有四个厢房，每个厢房只放一张桌子，那是个别碰头商谈或在议事中退下休息的地方。至于有些老百姓发生争执，要央哪一位头面人物吃茶说句公道说，就只在第二进上坐了。表面上看起来，倒相当庄严。但是，往往在下午或晚上，一起人照样聚起来呼幺喝六，就再也不顾谁坐哪张位置，一齐放浪于形骸之外了。

后来，这里发生了一件异乎寻常的事情，这花厅连院落便封了起来，头面人物不再到这儿来吃茶、赌博、议事了。“荣记茶馆”便因此衰败下来。老板极力支撑，把茶馆改了名，叫作“龙院”。一时虽然吸引了许多人，但因为那“龙院”又进不去，很扫兴，便没有人来了。从此便降了格，和其他两爿茶馆平起平坐了。

二

那件事情发生的准确年代无从查考。

总之，有一天上午，风和日丽，街面上熙熙攘攘，人头挤攒，十分热闹。“荣记茶馆”的后院，打扫得干干净净，清幽肃穆。花厅的长窗全部敞开，已有几个长袍马褂在那里晃动。原来今天要在这里公议一件大事。前几天乡董许炳林接到县里一张公文，说是黄河决堤，两岸大荒，饥民急待放赈。皇上有旨，要各地认捐救灾。这柳塘镇一乡，县里派捐大米八千石，许炳林急得跳脚，和几个头面人物一商量，便把所有富商和大户召来，要他们认捐。

吃过早饭，稍歇片刻，一些胆小怕事的，便陆续来了。坐下来屏息静气等着。

讲到头面人物，其实这一带也很少有大世家，大乡绅。最了不起的一位，不过是中过进士当过几任县知事的翁传仁，现在告老在家。其他有举人二位，秀才三五辈，还有几个和官场上沾点裙带关系的地主。掌握地方政权的乡董许炳林，便和这帮人勾结起来，成了统吃一切的势力。八千石也罢，一万石也罢，这些人不但不想出一个小钱，倒想赚一笔外快。方法也极简单，先开这个大户（富首）会，叫大家认捐。自己带个头，数字当然可观，但统括起来，自然不会满八千石。于是就可以派捐，分摊到全乡各户去。那个数字，别人就没法弄清楚了。多下来的，全进了自己的腰包。

所谓大户，就是无权有钱的人家，号称“肉头户”。这是一批很有心计，又吃得来苦的事业家。他们的经济实力很强大，不但经营田庄，也往往兼营商业或手工业。这些人的姓氏很杂，根基都不深，没有历史悠久的家族，因此势孤力单。据说满清进关，夺明朝的天下，长江南北，汉民族抵抗很激烈；扬州十日，嘉定三屠；历史上是很有名的。江阴典史阎应元，在国家民族危亡之际，挺身而出，率众守城抗清。后来全城人民都壮烈牺牲了。这柳塘镇离江阴不过三十里地，清兵过处，陈尸遍野，几乎烧光杀绝。后来的人，十之八九，是从外地迁来的。定居后也不过传了两三代。有不少“肉头户”，别人提到他的祖宗，就会说，那时候到这里来，一根扁担两只箩，全部家当作一担挑在肩胛上。

花厅里的人渐渐多起来，倒是头面人物包括告老知县翁传仁先都到齐了。“肉头户”却还只到了一半。没到的大抵是桀骜不驯的人物，他们料想到这里来不过是出点血，决无好处，故意拖沓，表示抗拒。大人先生们虽然心焦，只得等着。但这种耐心也是有限度的，过迟不来，他们就派捐，也不怕别人不认。

正在这时候，院门外又走进一个人来。大家举目一看，并不认识。只见那人打扮虽然平常，气派却大得出奇。他朝花厅中央一站，一言不发，两只眼睛盯着大家看了片刻，威严的眼光直逼得大家倒抽冷气，竟没有一个人敢请教来者是谁。接着，这陌生人就在花厅里围着大家转了一个圈子，还掀开各个厢房的门帘看看，好像在查巡这儿是否藏有歹徒。弄得在场各位脊背发凉。然后便走出去，刚到院门口，碰着两个人一前一后走进来。前面一个，高个子，圆头颅，髅头盘一条丝光锃亮的发辫；穿一件素色绸袍，连马褂都不套，十分随便。他态度从容，旁若无人。先进来的人一见他，便变了一个人，软得像根绵条，弯腰屈膝凑上去向他禀告。他并不停步，却让人家跟着他诉说。禀告的人说了几句，一回头，朝花厅指指，用手一挥，那意思似乎要把所有的人一齐赶出去。那人笑着摇摇头。禀告者便又指指厢房；那人点点头。三人进了花厅，等于不曾看见大家，就掀开东南角上厢房的门帘，走进去了。接着仍旧是那个先进来的人又走出来，上前面去泡了一壶茶，不用茶博士，亲自端进厢房，之后就悄然无声了。

这一番情景，弄得花厅里的人惊疑不定，愕然不知所以。特别是几个头面人物，十分尴尬。许炳林便凑近翁传仁请教，来人究属何种路数？翁传仁魂夺神摇，思忖来者若非江洋大盗，就是当今皇上，否则不会如此目空一切。他不敢议论，便沉吟不语。许炳林不知利害，想自己总是一地之长，好歹要弄个明白，就壮着胆子去挑门帘。谁知那先进来的人竟贴着门帘一动不动朝外站着，活像一尊门神。许炳林一吓，腿肚子一软，扑通一声，屁股落地。这一跤，把往时的庄严，素日的威风，统统跌光不算，就连以后装正经的本钱也输光了。

三

就在许炳林躺下去练习“醉八仙”拳法的当儿，与会的人正巧全部到齐了。最后到场的大户姚祖荣跨进花厅的脚步声，像鼓点子一样打在许炳林屁股落地的节骨眼上。

姚祖荣没有错过机会，这个善于利用时机的人三脚两步抢过去，把乡董扶起来。不过，他的扶法有些特别，不是去扶许炳林的手，而是一手抓住他的肩胛，一手揪住他背脊上的马褂，像捉小鸡一样把他拎起来的。

姚祖荣确实能够轻而易举把许炳林拎得脚不着地的。他比许炳林高出一个头，不但力气大，而且学得几套拳功。他根本不把许炳林看在眼里。讲财产、讲力气、讲精明能干，许炳林哪一点都不及他，凭什么他要让许炳林压在自己头上？一丁点儿的芝麻绿豆官，倒神气得很，老把他当“肉头”，“出”他的“血”，刮他的粮。姚祖荣早就想把他一脚踢开，这官儿自己就当不了吗？可是不行，他已经迟了，他是个外来户，等到他有了实力的时候，地方上的权力已经分配完了，再也轮不到他。如果不发生特殊原因，他只有低头受气。

姚祖荣的经济实力确实已经不小了。他有上千亩田，一爿作坊（织土布），一爿粮行和一爿油酱店。他是个发得很快的暴发户。他的祖父，就是那次兵灾以后挑着一担家当从苏北移过来的。到父亲手里，还只不过是小康人家。可是姚祖荣一当家，一下子就变了。迅速买田造屋，开店办坊。据说有一年冬天，他连续做了九十九个东道主④。谁也不知道他的钱是从哪儿来的。因此有各种各样的谣言。有说他来路不正，有说他挖到了窖藏，也有说他上两代手里就积了不少钱，不敢露富就是了——这也有些道理，因为姚祖荣放开手脚创业的同时，他就到苏北老家去招来了一大批同姓到这儿来定居，帮他种田、做工，造出了一个族，形成了一股力量。这股力量不足与有势力的官方对抗，但防贼、防盗却绰绰有余了。从这里就可以看出姚祖荣的谋划之深。他是个出色的干家，劳动、经营都极精明。他招来的那些人也都能吃苦。江南的土地比苏北肥沃，产量高，而他们的生活要求低，容易满足。姚祖荣从他们身上得到更多的收益，却又使他们感恩戴德。可是，地方上的士绅们对他侧目而视了。姚祖荣每一次扩大自己的土地，都要受到各方面的阻挠。有人从中怂恿卖主抬价，或抢在他前头强买走。请中人作证写单据，有人就拿乔，让他付出比别人多一倍的中保费。朝廷派下来的和地方上的各种捐税，他被逼付得超过规定。如果不付，乡董许炳林每天派人来收，每次来人都索小费钱，少了就赖着不走。甚至背地里还有人恫吓说要放火烧他的房子；暗示他可能犯人命案子等。他可把这批人恨死了，巴不得能有一天爬到他们头上去撒一泡尿。他也曾一再使用财力去分化这些人。可是不行，人家看不起暴发户，吃了他的，用了他的，背后还笑他“肉头”。说他不懂诗书礼仪，没有资格挤到台子上坐。既然如此，他就不拿银钱、鱼肉

④ 东道主——买田请人作保，办酒请客之主。

塞狗洞了。他要同他们斗斗，闹闹别扭，找找麻烦。他私底下和一些暴发户串通了，有机会就罩一罩，起点哄。大不了横竖要出“血”，也叫那班当权的头痛头痛！

所以，姚祖荣用那种方式扶起许炳林，分明是恶作剧。许炳林心里也有数，但又发作不起来。他背脊上被姚祖荣揪的一块，自己也没有看见。那里已皱得不成样子，而且姚祖荣的手又不干净（刚从粮行里搬了豆饼），黑马褂上沾了土黄色，活像牛屁股。

这时，一班头面人物，都忐忐忑忑，无意顾及。看看人到齐了，还不知道这个议事会该不该搬到另外地方去开。尴尬了好久，窃窃促促鬼商量了一阵。觉得搬地方太伤体面，还是在这里议吧。

于是会议就开始了。

四

要说议事，其实是头面人物借个场合摆摆威风的，并非真要听取别人的意见。照例一开始就有一种严肃的气氛，应该逼得大户们连咳嗽都不敢。应该是头面人物鼻子稍稍一哼就使人发抖，然后下达意见才有不折不扣的效果。可是现在一切都破坏了。乡董许炳林说明把大家招来的用意，宣读了县里的公文。首席乡绅翁传仁劝勉大家要“仰天好生之德，拯饥民于水深火热之中”后，许多人不但没有从刚才看到的滑稽场面里醒过来，反而觉得他们正儿八经的讲话被刚才的表演衬得非常可笑。有些人甚至还在交头接耳，窃窃私议。坐在姚祖荣身边的两个大户，都把他没有到场之前这里发生的情形告诉了他。他们都产生了一种特殊的心理，以为坐在厢房里的那位大人物在有意捉弄这些头面人物。也许他是一位私行察访的巡按，是来查勘贪官污吏、土豪劣绅的。看来地方上一定是有人告了状了。于是他们不禁高兴起来，胆子也悄悄地变大了。他们好像第一次发现这班头面人物原来是些无用的家伙，非常开心。

这种情绪控制了在场的许多大户，因此，轮到要大家认捐的时候，就存心刁难，纷纷议论开了。

“今年是暗荒年，顾自家还来不及，叫我拿啥捐出来？”

“皇粮国课，我穷煞也交。现在七捐八税弄不清了，卖田没人要。哪个要买田？我卖了田交！”

“唉，唉，早点通知就好了，我东拼西凑，刮了仓库的地皮，搜到三百十五石，三天前换了二十亩田，今后自己吃的还要借呢。”

“老百姓是苦哇！”一个确实并不宽裕的大户诉说，“谁家里有金山呢，一碰到灾难就吃不消。你们看灾区不就是这样吗？哪个能保我明年不受灾？捐、捐、捐，救了田鸡就饿了蛇！”

“自然啰，灾民没得吃，也苦煞。朝廷也是要救老百姓。”有个会讲话的人圆转而尖锐地说道，“人总是有良心的，只要公平合理，派一派就行嘛，谁该多少，大家心里没有数吗！”

“派定了要贴出清单！”有人连忙补充。

“叫石匠来，刻在石碑上。”有人昂然叫道。

“唔！”告老知县翁传仁耐不住了，他摇头摆尾说道，“夫天下财富之聚，有仁与不仁之别矣，仁者聚一，则不仁者十矣。岂能同日而语哉！吾数任一县之主，苟不仁，则退隐之日，区区一乡则尽为吾所有焉！派捐八千石，吾一人任之矣。今则不然，吾所有者，差享天年耳。恶能与诸公同日而语哉！且诸公之产业何来者？兢业乎？俭节乎？非也。天子所赐，仁者之让也。苟私之，则皇天不容，吾且耻与同堂而语矣！”

这一番之乎者也的话，好不厉害，果真是杨朱拔一毛而利天下不为也。可听的人也不是傻瓜，晓得他不过是抬高自己，贬低别人；重特权、轻农商而已。但又奈何他不得，因为普天之下，莫非皇土，老百姓能说什么呢？

但是他们能消极抵抗！

有人认捐了：“三石。”

有人认捐了：“二石。”

有人认捐了："一石。"

有人认捐了："八斗。"

……

"我认捐！"许炳林大声说。他不能再让别人认下去："我捐两百石。"

二百石！好家伙！如果这句话是姚祖荣说的，那就有分量。可出于许炳林之口，一点效果也没有。大家知道，他就是认捐一千石，也是羊毛出在羊身上。

可是，怎样戳穿他呢？

大家看看姚祖荣。

姚祖荣一言不发。

头面人物和"脚底人物"都心里有数，关键在他身上。

沉默。

许炳林忍不住了："姚老兄，你总不能比我少认吧！"

姚祖荣哈哈大笑说："在理，在理。你我相比，我总该比你多认一点，哪管多一石也应该。"

"那就是二百〇一石。"许炳林追住说。

姚祖荣摇摇头。

"你自己说吧！"

姚祖荣笑笑，加重语气说："是了，我同你是一石之差！"

"你自认应该多一石嘛！"

"好。"姚祖荣说，"说实在话，我今朝刚刚把大米运出去，下个月的饭米，还要等粮行收下来。要认捐，一石也认不起。不过现在轧在这里了，不得下台，卖男卖女也要认个数字。"

"那你就认吧！"

"认？"姚祖荣说，"我也有话要先说清楚。"

"你说。"

"你认二百，我就认二百〇一。幸亏你报得不算少，若是你报一石，我认二石，就太坍台了！"姚祖荣进攻道，"照我看，二百石对你还太少一点！”

“哎？”

“你要我跟你认，可以。我只是想问一问，你能不能跟我认？”

“你说吧！”

“不行，我说了，你能不能同我一样？你若不能，我也不能！”

“你说吧！”

“好。”姚祖荣一字一句说，“我——认——四——千——石零——五十斤。”

满座一吓。

姚祖荣接着说：“你就比我少一石，三千九百九十九石五十斤。两个人包了吧！”

花厅里静得只听见气喘。

翁传仁发言了，轻轻地，一点也没有信心地说：“出尔反尔，你不是说没有隔月的口粮吗？”

“告大人。”姚祖荣胸有成竹地说，“我是说没有隔月吃的大米。上面派捐也是说大米。我确实没有。不过，我家里有的是碎米，不光是四千石，八千石也有。我想拿八千石碎米去换四千石大米，总可以吧？”

许炳林吃瘪了。再也没法说话。

“唉，我也是说的空话。”姚祖荣自言自语说，“谁要碎米呢？上面要的是大米，拿碎米去不是违抗吗？那么，我实在一石也捐不起。”

五

在类似的场合里，讨价还价是常常发生的，然而最后也总是由许炳林派定数字，大户们只得认捐。但是，像今天这样，直接把许炳林拖入旋涡，唇枪舌剑，反复交锋，却从未有过。许炳林显然陷入了尴尬境地，一时竟无法拿出预定的派捐数字，也找不到话来对付姚祖荣。因为这个人说的话太出乎意料，好像宁愿自己淹死，也要拖他落水。

但是会场上大户们的情绪明显地活跃而兴奋，好像都欢迎这种意外。姚祖荣心里非常希望事态有一个特殊的发展，但这种发展究竟会是什么样子，却朦朦胧胧不清楚。长期受压的情绪莫名其妙地变得激昂，追求刺激。后来他才弄清楚，原来这一切都和垂下门帘坐在南厢房里的那个神秘人物有关系。姚祖荣首先不是从自己身上觉察到这种因素，倒是看到许多大户们不时瞄向门帘的眼神才明白过来的。人们的心理真怪得出奇，他们根本不了解那个神秘人物的任何情况，但是竟觉得这个会议无论如何加进了一个新的因素；而且肯定它是凌驾于会议之上的巨大力量。姚祖荣的谈话似乎在促使这力量表现出来。

这可能吗？将怎样表现呢？对谁有好处呢？却又谁都没有认真去想。他们也许只是在追求新的刺激。老一套大家都腻烦了，都希望起一点变化。

奇迹果然发生了。

门帘掀开，那个原先泡茶的人静静地走了出来。在门帘掀动的一刹那，大家就马上发觉，没有人再讲话，没有人再行动，就像一群鱼被冻在冰里那么静止住了。所有的眼睛都盯着他。

他好像一切都很明白，从容地走到姚祖荣身边，看着姚祖荣，把头一点，说："你跟我来！"说完，掉过身便朝厢房走去。好像他的话是不能违抗的，相信被叫的人一定会跟他走。

出于心里本来就有的秘密希望，也出于威慑，姚祖荣果然未加思索，跟着向厢房走去。

走进厢房，姚祖荣仅只瞥了一眼，叫他进来的人便低低喝了一声："跪下！低头！"

姚祖荣那一瞥也已经足够了。原来这里并不是三个人在喝茶，而是只有一只杯子，一个人坐着。其余两人显然是没有座位的。据此，姚祖荣就晓得自己只能一切照办。

姚祖荣匍匐在地上了。他不知道会听到什么吩咐，只觉得自己的命运被抓在别人手里了。他有点后悔今天的孟浪，他希望那个人快些把话说出来。

但是，那个人却并不着急。一时寂静。姚祖荣听那人喝了两口茶。这才慢慢问他叫什么名字，什么身份，有多少产业。姚祖荣一一回答之后，那人静了片刻，轻声说道："碎米甚好，容易煮粥，尔能慨捐，殊堪嘉许。"

姚祖荣没有完全听懂。但"碎米好煮粥"的意思是明白的，心就吊起来了。

那人接着沉吟说："八千石，大不易！就限你两个月交齐吧！"

这可一点不含糊了。姚祖荣一下子惊呆了，嘴巴一张，吐出了个"这……"字，竟发不出声来，不由自主想要直腰抬头申辩。

就在这时候，他的头边地上响起了金属声，是一个金光锃亮的金钱。分明是那人丢给他的，姚祖荣细细一认，上面铸着当今皇上的名字。他还没有想清楚，又听那个人说："朕当论功行赏！"

紧接着，便听到侍从喝一声："还不谢恩！"

姚祖荣立刻浑身冒汗，他知道碰到的是什么人了，再也不敢动一动。片刻工夫，内衣像浸在水里。

他不懂得仪礼。只是一味地叩头，把地面碰得直响。

……

等到姚祖荣从厢房里走出来，他的神志完全变了：挺胸昂首，高视阔步，穿过花厅走出去，未假任何人以辞色。

六

姚祖荣说他家里有八千石碎米，人人都知道是吹牛。但这

“牛”吹得很带劲，很保险；既将了许炳林的军，又因为上头规定要捐大米，他根本就不用拿出来。

谁家能有八千石碎米呢？一百斤稻子加工后，顶多也只能筛出五六斤碎米来，要积聚八千石，那该碾掉多少稻子呀！

不错，姚祖荣是吹牛。说老实话，姚祖荣的厫间里，真能凑出八千石大米来（这也是别人不大相信的）；却绝没有那么多碎米。没有，十分之一，百分之一，千分之一也没有。他是个倒腾粮食的专家，自己碾的稻子极少有碎米。即使有，也随时拌和在粮行粜出去的米堆里用光了。

他有八千石大米的底子，所以他的话也不能算吹牛。如果对他有好处，他可以拿出大米来抵充。姚祖荣早就潜望有一天能做成一笔交易，用他的财力去换得权势，才可以站稳脚跟，扬眉吐气。可是始终找不到机会。不想踏破铁鞋无处觅，得来全不费工夫。现在送上门来了，自然求之不得。只是不来便罢，一来竟来了金銮殿上的大菩萨，却是吃惊不小。早知如此，姚祖荣干脆就捐出八千石大米得了，何必虚报碎米呢。现在可麻烦了，皇帝开了金口，恩准他捐碎米。君无戏言，违抗不得。姚祖荣弄巧成拙，他得把大米碾出八千石碎米来，才能交出去。哄得皇帝老子喜欢，让他论功行赏。有个一官半职也好，哪管讨个封号也好，便也荣宗耀祖，世代受荫了。

姚祖荣的运气真是好极了，太阳光终于照亮他的家门。他竟碰着了皇帝，而且亲口答应封赏他。试看天下之大，历史之久，有几个人拾着过这种便宜的？想来五百年总也只有一次吧！哎呀，了不得，了不得！畜生修行，千年不成，讨得皇帝一封，便也成了正果，何况人呢！人被一封，便成了什么呢？自然是人上人了。这不通常就叫“提拔”吗！一提一拔，自然两只脚就在人头上走路了。姚祖荣真叫命大福大，祖坟的风水好，眼看今后的柳塘镇，定然是他的天下了！哎哈，大将军攻城夺池，抢一块地盘，要死掉多少人马！可姚祖荣不动一兵一卒，光花八千石碎米，就占了柳塘镇，还有什么不值呢！值、值、值！

从那一天开始，姚祖荣的全副精力，就用在碾碎那八千石大米上。他必须在两个月之内碾好；否则的话，乌纱帽还不曾戴上头，脑袋会先离开颈根的。好事可不能变坏事。它若要变，又是怎么变的呢？还不就从皇帝脸上变起的吗！所以一点儿戏不得。

姚祖荣在三天之内排好了二十部石磨，组织了十条牛，一百四十个人。看磨的看磨，搬运的搬运，昼夜不息。他自己总督全局，还和两个儿子亲自管一部磨子，拼命地打着牛屁股，要磨出最多的数量，叫别人努力追上他。

一天，两天，三天，十天，一个月，就这样日日夜夜磨着。很远的地方，都能听到那磨群飞转发出的隆隆声。好像大地都震动了。

期限一天一天迫近，需要磨出的数字还有很多。眼看只要一松劲，到期就会交不出。可是，牛疲乏了，人疲乏了，一切都在放慢下来。姚祖荣觉得自己也像被放进了磨眼里挨磨一样难受，他发疯似的赶着大家快、快、快！亲自抡着鞭子在磨槽里跟着牛一路抽打。

石磨转着，转出碎米来……

姚祖荣的脑袋转着，转出纱帽来……

石磨、碎米、脑袋、纱帽在一起旋转，越旋越快。

突然，那石磨的上爿旋得腾空飞起来。飞过姚祖荣的头顶，飞出磨坊，飞过禾场，轰隆一声，落在禾场南边的池塘里。

据说从那以后，下到这池塘里去游泳的人，往往有不明不白死掉的。于是便谣传那石磨还在水底里旋转，人一碰着就死了。

这个真实的故事竟结束得如此荒唐。

（此小说根据民间传说写成，基本情节没有变动，人物是经过加工的。）

绳　子

五十年代初期的乡人民政府总是很简朴的。它们大抵设立在扫除了牌位和偶像的祠、庙里；几间古老的房屋原封未动，冬天同夏天一样风凉。办公室里的椅桌，可能是最珍贵的红木或楠木珍品，也可能是七斜八歪、断腿缺抽屉的破烂。反正都是没收来的，有什么就用什么，谁也不为图享受去特制。通常还备有几张条凳，供来往干部、群众坐。值夜班的床铺有时也搁在这里（有的另设房间）。此外，还常有几间空荡荡的大房间；那是大会议室，墙上贴着相片和对联。开会的时候，人们往往贴墙站着或坐在临时带来的捆柴上。如再有多余的房子，也都空着。若有客人来，便在空屋里临时架起铺住宿；借到门板就门板，借到竹床就竹床，有什么就用什么铺。冬天干脆就是稻草铺地。那时候乡下十有八九没有旅店，干部们下乡来都自带被子住这样的招待所。县委书记也不例外。一条被子一条毯，叠得四角方方，用铺盖索横竖三匝，服服帖帖背在背上，是五十年代前期最时髦的行装。一路走着，还一路唱呢。大家都愿意跑路，不得已才乘公共汽车或班船。动用专用汽车或汽艇的绝少是干部，往往是公安人员押送下乡公审的罪犯。

话又扯远了，总而言之，那时候的乡人民政府不像现在那样，它比一个土改以后的贫下中农家庭的设备要简陋得多。

那时候，周谷平经常在这样的乡人民政府出没。他四九年走出学校大门，参加革命以后就一直在省的农业部门做外勤工作。广大的农村是他的战场，各地的乡人民政府是他的公馆。他本来是一个任性的人，由于父母的宠爱，在同胞中占得的利益最多。他能够读到大学，实际上剥夺了姐姐升学的权利，因为他的家庭负担不起两个大学生。他并不觉得亏待了姐姐，反而认为这是家庭正当的抉择；他得到了满足，也就满不在乎。实际上如果得不到满足，哪怕是极细小的事情，也会引起他极度的烦恼。这在他过去的生活里是经常发生的。这几年来，出于革命的豪情和长年流动的生活，竟使他变得随遇而安了。他没有任何特别的习惯或嗜好，也从未觉得在特定的时间里缺少什么。他很欣赏自己的长进，好像他的精神完全从物质中解脱出来了。也许是他对自己的过去感到厌恶，所以特别不能容忍别人像他的过去。他认为一切拖泥带水的人都裹在一个套子中间，只有他自己才得到了彻底的解放。当然，他就不能明白自己被“彻底解放”的套子裹住了。

一天下午，他背着背包来到了松山县昆陵乡人民政府。这里原先是一座庙宇，坐落在一个小山包的半腰上。孤零零几间房子，一带围墙，离最近的村庄约有里许。庙里的菩萨自然早已粉碎了；空荡荡的，倒也干净。

接待周谷平的是一位瘦小的中年人，背脊已经伛偻了，显然在年轻时出过绝力。他细致地看过介绍信，便信赖而善良（其中还有对上面下来干部的尊敬）地朝周谷平笑笑，请他坐下。一面断断续续介绍自己（原来他就是这儿的顾乡长）和询问周谷平的来意，一面立在办公桌旁窸窸窣窣地收拾一堆纸片。归类的归类，折皱的抚平。写过的废纸上有剩下半张空白的，就裁下来。然后一叠一叠放进抽屉。他显然想赶快做完之后安排客人；但因为细致惯了，一急忙反而更乱更慢。以致使周谷平好笑又不耐烦，觉得又碰到了一种套子。顾乡长似乎也有所发觉，因此就笑着自我批评地说：“唉，我就是一天到夜这样那样地忙着，自己也不知道忙的什么，到总结的时候一样也总结不出来。”

说到这里，顾乡长忽然想起说：“对了，你不是要材料吗，有一个总结在这里，我拿给你先看看。”他又开抽屉去寻找总结，把刚才叠好的纸片又翻乱了。

等到周谷平看完一页材料，顾乡长才算做完了他的工作。几乎没有停顿，便悄悄地跑出去了。周谷平料想他是去安排自己的食宿的，这当然用不到做客人的操心。周谷平也不在意，继续看他的材料。

果然，歇了一顿饭工夫，顾乡长又来了。他说：“我给你借来一张床，在那边房里搁了。我就住在这里，我们做了伴，倒不冷静；就是吃东西不方便。横竖你只住两三天，我这里有只小锅，早饭就烧点吃。白天横竖要村上去，到哪里就哪里吃吧。”

周谷平自然一切由他安排。等到看完总结，天也晚了，晚饭也烧好了。两人边谈边吃。末了，顾乡长告诉周谷平，今晚上他和指导员约好在××村召开民兵会议；因为明天要开公审宣判大会。罪犯是一个恶霸，宣判以后就执行枪决。他们必须今晚布置好一切工作。他劝周谷平早些睡觉，因为走了那么多路，一定累了。

顾乡长走后，周谷平果然打起呵欠想要睡了。便一手拎了背包，一手提着煤油灯，走到顾乡长为他设铺的房间里去。这是和办公室一样大小的房子，四壁萧空，光秃秃搁一张单人棕床。周谷平原没有拣精嫌肥的想法，但看到有棕床，却比木板床来得喜欢。便把背包往上一放，解开绳子，打算铺垫。这才发现棕床靠横头尺许已经坏了一个大洞。周谷平原先升起的一团欢喜，“泼剌”一声，像戳破皮球般马上瘪了。

“开玩笑，”周谷平生气了，“这怎么睡觉？早知如此，还不如搞副铺板来！”

可是，光想不中用，铺板没有，破棕床却在眼前，想困不能困，想换要等顾乡长回来。顾乡长什么时候能回来？不是三更，也得半夜。那时候群众都已困在瞌里了，难道叫顾乡长去敲门借来不成？况且路又远，岂不要闹到天亮！将来传开去，编个顺口溜：周谷平想睡觉，想个通宵；顾乡长借铺板，借到天亮。人家会笑掉牙齿！看来等也不是办法，借也没有着落，这可如何得了！

想到这里，不免灵机一动：“顾乡长不有一张床那边搁着吗？”这念头冒得突然，竟没有事前打招呼，实在有点说不过去。周谷平惭愧了，他自嘲地微微一笑，宽慰自己道：“不现实，不现实，他的房门锁着呢，我怎么可能这样想。况且，况且……即使门开着，我也不会真去睡。他那床也未见得就不破。就算是好的吧，也未见得干净。闻他身上，那气味就要皱眉头。我怎么会真想去困他的床呢！”

这样，周谷平安然度过了精神的危机，思想转到自力更生方面来。开始用自己的智慧和力量来解决自己的困难。哈，他果然不是一个弱者，不到半小时，他就用铺盖索在棕床上绕了十多圈，掩盖了破洞，然后展开被毯，躺了下去。他的小腿肚子刚巧挂在破洞上面的绳索上，自有些异样的感觉；但是他终究为自己能够解决问题而自豪，心里边一直在对自己说：“这样不是很好吗！这样不是很好吗……”

于是他的思想又彻底解放了。

他睡得很沉，没有听到顾乡长回来。

第二天周谷平知道不必上村子去跑，因为全乡的群众一吃过午饭就要集中到乡政府后面的山坳里参加公审恶霸的大会。

从县城到这里还没有公路，罪犯是由一小队公安人员用小汽艇押送来的。上午十点左右就到了。罪犯被临时关押在周谷平住房隔壁的大会议室里。乡政府显得活跃起来，顾乡长和几个干部出出进进非常忙碌。不时有一小群一小群的农民悄悄走进来，好奇地探头到窗口去看罪犯。没有人高声讲话，脚步声也变得很轻，空气显得严肃而紧张。

周谷平没有任何好奇心，他对于恶霸分子完全采取蔑视的态度。尽管关在隔壁，也绝对不曾看一眼。他很平静，也无事可做。虽然无聊，也不能催别人赶快把事办完。只能在院子里默默地踱着方步，等待时间过去。

“何必要摆那么大的场面。”他想着下午的全乡群众大会，

“这种人等于死猪、死猫、死狗，一枪结果了他完蛋！”可想不到自己竟要为这种死囚耽误一天工夫。

好容易吃过中饭，群众大会在后山坳里开始了。乡政府里安静下来，除了几个公安员之外，不再有人出进。周谷平没有去参加会议，他不愿去，理由很多：第一他不是工作人员，第二他不是本乡群众，第三他没有这样好奇心，第四他不想替恶霸送别，第五则不忍见其觳觫，至于第六，也是最主要的是他平生不愿看见枪毙人，不愿看到血淋淋的场面。

他在等待着公安人员把囚犯带走，否则心里不得安宁。

应该是带走的时候了，但是没有动静。

周谷平坐着书都无心看了，正想走出房门去探望，忽然一个公安员闯进来，一副窘态，忙乱地问：“同志同志，你这儿可有麻绳？”

周谷平能有什么麻绳呢！按理说，他只要如实回一声没有，公安员就会走开，什么事情都不会发生。但是，周谷平觉得今天的一台戏，关键要靠公安员唱。现在正要问问为什么还不出场，便舍不得回绝。反而问道：“要麻绳做什么？”

“嗨，别说了。”公安员着急地说，“要把囚犯绑起来才能拉出去！”

“囚犯都还没有绑哪？”周谷平奇怪地问。

“没有，路上我们是不怕他逃走的，况且又用船运来。现在要拉出去，就不能不绑着了。总以为绳子到处都有，大家疏忽了。想不到这鬼地方连半根都找不到。离村离街又都远，急死人！”公安员一面说，一面急急离开。

“等等。”周谷平脱口喊住他。

公安员站住了。

周谷平犹豫了一下说：“绳子倒有一条。”

公安员马上跑过来。

周谷平问：“铺盖索管用吗？”

“拿来我看！”

周谷平把垫被掀开，公安员双手一拍，眉开眼笑地说：“管用管用，这绳粗细都同我们平常用的一样；不但管用，而且完全合格。”一面说，一面迅速地解了下来。还事后聪明地说：“我原想不会没有绳子的。真要没有，铺盖索总能找到一条。可不是，果然就有。谢谢你哪，你真是帮忙帮在点子上。要不然，今天这台戏真还不知道怎么唱下去呢。”

看着公安员欢天喜地取走绳子，周谷平也高兴得很，对着公安员的背脊喊道：“你可得还我一条绳子！”

“还你还你，一定还你。”公安员连声答应着，忙他的去了。

这么一来，周谷平的情绪彻底改变了，他兴致勃勃，决定要到山坳里去看看公审大会的情形。因为他既然用一根绳子为大会解决了困难，那么，他不到场看看就显得不够关心了。

他果然去了。但并没有等大会开完就回来了。这是去之前就决定的，因为最后的场面他不要看。所以，那一声枪响是坐在房里的破棕床上听到的。

“现在总算结束了。”周谷平轻轻地舒了口气，他的心境平静下来。他想：“世界上的枪声，只有枪决囚犯才是令人轻松的。”他在学校里的时候是个短跑运动员，他一向认为起跑点上的枪声和打响一次战役一样紧张。

周谷平的神经完全松弛下来，他觉得累了，看看棕床，皱了皱眉，又微微一笑，便歪斜着身子，躺了下去。一面想着公安员大概正上街去买了绳子还他，一面就呼呼地睡着了。

一觉醒来，房间里已经漆黑。周谷平已经睡糊涂了，忘记了没吃过晚餐；还以为天尚未亮，便一个翻身，挺直了再睡。哪晓得“豁啦”一响，一只脚直往下掉。周谷平这才惊醒过来，想起自己衣裤未宽，鞋袜未脱，脚还挂在床沿外呢。连忙点灯一看，才知道刚才翻身时一只脚伸到棕床的破洞里去，把洞口又踢豁了一块。

于是周谷平立刻想起了绳子。他连忙举灯四照，屋子里空空如也；别说绳子，连稻草也不见一根。

公安员显然不曾将绳子还来。周谷平大为光火："碰到鬼了，这家伙说话不当话！"随即又冷静地想道："不会吧，约莫是我睡着了，他还给顾乡长了。"

现在是什么时候了？上半夜呢？下半夜呢？刚转暗呢？还是天快亮了呢？周谷平没有表，无法判断。他走去找顾乡长，顾乡长的房门锁着，猜不准是没有回来还是起身走了。他走近厨房，打开小锅，锅里有稀饭，看来是留给他吃的。又不知是夜餐还是早餐。他跑到院子里望望天，一颗亮星在东方，又辨不出是晓星还是黄昏星。最后他打开院门朝外看。这主意真不错，四野里村村巷巷还疏疏落落亮着灯，可见得黄昏还不深。

周谷平因为自己能想出这个点子开心了："对对对，没有办法的时候就找群众嘛！"

肚子是饿了，他吃稀饭的时候，不禁为难起来："要是吃的早饭，倒好办；偏偏还是夜饭，吃了怎么困？"

现在只有等顾乡长回来了。

这是昨天黄昏产生过的想法，过了短短的一天竟又历史重演了。昨天终于没有痴等顾乡长，靠一条铺盖索解决了问题。今天连铺盖索都没有了，怎么办？周谷平非常懊恼，深悔不该多事。当时一口回绝没有绳子，何至于弄得不能睡觉呢？等顾乡长有什么用？谁晓得他什么时候回来？如果公安员拆烂污，绳子竟没有还给他，他即使回来了，还是变不出来呀！

"算了，难得一夜，委屈点吧。"周谷平没办法，干脆躺倒了。

但是不行，破处已经不能搁脚，直往下掉。周谷平只得把双腿拉开，架在床框上。他叹了口气，退一步想："只怪破洞又大了一点，要是像昨天一样，就会好些。"

这当然是空想。周谷平只巴望快点睡着，他一向是很容易睡着的。睡着了，一夜困到大天亮，就什么事也没有了。

偏偏他已经睡够了，怎么也睡不着。仰天躺在那里，翻身都不敢，当然很吃力，越睡不着就越难过。周谷平越来越恼火，假使这时候找得到公安员，他一定会打架的。

心头火辣辣，浑身热皮暴躁，周谷平一脚踢开被子，竖了起来，顾不得嘴巴干净不干净了，开口就是“妈的”……

“是我。”外面有人大声应着，是顾乡长。他刚进来，没有听清周谷平说的什么，以为是招呼他呢。

“是顾乡长吗，你来啦！”

房门推开，顾乡长伛偻着背进来了，笑嘻嘻地把手里的绳子递给周谷平：“还你的绳子。”

周谷平眼尖，一看就吓了一跳：“这不是我的绳子吗？”

“没弄错就好啦！”

“怎么把我的绳子还给我呢？”

“你的绳子不还给你还给谁呢？”

“我不要，我不要。他应该买一条新的还给我。”

“这又没有弄坏你的。”顾乡长知道他嫌的是什么，便劝道，“关什么事，你又没看见，只当没有那回事就得了。挺好的绳子呢。”

周谷平哭不出，笑不出，要小孩子脾气又怕人笑话。顿了半晌，把脚一跺道：“倒不是小气要他赔，今晚上我要用它扎了棕床困觉呀！”

“那你扎就是啦！”

“扎了叫我怎么困呀？”

“那你就别扎！”

“不扎叫我怎么困呀？”

“扎不扎都不能困，那绳子有没有都一样啦！”

“没有绳子我怎么困呀？”

“绳子上怎么困呀？”

“他没有钱买新的，叫我付就是啦，现在深更半夜再到哪里去买哪？”

顾乡长看他急得可怜，忽然诡谲地一笑，一下子抽出绳头说：“买什么，这不有吗。我来替你扎！”抢上去就动手。

周谷平慌得连忙撩开垫被，喊声：“哎呀！”

顾乡长一本正经地扎着说：“我看你疑心什么了。其实这绳子是干净的，枪响之前就解下来了。”

“真的吗？”

“当然。”

“别哄我！”

“你又不是小孩子！”

“为什么枪响以前能解下来呢？”

“为什么不能呢？难道真还能逃脱吗！”

“你亲眼看见的吗？”

“你也能亲眼看见就不用我说这话了。”

“为什么你不早点说清楚呢？”

“为什么你不早点问清楚呢？”

“我总以为那是不成问题的问题。”周谷平犹豫地说。

棕床很快就扎好了，顾乡长很满意。“你放心睡就是了。”他走的时候说，“我原当你还是个大孩子，不会想得那么多。后来才知道你已经是大人了，只好同你讲明白。”

剩下周谷平一个人，信也不是，不信也不是，坐在那里狐疑了好久。

他很后悔不曾亲眼看到。但这后悔对于判断顾乡长的话毫无用处。顾乡长的话只要使他将信将疑，那么，至少就起了一半作用了。

周谷平的心境果然开始宽慰起来。现在他能够平静地注视那扎在棕床上的绳子了。越看越相信同昨天的没有什么两样：还是那么粗，还是那么几股，还是绕那么几道，还是那么干干净净。于是他轻松地舒了口气，利落地展开垫被，安心躺下去了。他的小腿肚子刚巧挂在绳索上，自有些异样的感觉，那也和昨天的感觉没有差别。他终究为自己能够消除疑窦而自豪，心里边一直在对自己说：“这样不是很好吗！这样不是很好吗！……”

于是他的思想又彻底解放了。

他睡得很沉，一点梦也没有。

自然，后来他就知道顾乡长说的不是真话了。当然那是好心，否则当夜怎么困呢！事情已经过去了，自己也下了水，果真也并不怎么样。精神上倒反有了长进。往后想起这件事，他总自豪地告诉别人说：“这也叫‘刺刀见红’。见红的刺刀，战士佩在身上更光荣。古小说里写的宝刀，就因为那刀见红的次数多了才成宝的。可惜我那条铺盖索后来不知丢到哪里去了，其实还真是一条宝绳呢。”

钱　结

姓王的小子跑进屋来，屋里只有老许一人，老许晓得他找的是老朱，不理他。

姓王的犹豫了片刻，就说："老许，跟你商量件事。"

"什么事？"

"借我六块钱！"

"做什么？"老许晓得他本来是找老朱借的。

"买条裤子。"

老许看看，姓王的裤子是破了。想了一想，点头说："六块钱，有。"

"好，我看你原不是小气人。"姓王的高兴了。

"慢着。"老许笑笑说，"裤子要不要穿？要。六块钱多不多？不多。借你送你都可以，不过这算什么？你是无产阶级革命派，我是三反分子，我借你送你钱，算不算丧失立场？如果都不算，马上拿去。"

姓王的脸一灰，悻悻地说："算了算了……"转身就走了。

老许称赞说："对了，还是算了好，我是怕害你。"

老许知道，姓王的说他不是小气人，其实就是说老朱小气。不错，老朱吝啬出名，由此可知他拿钱来敷衍姓王的该多肉痛，姓王的不懂，反把老朱当肉头摸，老朱真屈。

第二天老朱来了，老许把姓王的来借钱买裤子的事告诉他，老朱颤颤嘴巴说："这个小赤佬……"老许想起老朱花了钱也是得了好处的。趁机问道：“你也了不起，今年双抢[5]时，全五七干校的学员，只有你一个人能够请长病假待在宿舍里，独阔！”

老朱跟着老许笑了一笑，便皱起眉头，低声说：“敲掉我这个！”老许看他送到自己面前的右手，伸直了四个指头。

四十块，差不多六条裤子呢。

下一个礼拜天，老许和老朱都请假回家。礼拜天上午，两个人在大街上碰到了，他们虽然在五七干校同吃同住同劳动同学习同挨斗挨批，但是在校外都自觉不搞串联，已经记不起何年何月单独见过面了，所以大家不约而同地说：“幸会，幸会。”

说了几句高兴话之后，老朱就把这次幸会推上高潮说：“难得碰到，我们上馆子吃顿饭，聊聊天。”

“好呀，谁请客？”老许料想他舍不得。

“当然我请客。”

“你请客？”老许仍旧不信任。

“我邀你的嘛。”

“那好呀，你打算请我吃什么？”老许不会轻易上当。

“吃什么由你决定，我请客，你点菜，这是老规矩。爱吃什么你就点什么。”

“好。”老许大叫一声，决定跟他走。

两个人在馆子里坐定，老朱把菜单递给老许，今天果然气派十足，好像豁出去了。老许想也许这一场革命果然触动了老朱的灵魂，要不然，他肯为躲一次双抢劳动被人敲掉四十元竹杠吗？从前是一钱如命，现在大概也懂得这毕竟是身外之物了吧。

可是老许仍旧摆脱不了老观念，真真下笔点菜的时候，还是怕老朱多花了钱肉痛，只点了一荤一素一汤两碗饭，一共两元一角六分，可算最简单节约的了。

“好，好，好。”老朱看了连连称赞，把单子交服务员送进

⑤ 双抢——指双季稻的抢收抢种。

厨房。

老许见大局已定，便要和老朱聊天。这时老朱忽然忙碌起来，一双手从上身摸到下身，外衣口袋摸到内衣口袋，最后裤袋里那只手捏着一张5角票伸到桌子上来，愁眉苦脸地说："糟糕，上街换衣服，把钱丢在家里了。"

老许看了他一眼，忍不住把脸扭到一边去，把笑也忍住了，把气也忍住了，然后平平淡淡抬手把服务员叫过来，让他进厨房把刚送进去的菜单取出。

"不吃了吗？"老朱连忙问，不由得脸露喜色。

老许沉吟片刻说："不吃了。"他把开的菜划掉，然后一面写一面对服务员说："二角五分一碗盖浇面，来两碗！别的不要了。"

"啊……好好好。"老朱呻吟说。

服务员拿走。老许看着老朱还肉痛，暗暗发笑，他硬不让老朱把五角钱缩回去，他晓得，对老朱来说，二元一角六和五角一样肉痛，今天哪管老朱只摸出来五分钱他也照吃，因为老朱照样肉痛。

老朱还是老朱，原封未动。

真不知那四十块是怎样被逼出来的。

陈家村趣事

我讲的陈家村，不是你们那里的陈家村，是我们这里的陈家村。我们这里的陈家村是很出名的，出名的原因，是村上有一群能干的孩子们。公社书记在一次三级干部会议上都特地讲过他们的事迹。所以，提起他们来，方圆七八里路之内，大人们都会跷起大拇指夸奖说："那班小萝卜头厉害！"在公社书记讲过他们的那次会议期间，有一次晚上放电影，孩子们跟着陈家村生产队长陈洪泉、会计陈连生走进上千人的电影场时，全公社的干部竟都从座位上站起来，踮起脚尖认他们，真是要多轰动有多轰动。孩子们却毫不在乎，根本不认为自己有什么了不起，认为大人们都是些大惊小怪瞎起哄的家伙。他们从一条自愿让开的人衢里昂然而入，端坐到自己的位置上去，看也不看大人们一眼，心里满意的是今天看电影不用他们买票。

一

这班小家伙，最大的是陈国生，只有十四岁，最小的是陈苦生，刚满十岁，一共也不过十来个人，都是些拖鼻涕、钻裤裆的角色，本来谁也不把他们放在眼里，想不到他们竟是生产队的一股巨大的力量，把精明会钻的陈荣金和能说会道的陈龙宝都制服了，你说奇怪不奇怪！

这班孩子，是以年龄最大的陈国生、生产队长陈洪泉的大儿子银生，以及社员张木根的女儿青青为核心的。他们并不是一个组织，而是凭这三个少先队员的行为，把全生产队的孩子们召唤到了他们的旗帜之下。这个核心的力量之大，威信之高，使孩子们宁可违反父母的意愿，家庭的利益，去服从他们的指挥。否则的话，他们将受到谴责，受到惩罚。他们将被孤立起来，没有人和他讲话，没有人和他玩耍，他私人的玩具也要被代为保管起来，走路也必须离别的孩子远一点，如果敢靠近来，孩子们就捏着鼻子请他走开，因为他身上的臭气熏死人了。至于刈草，也给划定了范围；当然，在那个范围里，他可以要刈什么草就刈什么草，但实际上已经没有嫩草了……直到他承认错误，发誓永不再犯为止。

这个力量，过去除了会计陈连生同志有所觉察之外，别人很少注意。因为他们的司令部，就设在陈连生家里。陈连生在孩子们眼里无疑是个英雄，因为他个儿大，力气大，又是干部，又是党员，他自己没有生孩子，却非常爱孩子们，对他们非常民主，非常慷慨，所以，他的行动和感情，对孩子们产生了巨大的影响。例如，陈连生特别喜爱顾招娣的儿子苦生，苦生也就成了大家的宠儿。至于陈连生为什么爱苦生（因为连生从小也是孤儿），他们并不理解，也没有想到要去理解。他们总的来说是受感情支配的，是按感情办事的。因为他们的感情是纯正的，所以做事情往往是做对了。比如，精明会钻的陈荣金，他的小儿子云生有一次不小心，把半瓶墨水泼在爱惹是非的社员陆爱娣的儿子华大的新衣服上了，华大就要云生赔，云生就哭，陈国生批评云生忒粗心，弄坏别人的东西，叫云生向华大道了歉。华大就哭。国生就批评华大忒爱漂亮，衣服并没有弄破，一样好穿的，为什么一定要赔？人家道歉了还哭呢。华大哭诉说回去娘要骂，国生就马上交代清楚，不许说是云生弄脏的，要华大回去说是自己弄脏的，横竖要骂，就一个人挨骂算了，不要连云生都挨骂，云生已经赔过不是，华大就该承担责任。华大遵守纪律，独个儿挨娘骂了一顿。否则的话，陆爱娣会吵到陈荣金家门上去，生产队里会有几天不太平。但到头来也无非闹闹完事，还是不会赔的。结个冤家，几个月不讲话就是了。那实在是很无聊，很不必要的。

当然，这样的事情，陈荣金并不知道，也不会感谢国生。孩子们的力量，他是感觉不到的。他哪会把孩子们放在眼里，老实说，他陈荣金连队长、会计都不大看得起，整个生产队哪一个有他那么精明会计算！有他那么能干会赚钱！何况是小孩子。如果有人说云生听国生的话比听他的话还服帖，他会把牙笑掉，宁可输头也不会相信。所以他会倒霉，有一次被孩子们搞得一败涂地，让生产队长陈洪泉笑他是陈国生手里的孟获，经过七擒七纵，最后不得不服。

去年大伏天，国生、银生、青青、苦生，还有金顶、兴兴、青青的弟弟洪洪，以及华大、小芳等人，替生产队义务劳动，刈青草拌河泥塘。陈荣金的儿子云生在看瓜，但义务劳动不能不参加。国生交给他四十斤青草任务，叫他就在瓜田附近刈。

刈了一阵，大家又热又口渴，就拥到云生的瓜棚里去歇凉。瓜地里滚满又熟又香的甜瓜，青青的弟弟洪洪第一个就馋起来，凑着姊姊的耳朵说他想去采瓜吃。青青一瞪眼，就把洪洪吓退三尺。青青还举起拳头吓他说："你敢，你敢！"大家问什么事，洪洪把舌头一吐，把指头指了指地里的瓜。想不到大家的眼睛一下子都看住了国生，原来都有点馋；但这瓜是陈荣金私人种的，没有钱买，人家又不肯送，吃不到嘴，只得望着自己的领袖，看他有什么办法。

陈国生看出大家的意思，想到大家出力出汗，刈得又热又累又渴，吃个瓜能长精神，确有需要。作为一个领导人，他应该怎么办？难道能眼睁睁看着同志们那副馋相掉头不顾吗？同志们的困难他应该设法解决，如果无法解决，他还有什么资格充领导？谁还会信任他？但是怎样解决呢？偷不能偷，抢不能抢，买又没有钱，只有动员主人家送来吃，云生当然做不了主，陈荣金又不在，就是在，也不会肯送。陈国生左思右想没办法，他看着大家，大家的眼睛睁得越来越大，嘴巴张得越来越圆，那一个个窟窿，好像都在等待甜瓜塞进去。这时陈国生忽然看见瓜田边头的一棵桑树，顿时心里一亮，马上有了主意。

“云生，接受任务！”陈国生决断下命令说。

“做什么？”云生立即站起来，准备接到任务后马上就执行，他从来是很听话的，因为国生不让华大要他赔衣服。

“到瓜田里去，拣大的采九个瓜来。”

“谁买？”

“买？买还算任务吗？”陈国生很不满意这种态度，“你的立场哪里去了？”

“我爹晓得了要打我呢。”云生犹豫地说。看了看国生，又看看大家，马上又决断说：“好，我去采，爹要打就让他打一顿。”说完就下田了。

“你采，我负责。”国生摆肩胛说。他不是胡吹，他已经拿定了主张。

云生像一只兔子，在瓜地里飞快地转了一圈，就把九个又大又香的甜瓜采来了。大家又高兴又担心，不知道他们的领袖负得了负不了这个责，因为云生的爹爹陈荣金是很凶的。

陈国生分配每人一个瓜。最后只剩下一个了，他递给了云生，自己一个也不留。

“我要吃，不好再去采吗，”云生奇怪道，“你吃好了。”

“我不吃。”国生说，“给你吃，你就吃。这个瓜不是你的瓜了，是你替生产队义务劳动的慰问品。”

大家见国生不吃，也不肯吃。国生就用镰刀替苦生的瓜削了皮，切下一小块，送进自己嘴里，表示带头。其余的还给苦生。于是大家才放心大胆开始吃，很快就吃了个精光。

说也凑巧，大家刚吃完，还没有离开瓜棚，陈荣金就来了。他一见满地瓜皮，就问：“钱呢，谁买的瓜？”

云生不响。

陈荣金一看形势，晓得瓜是孩子们吃的，瓜子还沾在嘴唇皮上呢。便追问云生：“你卖了几斤，收多少钱？拿出来给我数，不要弄错，也不许贱卖。”

云生还是一声不响。

陈荣金看出不妙，就拿出凶神恶煞的样子来了：他一只手举起停在云生的头上方，准备随时劈到儿子身上去；另一只手摊开手心，朝儿子面前一伸，狠狠地说："拿钱出来我看！"

"我没有卖瓜。"云生硬硬头皮说，"我吃掉的。"说完，他闭上眼睛，准备挨打。心里一点不难过，反而有点高兴，觉得他让大家吃了瓜自己挨打是光荣的。而且，让大家看见他挨打，就更光荣了。

眼看着陈荣金那只手马上要劈下来，陈国生立即迈上一步，伸手一摆，气派十足地说："别打，瓜是我叫采的，是我分给大家吃的。"

陈荣金一看有人承担责任，高兴了。他的手摊开了伸到国生面前："钱呢。"

"没有付。"

"几斤？"

"九个。"

"几斤？"陈荣金愤怒道，"我不论个儿卖瓜。"

"我也不买。"

"不买？"陈荣金冲上去，好像要打人，"不买，算偷还是算抢？"

国生毫不让步，也迎上去同样高声地说："这又不是你的瓜。"

"不是我的是谁的？"陈荣金真气死了，大声责问，"是你的？你种了吗？"

"瓜是你种的，瓜不是你的。"国生说着，反而笑了。他自有道理嘛。

"你这算放的屁还是说的话？"陈荣金狠狠地瞪着国生，真想揍他一顿。

"不要狠！"陈国生威严地喝道，"你讲清楚，你的瓜究竟种在哪里？”

“这不是吗！”

“你的瓜怎么种在这里哪？”

“我的自留地……”陈荣金忽然觉得不妙。

“走，我同你到连生会计那里去查查账簿，究竟这是不是你的自留地。”国生建议道。

陈荣金这才觉得娃娃厉害得很，傻住了。他已经输了，要讲理已经讲不下去了，只有横凶一下子。于是他就骂开了：“你个小贼，你敢凶！你奶壳子还顶在头上呢，你倒来管老子的账了！”

“骂人就算狠吗？”国生厉害地说，“走，去查。是你的自留地，就算我偷你的，抢你的。不是你的自留地，那就是你偷了队里的，抢了队里的。”

“关你的屁事。你是队长吗？要你管！”

“队长不管吗？走，我同你去问问，他管不管。”

“走你娘个×，你娘咋养你下来的？××的，凶到老子头上来，老子好欺吗？老子……”

“不查我就不晓得吗，”国生戳穿道，“这是队里的桑树田。你私占了，垦光了桑树种瓜，现在队里要收田，还要你赔桑树。”

“赔你娘个×，老子不怕，老子也是做惯人家老子的，你倒想爬到老子头上来，做老子的老子吗！？你倒试试看，老子……你倒试试看，老子……哼！”

“走吧。”国生占了上风，不再理陈荣金了，他招呼大家说，“刈草去！”

“走就有用吗？”陈荣金一副凶相，但并不阻拦他们，“走了和尚走不了庙，老子找你老子算账，不怕你老子不算账！老子总有一天替你算账，老子今朝若不看你老子面上，老子早就给皮榔头你吃了……”

可是，当天回去以后，陈荣金屁都没有放一个，他暗暗认输了，知道闹下去不行，会全部输光。

但陈国生却向连生会计详细地说了经过。陈连生的眉头皱了舒展，舒展了又皱起，停了片刻，才说："你倒是好斗的公鸡。"接着又问："他没有打你吗？"

"他敢？"

"他为什么不敢，打不过你吗？"

国生给问住了。他领导的队伍，确实没有保卫自己的力量。但他直感到别人不敢打他，说不出为什么。

陈连生把话头一转，说："嘿，你厉害，洪泉知道了，准把队长让你做。"

"他要骂吗？"国生一听口气不对，就心虚了。

"你随随便便跟群众闹矛盾。"陈连生的大手抚着他的头说，"无组织，无纪律。"

国生伸了伸舌头，不响。

"这种事我们晓得的。"连生又抚慰他说，"以后我们会解决的。你别再去惹陈荣金。他不再跟你狗屁倒灶（狗屁倒灶——纠缠不清的意思），你就算了。"

国生答应了。夜来陈荣金没有动静，不曾找上门来，国生也就把事情放下了。

到了第二天，国生看见云生额角上胀起一块，一问，云生就光荣地告诉他："挨打了。我爹骂我'汉奸'。"

"好。"国生安慰他，"停歇再说。"

国生想：陈荣金打云生，就是狗屁倒灶。

到了下午，还是那几个人刈草，又到了瓜棚里。

国生立即对云生说："今天还要吃。"

"又采瓜吗？"云生惊喜地问。惊的是又会挨打，喜的是又有光荣来了。

"九个。"国生点点头说。

"我去采。"云生马上行动，他甚至完全不管瓜是谁的了，只觉得这事儿兴奋、痛快。他采了十个。

“为什么多采一个？”

“你还不吃吗？”

“好，我吃。”国生拣了一个小的，其余的分给大家。

吃完了，国生对云生说：“你告诉你爹，今天本来不再吃了，因为他打了你，我们才吃。今天如果再打你，我们明天还来吃。否则就不吃。总之不许狗屁倒灶。”

又到了第二天，一清早云生就跑来偷偷告诉他：“爹打了我的屁股，好痛。还交代不许告诉你。”

“好，我们再来吃。”国生决然说。

“我准采。”云生兴奋得眼泪都流出来了，一面用手摸着屁股。

下午果然又做了一遍。

大家觉得好玩死了。草刈得特别多，还唱歌儿，银生和洪洪还表演，学陈荣金那天的腔调：“老子、老子……”个没完。大家哈哈笑不停。

又到第二天，云生神气活现向大家宣布：“我爹昨夜没打我。”

二

陈荣金三天损失二十九个甜瓜，除掉他儿子云生吃掉三个，实际上是二十六个，也不算一回事。甜瓜这东西，恐怕是世界上生长期最短、产量极高的水果，苗期移栽以后，只要两个多月，就长出那么大、那么多、那么甜的瓜来，使你想着想着就觉得大自然神秘。所以，这二十六个瓜，对于陈荣金来说，等于牛身上一根毛，何必认真计较。况且这批小家伙，平常时候也公公啦、伯伯啦称呼陈荣金，对陈荣金蛮亲昵，没有把他看成外人。那么，做长辈的，总也要像个样子，不能同孩子们一般见识。要知道世界上最没趣的事情，就是成年人和儿童吵嘴。陈荣金也懂这一点，况且自己也无理可说，自然并不认真计较。不过他这个人，吃了一点亏，总要唠叨一阵，既为了把心底的不平吐出来，又为了争得别人的同情。这可好，有一个人看中了他的弱点，又白吃他的瓜来了。

这个人就是陈龙宝。

平常时候，陈荣金看到陈龙宝就要皱眉头，因为陈龙宝这人太懒太馋，完全是个糟胚，而且名誉也不太好听。虽然不曾做过害人的事情，但别人家菜畦上的蔬菜，常常要偷了来吃，他也有自留地，却不肯好好种，反而认为横竖全家只他一个人，吃得有限，随便哪一家菜畦上去揩点油也无所谓。菜的种类很多，就是种也种不全，自己又不会种，种出来的菜没有别人种的好，所以，最好是吃别人的，要吃什么就拣什么偷，要偷就拣好的。这就是他吃菜的哲学。陈荣金种了瓜，他早就眼馋了，但一无钱买，二又偷不到，苦无办法，往往没事寻事，到瓜棚里来坐坐，和陈荣金搭腔，想弄个瓜吃，偏偏陈荣金小气，又懂得他的心思，所以不肯让他沾光，从不请他吃瓜。弄得他只好咽着口水离开。

陈龙宝也快五十的人了，生得不高不矮，不瘦不胖，但是浑身上下，没有收节，直通通不分粗细，像条大蚂蟥。长面孔，黄面皮，狭窄的额头，昏淡的眼光，一脸冷漠空虚气色；身上穿的衣服，一年到头油蒙蒙，也不知哪一天洗过，如果洗一洗，倒能垩三亩田。说句老实话，他弄成这种样子，多半是爹娘害他的。他爹娘就生他这么个老来子，一出娘胎就皆大欢喜，因为他家有三间房子十亩田，没有继承人岂不可惜，所以溺爱得很，从小就娇生惯养，买了鱼肉，爹娘不吃让他吃，剪了好布，爹娘不穿让他穿；偶尔跟着孩子们出去刈了半篮草，娘就肉痛了，要看看他手上起了泡没有；爹就肉痛了，怪老婆没有看管好孩子。他也就乐得饭来张口，衣来伸手；既不做什么，也不动脑筋。连头搭尾，读了十三年书，初中都没能毕业。写起文章来，弄不清哪个是“买”，哪个是“卖”，一张嘴巴子，倒练得满会讲。总之，这个人没有学会生活的能耐，所以一离开爹娘，就觉得活在世界上非常麻烦。他爹娘原来大概没有想到自己会死，以为儿子可以永远在自己的照顾之下。

所以，等到不得不死的时候，他们不约而同地对儿子讲了一句完全相同的临别赠言：“宝宝，以后就靠你自己照顾自己啦！”

我的老天，那时候陈龙宝已经二十出头了啊！

知子莫若父母，果然，爹娘一死，陈龙宝就难了，饭怎么烧，地怎么种，衣裳怎么洗，家里怎么收拾，东西怎么保管……他一窍不通，焦头烂额。不到一年，身上脏了，家里臭了，田里荒了。幸亏这个时候，办起了初级社，他一听觉得好处很大，第一就是不用他操心，所以马上报名参加了。哪晓得人社的人，倒数他文化最高，竟让他做会计，一年下来，要造方案分配，他做不出账来，原来平时懒得记，发票都没有保管好，弄得一塌糊涂，只得被罢了官。从此以后，大家才看清他是个干不来事情的人，对象也不敢替他介绍，所以他想要也没有。不过他也有自知之明，晓得自己不会养家活口，倒不如独身省劲，老婆还是不讨也罢。罢官当了社员，他自然一身轻松，跟着大家跑龙套，混日子并不难。高兴劳动就动动，不高兴推个肚痛、头昏什么的，也就算了。但日子一长，又觉得农业上这碗饭毕竟不好吃，要想摆脱这个作孽生活。不过也只是想想就是了，并不动脑筋争取，就像想看电影又不肯跑电影场去一样，好事情也要送上门来他才肯收下。说也奇怪，还真来了好事情，五八年搞起大跃进来，农村里要写的宣传品一下子多得来不及写，竟找到了陈龙宝。一时之间，陈龙宝的笔迹，贴满大队的村村巷巷，田头墙上到处都是，简直比王羲之真迹还要吃香。各种纸张，涂掉几令以后，陈龙宝即使没有功劳，也有了苦劳，刚巧教育也要大跃进，人手不够，大队书记便推荐他去小学里做了代课教师。他起初很高兴，谁知连续三年自然灾害袭来，粮食一少，副食品也紧张起来，生活就苦了。代课工资不高，自由市场上东西贵，工资同它比较起来简直成了笑话；他思想就波动了，觉得拿那几个钱，还不如回去种自留地，胡萝卜也卖三角五分钱一斤呢。但总巴望个前途，也不肯轻易离开。不过情绪上冷冷热热、阴阳怪气，已一点没有大跃进的气魄，表现很差。特别压制不住肚里的馋虫。起初，小学生带些东西到学校里来吃，他还不好意思开口讨，只是站在旁边看着不走。小学生一般都很爱老师，见老师看着，当然不好意思，就主动送点过去；他当然也不会客气，就受了“腐蚀”。慢慢地他摸到了这个窍门，就当生意做了，不管哪个学生，带东西来吃，他见了就老脸老皮跑过去说：“尝尝你家东西的味道！”伸手一抓就拿去了一大半，形状颇不耐看。小学生只知道讨老师喜欢，见老师要他的东西吃，还认作是老师爱他呢。所以被“抢”之后，反倒非常快活。不过，大家生活都很紧张，孩子们哪能经常有好东西带来吃！陈龙宝馋得忍不住，难免就要拿出点手段来，他挑一些容易受骗的学生，个别动员，要他们对学校做出“贡献”，怎样“贡献”呢？就是拿好吃的来。那些学生为了要做出“贡献”，有了东西，宁愿自己不吃，“积极上交”，有的为了要使自己的“贡献”超过别人，碰到家里有好吃的，就偷了来交“任务”，明明要弄得爹娘都吃不着，倒反还说是吃不了剩下来的。

日久天长，领导上有所觉察，便向他提出来，要他注意影响。他一推精光，说是难得有几次学生主动送点东西他吃吃，他吃又不好，不吃又不好。吃吧，不要吃了一粒芝麻让别人说成西瓜；不吃吧，学生还要急得哭。领导上当然也不完全了解内情，又是生活小事，个别批评一下，也就算了。

谁知过了不久，就出了一件事。有家人家，因为隔天有新亲来，好不容易出大价钱买到两斤肉，烧了一碗半。到明天要用时，发现桌橱里一个满碗头肉连碗不见了；临时又无法添补，只得硬着头皮端出半碗肉待客。事后当然要查，小孩子吃不消压力，三个屁股一打，便招认“贡献”到学校里去了。家长就不如学生客气了，顿时便跑到学校里来当众大闹，把墙上的石灰都骂脱了一层，还从陈龙宝宿舍里一张桌肚中搜出一只碗，还剩下几块肉。肉虽没有记号，碗可是凿了字的，还逃得了吗！陈龙宝大错铸成，只好挤眼泪做检查，表示决不再犯，总算勉强过关。不过从此以后，他的名气就大了，附近村上的人，碰到孩子馋东西吃，就说：“你是陈龙宝！”

三年自然灾害过去，老天爷总算没有继续发疯害人，经济情况好转，钱也经用了。陈龙宝的情形也好起来，庆幸自己总算熬过来了。他没有料到，社会主义的经济发展规律，不是以他个人的利益为转移的。人民政府为了纠正大发展中的某些偏差，缩短工业战线，加强农业建设，争取社会主义经济全面繁荣，动员五八年以后从农村进入城市的工作人员撤回农村，以增强农业战线的力量。而陈龙宝本是临时工作人员，当然也回到了陈家村生产队。

陈龙宝这段经历，既是大跃进的产物，又随着大跃进的结束而还原。就像《封神榜》里元始天尊的乾坤圈，本来是个普通的小圈子，一抛到空间就被说得神乎其神，收回来一看其实还是那么大。但是，对于一个人来说，如果生活太单调，那么，偶然做一个奇异的梦，也会有很大的吸引力。陈龙宝几年教师也没有白做，至少他确定靠嘴巴子可以混到饭吃，而且比较省劲。嘴馋固然惹祸，落了个臭名声；善于讲究策略的人也能把坏事变成好事，只要干脆老老脸皮，把嘴馋当一块招牌打出去，让别人一看到他就马上想到他须要吃，就像看到厕所就想到肥料一样，岂不是更容易达到目的！而且这样做也无用惭愧，民以食为天嘛。天下之大，试问不贪吃的能有几个？随着时间的推移，许多正人君子不是也现了原形吗！既然食色性也，英雄难逃的就不光是一个美人关。所以，陈龙宝打这牌子是很有代表性的，甚至代表了那些吃了白食让国家、集体利益受损害的选民们，所以不但理直气壮，而且后台也很吃硬。

陈龙宝打了这个主意，从此就过着别开生面的日子。他横竖独身一个，光顾自己，没有家累，又是想着上顿不考虑下顿的人，确有各种场合能够找到吃食。亲戚、朋友以及熟人家中，凡有婚丧喜事，他无不提前到场，推迟离开。结婚的，他帮着在红绸幛上贴“喜”字；办丧的，他帮着把“奠”字放到应放的位置上；造房子的，他就写“旭日东升”红纸条，他总是担任主人家的高级帮手，清闲省劲多吃食。谁家有人生病，他便帮助请医生，陪医生，医生走了他陪病人，一定要陪到肚子饱了才离开。为此还真有些人感激他，特别是农忙里亏他舍得工分。冬、春季节，年年要开河，这是个公开放手放脚大吃大喝的机会，只要民工上了河堤，哪管三十里、五十里，陈龙宝也要赶去揩油，吃了几天还要带点走。大队里经常请客，他就钻到柴仓里去烧火，然后不断地把灶上的东西弄来吃，往往客人还没有坐上桌他就吃饱了……总之，他开辟了各种各样的渠道，成了这一行无孔不入的专家。他实在是干得非常成功的，至于有时候自己开伙要到别人家自留地上去取菜，乃是这一类人通常使用的辅助手段，并不是失败了没有出路。

在陈荣金被迫停止惩罚云生的第二天晚上，陈龙宝拖着拖鞋，捏把破扇，悠悠荡荡，跑过三四百米，到陈荣金的瓜棚来了。他知道每天晚上陈荣金住在这里，也知道这时候瓜棚里有傍晚采下的甜瓜存放着，等待明晨到市上去出售，这个时机他选择得非常恰当。

“荣金哪，我听人说了两遍都不相信。”他装作意外似的加重语气说，“小鬼头竟欺到你门上来了吗，唔？不会是真的吧！”

其实，这是当面说谎，今天白天，明明是陈荣金自己不断在唠叨，他也是在场听到，并且肚里暗笑的。现在倒好像另从广播里听来的了。这无非是要把陈荣金的胃口吊足。等到陈荣金自然而然有了相同的感情反应时，他已经在盛满甜瓜的柳筐旁边坐了下来，闻着香味，流着口水滔滔不绝地讲开了：“不要气，不要气，这班小鬼头都是‘文化大革命’惯坏的，都封了王了，干什么都有理，其实你占了队里的桑树田种瓜，关他们屁事，他们是什么东西？队长会计都不说什么，我都没意见，也不曾硬吃你的瓜，他们倒敲竹杠了。你看着，有朝一天他们把你我杀掉，也蛮有理由，他们会说，世界上的人那么多，杀死个把有什么了不得！”讲到这里，便毫不在乎地抓起一个瓜来咬了一口，就像自己种的一样。然后一面吃，再一面说下去……很快就吃完了一个。于是精神陡增，讲话越来越高昂热情，待要伸手去拿另外两个瓜之前，他出奇制胜地说：“我教你一个办法，保证能把二十九个瓜钱讨回来！”趁陈荣金目光露出讨教的神色时立即拿了一个瓜，看到陈荣金的手想伸出来干预就马上把瓜塞到他手里去，用怜悯的眼色鼓励陈荣金吃一个，好像提醒他与其让别人享受，倒不如先让自己舒服，然后举了举自己手里的瓜（可不知道是什么时候又拿的了），就像一对老朋友隔着桌子举杯互相祝贺似的，接着“乞嚓”一声，大黄牙便破瓜而入……不待对方求教，他主动提出为了挽回损失，应该写一封人民来信向法院控告陈国生率众偷瓜。这封信可以由他陈龙宝代笔。他要上挂黑主子，下打活靶子；要讲到陈国生是林彪、“四人帮”一派骨干，偷瓜就是大搞打砸抢，青少年犯罪分子必须严办，破坏安定团结绝没有好下场，至少应该开除他们的学籍，因为这种人识了字更容易学坏……如此这般，整整讲了两个小时，不但把陈荣金的心讲活了，而且还使他感动了，所以临走时陈龙宝带了一个瓜走也没有受到阻碍。因为陈荣金觉得有点亏待了陈龙宝，他花了这么长的时间来宽慰自己，在这段时间里，光是搓绳，也可以赚得三五角钱呢。换了陈荣金自己，就决不愿意放弃这三五角去陪别人闲聊，吃那么三个甜瓜的。

两个人打着完全不同的算盘，竟都认为自己沾了光，真是皆大欢喜的事情。

三

陈龙宝的吃食运确实很好，瓜期过去不久，便又尝到了另一种美味。

这就要从陈苦生身上说起了。

陈苦生今年十岁，读小学三年级。他很用功，但成绩并不好，因为他家里穷；不但放学回去后要参加劳动，甚至往往上午要少上一课，提早回去烧饭。所以他没有办法学好功课。

陈苦生真苦，他的爸爸，在四年前生病死去了。为了医病，家里还拖了许多债，至今不曾还清。他的妈妈顾招娣，为了养活苦生、苦生七岁的弟弟和五岁的妹妹，简直一天到夜紧张得像打仗。田里跳到家里，家里跳到田里，完全是在拼命。天不亮就起来，赶在下田之前，要烧好早饭、猪食，洗好衣服；傍晚放工了，又要上自留地，一直做到黑得完全看不见了才歇。大家都替她发愁，劝她想开些，不要把身体做败了。但顾招娣总巴望自家能够养活自家，尽量不要靠救济。她确实出了九牛二虎之力，但得到的报酬却还不够口粮钱。真是愈做愈愁，愈愁愈做。苦生当然晓得娘苦，他不但帮娘烧饭、喂猪、带孩子，还养兔子。他养了一只全耳毛大白兔，雪白滚壮；一个月拉一次毛，能收入一元多钱。这大白兔是他八个月前买来的小兔养大的，连买小兔的钱，也是他和弟弟拾破烂积蓄到的。现在，这只大白兔成了生产队公认的宝贝，因为县里畜牧站有位兔专家来查过全大队的兔，认定苦生这一只是比较纯的全耳毛母兔。生产队长陈洪泉大为高兴，想靠它发展出一个养兔场来。四个月前，特地到公社畜种场借回一只全耳毛种兔交配，一个月后生了八只小白兔，温柔雪白如绒球，养了一个多月，卖给生产队，每只卖了一元二角钱。小苦生一家，就像发了大财一样快活。现在大白兔又可以交配了，这次队长、会计到公社去开三级干部会议，顾招娣已托了洪泉再把种兔借回来……养一窝能赚十元钱左右，这可真帮了顾招娣的大忙啊！

谁能想到，就在这时候，大白兔出了事。

大白兔虽然善良、忠厚，但是活泼爱玩耍。这一天，苦生吃过饭上学校去之前，喂了兔子，没有把窝棚盖好；大白兔就乘苦生疏忽，慢慢钻了出来。它高兴得很，一跳一跳，出得门来，要欣赏外面的花花世界。

果然，外面天高气爽，风和日丽；万物欣欣向荣，已和“四人帮”时期大不相同。大白兔记得，它的祖先，曾经遗训子孙，要想万代昌盛，它的种族必须永远坚持不吃粮食，因为曾经有过三年，一切吃粮食的畜生在陈家村上几乎绝迹。所以，决不要看着眼前好过，贪嘴去馋好食吃，吃惯了将来后悔莫及。

大白兔首先看到了善良的邻居羊大哥，被系在大树底下，懒洋洋地随便躺着，接受大自然的抚爱。兔子对它一往情深，因为它和自己一样，也以皮毛向人类做出贡献。然而也知道它的弱点，肚皮一饿就拼命叫喊，弄得兔子不得不饿着自己让它吃饱，因为自己是宁愿饿死也不吭一声的。接着，它又看到了成群的公鸡和母鸡，在这丰盛的金色的秋天，它们习惯了高水平的生活，对于地上偶然发现的几颗粮食，已经兴趣不大，啄了啄，随随便便用脚一抓，散到旁边去了，也懒得再去寻找；可是，碰到蜻蜓、蟋蟀、螳螂、青虫以至于苍蝇、蚊子，就决不放过。即使那小得几乎看不见的蠓虫飞进来，它们也不惜力气，奋身一跳，准确地啄进嘴里。大白兔完全不理解它们的胃口，但非常钦佩它们的眼力。

它沿着墙根走去，觉得像走在上海南京路上那样热闹。它看见癞蛤蟆在踱着方步，就微微一笑，因为它虽然生得难看，有时却钻到棚里来进行友好的访问，从容大方，彬彬有礼，非常值得信赖，它在棚里巡视几圈之后，宵小活动显然大为减少，社会治安便有起色。那边有一群鸭子过来了，昂着头，挺着胸，摇摇摆摆，哑着嗓子，嘎嘎嘎一阵乱叫，活像旧社会里常见的那种骄气十足的大好佬。这些大好佬兔子没有亲眼见过，但它在窝棚里不止一次听到过顾招娣对苦生讲述着这些人的罪恶，因此不由得对鸭大爷们投过去愤怒的一瞥。后来就碰到了那只黑猫，大白兔不会忘记，自己在幼小的时候，受过它的欺侮。也许它是和自己开开玩笑的，但为什么把自己的皮肤抓破了呢？现在大白兔长得比它还大，不再怕它，当然也没有兴趣再和它闹着玩。再说那一次黑猫死乞白赖想入赘在兔窝里，要不是给苦生痛打一顿，把它打怕了，还不知要怎么纠缠大白兔呢，哪个雌蜂要牛头蝇做丈夫呀！它们的关系，实在尴尬而不愉快；这次狭路相逢，也就假装不认识，转过头只当不见，贴面走过了。这时候，一个小东西从草堆里窜出来，如一道黑气一闪而过，消失在前面的墙洞里；那是一只老鼠。兔子想不到大白天会碰着这个蹲惯阴暗角落的家伙，觉得非常厌恶。想起有一次老鼠偷了苦生舍不得吃掉的半块鱼肉，竟然藏到它兔子的窝棚里来，过了三夜都不曾拿走。明知兔子不会吃它的，它放心得很。真是欺人太甚！大白兔替苦生可惜，想通知苦生拿走，但是苦生粗心大意，并不理会。因此，兔子只好挖了个洞把半块鱼藏起来，希望有朝一日苦生觉悟。后来老鼠来了，找不着鱼块，恨到兔子身上，咬破了它的脚跟，甚至咬了几根兔毛放在苦生的鱼碗里，陷害兔子偷鱼吃。最可恨的是大白兔生了八个孩子那一次，老鼠竟几次三番偷袭，要吃掉它的后代，这种野蛮性太触目惊心了。想到这里，大白兔光火起来，如果老鼠没有溜走，它就要回过头去，喊黑猫来捉。

大白兔看看想想，一路游来，忘了远近。它走到了一排房子尽头，看到有两间房子缩进在北面，屋前居然长满鲜嫩的青草。它惊异地不知道这算什么地方，也许是人们所说的公园吧！抑或是什么禁区呢？如果是禁区，那么是监狱还是官邸？住着囚犯还是伟人？它想找个同类请教请教，偶一回头，就看到青青家的那只大黄狗远远地走过来了。这个满脸凶残、高脚浪荡的洋鬼子，自己的性命曾经几乎伤在它手里。那时候幸亏苦生手脚快，才把自己从狗嘴里夺了下来。现在一见，兔子的眼睛里迸射出仇恨的火花，居然也产生了“斗争”的渴望，真想从现在开始就对这个不共戴天的仇人进行不停顿的攻击，直到地球不转为止。但自己也懂得，苦生不在身边，没有帮手，较量起来是要吃眼前亏的，在敌强我弱的情况下，保存自己还是最要紧的。就乘大黄狗还没有发现自己之前，转弯过去，避到那门口的青草丛里。在那里尝到了难得吃到的野鸡冠和酱瓣头，美美地饱腹一顿。看准大黄狗已经走得无影无踪，便大大方方走出草丛，精神抖擞地来到“公园”门口，想看看里面究竟是什么所在。它发现里面空无一人，就大着胆子跳过门槛，蹲下来细细地观察。这是两间屋子，中间用土墙隔开，土墙上半截已经倒坍，但还看不见里面一间的情景。这外面一间，放一张污秽的方桌和两条长凳，一条倒在地下，凳面倒还干净，大概有人坐了站起来把它掀倒了，又为什么不随手扶起来呢？另一条，凳头上的蛛网，已经千丝万缕和横档连在一起，显然长久没有动过了。大概这家人家，人丁不兴，最多只有一个女人住。墙根头横七竖八倒放着两把锄头钉耙，还有一具土箕，土箕上的绳子断了，也没有接好。不管怎样，似乎这个人也参加劳动，是个农业户。但稀奇的是，屋子里静得出奇，没有猪，没有羊，没有鸡、鸭，真不像是个正常人家。现在已不是三年自然灾害时期了，怎么会这种样子？也许是所谓庙宇吧！但菩萨在哪儿又找不到。莫非也在“文化大革命”中打掉了吗？

大白兔怀疑极了，这是个什么地方呢？它望着地上东东西西一堆堆垃圾和拖拖拉拉的草屑，灵机一动，猜想到莫不是它同类的窝棚？但为什么这样高、这样大呢？四周墙上丝丝牵牵，灰尘蒙蒙，还不如自己的小窝棚来得干净，看来东西是越大越难收拾，窝棚如此，国家也如此，兔力有限，人力也有限，只有神是无穷地大。大白兔浩叹一声，愈感寂寞，想到这如果真是兔子的家，那么，主人在哪儿？为什么不出来迎接客人，是怀疑客人来意不善呢，还是来历不明呢？大白兔思忖半晌，便朝东边墙角里跳过去，那里有一个用干土块垒起来的小地方，就像自己的窝棚一样，也许有兔子躲在里面睡觉吧，若真是这样，那么，我的兄弟啊，你太懒，太不警惕，也太失礼了！但跳近一看，竟是一个灰堆，还散发着人粪的臭味。

兔子停下来，摇了摇头，沉默了。这人粪的臭味已经向它提供了足够的证据，说明这里住的毕竟还是人。但是，除了这粪的气味像人屙的之外，这里的一切，就闻不到人的味道了。这很难理解……是的，实在很难理解，假使人兽之间的区别仅仅在于粪便的话。

大白兔终于对这所屋子不再感到任何兴趣，准备立即退出。可是来不及了，就在这时候，它的头上受到猛烈的一击，顿时失去知觉，而且从此不再醒来。

亲爱的大白兔啊！顾招娣和陈苦生辛辛苦苦把你养到这么大，还只在你身上取过三次毛，一胎种，他们还指望你繁殖良种，指望你供给零用钱呢。你不该轻率地随便出外，粗心大意，不明不白被杀害在不知道的地方啊！

两个小时以后，大白兔那洁白的、柔软的绒毛，已经进了供销社的收购站，两小瓶高粱酒藏在陈龙宝肮脏的裤袋里带回家来。它的肌体放进了铁锅，还没有煮烂就被开始咬嚼，直到全部埋葬在那个蚂蟥的肚里为止。那时候，陈苦生正在学校里计算一道道的数学题，顾招娣正在稻田里拔稗头，他们都没有想到自己的命运又起了小小的变化。世界上的偶然性实在太多，真是防不胜防啊！

四

傍晚陈苦生和顾招娣回来，发现大白兔丢了，便四处寻找。找不着，苦生急得夜饭都忘了吃，就拖着鼻涕，流着眼泪去报案。他报案不找民兵排长，也不找治保主任，而是找自己的司令员——陈国生。

陈国生正在吃夜饭，一看见苦生急得那个样子就心疼了，听了他哭诉之后，认为是一件正经大事，连忙端着夜饭碗，去找他的两位副司令——银生和青青研究。随即决定马上召开全体紧急会议。命令通信员禾生和田生（银生的二弟三弟）在三分钟之内，把全部人马叫齐，到司令部开会，会计连生不在家，门锁着，但钥匙交在国生处。国生丢了夜饭碗，便去开门。指战员随着统统到齐，不缺一个。马上宣布开会，银生主持会议，青青登场指挥，先唱了一支《三大纪律八项注意》歌，接着就唱《弟弟、妹妹不要哭》。然后陈国生做动员报告，他当然比较幼稚、天真，没有学会背诵报纸上的话语作为报告的主要内容，也没有学会“哎——”“啾——”“哎——”“啾——”……使阎王后悔给你的寿命太长一类口头禅。他两句话交代了形势：“苦生家的大白兔丢了，他们找不到。”三句话交代了任务：“我们大家帮他找，马上行动，一定要找到它。”六句话讲清工作方法：“家家都要去找，从大门口往里细细寻，一直找到房里床脚底下，不许马虎。家里找不着，再找外面。”三分钟不到，动员报告结束，宣布散会，主席银生最后通知，有情况立即报告。

会议一散，战斗顿时打响。大门乒乒乓乓，物件搬得叽叽嘎嘎，孩子们像地鳖虫似的到处乱钻，哒哒哒的脚步声，嘘嘘嘘的嘶叫声，扑扑腾腾，磕磕碰碰，闹成一气，乱作一团……大人们惊怪地在喊："做什么，做什么……"孩子们没头没脑地回答："兔子、兔子、兔子……"大人们弄不清是寻兔子呢，还是看见兔子在追，更不知道是家兔还是野兔，也跟着忙乱起来。一时之间，天翻地覆，江腾海倒，陈家村上，好不热闹！

足足闹腾了近两个小时，里里外外，无处不找，陈龙宝家也去细细查了一番，除了陈龙宝的内脏，别处都找遍了；阴沟洞都照过，茅毛厕里都掏过，真是上穷碧落下黄泉，两处茫茫皆不见。多路军马回来缴令，都是两手空空，一毛未获。

大白兔哪里去了？上西天了吗？

几个司令员坐下来一研究，认为一定有人偷了藏在秘密地方。偷了做什么呢？一是卖，二是吃。如果吃的话，今晚上一定会烧；如果卖的话，明天天不亮一定会运走。无论是吃是卖，今晚的时间都很重要。于是，司令员们有了办法，决定组织换班巡夜。一要注意烟囱，二要注意开门，千万不能疏忽大意。

于是任务下达，分班行动：第一班现在开始到十一点，银生、禾生两兄弟值班；第二班十一点到两点，青青和洪洪姊弟俩值班；第三班二点到五点，国生和苦生值班，三个司令员分三班，分别带头负责。

当夜天气不好，乌云密集，山雨欲来，伸手不见五指，银生同禾生值勤，摸黑在村子上游转了一阵，夜色渐深，人声渐寂，禾生身上觉得冷，心里有点怕，畏畏缩缩，不大高兴再跑了。银生早就摸着弟弟的个性，便臭他道："胆小鬼，只会拖鼻涕，和你在一起，真倒了一百世的霉！"禾生哪里肯服，马上反驳道："我胆小，你胆大？"

"我自然胆大。"

禾生格格一笑，说："那一次住在伯伯家，我把夜壶踢翻了，伯伯叫你去拿点灰来吸一吸扫掉，你为什么不去？"

"我怎么不去！总不见得是你去的吧。"

"你去是去了，就是要伯伯陪着你，伯伯还问你'怕吗？'你还说'唔！'呢。"

银生举手打了禾生一拳说："你就会吊背筋，那时候我还没有你大呢。我长到你那么大就不怕的了。你呢，你呢！一直胆小……"

兄弟俩咕噜道。正在这时候，便听得有走动声，两人连忙躲在一棵树后，向暗处细瞧，只见前方模模糊糊，出现了一个人影；将到近处，只见那人手里拎着一只兔子。那是一只大白兔，在黑夜里也看得清清楚楚，似乎还在扭动着呢。

银生兴奋得心都快跳出腔来，连忙拉了拉禾生，暗示他配合行动。等到那人靠近身边，好一个小英雄陈银生，他一个箭步，猛虎似的扑了过去，一把将那人拦腰抱住。强将手下无弱兵，被骂成胆小鬼的禾生手疾眼快，看准了冲上去一把抓住兔子，那人吓了一跳，手一松，兔子便到了禾生手里。

陈银生大喊一声："捉住了！"

那人本在挣扎，经这一喊，倒不再挣脱他了。只听那人平静地说道："银生，你们倒会玩，把我吓一跳。"

哎哈，还是爸爸！

一点不错，来人正是陈洪泉。他刚从公社散会回来，手里拎的大白兔，是受顾招娣委托从公社畜种场借回来交配的种兔。他当然不知道苦生家的兔子今天丢了，更想不到事情如此凑巧，拎了兔子就被儿子当贼捉住。

一同从公社回来的陈连生，在村头上小便落后了几步，这时也走来了，他笑得弯了腰，蹲在路上像只熊，长久长久站不起来。

……

小英雄们白白辛苦了一夜，毫无收获。令人灰心丧气。如何破案，一时竟想不出妙计来。司令员们经受着失败的痛苦。

吃过午饭，国生愁眉不展往连生家跑，想向这位高级顾问求教。刚到连生家门口，就看见青青手里拿着一块骨头，引着她家的大黄狗，和小芳一同走来。那大黄狗在后面一蹦一跳，要吃青青手里的骨头。青青不让吃。国生就说道："你们倒空呢，弄只狗玩玩，惹它干什么！"

青青和小芳不搭理他，神秘地进了司令部。等国生也进来坐定了，青青才把骨头递给他说："你看！"

国生一看，认得是一块兔子的背板骨，忙问："这是哪里来的呢？"

小芳指指大黄狗。

国生恨道："原来是你这畜生吃了！该死。"

大黄狗毫不在意，见骨头在国生手里，便摇摇尾巴，向他表示亲热。想骗骨头吃。国生喝道："瘟狗，我剥你的皮，赔给苦生！"

青青打了它一下说："没良心的东西！"

这时苦生刚巧进来，看见了就证实道："一定是它，上次就几乎被它吃掉！"于是随手把门关上，要打大黄狗。

大黄狗看出不妙，逃又迟了。看见青青站着没离开，就躲在它身后，求小主人保护。

但是，青青却执行了国生的命令，把一条绳子套在它脖子上了。

情况显然非常严重，大黄狗对这种场面在"文化大革命"里见识过了，但那是人对付人的办法，怎么现在用来对付它呢？那就太野蛮了。然而事已如此，怕也没有用，横竖它光明正大，没有做过亏心事，凭什么要揪它呢！你们是人，高级的动物，能冤枉它大黄狗吗？如果连狗也冤枉，你们又高级在哪儿，那你们显然就不及它大黄狗了，它至少从来没有冤枉过你们呀！

想到这里，大黄狗爽性把后脚一圈，朝国生他们坐下，眼睛盯住他们，看他们怎么办。这个高脚浪荡的家伙，如果它昨天看到大白兔在外面游玩，倒真会犯错误的呢。可是它看都没有看见，更别说吃了。你们碗里少了一块肉，就把天底下吃荤的都当成嫌疑犯，去去去！……

正这样想着，国生居然就问了："都吃掉了吗？"它自然理都不理。

"你害人家一夜不睡觉，贼狗！"

这更使它莫名其妙。不懂这又是什么圈套。

"天天喂你，你还偷！要你赔！"青青狠狠地打它一下。好像逼着它摸出钱来。

大黄狗横竖不理。

陈连生原在房里假寐，听着外面的一切，觉得好玩极了：他们竟审狗！忍不住笑着跑出来，看他们审。停了停就问："是它吃的吗？"

"当然。"

"它招了吗？"

"你看这骨头！"国生蛮有把握地说。

陈连生真的把骨头拿到手里，细细瞧了一番，越想越要笑，强板起脸，也跟着审起狗来。他大喝一声："你偷了兔子，放在哪里烧的，快说！"

国生莫名其妙，瞪瞪眼睛说："连生哥哥，你别来缠，它还会烧吗！"

连生说："它不会烧，不能请人烧吗！它的嘴巴子刁，生的还不要吃呢。"

青青说："还不要吃呢。你看肉吃光了，连骨头都舍不得丢掉。"

连生忍不住大笑了一阵说："你们呆大（傻瓜），看这块骨头，一点肉都不剩，不烧熟了，能吃得这样干净吗？"

大家都给提醒了。他们显然冤枉了大黄狗。

“放开它。”国生说。青青就把绳子收掉。国生又说：“你在哪里衔来的？同我们去。”

哼，同你们去。那么便当！大黄狗根本不睬。你冤枉它也好，原谅它也好。就不睬你。它的眼睛盯住那块骨头，它要吃！这骨头是它自己找来的，不是偷来的，不是抢来的，为什么它没有权利享受！

连生想了想，就用绳子把骨头扎了挂在墙钉上，表示决不给大黄狗吃。然后对大家说：“你们不要急。青青，你注意盯住它。”他走去开了门：“让它走。”

但是大黄狗不走。它舍不得那块骨头。

哼，大黄狗居然不自量力，要和万物之灵较量，太无自知之明了！

陈连生一眼就看穿大黄狗的心思，就说：“我们都离开！”

大黄狗一看大家走了，骨头挂在墙上，自己又没法拿到吃（这就是人的狡猾，也是大黄狗的幸运。如果大黄狗能像人一样去拿到骨头，它就会受到更野蛮的待遇，它将被绑起来，动都不能动），心里恨了一阵。想起这骨头……那个地方还有，也就不在乎这一块了。它也很狡猾，跟着人学得精明了，它跟着青青回去，在门角里躺下来，假装睡觉，想摆脱了青青再说。否则骨头衔出来，又会被夺走。它实在瞧不起这班人，怎么好意思同它抢骨头呢！而且，随随便便冤枉了它，既不道歉，也不自我检查，反而清口白牙说：“同我们去！”这算什么！以后还能相信他们吗？简直莫名其妙！

青青也假装不注意它，自顾自看书。她当然完全不理解大黄狗的想法。对于人类的尊严从来没有动摇过，在她看来，畜生懂得什么，要晓得，人类创造了一篮子文明，不但有可以文载的，甚至还有只能意会不能言传的，她现在对大黄狗的态度就只能意会。

大黄狗毕竟太幼稚，而且肚里也实在饿了，它总以为青青被骗过了，便一缕烟逃走。走了一段，还回头看看青青可跟上来。青青当然想跟，但朝外一看，就见国生、银生、苦生、洪洪、小芳都远远盯住了大黄狗，自己就干脆不跟出来，免得惹起怀疑。

于是，大黄狗胆大放心，它像只野马撒开了腿，在村周围兜了一个圈子，然后一窜就窜到陈龙宝家屋后，很快衔出了一块骨头。谁知一回头，看见四面八方的人已围上来了，知道又来抢它的骨头，它马上松口一丢，拔脚就逃，嘿，这一次它可有经验了，决不再吃眼前亏。

可是，大黄狗跑得掉，陈龙宝却跑不掉了。大家围上去一看，大黄狗抓出了一个坑，坑里还有一小堆兔子骨，分明是陈龙宝埋在里边的。他实在懒惯了，埋也不肯埋深一些，大黄狗闻到骨香，很快就抓出来了。

小英雄们捡起兔子骨，静静地进了陈龙宝的家。陈龙宝午睡未醒，他仰天大躺，一屋鼾声，倒真还高枕无忧呢。

陈银生很细心地又在房门口地上拾着了几根兔毛，递给国生看。国生默默地点点头。

十拿九稳了。

大家闯到床前，国生猛喝一声："陈龙宝，起来！"

"吵什么！"陈龙宝醒来，很吃一惊。但又假装镇静地喝了一声，想吓住孩子们。

"这是什么？"陈国生把兔子骨头放在他面前。

陈龙宝见事已败露，心知不好，但他哪肯认输，连忙赖道："谁知道这是什么！哪里来的？我家里吗？你们存心同我作对吗？"

陈国生瞪了他一眼，不同他辩，却定睛在他身上细细地瞧了又瞧，那眼光像要透过他的衣衫，透过他的皮肉，直穿他的心。瞧得陈龙宝心寒胆战，汗毛直竖，动都不敢动一动。

就在这时候，国生伸出手轻轻在他的衣袖管口里捻出几根兔子毛来，说："这是什么？"

陈龙宝一瘫，竟然一头倒下去跪在孩子们的面前喊道："小爹爹，从此我不了！"

李顺大造屋

一

老一辈的种田人总说，吃三年薄粥，买一头黄牛。说来似乎容易，做到就很不简单了。试想，三年中连饭都舍不得吃，别的开支还能不紧缩到极点吗？何况多半还是句空话！如果本来就吃不起饭，那还有什么好节省的呢！

李顺大家从前就是这种样子，所以，在解放前，他并没有做过买牛的梦。可是，土地改革以后，却立了志愿，要用“吃三年薄粥，买一头黄牛”的精神，造三间屋。

造三间屋，究竟要吃几个“三年粥”呢？他不晓得，反正和解放前是不同了，精打细算过日子的确有得积余，因此他就有足够的信心。

那时候，李顺大二十八岁，粗黑的短发，黑红的脸膛，中长身材，背阔胸宽，俨然一座铁塔。一家四口（自己、妻子、妹妹、儿子）倒有三个劳动力，分到六亩八分好田。他觉得浑身的劲倒比天还大，一铁耙把地球锄一个对穿洞也容易，何愁造不成三间屋！他那镇定而并不机灵的眼睛，刺虎鱼般压在厚嘴唇上的端正阔大的鼻子，都显示出坚强的决心；这决心是牛也拉不动的了。

别说牛，就是火车也拉不动。李顺大的爹、娘，还有一个周岁的弟弟，都是死在没有房子上的。他们本来是船户，在江南的河浜里打鱼，到处漂泊，自己也不知道祖籍在哪里。到李顺大爹手里，这只木船已经很破旧了；钉头锈出漏洞，芦棚开了天窗，经不起风浪，打不得鱼虾了。一家人改了行，有的拾荒，有的用糖换破烂，有的扒螺蛳，挣一口粥吃。一九四二年，李顺大十九岁，寒冬腊月，破船停在陈家村边河浜里。那一天，云黑风紧，李顺大带了十四岁的妹妹顺珍上岸，一个换破烂，一个拾荒。走出去十多里路。傍晚回来时，风停云灰，漫天大雪，顷刻迷路。幸亏碰着一座破庙，兄妹俩躲过一夜。天亮后赶回陈家村，破船已被大雪压沉在河浜里，爹娘和小弟冻死在一家农户大门口。原来大雪把船压沉前，他们就上岸叩门呼救，先后敲过十几家大门。怎奈兵荒马乱，盗贼如毛，他们在外面喊救命，人们还以为是强盗上了村，谁也不敢开门，结果他们活活冻死在雪地里。天没有眼睛，地没有良心，穷人受的灾，想也想不到，说也说不尽……没有房子，唉！

李顺大兄妹俩哭昏在爹娘身边，陈家村上的穷苦人无不伤心。他们把那条沉船拖上岸来，拆了一半做棺材埋葬了死人；剩下的半条，翻身底朝天，在坟边搭成一个小窝棚，让李顺大安家落户。

抗战结束，内战开始，国民党抽壮丁，谁也不肯去。保长收了壮丁捐，看中李顺大是六亲无靠的异乡人，出三石米强迫他卖了自己去当兵。他看看窝棚，窝棚上没有门，怕自己走了，妹妹被人糟蹋，就用卖身钱造了四步草屋，才揩干眼泪去扛那“七斤半”。

他怎么肯替国民党卖命！隔了三个月，一上前线就开小差逃了回来。到了明年，保长又把他买了去。前前后后，他一共把自己卖了三次。第二次的卖身钱，付了草屋的地皮钱；第三次的卖身钱，付了爹娘的坟地钱。咳，如果再把自己卖三次，钱也都会给别人搞去的。

然而还亏得有了四步草屋，总算找着了老婆。他出去当兵时，妹妹找来了一个无依无靠的讨饭姑娘同住做伴，后来就成了他的妻。一年后生了个胖小子，哪一点都不比别人的孩子差。

土改分到了田，却没有分到屋。陈家村上只有一户地主，房子造在城里，没法搬到乡下来分。李顺大只有自己想办法了。他粗粗一码算，兄妹两人两个房（妹妹以后出嫁了就让儿子住），起坐、灶头各半间，养猪、养羊、堆柴也要一间，看来一家人家，至少至少要三间屋。

这就是李顺大翻身以后立下的奋斗目标。

二

一个翻身的穷苦人，把造三间屋当作奋斗目标，也许眼光太短浅，志向太渺小了。但李顺大却认为，他是靠了共产党，靠了人民政府，才有这个雄心壮志，才有可能使雄心壮志变成现实。所以，他是真心诚意要跟着共产党走到底的。一直到现在，他的行动始终证明了这一点。在他看来，搞社会主义就是“楼上楼下，电灯电话”。主要也是造房子。不过，他以为，一间楼房不及二间平房合用，他宁可不要楼上要楼下。他自己也只想造平房，但又不知道造平房算不算社会主义。至于电灯，他是赞成要的。电话就用不着，他没有什么亲戚朋友，要电话做什么？给小孩子弄坏了，修起来要花钱，岂不是败家当东西吗。这些想法他都公开说出来，倒也没有人认为有什么不是。

陈家村上的种田汉，不但没有轻视他的奋斗目标，反而认为他的目标过高了。有人用了当地一句老话开头，说：“‘十亩三间，天下难拣’，在我们这里要造三间屋，谈何容易！”有的说：“真要造得成，你也得吃半辈子苦。”有的说：“解放后的世界，要容易些，怕也少不了十年积聚。”

这些话是很实在的。当时沪宁线两侧，以奔牛为界，民房的格局，截然不同：奔牛以西，八成是土墙草屋；奔牛以东，十有八九是青砖瓦房。陈家村在奔牛以东百多里，全村除了李顺大，没有一家是草屋。李顺大穷虽穷，在这种环境里，倒也看惯了好房子。唉，这个老实人，还真有点好高骛远，竟想造三间砖房，谈何容易啊！

在众多的议论面前，李顺大总是笑笑说：“总不比愚公移山难。”他说话的时候，厚嘴唇牵动着笨重的大鼻子，显得很吃力，因此，那说出的简单的话，给人的印象，倒是很有分量的。

从此，李顺大一家，开始了一场艰苦卓绝的战斗，他以最简单的工具进行拼命地劳动去挣得每一颗粮，用最原始的经营方式去积累每一分钱。他们每天的劳动所得是非常微小的，但他们完全懂得任何庞大都是无数微小的积累，表现出惊人的乐天而持续的勤俭精神。有时候，李顺大全家一天的劳动甚至不敷当天正常生活的开支，他们就决心带饿一点，每人每餐少吃半碗粥，把省下来的六碗看成了盈余。甚至还有这样的时候，例如连天大雨或大雪，无法劳动，完全“失业”了，他们就躺在床上不起来，一天三顿合并成两顿吃，把节约下来的一顿纳入当天的收入。烧菜粥放进几颗黄豆，就不再放油了，因为油本来是从黄豆里榨出来的；烧螺蛳放一勺饭汤，就不用酒了，因为酒也无非是米做的……长年养鸡不吃蛋；清明买一斤肉上坟祭了父母，要留到端阳脚下开秧元[⑥]才吃。

只要一有空闲，李顺大就操起祖业，挑起糖担在街坊、村头游转，把破布、报纸、旧棉絮、破鞋子等废品换回来，分门别类清理后卖给收购站，有时能得到很好的利润。废品中还往往有可以补了穿的衣裤、雨鞋等物，就拣出来补了穿一阵，到无法再补的时候仍纳入废品中，这样也省了不少生活费用。那换废品的糖，是买了饴糖回来自己加工的，成本很便宜；可是李顺大的独生儿子小康，长到七岁还不知道那就是糖，不知道是甜的还是咸的。八岁的时候，被村上小伙伴怂恿着回去尝了一块，就被娘当贼捉出来，打他的屁股，让他痛得杀猪似的叫，被娘逼着发誓从此洗心革面。娘还口口声声说他长大了要做败家精，说他会把父母想造的三间屋吃光的，说将来讨不着老婆休要怪爹娘！

最可敬佩的事情，是发生在李顺大的妹妹顺珍身上。一九五一年分进土地时，她已经二十三岁了。当时政府还没有号召晚婚，按照习惯，正到了结婚的妙龄。她不但肯苦能干，温顺老实，而且一副相貌，也长得出奇的漂亮。细细看去，似乎和她哥哥一模一样，只是鼻子小了一点，嘴唇薄了一点；就在这两个“一点”上，造化

⑥ 开秧元——莳秧第一天。

却又显露出了它无所不能的伟大，把高挑个儿、鹅蛋脸型的李顺珍衬出了一派清秀俏丽之气。当时，附近村上一些小伙子央人登门求婚的，也不是三个两个。可是，不管对方条件怎样，人品如何，顺珍姑娘只是说自己年纪还轻，一概回绝。她是哥哥抚养长大的，她决心要报答哥哥的恩情。她知道离开她的帮助，哥哥的奋斗目标就很难实现；如果她出嫁，哥哥不但少了一个坚强可靠的助手，而且还得把她名下分到的一亩七分田让她带走。这样一来，她哥哥的经济基础和劳动能力都会大大削弱，不知要到何年何月才能造出三间屋。因此，她甘愿把一生中最美好的时代——称得上是青春中的青春，留给她哥哥的事业。

一直到了一九五七年底，李顺大已经买回了三间青砖瓦屋的全部建筑材料，李顺珍才算了却心事，以二十九岁的大姑娘嫁给邻村一个三十岁的老新郎。新郎因为要负担两个老人和一个残疾妹妹的生活，穷得家徒四壁，鹑衣百结，才独身至今。所以，迎接李顺珍的，仍然是艰苦的生活。因为她已苦惯了，所以并不在乎。

三

办过妹妹的婚事，就跨进了一九五八年。李顺大这时候还缺少什么呢？还缺些瓦木匠的工钱和买小菜的费用，再有一年，问题就可完全解决了。而且公社化以后，对李顺大很为有利。土地都归公了，他可以随意选择一块最合适的地基造屋。这不是太理想了吗。

可是，李顺大终究不是革命家，他不过是一个跟跟派。听毛主席话，跟共产党走，能坚决做到，而且完全落实，随便哪个党员讲一句，对他都是命令。有一夜李顺大一觉醒来，忽然听说天下已经大同，再不分你的我的了。解放八年来，群众手里确实是有点东西了。例如，李顺大不是就有三间屋的建筑材料吗？那么，何妨把大家的东西都归拢来加快我们的建设呢？我们的建设完全是为了大家，大家自必全力支援这个建设。任何个人的打算都没有必要，将来大家的生活都会一样美满。那点少得可怜的私有财产算得了什么，把它投入伟大的事业才是光荣的行为。不要有什么顾虑，统统归公使用，这是大家大事，大家大事——大家一样。谁也不欺。

这种理论，毫无疑问出自公心。李顺大看看想想，顿觉七窍齐开，一身轻快。虽然自己的砖头被拿去造炼铁炉，自己的木料被拿去制推土车，最后，剩下的瓦片也上了集体猪舍的屋顶，他也曾肉痛得簌簌流泪。但想到将来的幸福又感到异常的快慰。近来的经验也改变了他原来的看法，他认为楼房比平房更优越了。因为粮食存放在楼上不会霉烂，人住在楼上不会患湿疹。看来以后还是住分配到的楼房好，何必自讨苦吃，像蜗牛那样老是把房子作为自己的负担呢。所以，他的思想就彻底解放了，不管集体要什么，他都乐意拿出来。如果需要他的破床，他也会毫不吝惜；因为他和他的老婆，都不是困在床上长大的。他的老婆，那个原先的讨饭姑娘，说真的倒比他多了一个心眼。但十二级台风早把大家刮得身不由己了，她一个女人家又有什么用！多一个心眼无非多一层愁。不过究竟也藏下一只铁锅，没有送进炼铁炉里熔化，所以集体食堂散了以后，不曾要去登记排队买锅子。

后来是没有本钱再玩下去了，才回过头来重新搞社会主义。自家人拆烂污，说多了也没意思。不过在战场尚未打扫之前，李顺大确实常常跑去凭吊，看着那倒塌了的炼铁炉和丢弃在荒滩上的推土车，睁着泪眼，迎风唏嘘。他想起了六年的心血和汗水，想起了饿着肚皮省下来的粮食，想起了从儿子手里夺下来的糖块，想起了被耽误了的妹妹的青春……

四

政府的退赔政策，毫无疑问是大得人心的。但是，把李顺大的建筑材料拿去用光的不是国家，而是集体。这个集体，当然也要执行退赔政策。可是集体也弄得穷透了，要赔材料没材料，要赔钞票也困难，当干部的只好尽一切力量去做思想工作，提高李顺大这类人的政治觉悟，要求他们做出自我牺牲，以最低的价格落实退赔政策。

李顺大的损失是很不小的，但政治觉悟是确实提高了。因为在这以前，从不曾有人对他进行过像这样认真细致的思想教育。区委书记刘清同志，一个作风正派、威信很高的领导人，特地跑来探望他，同他促膝谈心；说明他的东西，并不是哪个贪污掉的，也不是谁同他有仇故意搞光的。党和政府的出发点都是很好的，纯粹是为了加快实现社会主义建设，让大家早点过幸福生活。为了这个目的，国家和集体投入的财物比他李顺大投入的大了不知多少倍，因此，受到的损失也无法估计。现在，党和政府不管本身损失多大，还是决定对私人的损失进行退赔。除了共产党，谁会这样做？历史上从来没有过。只有共产党，才对我们农民这样关心。希望他理解党的困难，以国家集体利益为重，分担一些损失；经过这几年，党和政府也有了经验教训，以后发展起来就快了。只要国家和集体的经济一好转，个人的事情也就好办了。你要造那三间屋，现在看起来困难重重，其实将来是容易煞的。不要失望。最后，刘清同志又帮助他和供销社联系，要供销社在任何困难的情况下都要尽量供应饴糖，使他能够换破烂，多挣一点钱。

李顺大的感情是容易激动的，得到刘清同志的教导和具体的帮助，他的眼泪，早就扑簌扑簌流了出来，二话没说，呜咽着满口答应了。

另有两万片瓦，由生产队拿去盖了七间五步头猪舍，现在还完整地铺在屋面上，应该是可以原物归还的。但是，如果拆下来，一时买不到新瓦换上去，猪就得养在露天；瓦又是易碎物品，拆拆卸卸，损坏也不会少，还是不拆为宜。后经双方协商同意，互相照顾困难，决定不拆，而由生产队腾出两间猪舍来，借给李顺大暂住；等将来李顺大造新屋时，队里还瓦，他也让出猪舍。那猪舍也比李顺大住的草屋强，两间共有十步，够宽敞了；屋脊也有一丈一尺高，就是后步比人矮，但房主人也没有必要挺起胸膛在屋里逞威风，无妨大局。况且李顺大是从小钻惯船棚的，他自然不嫌。

退赔问题就这样解决了。尽管李顺大衷心接受干部们的开导，但是，他从这一件事里也吸取了特殊的教训，在这以前，他想到的是旧社会的通货膨胀，钞票存放在手里是靠不住的；所以，一有余钱，就买了东西存放起来。现在有了新的体验，觉得在新社会里，存放货物是靠不住的，还是把钞票藏在枕头底下保险。老实说，从这种主张里，嗅觉特别敏锐的“左”派是闻得出“反党”味道来的。

从一九六二年到一九六五年，靠了“六十条”，靠了刘清同志特别照顾的饴糖，李顺大又积聚了差不多能造三间屋的钞票。但是他什么也没有买，他打定主张：要么不买，要买就一下子把材料买齐，马上造成屋，免得夜长梦多，再吃从前的亏。

这个李顺大，真和许多农民一样，具有这种向后看的小聪明。因此，当他认为有把握不再吃老亏的时候，转眼又跌倒在前边路上了。说真话，扶着这种人前进，手也真酸。

那时候，物资丰富，什么都敞开供应，他偏不买。过了几年，物资样样紧张起来，没有点“三分三”的人什么都买不到了，他倒又想一下子样样都买全，岂不又做了阿木林！其实怪他也冤枉，谁又是诸葛亮呢？

五

在通常情况下，李顺大觉得自己做一个跟跟派，也还胜任，真心实意，感情上毫不勉强。可是“文化大革命”开始以后，他就跟不上了。要想跟也不知道去跟谁，东南西北都有人在喊：“唯我正确！”究竟谁对谁错，谁好谁坏，谁真谁假，谁红谁黑，他头脑里轰轰响，乱了套，只得蹲下来，赖着不跟了。“是非之心，人皆有之”，这话口气挺大，其实是没有经过“文化大革命”，太天真了。你总不能光看人家在台上唱什么，还得看看在台底下干的什么吧！“好恶之心，人皆有之”，这倒也还有理。李顺大就是有一点不高兴。这不高兴和他想造房子有密切关系。他看到那汹汹的气势，和一九五八年的更不相同，一九五八年不过是弄坏点东西罢了，这一次倒是要弄坏点人了。动不动就性命交关。这房子目前是造不成的了，谁知道明天会怎样呢！他为此真有点厌恶。转而又庆幸自己住到村中心的猪舍里来了，如果还孤零零地待在河边的草屋里，他枕头底下的造屋钱只怕还要遭到盗劫呢。

李顺大想得太落后了，在文明的时代里，文明的人是无须使用那野蛮手段的。有一个造反派的头头，在光天化日之下，腰里插着手枪，肩上挂着红宝书，由生产队长陪同，到李顺大家做客来了。原来他是公社砖瓦厂的文革主任，很讲义气，知道李顺大要造房子买不到砖，特地跑来帮助解决困难。他大骂了一通走资派刘清不替贫下中农谋利益，现在则轮到他来当救世主了，只要李顺大拿出二百一十七元钱来，他负责代买一万块砖头，下个月就可以提货。这话说得过分漂亮，原是值得怀疑的。但李顺大却认为，彼此都住同一大队，虽然没有交情，也三天两头见面，从前也不曾听说过这人有什么劣迹，现在出来革命，总也想做点好事，不见得一上马就骗人。况且又是生产队长同来的，还有枪有红宝书，真是讲交情有交情，讲信仰有信仰，讲威势有威势，李顺大虽然当过三次逃兵，还没有经过这种软硬兼施的场面，心一吓，面一软，双手颤颤数出了二百一十七。

到了下个月，大概本来是可以提货的，想不到李顺大交了厄运，被公社的专政机关请去了，要他交代几件事：一、你是哪里人？老家是什么成分？二、你当过三次反动兵，快把枪交出来；三、交代反动言行（例如他说过“楼房不及平房适用，电话坏了修不起”的话，就是恶毒攻击社会主义）。

后来的事情就不用说了，那是人人皆知的。他自己出来后也没有多言。不过有两点颇有性格，第一是他吃不消喊救命的时候，是砖瓦厂的文革主任解了他的围。作为报答，事后私下商定从此不再提起那二百一十七。第二是关押他的那间房子造得相当牢固，他平生第一次详细地在那里研究了建筑学，对自己将来要造的屋，有了非常清楚的轮廓。

等到放出来，他扶着儿子（已经十九岁了）的肩胛拐回家。流着眼泪的老婆、妹妹问他为了什么事，吃了什么苦？他嘶哑着喉咙说了两个莫名其妙的短语：“他们恶啊！我的屋啊！”

之后有一年多时间不能劳动，腰里不好受，碰到阴天和交节气，浑身骨头痛。他有点奇怪，虽然这顿生活从前不曾挨过，但毕竟从小就苦苦拉拉、跌跌掼掼过来的，怎么现在这样娇嫩了？莫非也变“修”了吗？他有点吃惊，觉得自己变牛变马都可以，但是不能变“修”。“修”是什么东西呢？是一只黑锅，是一只不能烧饭，只能驮在背上的装饰品，是一个没有生命因而不会死亡，能够世代相传的“传家宝”。儿子今年十九岁了，如果背上这只锅，到哪里去讨媳妇呢？而房子又没有造，一点条件也没有。

李顺大想到这一点，心中恐慌又迷信。他从小听过不少老故事，其中就有说到人会变成多种东西的。讲的人总这样说：“一夜过来，他变成了××。”而且在变化之前，也总有异样的感觉，比如浑身骨头痛，热皮暴躁等等。所以，李顺大一碰到身子难受，就怕黑夜，怕自己睡着了。他总是睁大眼睛，以防在昏睡中不知不觉变成一只黑锅。他的警惕性一直很高，所以至今还不曾变过去。

在那些不敢睡着的夜里，李顺大为了打发掉肉体上的痛苦，也想过一点使人开心的文娱生活。他没有收音机，想读书又不认得几个字，而且也浪费火油；因此，唯一的办法是去回忆从小听过的故事、看过的戏文和老一辈教给孩儿们的俚歌。后来身体好一些，他挑起糖担出去换废品，嘴里常常不三不四唱着一个小曲儿，招惹孩子们。据他说这就是他在那些夜晚回忆出来的。从这些就可以看出他当时究竟想的是什么。他唱道：

稀奇稀奇真稀奇，
老公公困在摇篮里；
稀奇稀奇真稀奇，
八仙台装在袋袋里；
稀奇稀奇真稀奇，
老鼠咬破猫肚皮；

稀奇稀奇真稀奇，
狮子常受跳蚤气；
稀奇稀奇真稀奇，
狗派黄鼠狼去看鸡；
稀奇稀奇真稀奇，
天鹅肉进了蛤蟆嘴；
稀奇稀奇真稀奇，
大船翻在阴沟里；
稀奇稀奇真稀奇，
长人做了短人梯。
哎呀呀，瘌痢头戴西瓜皮，
蚌壳兜里一泡尿，
皮球肚里装个屁，
穿袍的邪神一胎泥。
稀奇呀，稀奇呀，真稀奇，
火赤链[⑦]
过冬钻在菩萨肚皮里，
闻着香火装神气。

这确是一支公认的装满一兜肚“稀奇”的儿歌，而且老掉了牙。不过，各人兜肚里的货色是不同的，总要把自认为稀奇的东西装进去。但如果追查起来，李顺大决不承认自己加进了什么。他又不是作家，不会有黑字落在白纸上，是不怕有什么把柄落在别人手里的。他虽然笨，究竟也经过锻炼了，晓得当时那一班人——造反的当权派和当权的造反派，如果要触你的霉头，倒不在乎你做了什么，而在于要达到一个这样那样的目的，例如他的二百一十七。

有一天，他在邻村换糖唱歌，偶然碰到了在那里劳改的走资派——老区委书记刘清，悲喜交集，久久不忍离开。最后刘清央求

⑦ 火赤链——赤链蛇。

他再唱一遍稀奇歌，他毫不犹豫地唱起来，那悲惨、沉重、愤怒的声音使空气也颤抖，两个人都流下了眼泪。

六

一年病拖下来，李顺大有点心灰意懒了。他常常想自己还能活几年？何必要再操心造屋！愚公立下移山志，也是靠后代去完成的，为啥一定要亲手造成功！再说也算积有一笔钱，也有点汗马功劳，不算坍台了。可是凡胎未脱，尘心难破，儿子已经二十出头了，房子造不出，媳妇就找不着，猪舍做新房，谁肯来住！要像自己那样拾个要饭姑娘做妻子，现在也没有这种好机会了。那可不行，没有媳妇哪有孙子？没有孙子哪有重孙？将来建成共产主义过幸福生活，焉能独缺他李顺大的后代。看来房子还是非造不可，而且要抓紧时间，就算这样，儿子恐怕也得拖到政府规定的晚婚年龄以后才有婚结了。

经过动摇之后又坚定下来，立即开始行动。他挑起拾破烂的箩筐，悠悠地从这个市镇晃荡到那个市镇，县城里大小街巷也几乎跑遍，却从不见有建筑材料出售，询问有关商店，才知道买一块砖也得有本地三级证明，更无空口说白话的余地。他晓得再瞎跑也没有用，只有向当地生产队、大队、公社申请了。幸亏自己是带了箩筐出来的，虽不曾买到造屋材料，拾到的破烂倒也卖得十几元钱，不算白误了工。

接着自然是找生产队、大队干部打证明，人家听了笑笑说：“打证明有什么用，民用建筑材料，有时稍会有一点，有时简直就没有。给了证明，你也买不到。”李顺大不肯信，以为是干部筑坝。又不敢反驳，怕弄僵。就耐着性子赖着不走，搞变相静坐示威。谁知人家倒并不放在心上，到吃晚饭时发现他没有走，就说：“走吧，锁门了。”他也只得回去。到了明天，又去坐。如此三天，干部不耐烦了，说：“好话你不听，瞎缠。你以为有用，就打个证明给你！”果然打了。他高高兴兴上供销社。营业员看了证明，也和大队干部一样笑笑，说：“没办法，无货供应。”

“几时有呢？”

“不晓得。”营业员说，“有空你就常来问问。”

从此李顺大就如学生上学校，七天里去问六次；半年下来，还是不曾买到一块砖。那营业员是个好心人，暗地里叹息李顺大太笨，却也被他的精神感动了。终于有一天，悄悄告诉他说：“你还是省点工夫吧，不要来跑了。这几年革命革得厉害，地皮都快革光了，难得有点东西来，干部都照顾不周全，哪会轮到你。真要有你的份，也都是经过千拣万拣拣剩的落脚货，价钱倒和拣走的好货一样大，你也不划算。我劝你还是另想办法吧！”

李顺大得了这个忠告，十分失望，又非常感激。因此由不得要请教：“另想别的什么法？”

营业员沉吟半晌，说：“可有至亲好友当干部的？”

“没有。”李顺大沉重而吃力地说，“只有一个种田的妹婿，没有第二个亲戚。”

“那就没有路了。”营业员惋惜道，“现在是‘圆圆头’不及‘点点头’⑧，你没有亲友可靠，除了买黑市，还有什么办法。”

李顺大信以为真，从此想办法买黑市材料。哪晓得营业员倒也并无这方面的经验，不懂得黑市交易的复杂，一万块砖头，市价二百一十七元，黑市要卖到四百元左右，而且必须先付钱，过上一年半载才能提货，往往还会碰到骗子手。李顺大已经上过一次当了，钞票当然是不肯轻易出手的。所以，跑了千里路，说了万句话，过了三年也不曾买成。倒还是那个营业员肯帮忙，替他买了一吨官价石灰。那石灰原是分配到蚕室里用的，只为近年来一个劲儿旱改水，许多桑田改莳水稻了，剩下几棵瘌痢毛桑树，还能养几条蚕！也就用不了那么多石灰；倒给营业员钻了空子，李顺大拾着了便宜。为此他想买包好烟请营业员的客，却又买不到。偶然碰见砖瓦厂的原文革主任（已当上厂革委会主任了），想起他从来是吸好烟的，他亏

---

⑧ 圆圆头——印。点点头——私人交情。

待过自己，现在请他买包烟总肯吧。就老着脸皮上去拉交情。主任倒也爽快，拿了他五角钱，从袋里掏出一包还没有开封的“大前门”。但是，在递给他之前，竟自作主张拆开来拿一支抽了，并且说：“我就这一包，要不是你，我谁也不给。”

李顺大拿了十九支去送给营业员，营业员坚决不收，拗不过面子，才抽了一支。其余十八支，硬是让顺大带回去了。

李顺大回家路上，想到自己今天做了一件从来没有做过的欠妥事情，他竟请了自己的恩人和仇人各一支烟。到吃晚饭的时候他真的发怒了，骂他的儿子没出息，二十五岁了，还吃荫下饭[9]，害他老子在外面受罪。

七

闹腾了许多年，李顺大房子没造成，造房的名气倒很大了。精诚所至，金石为开，不仅感动了营业员，而且还感动了上帝。这上帝不是别人，就是他未来的儿媳妇，名叫新来。新来姑娘住在邻村，早就同李顺大吃荫下饭的儿子小康有串联活动。她倒不在乎房子造了没有，反正看中了人，过了门造屋也行。可是她爹筑坝，怎么说也不肯把女儿嫁到猪舍里去。他以自己的模范事例教导女儿，因为他尽管穷，也想法造了两间屋，才讨了第一房媳妇。他骂李顺大是孱头，是阿木林，不会做事情。可是，想不到老天爷爱开玩笑，喜欢打说满话人的嘴巴。事隔一年，公社里一班打倒了走资派的当权派，为了要把山河重安排，看着一条河像老家伙似的弯着背，很不舒服。硬是动用了几千民工，花了几万个劳动日开出一条笔直的样板河，足以使火星上的高等动物看了，称赞地球人的伟大。新来姑娘家那两间新屋，偏偏就在样板河的河床上（当然也不止两间），只好拆了搬走。公社补贴搬屋费每间一百五十元，拆拆

⑨ 荫下饭——不出头露面，只做事，不拿主张的意思。

造造，又借了三百元添进去，才勉强重新搭起一间半来。新来爹瘦了两个膘，头发白了七八成。而且还要老来做小，听新来姑娘的教育。新来建议他应该向李顺大伯伯学习，人家就是精明，不盲动，钞票放在枕头边，一个也不少。要造房子，也该看准了形势动手呀！他说不响嘴，只得服输，任凭女儿婚姻自主。

李顺大不但有了儿媳妇，而且也知道儿媳妇在理论上对他的实践作了充分肯定，非常的高兴。因此，在儿子结婚那天晚上，喝了几杯酒，灵机一动，对着亲家公说了两句神来之话，他说："现在是地牌吃天牌，烂污二封王，你的房子造得太急了。天天闹地震，大家宁愿住牛棚，还要房子做什么。我一万块砖头给窑鬼吃在肚里，也比你省心。"……他还想说下去，幸亏老婆警惕性高，为了挽救他，当着新来的面，开口就训他："灌了点酒就像吃了尿，说话没有关拦，骨头痛的日子忘记了！"这才转话收场，皆大欢喜。

从那时开始，李顺大不再白花心计去买东买西，他挑着糖担，东转一天，西转一天，替国家收废品，赚一点生活费。可是，事情也怪，造房子的人家，还真多着呢。他看了不禁眼馋，往往就要打听打听，这幢那幢是谁家造的，哪里买的材料。得到的答复也真千种百样，细细说来，每一幢屋都能写一本书，但也不惹人看，无非是"大官送上门，小官开后门，老百姓求别人"而已。那些吃尽苦头的人，反而羡慕起李顺大来，说还是他乖巧，不曾钻进这苦胆里头去，不愧为识时务的俊杰。有个熟人竟不忌讳，愤然对他说："我这一块砖、一片瓦，没一样不是黑市货，造两间屋，用了四间的钱。上梁那天，靠造反起家的大队书记来吃了我一顿，还说我这房子，没有'文化大革命'，哪能造得出。×他娘，我这房子又不是他那官衔，是用拳头打得来的吗！"

到此为止，李顺大对于建筑学的知识，本来已经登峰造极，叹为观止了。想不到天地渊博，造化无穷，值得大书特书的事情，如长江浊流，滚滚而来，竟无法忍心不看。那鸡零狗碎的事，恕不细说，但值得大书特书的奇迹，放过未免可惜。例如，有一个大队，要把全部民房拆了，合并到一个地方去，造一列式的楼房，名曰“新农村”。民房拆下的材料，折价归公，谁要住新房，重新出钱买。李顺大听了，大为振奋，认为“楼上楼下”果然要实现了。耐不住挑着糖担，飞奔去自费参观。

那个地方，李顺大从前也常走过，此番看去，果然大不一样，村村巷巷，都有人家在拆屋，拆了把材料运到公路边头一块大田里，那里正在造第一排楼房。那些拆屋的人家，议论非常热烈，甚至到了激烈的程度，都说盘古开天辟地以来，像这样的事情，从未有过；因此有人流出眼泪来，大概过于兴奋了。有些屋上卸下来的瓦，还沾着窑里的煤灰，分明盖了上去还没有经过雨淋，倒又翻身了。看了这些，李顺大觉得自己二十几年来空喊造屋没有造成，倒是平生做的一件最正确的事情；不过想着拆屋主过去的一番心血，也不禁有点眼酸。他慨叹着一路低头走去，忽听有人喊道：“喂，换糖的。”

李顺大抬头一看，见一个老头带着个女孩站在公路旁看造屋。十分面熟，却想不起是谁了。那老头笑道：“怎么，不认识了？”

李顺大恍然大悟，忙道：“原来是你，老书记。还在劳改吗？”他忽然伤心起来。想不到，几年不见，竟老得认不出了。可见老书记的心境不直落。

老书记笑笑说：“劳还在劳，改却未改。你呢，又来搜集稀奇歌材料吗？”

“唉唉，老书记，你取笑我。”李顺大难为情地说，“这可是‘楼上楼下’，搞‘新农村’。我到今天才晓得，原来这农村分新旧，就在这房子上。倒不在集体化不集体化。”

老书记轻轻地嘘了口气，说：“唉，有话你就说清楚点吧。”

李顺大笑笑说：“自然，说给你听听没关系。不过也不能知法犯法。从前我说过楼房不如平房适用的话，已经当反动言论批过了，现在看了这种样子，倒还真有点想法。蛮好的屋，有的还是新的，倒又拆了再造，何必呢？有这个力气，不好把田地种种熟吗！这种事情，阳间里人不敢说，阴间里鬼看了也要盯白眼呢。”

听了这“反动”话，老书记不但不驳斥，反而点了点头，严肃地搭腔说：“‘何必呢？’你问得对。告诉你吧，有人想把这个当上天梯。你倒也明白，晓得集体化是新农村的根本，可是人家搞起复辟来，公社这个组织形式也是可以利用的。你的眼睛还要睁大些。你看看吧，贫下中农吃了二十多年苦造了点房子，一声拆就得拆，还管群众死活吗。可是公社不仍旧是公社！”

李顺大听了，虽有所悟，也不能完全领会，只得张开嘴巴，睁大眼睛，尊敬地看着这个老人，默默无言。

老人愤怒地哼了一声，也不再说，低头看了看小女孩，指着李顺大说：“叫公公。”

小女孩亲热地叫了一声。李顺大大为感动，连忙敲下一块糖塞在她小手里，称她是最乖最乖的小囡。他今年五十四岁，一个拾破烂的外乡人，还第一次有人叫他公公，这给了他非常有力的鼓舞，竟把别的念头都冲淡了。

从此以后，他同老书记交了朋友。

八

到了一九七七年春节，李顺大带了几块糖去看老书记，才知道老书记重新上了任，又在区里办公了。李顺大喜出望外，把糖给了小囡，吃了小囡妈烧出来的点心，兴冲冲就往区里跑。他觉得如今有了区委书记做朋友，总弄得着造屋材料了。

老朋友一见面，果然十分亲热。可是一提到材料，老书记沉吟不语，打起嗝顿来，弄得顺大心也一颤，觉得不妙。只听老书记慢腾腾地说：“老弟，你的困难，我都知道。从前你唱稀奇歌，我十分赞成。现在你我总不能做稀奇事了吧。”

李顺大忙说：“老书记，别人不做，我也不做。现在不是还通行吗，为什么唯独你我不做，岂不太吃亏！”

老书记笑笑说：“十一年混乱，积习难改。现在应该拨乱反正了。否则的话，建设国家的计划，就成了空话，别人做，我们是不能做的。全区干部来说，第一应从我改起，群众来说，先从唱稀奇歌的人改起，你说合理不合理？”

听了这番话，李顺大心里糖罐醋瓶，一齐打翻，一方面感到书记要同他一起带头整风，不禁自豪；一方面又想到好不容易交了个大官朋友，竟又不能拉私人关系，不禁怅然。他经过“文化大革命”，也学得很乖了，不愿吃这个亏。想了一下，振振有词道：“老书记，你讲的道理我服帖，不过，话说在前头，叫我不做稀奇事，一定照办。你可也不能动摇，不要以后碰到交情比我深的，面子比我大的，就帮他开后门，让别人笑我同你白交了一场。那我是要造你的反的。”

老书记哈哈大笑，拿过纸笔，迅速把顺大的话写了下来，说：“我念一遍，你听。”他念了，和顺大讲的一字不差，然后说：“你拿去请人写在一张纸上，贴在我的办公室里。”

李顺大愕然道：“我不，这不是要你的好看！”

老书记说：“哪里哪里，这才叫帮了我的大忙，我还真怕有大面子的人来开臭口呢！你贴了这个，就不用我作难了。”

李顺大高高兴兴真的照办了。

到了一九七七年冬天，李顺大家忽然忙碌起来；老书记刘清同志，在那位文革主任出身的砖瓦厂厂长身上做了点工作，让他把李顺大的一万块砖头退赔了，公社革委会也批准了李顺大的申请，同意供应十八根水泥桁条。那位好心的供销社营业员，通知李顺大，现在椽子已经敞开供应了。这一次，李顺大的房屋，会有把握造成了。要运回这么多东西，李顺大一家四口，哪里忙得过来，只得把妹妹、妹婿，儿媳妇的兄弟妯娌都请来帮忙，摇船的摇船，推车的推车，连年老的亲家公也高高兴兴地流了几身汗，大大热闹了一番。

不过，在高兴的时候，也还发生了一点扫兴的事情。运回那一万块砖头，曾经过一些波折。大船停在砖瓦厂，人家不发货，皮笑肉不笑地对他说：“你的桁条还没有买，砖头拿回去白堆在那儿没有用，再等等吧。”李顺大同他吵了个脸红耳赤，说桁条已经落实了。那个人却比李顺大更懂李顺大，一口咬定他没有桁条。幸而他的亲家公跑来，凭自己买过砖头的经验，暗地里告诉李顺大什么叫“桁条”。李顺大这才恍然大悟，马上到供销社买了两条最好的香烟送过去，这才皆大欢喜，砖头下船。后来到水泥制品厂运桁条，李顺大再不用别人开口，就散发了一条香烟，免得人家说他还没有买到椽子。

做了这些腐蚀别人的事，李顺大内心惭愧，不敢告诉老书记。但是他的灵魂不得安宁，有时候半夜醒过来，想起这件事，总要骂自己说：“唉、呃，我总该变得好些呀！”

“漏斗户”主

欠债总是要还的。现在又该考虑还债了，有得还，倒也罢了，没有呢？

陈奂生背了一身债，不是钱债，是粮债。近十年来，他年年亏粮，而且越亏越多。他约莫估计，等今年口粮分下来后，还清债，连做年夜饭的米都不会有。但是，宁可没有吃，债是一定要还的。他总是这样对老婆说：“我们已经是‘漏斗户’了，还能再失掉信用吗？”

他说这些话的时候，脸色很平板，但心里却禁不住要颤抖，他真愧对老婆孩子，自己没有养家糊口的本事。他力气不比人家小，劳动不比别人差，可他竟落到了这个地步，在人面前连头也抬不起。

同他相好的一些人，都替他着急，常常忍不住要替他叹息说：“奂生呀，到哪一年你才够吃呢？”

陈奂生听了，总是默不作声，别人也就不说了。因为这个问题，没有人能够回答。

年轻的时候，陈奂生有个绰号，叫“青鱼”。这是赞美他骨骼高大，身胚结实；但也有惋惜他直头直脑，只会劳动，没有打算的含义在里面。他往往像青鱼一样，尾巴一扇，向前直蹿，连碰破头都不管，性格未免有点危险。这几年来，在“青鱼”上面，又被加上了“投煞”两个字，成了“投煞青鱼”。这就不仅突出了他的性格，而且表明了他的处境；他确实像围在网里的青鱼，心慌乱投了。常有这样的情形：他和社员们一起从田里劳动归来，别人到家就端到饭碗了；而他呢，揭开锅一看，空空如也，老婆不声不响在纳鞋底，两个孩子睁大眼睛盯住看他，原来饭米还不知在哪家米囤里。他能不心慌乱投吗！

“漏斗户”主是不好当的，哪个“漏斗户”主不是“投煞青鱼”呢？亏了粮，要能借得着吃也真不容易。每年分配，各人都有自己的一份粮，谁也不特殊；若要借，不肯的人会说：“你不够吃，我就够吃吗？”这句话，陈奂生不知听过多少遍了。集体的储备粮，年年有得借一些，但是有时间性，总要到快要农忙的时候才借。其他时候想借就难了，有的干部会说：“别人够吃，为什么独你不够？”这句话，陈奂生也不知听过多少遍了。这些人似乎都认为陈奂生是傻瓜，连这样简单的道理都不懂。而陈奂生却奇怪他们为什么老爱念这种“紧箍咒”，却不肯看一看简单的事实。世界上每一个人的情况本来不是一样的，为什么竟说成是应该一样的呢？

但是，他总是体谅他们，他们是有他们的难处。大多数干部通常是为他尽力的，曾经替他豁免过一百五十斤借粮，年底也往往有一点经济照顾；不过他们只能做职权范围内能做的事。他们有时候对他态度不好，其实也有替他烦恼的情绪在里边。现在粮食没有过关，无法满足他的要求啊。有的人这样对他说：“亏粮不是你一个人的问题，有一大批人呢。如果光是你一个人。倒又容易解决了。”这种话虽然并不实惠，他听了却也有些心安，不但不埋怨“也有这个问题”的那一批人连累了自己，倒反欣慰有许多同伴。此外，心底里也有一个模糊的疑问，却又塞在胸口说不清楚而不惬意。那疑问大概是说：“为什么牵涉到了一批人的问题倒反不去努力解决？”

一九七一年本来大有希望，因为这一年又重新搞“三定”了。当时陈奂生还只是个“新生”的缺粮户，仅仅是因为老婆过门时娘家“忘记”把她的口粮带过来造成的。那时候，关心他的人劝他说：“奂生，你应该去把口粮要过来，不好客气哪！”他却极感情地回答说：“他们连人都肯给我，这点粮叫我怎好开口呢？”这句话把劝说的人也打动了。他们都清楚，奂生确实是一无所有，他父母生下四男四女，女的嫁了不说，三个男的都和女的一样嫁了，单留他一个养老。而他尽了一切责任以后，父母却只遗留给他三间极小的破屋，拖到三十四岁才算找到了这个对象。他对岳家感激不尽，还提什么粮不粮呢？况且岳家并非故意为难新女婿，也是实在拿不出来啊！可是想不到，老婆生过脑炎，有后遗症，不大灵活，不大能劳动，这就成了大问题。但事已如此，奂生却能想得通，他觉得这个女人如果十全十美，他也没有条件同她配对了。因此，有些关心的人劝他应该钳制老婆下田劳动时，他为难地说："她是个没用的人，嫁了个我这样的男人，也算得可怜了，我怎能再去勉强她呢。"如此，别人除了感动以外，就只有叹息了。女人呢，也晓得体贴奂生，虽然不大会做，但据岳母来后的观察，则说："比做姑娘的时候会多了。"这已足够他高兴。以后就是生孩子，三年两个，不巧又都生在正月里，按当地的规定当年的口粮没有供应，于是粮食又亏了一层。一九七一年是增产的，按年初的"三定"分配，生产队除了公粮、余粮、平均口粮、饲料粮和种子以外，还多四万六千斤超产粮。照"四六"开的办法，国家购去四成，计一万八千四百斤，其余的两万七千六百斤，应该留队作为社员的劳动奖粮。陈奂生的工分是五百四十七工，占总工分的百分之二点二，得到的奖粮数是六百三十四斤八两，已经足够使他踢开"缺粮户"的帽子了。想不到这竟是骗人的，结果仍旧照"有一斤余粮就得卖一斤"的公式处理了。真是吊足了胃口，骗饱了肚皮。

"为什么说话不算数呢？"陈奂生心里有疑问，但是不肯说出来，怕人家笑他饿昏了，连这样简单的道理都不懂。

可是毕竟也还有不买账的人指出来了。得到的答复却更不买账："你们要这么多粮食做什么？吃不掉还卖黑市吗？还是贡献给国家好！"

陈奂生听到了，心里并没有服，他明明是不够吃，为什么偏要冤枉他吃不掉呢？

这也罢了，偏还有雪上加霜的事情来。公社派到生产队里来的那位“包队干部”（好大的口气，惊人的名称，眼里还有群众吗？）为了争取产量达到一千斤，稻子轧下后不晒太阳就分给了社员，等到晒干可以上机加工的时候，一百斤只剩下八十九斤。面对这个事实，陈奂生毛骨悚然，他不愁自己少分了粮食，而是担心这样一来，大家的口粮更加紧张，他就更难借到了。

于是，他禁不住要叹口气：“唉——！”

这一声长叹，偏偏被他的堂兄、小学教师陈正清听见了。

“还叹什么气？”陈正清似恼非恼地说，“现在，‘革命’已进入改造我们肚皮的阶段，你怎么还不懂？连报纸也不看，一点不自觉。”

“改造肚皮？”陈奂生惊异了。

“当然。”陈正清泰然道，“现在的‘革命’是纯精神的，非物质的，是同肚皮绝对矛盾而和肺部绝对统一的，所以必须把肚皮改造成肺，双管齐下去呼吸新鲜空气！”

“能改造吗？”陈奂生摇摇头。

“不能改造就吃药。”

“什么药？”

“蛊药，是用毒虫的口水炼成的，此药更能解除人体的病痛，你吃下去就发疯，一疯，就万事大吉！”

“唉，老哥，你真是……还有兴趣寻我的开心！”

“是正经话。”正清大声说，“就是我们办不到！”

是的，办不到。那就做“漏斗户”吧。

可是，使陈奂生耿耿于怀的，偏偏就是某干部在拒绝借粮后骂了他一句，“你这个‘漏斗户’！”

“这个帽子是哪里来的？”他常常愤愤地想，“这是富人嘲笑穷人，地主嘲笑农民。共产党的干部，能这样看待困难户吗？我种了一世田，你倒替我定了个‘漏斗户’的罪名。你就只晓得我粮食不够吃，却不晓得我一生出了多少力！”然而，时间一长，这种忿忿也没有了，陈奂生彻底认输，当上了“漏斗户”主。

陈奂生越来越沉默了，表情也越来越木然了。他总是低着头，默默地劳动，默默地走路。他从不叫苦，也从不透露心思，但看着他的样子，没有一个人不清楚，他想的只有一件东西，就是粮食。有些黄昏，他也到相好的人家去闲逛。两手插在裤袋里，低着头默默坐着，整整坐半夜，不说一句话，把主人的心都坐酸了，叫人由不得产生“他吃过晚饭没有？”的猜测，由衷地发出一声轻微的叹息。而他则猛醒过来，拔脚就走，让主人关门睡觉。这样的时候，总给别人带来一种深沉的忧郁，好像隔着关了的大门，还听得到夜空中传来他的饥肠辘辘声。

陈奂生的思想虽然并不细密，但也能感受到这种无言的同情，他和相好的人一同默默坐着的时候，他总觉得别人也在想着他心里想的事情。如果这时候他说一句“再借几斤米给我”的话，他总是发觉对方早就准备好了尽量使他满意的答复。他又是感动，又是惭愧。他和他们都是从旧社会过来的，他们的经历（包括他们自己和祖辈）使他们的感情都早同旧社会决裂了。现在，在新社会里，许多人都找到了自己的位置，而他却愚蠢地没有找到。尽管这样，他还是一点没有办法怀念过去，能够寄托希望的只有现在。所以他一刻也没有失去信心，即使是饿得头昏目眩，他还是同社员们一起下田劳动，既不松劲，也不抱怨。他仍旧是响当当的劳动力，仍旧是像青鱼一样，尾巴一扇，往前直蹿的积极分子。这使同情他的人十分心痛；但是，也并非所有的人都能理解这种美德，刻薄的人却说：“他还能不做吗，不做就更没有吃了。”

而且还不止于此！陈奂生本来是勤快而乐于助人的，别人央求他帮忙做一点事情，他几乎从未推托过，历来如此，谁也不否认这一点。可是他也有一点嗜好——吸烟，在他有钱买烟的时候，别人请他做事，请他吸支烟，谁也不以为奇，绝没有人认为他帮助别人做事是为了一两支香烟；因为他劳动的代价绝不是那几支烟能够抵消的。但是，到他当了“漏斗户”主，无钱买烟的时候，刻薄的人却竟会这样说："只要给他一支烟，他能跟你转半天。"甚至一个星期只烧一顿米饭，背后也有人指责他"有了就死吃"，"饿煞鬼一样，吃相真难看"。因而就说这种人不值得同情，是"扶不起来的了"。为了使这个结论有绝对的权威，就牵牵拉拉地说道"猪也养不壮"，"鸡鸭养不大"，"新衣裳穿上了身也不晓得换，一直到穿破了才歇"，等等。真同一个笑话里责怪穷人"没有米吃为什么不吃肉"的那种浑蛋逻辑一样。

看来，当了"漏斗户"主，名誉也能轻易毁掉的。

陈奂生能说什么呢，自己吃苦果，自己最晓得滋味。他的思想本来是简单的，当了"漏斗户"主之后，这简单的思想又高度集中在一个最简单的事情——粮食上，以至于许多人都似乎看透了他的脑筋。可是，谁也没有意识到，正因为他想粮食的事情想得比别人多，他的见解也就很丰富，只不过是没有能力把那些萌动的思想表达清楚罢了。他不相信"粮食分多了黑市就猖獗"的说法，认为像自己这样的人家也有了余粮的话就不会再有黑市了。在口粮紧张的情况下，他不相信用粮食奖励养猪是积极的办法，因为大部分社员想方设法养猪的目的已是为了取得奖粮来弥补口粮，小耳朵盼大耳朵的粮食吃，养猪事业是不会有多大发展的。他不相信"有一斤余粮就得卖一斤"的办法是正确的，因为它使农民对粮食的需要，同收成的好坏几乎不发生关系，生产的劲头低落了。他不了解国家究竟困难到了什么程度，为什么到了已经有许多人家寅吃卯粮的情况下还不放宽尺度？这样下去，农业生产不会上，只会落。最后，他还不相信分配口粮的办法是完全合理的，因为它只考虑了一般情况而不考虑特殊情况。他自己就是一个明显的例证，假使他能无粮食之忧——哪怕稍微紧一点也无妨——那么，他就会有成倍成倍的力气去进行劳动。他做梦也指望自己能像英雄那样去大干一场，爹娘生就他一副好身材就是为了和大地搏斗的；当然也希望鸡鸭成群，猪羊满圈。却想不到竟被"漏斗"箍住了手脚，窝囊得血液都发霉了。用不到别人说闲话，他自己都觉得不争气，自己都觉得穷困在拖着他堕落。他向来心地光明，从不偷偷摸摸；可是，这几年来，忙于奔走借粮，工分比别人少做了一些，负担又重，分配时不大有现金收入了。因此不得不从不够吃的粮食里面再拿出一点来，卖了黑市价，换几斤盐回来煮菜吃。他做这种事，真觉得比做偷儿还心虚，万一被人发觉，他就再也借不到粮食了。就会被许多人更看成是“扶不起来”的户头了。但不干又不行，粮不够，瓜菜代；瓜菜里总得放点盐啊！所以，为了稳当起见，仅仅卖五斤米，他得天不亮就动身，赶到远离家乡的市场上去出售，以免碰到熟人。他做这种事情的时候，总觉得像有人拿着保险刀片在一小块一小块地割他的心，但又有什么办法呢，否则盐钱哪里来？搞副业吗，已被判为资本主义道路了，他还有点自尊心，不肯犯这个“错误”呢。

“漏斗户”主真难啊！特别是那些还有自尊心的“漏斗户”主。

有一天晚上，陈奂生终于忍不住了，他跑到小学里去找堂兄陈正清老师，想请他写封信给报社，反映反映他的情况。

陈正清一本正经地摇摇头说：“不能写。”

“为什么？”

“在社会主义社会里，根本就没有你说的这种事实。”

“这是我自己的事情，还会骗你吗？”

“我知道你不骗我，”陈正清忽然生气道，“可是你不懂，事实是为需要服务的，凡是事实，都要能够证明社会主义是天堂，所以你说的都不是事实，我若替你写这种信，那就是毒草，饭碗敲碎不算，还会把我打翻在地，再踏上一只脚，叫我永世不得翻身的！”

陈奂生吓了一跳，忙说：“不写就不写吧，你别恼，我不害你。”说着，拔脚要走。

陈正清一把拉住了他，原想笑着向他道歉，却忽然湿了眼，悲怆地说：“熬不下去啊，特别是我也懂一点……”

艰难的岁月啊，只有那些不仅关注上层的斗争，而且也完全看清陈奂生他们生活实情的人们，才会真正认识到林彪、“四人帮”把国家害到了什么程度。

陈奂生没有这种觉悟，他也没有心思去考虑这样大的大事，但陈正清也终于努力使他懂得一点，他比以往更明白，他是不该吃这样的苦头的。他弄不清也没有能力追究责任，但听了那么多谎言以后，语言终究也对他失去了魅力。他相信的只有一样东西，就是事实。

“四人帮”粉碎了，他的平板的脸上也出现过短暂的笑容，但跟着肚子里一阵叽咕就消失了。他还是当他的“漏斗户”主，最相信的还是事实。

尽管陈正清的情绪变好了，同他讲了好几次充满希望的话；也尽管陈奂生信任他，但却实笃笃地问道：“现在你能替我写信了吗？”

这就把陈正清难倒了，即使形势变得如此之好，他也还没有胆量把陈奂生的情形在社会上摊出来。因为有许多的人还不肯承认这种现实，而且似乎也和当前的大好形势不相称了。尽管中央领导同志已经明白地指出我们的国民经济已濒于垮台，但一个小人物也说这样的话却照样会被某些人指责是对社会主义的攻击。这就是当代的玄学。

看到正清如此为难，陈奂生平板的脸上自信地笑了，他说：“还是再看看吧。”

这句话，使他有足够的资格当“漏斗户”的代表。

一九七六年冬季分配过去了，一九七七年又过去了，一九七八年夏季分配又过去了，双季稻的前季稻又分配了，一切如旧，政策不动。陈奂生的“漏斗”里又增亏了一个数字。唉，有什么仙法能改变他的情况呢，从前不是有人已经对他讲过吗，这不是他一个人的问题，而是一大批人的问题啊。

陈奂生认为这是可以原谅的，因为他自己也想不出解决的办法。可是有一点，只是一点点，陈奂生却又着实不满，大家明明知道，双季稻的出米率比粳稻低百分之五到百分之十，为什么从来没有一个人替农民算算这笔账。他陈奂生亏粮十年，至今细算算也只亏了一千三百五十九斤。如果加上由于挨饿节省的粮食也算这个数字，一共亏二千七百一十八斤。以三七折计算，折成成品粮一千九百零二斤六两。可是十年中称回双季稻六千斤，按出米率低百分之七点五计算，就少吃了四百五十斤大米，占了总亏粮数的百分之二十三。难道连这一点都还不能改变吗？

陈奂生却不想说出来，因为这太小算了，真是只有他这样饿慌了的人才会这样小算。而且这又不是欺他一个人，按照他历来的看法，只要不是欺他一个人的事，也就不算是欺他。就算是真正的不公平，也会有比他强得多的人出来鸣冤，他有什么本事做出头椽子呢。

“还是再看看吧。”他肚里寻思，不敢再想下去，也看不到希望。

他看不到希望是对的。原来希望竟在他身后追赶着他，不在他的前面要他去追赶。

有一次，陈正清告诉他说：“要搞三定了。”他马上想起了一九七一年，坚决地摇摇头说：“空心汤团。”

“你不相信吗？”

“还是再看看吧。”他说，心里想：饿倒也罢，别再引诱我去想肉的味道了。

“你看好了，这次是一定的。”陈正清努力要说服他。

奂生闷闷地回答说：“再饿一年看。”这意思是说，“三定”作为计划，也只有到一九七九年春才会制订，制订后会不会兑现，要到一九七九年冬才见分晓。远着呢，猪还没有生下来，倒想吃肉了！

秋忙过去了，分明是继夏熟大丰收以后的又一个大丰收，一大堆一大堆的粮食耀花了大家的眼睛，可是，陈奂生却在想着今年的年夜饭去向哪家借。

一个星期六的傍晚，陈正清从学校回家，兴奋地大声对奂生说：“看你再不相信吧，今年就要照七一年的三定办法分配！”

这个声响是巨大的，即使不能把奂生心头的冰块融掉，也该把它震碎了。但震碎的冰块仍旧是坚硬的，他不愿意上当，也高声回答说：“说得太好听了！”

陈正清笑了：“我不来和你争，横竖是眼前的事情了。”

"看看再说吧。"他还是那句话。

可是，晚上他睡不着觉了，"要是真的呢？"这个念头缠住了他，但在别人面前却不肯问起，怕给人家笑。

谣传却愈来愈多，终于很快就证实了，队长传达三级干部会议公布的分配办法，同陈正清说的一模一样。陈奂生的心激动了，甚至一想到这件事就颤抖，他的希望炽烈地猛烧起来，又怕万一再被冷水泼灭。十年来颠三倒四，倏忽万变的政策在他心上的投影还那么清晰而乱七八糟，使他迷信地感到"七一年"这三个字不像好兆，生怕再被一场噩梦缭绕。他强忍住心底的羡慕，告诫自己说："还是再看看吧。"

几天之内，生产队的方案造好了。在造方案的那几天，会计家里出出进进的人流整日不断，有的人一天去了七八次，最后会计只得把自己锁在房间里工作。但是一个总的数字大家都知道了，照一九七一年"三定"算，今年生产队超产了六万七千一百斤粮食。

"六——万——七——千———一——百斤"，这个庞大的数字立即成为统治全体社员思想的权威，成为田间、场头、饭桌上、枕头边的唯一话题。每一个当家人都在灯光下拨着算盘珠子约莫计算着自家将会分到多少粮食，算完一遍又一遍，一遍一次惊奇地诧异是不是算错了，似乎不是他们自己在拨动算珠，而是有一个童话里那样可爱的神仙在暗中帮他们加到了一个巨额的数字。就这样他们反反复复地做着这个游戏直到深夜，在普遍的喜悦中共同忧愁着没有足够的容器盛放那么多的粮食。

酷热的炎夏被人们认为将有一个隆冬的严寒，但是到现在为止却一直很温暖，天气的变化当然也难预料，说不定也会出现冻结大地的酷冷；可是不管它冷到什么程度，也不能影响人们心中早开的鲜花了。大家感到现在已是春天，大自然只得无可奈何。

就在这样的暖冬里，一天上午，在背风向阳的地方，社员们被召集来听取会计造好的分配方案。这是一个难得见到的社员会议，不管是男的女的、老的小的，都没有一点声音，都没有一点动作，他们都聚精会神地伸长脖颈、睁大眼睛静静地听讲，有些则张大嘴巴似乎想把会计的声音吃进肚里。会计的平静的语调像一支魔笛吹响的神曲，攫住了全体听众的灵魂。他们在享受如此美妙的音乐的同时，直感到一个新的时期已经具体地来到了自己的面前，不仅看得见而且摸得着了。

他们心底的激动和欢乐，用文字来描摹是徒劳的，可是在几亿社员随着这支乐曲的节奏迈开舞步时，大家会惊异地看到我们的远景忽然一下子推近到身边，将马上发现我们伟大的农民无一不是耍弄粮食的超级杂技演员，能够用他们各自特有的方式将它变出千百万种无穷无尽的奇珍异宝。

现在，乐曲还在演奏着，陈奂生的那个音键捺响了。在陈奂生名下，一共分配到三千六百零五斤粮食，比去年的二千二百五十九斤多了一千三百四十六斤，这个标准同大多数社员比较起来还显得低了一点，因为他缺乏饲料，全年只养了二百九十斤猪，仅仅超额完成任务九十八斤而没有得到更多的超产奖，即使如此，光是这二百九十斤猪，也比去年多分到三百六十五斤粮食。

会计把方案读完了。停了三分钟以后，大家才知道他真的读完了，这才哗啦啦地吵闹起来，就像早晨打开了鸭棚，嘈嘈杂杂，已经无法听清哪一个在说哪一些话了。但也有天生喉咙大的，在喊着：

“大解决了。年年巴望粮食宽一点，宽一点，一直巴不到，现在一下子宽得叫我们想也想不着！”

“养猪养鸡尽养吧！”

“拔光了毛的翅膀这一回又会长出毛来高飞了！”……

陈奂生什么也没有说，他静静地坐在那儿不动，像是傻了。一会儿，他决然站起来，朝主持会议的队长走近去，闷雷似的问道：“凿定了吗？”

“当然。”

“不变了吗？”

“还变到哪里去！”

“那么，”陈奂生挑战地说，“现在就分给我。”

生产队长惊讶地看了他一眼，明白了。“好，”他爽快地说，“大家回去拿箩担，马上就分。”

禾场上，晒干扬净的金黄稻谷堆成山。大家聚拢了，队长说：“开秤吧！”他向人里看了看，瞧见了奂生，喊道：“奂生，第一个称给你！”

这时候，人群忽然静下来，几百只眼睛静静地看着陈奂生，让路给他走上来，好像承认只有他有权第一个称粮。

陈奂生走到过秤处，司秤员开始工作起来，一箩箩过了秤的粮食堆放到陈奂生指定的另一块干净的空地上，堆得越来越高，越来越大。陈奂生默默看着，看着……他心头的冰块一下子完全消融了，泪水汪满了眼眶，溢了出来，像甘露一样，滋润了那副长久干枯的脸容，放射出光泽来。当他拭着泪水难为情地朝大家微笑时，他看到许多人的眼睛都润湿了，于是他不再克制，纵情任眼泪像瀑布般直泻而出。

陈奂生上城

一

"漏斗户"主陈奂生，今日悠悠上城来。

一次寒潮刚过，天气已经好转，轻风微微吹，太阳暖烘烘。陈奂生肚里吃得饱，身上穿得新，手里提着一个装满东西的干干净净的旅行包，也许是气力大，也许是包儿轻，简直像拎了束灯草，晃荡晃荡，全不放在心上。他个儿又高、腿儿又长，上城三十里，经不起他几晃荡；往常挑了重担都不乘车，今天等于是空身，自更不用说，何况太阳还高，到城嫌早，他尽量放慢脚步，一路如游春看风光。

他到城里去干啥？他到城里去做买卖。稻子收好了，麦垄种完了，公粮余粮卖掉了，口粮柴草分到了，乘这个空当，出门活动活动，赚几个活钱买零碎。农贸市场开放了，他又不投机倒把，卖一点农副产品，冠冕堂皇。

他去卖什么？卖油绳⑩。自家的面粉，自家的油，自己动手做成的。今天做好今天卖，格啦嘣脆，又香又酥，比店里的新鲜，比店里的好吃，这旅行包里装的尽是它；还用小塑料袋包装好，有五根一袋的，有十根一袋的，又好看，又干净。一共六斤，卖完了，稳赚三元钱。

赚了钱打算干什么？打算买一顶簇新的、呱呱叫的帽子。说真话，从三岁以后，四十五年来，没买过帽子。解放前是穷，买不

---

⑩ 油绳：一种油煎的面食。

起；解放后是正当青年，用不着；“文化大革命”以来，肚子吃不饱，顾不上穿戴，虽说上年纪了，也怕脑后风了。正在无可奈何，幸亏有人送了他一顶“漏斗户”主帽，也就只得戴上，横竖不要钱。一九七八年决分以后，帽子不翼而飞，当时只觉得头上轻松，竟不曾想到冷。今年好像变娇了，上两趟寒流来，就缩头缩颈，伤风打喷嚏，日子不好过，非买一顶帽子不行。好在这也不是大事情，现在活路大，这几个钱，上一趟城就赚到了。

陈奂生真是无忧无虑，他的精神面貌和去年大不相同了。他是过惯苦日子的，现在开始好起来，又相信会越来越好，他还不满意么？他满意透了。他身上有了肉，脸上有了笑。有时候半夜里醒过来，想到囤里有米、橱里有衣，总算像家人家了，就兴致勃勃睡不着，禁不住要把老婆推醒了陪他聊天讲闲话。

提到讲话，就触到了陈奂生的短处，对着老婆，他还常能说说；对着别人，往往默默无言。他并非不想说，实在是无可说的。别人能说东道西，扯三拉四，他非常羡慕。他不知道别人怎么会碰到那么多新鲜事儿，怎么会想得出那么多特别的主意，怎么会具备那么多离奇的经历，怎么会记牢那么多怪异的故事，又怎么会讲得那么动听。他毫无办法，简直犯了死症毛病，他从来不会打听什么，上一趟街，回来只会说“今天街上人多”或“人少”“猪行里有猪”“青菜贱得卖不掉”之类的话。他的经历又和村上大多数人一样，既不特别，又是别人一目了然的，讲起来无非是“小时候娘常打我的屁股，爹倒不凶”“也算上了四年学，早忘光了”“三九年大旱，断了河底，大家捉鱼吃”“四九年改朝换代，共产党打败了国民党”“成亲以后，养了一个儿子、一个小女”……索然无味，等于不说。他又看不懂书；看戏听故事，又记不牢。看了《三打白骨精》，老婆要他讲，他也只会说：“孙行者最凶，都是他打死的。”老婆不满足，又问白骨精是谁，他就说：“是妖怪变的。”还是儿子巧，声明：“白骨精不是妖怪变的，是白骨精变成的妖怪。”才算没有错到底。他又想不出新鲜花样来，比如种田，只会讲“种麦要用锄头抨碎泥块”“莳秧一蔸莳六棵”……谁也不要听。再如这卖油绳的行当，也根本不是他发明的，好些人已经做过一阵子，怎样用料？怎样加工？怎样包装？什么价钱？多少利润？什么地方、什么时间买客多、销路好？都是向大家学来的经验。如果他再向大家夸耀，岂不成了笑话！甚至刻薄些的人还会吊他的背筋：“嗳！连‘漏斗户’主也有油、粮卖油绳了，还当新闻哩！”还是不开口也罢。

如今，为了这点，他总觉得比别人矮一头。黄昏空闲时，人们聚拢来聊天，他总只听不说，别人讲话也总不朝他看，因为知道他不会笑话，所以就像等于没有他这个人。他只好自卑，他只有羡慕。他不知道世界上有“精神生活”这一个名词，但是生活好转以后，他渴望过精神生活。哪里有听的，他爱去听，哪里有演的，他爱去看。没听没看，他就觉得没趣。有一次大家闲谈，一个问题专家出了个题目：“在本大队你最佩服哪一个？”他忍不住也搭了腔，说：“陆龙飞最狠。”人家问：“一个说书的，狠什么？”他说：“就为他能说书，我佩服他一张嘴。”引得众人哈哈大笑。

于是，他又惭愧了，觉得自己总是不会说，又被人家笑，还是不说为好。他总想，要是能碰到一件大家都不曾经过的事情，讲给大家听听就好了，就神气了。

二

当然，陈奂生的这个念头，无关大局，往往蹲在离脑门三四寸的地方，不大跳出来，只是在尴尬时冒一冒尖，让自己存个希望罢了。比如现在上城卖油绳，想着的就只是新帽子。

尽管放慢脚步，走到县城的时候，还只下午六点不到。他不忙做生意，先就着茶摊，出一分钱买了杯热茶，啃了随身带着当晚餐的几块僵饼，填饱了肚子，然后向火车站走去。一路游街看店，遇上百货商店，就弯进去侦察有没有他想买的帽子，要多少价钱。三爿店查下来，他找到了满意的一种。这时候突然一拍屁股，想到没有带钱。原先只想卖了油绳赚了利润再买帽子，没想到油绳未卖之前商店就要打烊；那么，等到赚了钱，这帽子就得明天才能买了。可自己根本不会在城里住夜，一无亲，二无眷，从来是连夜回去的，这一趟分明就买不成，还得光着头冻几天。

受了这点挫折，心情不挺愉快，一路走来，便觉得头上凉飕飕，更加懊恼起来。到火车站时，已过八点了。时间还早，但既然来了，也就选了一块地方，敞开包裹，亮出商品，摆出摊子来。这时车站上人数不少，但陈奂生知道难得会有顾客，因为这些都是吃饱了晚饭来候车的，不会买他的油绳，除非小孩嘴馋吵不过，大人才会买。只有火车上下车的旅客到了，生意才会忙起来。他知道九点四十分、十点半，各有一班车到站，这油绳到那时候才能卖掉，因为时近半夜，店摊收歇，能买到吃的地方不多，旅客又饿了，自然争着买。如果十点半卖不掉，十一点二十分还有一班车，不过太晚了，陈奂生宁可剩点回去也不想等，免得一夜不得睡，须知跑回去也是三十里啊。

果然不错，这些经验很灵，十点半以后，陈奂生的油绳就已经卖光了。下车的旅客一拥而上，七手八脚，伸手来拿，把陈奂生搞得昏头昏脑，卖完一算账，竟少了三角钱，因为头昏，怕算错了，再认真算了一遍，还是缺三角，看来是哪个贪小利拿了油绳未付款。他叹了一口气，自认晦气。本来他也晓得，人家买他的油绳，是不能向公家报销的，那要吃而不肯私人掏腰包的，就会耍一点魔术，所以他总是特别当心，可还是丢失了，真是双拳不敌四手，两眼难顾八方。只好认了吧，横竖三块钱赚头，还是有的。

他又叹了口气，想动身凯旋回府。谁知一站起来，双腿发软，两膝打战，竟是浑身无力。他不觉大吃一惊，莫非生病了吗？刚才做生意，精神紧张，不曾觉得，现在心定下来，才感浑身不适，原先喉咙嘶哑，以为是讨价还价喊哑的，现在连口腔上爿都像冒烟，鼻气火热，一摸额头，果然滚烫，一阵阵冷风吹得头皮好不难受。他毫无办法，只想先找杯热茶解渴。那时茶摊已无，想起车站上有个茶水供应地方，便强撑着移步过去。到了那里，打开龙头，热水倒有，只是找不到茶杯。原来现在讲究卫生，旅客大都自带茶缸，车站上落得省劲，就把杯子节约掉了。陈奂生也顾不得卫生不卫生，双手捧起龙头里流下的水就喝。那水倒也有点烫，但陈奂生此时手上的热度也高，还忍得住，喝了几口，算是好过一点。但想到回家，竟是千难万难；平常时候，那三十里路，好像经不起脚板一颠，现在看来，真如隔了十万八千里，实难登程。他只得找个位子坐下，耐性受痛，觉得此番遭遇，完全错在忘记了带钱先买帽子，才受凉发病。一着走错，满盘皆输；弄得上不上、下不下，进不得、退不得，卡在这儿，真叫尴尬。万一严重起来，此地举目无亲，耽误就医吃药，岂不要送掉老命！可又一想，他陈奂生是个堂堂男子汉，一生干净，问心无愧，死了也口眼不闭；活在世上多种几年田，有益无害，完全应该提供宽裕的时间，没有任何匆忙的必要。想到这里，陈奂生高兴起来，他嘴巴干燥，笑不出声，只是两个嘴角，向左右同时嘻开，露出一个微笑。那扶在椅上的右手，轻轻提了起来，像听到了美妙的乐曲似的，在右腿上赏心地拍了一拍，松松地吐出口气，便一头横躺在椅子上卧倒了。

三

一觉醒来，天已经大亮，陈奂生体肢瘫软，头脑不清，眼皮发沉，喉咙痒痒地咳了几声；他懒得睁眼，翻了一个身便又想睡。谁知此身一翻，竟浑身颤了几颤，一颗心像被线穿着吊了几吊，牵肚挂肠。他用手一摸，身下贼软；连忙一个翻身，低头望去，证实自己猜得一点不错，是睡在一张棕绷大床上。陈奂生吃了一惊，连忙平躺端正，闭起眼睛，要弄清楚怎么会到这里来的。他好像有点印象，一时又糊涂难记，只得细细琢磨，好不容易才想出了县委吴书记和他的汽车，一下子理出头绪，把一串细关节脉都拉了出来。

原来陈奂生这一年真交了好运，逢到急难，总有救星。他发高烧昏睡不久，候车室门口就开来一部吉普车，载来了县委书记吴楚。他是要乘十二点一刻那班车到省里去参加明天的会议。到火车站时，刚只十一点四十分，吴楚也就不忙，在候车室踱起步来，那司机一向要等吴楚进了站台才走，免得他临时有事找不到人，这次也照例陪着。因为是半夜，候车室旅客不多，吴楚转过半圈，就发现了睡着的陈奂生。吴楚不禁笑了起来，他今秋在陈奂生的生产队里蹲了两个月，一眼就认出他来，心想这老实肯干的忠厚人，怎么在这儿睡着了？若要乘车，岂不误事，便走去推醒他。推了一推，又发现那屁股底下，垫着个瘪包，心想坏了，莫非东西被偷了？就着紧推他，竟也不醒。这吴楚原和农民玩惯了的，一时调皮起来，就去捏他的鼻子；一摸到皮肤热辣辣，才晓得他病倒了，连忙把他扶起，总算把他弄醒了。

这些事情，陈奂生当然不晓得。现在能想起来的，是自己看到吴书记之后，就一把抓牢，听到吴书记问他："你生病了吗？"他点点头。吴书记问他："你怎么到这里来的？"他就去摸了摸旅行包。吴书记问他："包里的东西呢？"他就笑了一笑。当时他说了什么，究竟有没有说，他都不记得了。只记得吴书记好像已经完全明白了他的意思，便和驾驶员一同扶他上了车，车子开了一段路，叫开了一家门（机关门诊室），扶他下车进去，见到了一个穿白衣服的人，晓得是医生了。那医生替他诊断片刻，向吴书记笑着说了几句话（重感冒，不要紧），倒过半杯水，让他吃了几片药，又包了一点放在他口袋里，也不曾索钱，便代替吴书记把他扶上了车，还关照说："我这儿没有床，住招待所吧，安排清静一点的地方睡一夜就好了。"车子又开动，又听吴书记说："还有十三分钟了，先送我上车站，再送他上招待所，给他一个单独房间，就说是我的朋友……"

陈奂生想到这里，听见自己的心扑扑跳得比打钟还响，合上的眼皮，流出晶莹的泪珠，在眼角膛里停留片刻，便一条线挂下来了。这个吴书记真是大好人，竟看得起他陈奂生，把他当朋友，一旦有难，能挺身而出，拔刀相助，救了他一条性命，实在难得。

陈奂生想，他和吴楚之间，其实也谈不上交情，不过认识罢了。要说有什么私人交往，平生只有一次。记得秋天吴楚在大队蹲点，有一天突然闯到他家来吃了一顿便饭，听那话音，像是特地来体验体验“漏斗户”的生活改善到什么程度的。还带来了一斤块块糖，给孩子们吃。细算起来，等于两顿半饭钱。那还算什么交情呢！说来说去，是吴书记做了官不曾忘记老百姓。

陈奂生想罢，心头暖烘烘，眼泪热辣辣，在被口上拭了拭，便睁开来细细打量这住的地方，却又吃了一惊。原来这房里的一切，都新堂堂、亮澄澄，平顶（天花板）白得耀眼，四周的墙，用青漆漆了一人高，再往上就刷刷白，地板暗红闪光，照出人影子来。紫檀色五斗橱，嫩黄色写字台，更有两张出奇的矮凳，比太师椅还大，里外包着皮，也叫不出它的名字来。再看床上，垫的是花床单，盖的是新被子，雪白的被底，崭新的绸面，呱呱叫三层新⑪。陈奂生不由自主地立刻在被窝里缩成一团，他知道自己身上（特别是脚）不大干净，生怕弄脏了被子……随即悄悄起身，悄悄穿好了衣服，不敢弄出一点声音来，好像做了偷儿，被人发现就会抓住似的。他下了床，把鞋子拎在手里，光着脚跑出去；又眷顾着那两张大皮椅，走近去摸一摸，轻轻捺了捺，知道里边有弹簧，却不敢坐，怕压瘪了弹不饱。然后才真的悄悄开门，走出去了。

到了走廊里，脚底已冻得冰冷，一瞧别人是穿了鞋走路的，知道不碍，也套上了鞋。心想吴书记照顾得太好了，这哪儿是我该住的地方！一向听说招待所的住宿费贵，我又没处报销，这样好的房间，不知要多少钱，闹不好，一夜天把顶帽子钱住掉了，才划不来呢。

他心里不安，赶忙要弄清楚。横竖他要走了，去付了钱吧。

他走到门口柜台处，朝里面正在看报的大姑娘说：“同志，算账。”

“几号房间？”那大姑娘恋着报纸说，并未看他。

---

⑪ 三层新：被面、被里、被絮都是新的。

“几号不知道。我住在最东那一间。”

那姑娘连忙丢了报纸，朝他看看，甜甜地笑着说：“是吴书记汽车送来的？你身体好了吗？”

“不要紧，我要回去了。”

“何必急，你和吴书记是老战友吗？你现在在哪里工作？……”大姑娘一面软款款地寻话说，一面就把开好的发票交给他，笑得甜极了，陈奂生看看她，真是绝色！

但是，接到发票，低头一看，陈奂生便像给火钳烫着了手。他认识那几个字，却不肯相信。“多少？”他忍不住问，浑身燥热起来。

“五元。”

“一夜天？”他冒汗了。

“是一夜五元。”

陈奂生的心，忐忑忐忑大跳。“我的天！”他想，“我还怕困掉一顶帽子，谁知竟要两顶！”

“你的病还没有好，还正在出汗呢！”大姑娘惊怪地说。

千不该，万不该，陈奂生竟说了一句这样的外行语：“我是半夜里来的呀！”

大姑娘立刻看出他不是一个人物，她不笑了，话也不甜了，像菜刀剁着砧板似的笃笃响着说：“不管你什么时候来，横竖到今午十二点为止，都收一天钱。”这还是客气的，没有嘲笑他，是看了吴书记的面子。

陈奂生看着那冷若冰霜的脸，知道自己说错了话，得罪了人，哪里还敢再开口，只得抖着手伸进袋里去摸钞票，然后细细数了三遍，数定了五元；交给大姑娘时，那外面一张人民币，已经半湿了，尽是汗。

这时大姑娘已在看报，见递来的钞票太零碎，更皱了眉头。但她还有点涵养，并不曾说什么，收进去了。

陈奂生出了大价钱，不曾讨得大姑娘欢喜，心里也有点愤愤然。本想一走了之，想到旅行包还丢在房间里，就又回过来。

推开房间，看看照出人影的地板，又站住犹豫："脱不脱鞋？"一转念，愤愤想道："出了五块钱呢！"再也不怕弄脏，大摇大摆走了进去，往弹簧太师椅上一坐："管它，坐瘪了不关我事，出了五元钱呢。"

他饿了，摸摸袋里还剩一块僵饼，拿出来啃了一口，看见了热水瓶，便去倒一杯开水和着饼吃。回头看刚才坐的皮凳，竟没有瘪，便故意立直身子，扑通坐下去……试了三次，也没有坏，才相信果然是好家伙。便安心坐着啃饼，觉得很舒服。头脑清爽，热度退尽了，分明是刚才出了一身大汗的功劳。他是个看得穿的人，这时就有了兴头，想道："这等于出晦气钱——譬如买药吃掉！"

啃完饼，想想又肉痛起来，究竟是五元钱哪！他昨晚上在百货店看中的帽子，实实在在是二元五一顶，为什么睡一夜要出两顶帽钱呢？连沈万山[12]都要住穷的。他一个农业社员，去年工分单价七角，困一夜做七天还要倒贴一角，这不是开了大玩笑！从昨半夜到现在，总共不过七八个钟头，几乎一个钟头要做一天工，贵死人！真是阴错阳差，他这副骨头能在那种床上躺尸吗！现在别的便宜拾不着，大姑娘说可以住到十二点，那就再困吧，困到足十二点走，这也是捞着多少算多少。对，就是这个主意。

这陈奂生确是个向前看的人，认准了自然就干，但刚才出了汗，吃了东西，脸上嘴上，都不惬意，想找块毛巾洗脸，却没有。心一横，便把提花枕巾捞起来干擦了一阵，然后衣服也不脱，就盖上被头困了，这一次再也不怕弄脏了什么，他出了五元钱呢——即使房间弄成了猪圈，也不值！

可是他睡不着，他想起了吴书记。这个好人，大概只想到关心他，不曾想到他这个人经不起这样高级的关心。不过人家忙着赶火车，哪能想得周全！千怪万怪，只怪自己不曾先买帽子，才伤了

---

⑫ 沈万山：民间传说里的大富翁。

风，才走不动，才碰着吴书记，才住招待所，才把油绳的利润搞光，连本钱也蚀掉一块多……那么，帽子还买不买呢？他一狠心：买，不买还要倒霉的！

想到油绳，又觉得肚皮饿了。那一块僵饼，本来就填不饱，可惜昨夜生意太好，油绳全卖光了，能剩几袋倒好。现在懊悔已晚，再在这床上困下去，会越来越饿，身上没有粮票，中饭到哪里去吃！到时候饿得走不动，难道再在这儿住一夜吗？他慌了，两脚一踹，把被头踢开，拎了旅行包，开门就走。此地虽好，不是久恋之所，虽然还剩得有两三个钟点，又带不走，忍痛放弃算了。

他出得门来，再无别的念头，直奔百货商店，把剩下来的油绳本钱，买了一顶帽子，立即戴在头上，飘然而去。

一路上看看野景，倒也容易走过。眼看离家不远，忽然想到这次出门，连本搭利，几乎全部搞光，马上要见老婆，交不出账，少不得又要受气，得想个主意对付她。怎么说呢？就说输掉了，不对，自己从不赌；就说吃掉了，不对，自己从不死吃；就说被扒掉了，不对，自己不当心，照样挨骂；就说做好事救济了别人，不对，自己都要别人救济；就说送给一个大姑娘了，不对，老婆要犯疑……那怎么办？

陈奂生自问自答，左思右想，总是不妥。忽然心里一亮，拍着大腿，高兴地叫道："有了。"他想到此趟上城，有此一番动人的经历，这五块钱花得值透。他总算有点自豪的东西可以讲讲了。试问，全大队的干部、社员，有谁坐过吴书记的汽车？有谁住过五元钱一夜的高级房间？他可要讲给大家听听，看谁还能说他没有什么讲的！看谁还能说他没见过世面？看谁还能瞧不起他，唔！……他精神陡增，顿时好像高大了许多。老婆已不在他眼里了，他有办法对付，只要一提到吴书记，说这五块钱还是吴书记看得起他，才让他用掉的，老婆保证服帖。哈，人总有得意的时候，他仅仅花了五块钱就买到了精神的满足，真是拾到了非常的便宜货，他愉快地迈着快步，像一阵清风荡到了家门……

果然，从此以后，陈奂生的身份显著提高了，不但村上的人要听他讲，连大队干部对他的态度也友好得多，而且，上街的时候，背后也常有人指点着他告诉别人说："他坐过吴书记的汽车。"或者："他住过五块钱一夜的高级房间。"……公社农机厂的采购员有一次碰着他，也拍拍他的肩胛说："我就没有那个运气，三天两头住招待所，也住不进那样的房间。"

从此，陈奂生一直很神气，做起事来，更比以前有劲得多了。

陈奂生转业

一

哈哈，这世界真是个万花筒，千变万化，好看煞人。“漏斗户”主陈奂生，人人都认定他要在农业上干一辈子，他自己也从未打过别的算盘，想不到忽然被大队领导看中了，要把他调到队办工厂去。

这种好事情，有些人求之不得。可陈奂生脑筋忒死，看那厂里的工作，轻轻巧巧，细吹细打，自己一身力气，到那里去也使不出来，肌肉要发胀，骨头要生疼。工资倒可以多赚些，但风雨落雪，天天要上班，身子就卖在那里了。想上市场去卖油绳，就没得自由；若叫老婆去卖，她脑子不灵，连本钱也会错脱。自己一进厂，这副业就只好收摊。“啧！吼！”他实在有点舍不得。

还有那孩子妈，别看她傻乎乎的，听了这个消息，也紧张了。近两年来，她吃饱了肚子，穿暖了衫，别的不懂，也懂得了丈夫本事不小。她是又敬又爱，生怕被旁的女人勾引了去，两只眼睛，就把他盯紧了。陈奂生到别人家去坐黄昏，讲空话，稍迟一点，她就要喊回去。那五元钱住一夜栈房的事，她总怀疑是有人陪丈夫困的。要不是队长骂她污蔑新社会，要不是陈奂生摸出吃剩的药片给她看（后来那药片又吃好了她的感冒），她不知要吵几次才完呢。现在领导要丈夫进工厂，可见是吃香了。料想他去了之后，自然更加风光。自己看不住他，怎么得了！外面花花世界，女人雪白粉嫩，这“投煞青鱼”直来直去，一投投进人家的网兜去，岂不就会把老婆抛弃掉！“喔唷，还是不让他去好！”

这对夫妻，二心一意，都舍不得锄头柄。他们哪里晓得，这是大队的既定方针，这方针又是以陈奂生的光辉历史为根据的。陈奂生已经注定要为大队的工业化做出贡献，他怎么可以不去呢，怎么还可以拖沓呢？于是干部们、特别是大队书记就来劝导他，一趟、两趟、三趟，三请诸葛亮。干部们对他真心实意，说的话叫他称心满意："奂生、奂生，你应该出来帮帮忙哪！""奂生、奂生，大家都看中了你呀！""奂生、奂生，大队待你不差呀！别人要进厂我们也不要呢！""奂生、奂生，不要疑三惑四啦，我们还会让你吃亏吗？""奂生、奂生，你不出来干，叫谁出来？喔唷唷，架子搭得这么大，亏你好意思啊！大家诚心诚意，为你跑酸了腿呢！"……

哎呀，这叫陈奂生怎么担当得起！他也四十八岁了，年纪并不活在狗身上，别的不懂，难道连"干部比爹娘还大"这个道理还不懂吗！爹娘打骂儿女，历来理所当然，这比爹娘还大的干部，倒反为请他出山跑酸了腿，岂不要折了他的阳寿！况且，他能搭什么架子呢？他为什么要搭架子呢？他和老婆都是鸭，有架子也不会爬呀！

陈奂生心里暖烘烘，脸上红彤彤，头上像蒸熟了馒头的蒸笼一样腾腾冒气，戴那二块五角的帽子，从来也不曾有这样热。

他还有什么话说？他老婆还有什么话说？

得！得！得！陈奂生走马上任了。

陈奂生上任去干啥？他去做采购员。咦呀，他怎么能做采购员呢？第一，他不会讲话，第二，他不会交际，第三，他外面没有"关系"，无"路"可走。

但是，陈奂生是个直来直去的人，他的思想是容易打通的。

"采购员是个重要人，不是随便哪个能够做得的。"厂长抬他的轿子说，"所以我们才看中你。"

"倒是。"陈奂生点点头。有人看重他，他倒也并不心虚。他至少是个老实人，从来没有做过亏心事，为什么不该被人看重呢。"吃亏我没有做过。"他犹豫地说。

"不关事。"厂长壮他的胆说，"哪个采购员是天生的？你看，农机厂的王祥大，胶木厂的刘玉林，我们厂的施龙大……哪个不是种田的，现在照样打出天下来。”

“这班人，”陈奂生动心而又羡慕地说，“倒真有本事！”

“你本事不比他们小！”

“我？”

“当然。”厂长十分正经，那口气的严肃性把声音都压低了，“你的路子比他们大得多。”

“哎！”陈奂生愕然。

“唔。”厂长点点头，微微一笑，伸出一个指头点了点奂生说，“你有一条大路。”

“大路？”

“你去找吴书记——吴楚。”

“吴楚？”

“他现在到地委去当书记了，主管工业。”厂长说，“我们要的东西，只要他一点头，就有。”

“他肯点头吗？”

“你去找他，就肯。”

“真的吗？”。

“我敢包，他很看得起你。”

“真的吗？”

“他不是到你家来吃过饭吗？他不是送你一斤块块糖吗？他不是坐汽车陪你去看病，还送你住招待所吗？你看这交情……”

“真的！”

“还有好的哪！”厂长兴奋得轻轻一拍陈奂生的肩胛说，“你们的交情不是写在小说里了吗，外面议论得热闹透了。吴书记升官，还沾着点光呢，他会亏待你吗！”

“真的？真的？”

“真的，真的。”

“咦……”

“哎……”

“呀哈哈……”

一个人的脑壳子，都是电灯泡，谁摸着了开关，一揿就亮。陈奂生现在的脑门顶，毫光万道，简直是一盏探照灯，住在几百里外地委干部宿舍里的吴书记，说不定会有感应，弄得心血来潮呢。“海内存知己，天涯若比邻。”果然是亲得很的，陈奂生好像重新找到了一个外公了。

二

定下来要做的事情，陈奂生是从来不疑三惑四的。

例如：吃不饱肚子要不要劳动？要，定下来了，他一干就是十多年。难，也难惯了，所以觉得难也容易。没有做过，是因为不曾去做；只要做，就“过”了。一年前头，油绳也不曾卖过，现在也“过”了。哎哈，世界上的事，简单极了，笔直一条路。有饭吃，就吃，没有饭吃，就吃粥，没有粥吃，就瓜菜代，没有瓜菜，就吃榆叶、马兰。陈奂生不都“过”了吗！种田，就种田。种了田还可以卖油绳，就卖。卖过油绳又要他当采购员，就当。咦，这有啥了不起。船到桥下自然直，就像人死了进火葬场，都会归口过去。万一歪了，把船碰翻，也无非是落水。困在芦扉上，还怕滚到地下去吗！青鱼产卵，尾巴一扇，一直线蹿出去几十里，顺利的也有，撞死的也有。横竖要如此做，管他！何况当采购员，也不至于拼性命，做得成就做，做不成就算，又不碍。吴书记自然是好人，会不讲交情吗！这交情又是天下人都晓得的。不瞒天，不瞒地，没有一点要忌讳，把心碾成粉，也找不出一粒黑星星。此番去找他，纯是为公事，是请他关心关心我们集体的利益，他当然要照顾。他的头一点，事情就成了。有什么难呢！容易容易。否则厂长还会看准他这把钥匙嘛！万一……万一吴书记不点头，又怎么办呢？唉、唉，假使他不点头，也只好拉倒，总不能像造反派那样把他揿得低下头来。吴书记是大官，他陈奂生是社员，大官对社员不讲交情，陈奂生也不算丢脸；他的脸丢了也无人会拾得去。吴书记就是不讲交情，总也会讲道理。那么，陈奂生回厂就有了交代，就没得干系了。

“唉！”陈奂生想到这里，不禁叹息了，“总不至于吧！吴书记啊，吴书记，天下的大官多得很，认识我陈奂生并且有点交往的只你一个。我可只有你这一条路，倘若你打官腔，关门，那么，我跟你们这班大官的一切关系就算全部一刀断。”……

陈奂生想了一通，晓得自己去倒去得，包票是打不得的。倘若办不成功，这工分和费用，怎么个说法，自然先要讲妥。否则，用亏了，卖老婆没人要，拿什么去抵？他直截了当，就向厂长说了。厂长说：“这个是有规定的，采购员搞回来这种材料，每吨奖金一百五十元，例如你奂生这趟出去，替厂里搞到一吨，你就得一百五十元，搞到两吨，就是三百。你出外一天，搞到了，也给这许多，十天半月，也是这些。工分、花费都在这里边，厂里不另贴。”

陈奂生摇摇头说：“我不去。”

厂长忙笑道：“不要急，你刚开头，我们不用这个办法。可以照老规定：工分照最强的劳动力靠，车旅费实报实销；在外一天，补贴八角伙食。你就是搞不到，这笔钱一个也不少你的；搞到了，就照新规定奖你。总之只让你沾光，不让你吃亏！”

厂长的话，说得溜滚圆绽，陈奂生像吃了挂粉汤团，喉咙里再也不打嗝顿。接着，厂长便把这次出去要办哪些事，如何办，一切细枝末节，统统关照清楚。陈奂生着实得益匪浅。最后讲到交际费用，却发生了一点小小争执：厂长说此番出去，全靠陈奂生和吴书记的老交情，除了带两包香烟在身边方便方便以外，不必再花费什么。陈奂生听了，一口咬定要给吴书记送一份厚礼。厂长连忙摇头说：“送礼要看对象，给吴书记送礼，是用黑漆棺材抬新娘子，错透又错透。”陈奂生不但不听，反而摆出穷大爷的架子说：“我陈奂生穷虽穷，面子是从来不失的，两手空空跑上别人家大门，我宁可敲断脚胫坐在家里。何况这次又是公事，又要去求人，空口说白话，我不干。”厂长咂咂嘴，抚了抚面孔，无可奈何地说：“老实告诉你吧，他在这里蹲点的时候，我们送了点东西给他，吃了个大批评，弄得现在不敢去见他，才请你出面的，再带礼去，不是讨苦头吃吗！”陈奂生反驳说：“这个我不管，吴书记这个人，我晓得，他到我家来吃顿便饭，都带来一斤块块糖。他都讲究礼貌，我倒能不讲吗？”厂长还是摇头说：“算了吧，送也没用，不骂你，就算交情，收是决不会收的！”陈奂生又顶住道：“人情大于债，收不收由他，送是不能不送的。”争了半天，没有结果。厂长见他固执，沉吟了半晌，试探道：“那你说要送些什么贵重东西呢？”陈奂生胸里似乎早有成竹，不假思索说道：“三斤豆油，一只鸡婆。”

之后两三天，陈奂生忙着打介绍信，到公社工交办公室及县工业局转介绍信（这里面又出了一些事情，以后会看到），领路费，打听乘哪一班汽车接哪一班火车，到了哪个站头下火车乘什么车子到地委。礼物也硬是准备了，不过听了厂长的劝告，把三斤豆油改成三十斤山芋，因为吴书记晓得乡下吃油比城里紧张；又决定这礼物是陈奂生私人送的，和工厂无关。

一切打点就绪。谁知出门隔夜，陈奂生的爱人忽然发起嗲来。不许陈奂生在外边住夜，事情办不完，也要天天赶回来。陈奂生骂她痴婆，这又不是上城，只要跑三十里。几百里呢！能天天回来吗？他爱人见行不通，就吵着要和他一同出去。陈奂生骂她发疯：猪呢，羊呢，兔子呢，孩子呢，哪个弄给他们吃？爱人不听，还是嗲来嗲去。陈奂生这才弄懂了她的用意，他火冒三丈，破口骂道：“昏了你的头，我这人参果，猪都不吃。天底下只有你一个人当宝贝，只管放心！”

三

公路上驶的是汽车，铁路上跑的是火车，上上下下，转转盘盘，陈奂生竟一点没有摸错，顺顺当当，到了目的地。他在地委机关的传达室里，先自报家门，然后指名要找吴楚书记。

地委机关的大门有它的严肃性，传达室具有传递信息和保卫安全两重任务，工作人员当然小心谨慎、一丝不苟地值勤，他们在门口竖着一块牌子，上写“主动下车，出示证件”八个大字，但是对轿车和吉普则尊敬而多礼，即使那上面藏有机关枪甚至大炮，也可以直驰而过。步行而派头奇大的人物，眼里根本没有传达室，传达室也等于自动让步。只有那些看上去不大上眼的来访者，才受到严格的盘问；有的受到阻挠不得进去，或先坐一阵冷板凳再说。陈奂生当然是很不起眼的，而传达员因为从不看小说，又不知道他是个大名鼎鼎的人物，按理不会顺利通过。但是，这传达员偏偏独具慧眼，他从头到脚细细打量了一番之后，便断定陈奂生有些来头，因为他穿戴得过分随便，送的礼物又轻又土，这说明他和吴书记的关系既亲密又古老，不是姑表，总是姨表；不管哪一表，都怠慢不得。所以连忙拎起话筒，就往里面挂。哎哈，他想得一点不错，接电话的办公室刘主任，竟像听到第一颗卫星上天的消息，兴奋得大声喊道：“快叫他进来，快叫他进来！”

陈奂生按照传达员的指示，走到地委办公室，刘主任早已满脸笑容，在门口等他。见他来了，一把紧握他的手，连连摇着说：“不错，不错，你果然是这个样子！”一面说，两只眼睛盯紧了奂生的鼻子，好像要认出吴楚的指纹印来，陈奂生只觉得鼻子都被看酸了。办公室里另外几个同志，也都十分亲昵，接过他的山芋，接过他的鸡婆，请他在沙发上坐下，请他吃茶。陈奂生已见过世面，不再怕沙发坐坏，倒也安然。只有那鸡婆似乎烦躁，拍拍翅膀，咕咕叫着，好像不舒服。因此引起大家注意，问起乡下鸡婆的价格。陈奂生见大家对他带来的东西有兴趣，觉得鸡婆只有一只，无法分赠各位，便撑开袋口，拿出几个光溜溜的大山芋来，请大家尝尝。大家都说不要，陈奂生哪里肯听，便说这山芋锛出土来已经两个月了，吃来雪嫩笋甜，赛过鸭梨，城里人是难得吃到的。不由人不依，硬是每人送了两个。还说："天冷了，这东西容易冻坏，我都是拣好的拿来。再冷下去，就不会有了。"

可也奇怪，这些话，陈奂生在农村里从来想不到说，因为这是小孩子都知道的事情。现在倒细细地说给干部听，好像他们连小孩子也不如。而干部们听了，都认真地点点头，一点不笑。于是陈奂生就觉得寻得着话说了。

只停了片刻，吴楚就来了。陈奂生连忙站起，喊了一声："吴书记。"

吴楚呵呵笑着说："奂生，你这家伙，怎么跑这么远的路来？带油绳来卖吗？唔！"

陈奂生只是笑笑，说不出话。

刘主任说："他是看你来了，还带了礼物呢。"

吴楚连忙说："唔，什么礼物？山芋！好好。还有老母鸡？它生不生蛋？自家养的吗？拿来送给我？你老婆晓不晓得？她舍得吗？不跟你吵吗？"

陈奂生申辩说："我老婆呆是呆，总不痴，好丑也晓得。那趟你来我家后，一直念你呢！"

"哈哈，说得好听，还念我！骂我吧？"

陈奂生急道："我家小丫头，看见别人家吃糖，就要问她娘：'吴书记怎么不来？'"

"真的吗？"吴楚连连摇头说，"我不相信。一夜天花了你五元钱，你老婆总要骂我一世了。你这家伙，碰上你，我就倒霉。招待所问你要钱，就说我吴楚去付嘛！你付了，又肉痛，回去又吹牛皮，被人家写到小说里去，通天下都笑话。你这家伙，你还来看我，还送礼来，又要弄得议论纷纷了！这山芋、这鸡，要多少钱？我算给你。还有那五元房钱，也算我的。"

陈奂生急巴巴说不出话来，他拎起鸡和山芋，没轻没重地说："喔唷，吴书记，你官做大了，老百姓巴结你也巴结不上了。真是……"他犟着劲说："你到我家来，也带东西的；准你送，我就送不得？只许州官放火，勿许百姓点灯，亏你说的！走！”

“哪里去？”

“送到你家去。我还拿回去吗！”

吴楚哈哈大笑。看了看表说：“好好好，客人我总要招待。你不要急，看你额角上汗都出来了。那帽子还是去年住招待所买的吧？都旧了！我有一只呢帽子，尺寸买大了，送给你吧。”说着，要去拎山芋袋。陈奂生不让，他只得空着手，陪他同走。

两人出了地委大门，往西走过两百来米，落北进了弄堂，再走二三分钟，跑出弄端，便是一片空地。空地北端，有五六丈围墙，正中有个门堂，吴楚带着陈奂生走了进去。奂生一看，里边只有两间老式楼房。楼房东、南两边，好一大片空地啊！足有一分多面积，两个人的自留地也没有这么多，却是一片荒芜。陈奂生不觉发出一声轻轻的叹息。吴楚猜准他的心理，便指着说：“你看，这里种熟了，一年四季的菜就吃不完。我一直想把地翻一翻，就是没有空，来了半年了，只翻了那边一只角。”奂生看去，果然那边翻了一小块，却拾出了许多砖角瓦片，可见这地，收拾起来也不容易。

两个人进了屋，吴楚就喊阿姨，楼上答应着，走下来一个六十多岁的老太婆。吴楚说：“阿姨，乡下有朋友来了，夜饭够吗？不够就再烧点，那边房里空铺收拾收拾。”又对奂生说：“这个阿姨，不是请的，是我的真阿姨，就是我娘的小妹子，一直在帮我做家务。”

陈奂生见吃住都安排了，一片放心，说：“家里人呢？”

吴楚说：“老婆还不曾调来，孩子都跟着她；我老爹、老娘在这里，一个八十一，一个七十八，天气冷躲在房里不大出来，全靠阿姨。”

闲话了一阵，吃晚饭时，吴楚邀奂生喝了点酒，听奂生谈了些农村里的情况，便问起奂生来的目的。因为他估计到没有正经大事，奂生不会跑那么远的路来看他的。

奂生见问，就把书记、厂长找他，他如何进了工厂、如何被派当采购员，想买什么，老老实实，告诉吴楚。

吴楚哼了一声，说：“他们也认识我，为什么要叫你来？你面子大吗？”不等回答，又笑了笑说：“嘿，鬼主意还真不少呢！”

陈奂生没法开口，吴楚顿了片刻，又问：“他们不曾叫你送礼吧？”

“没有，没有，不好冤枉他们的。”奂生忙说。

吴楚说：“不冤枉，他们送过的。否则，你那山芋袋里会塞手表进去的。”

陈奂生吓得不敢响。

又饮了杯酒，吴楚忽然笑着说：“你这个‘漏斗户’，有吃有穿了，还想发洋财吗？”

“发什么洋财！”陈奂生申辩。

吴楚摇摇头，说：“我也不来查。你嘛，是老实人，叫你空手回去吧，说不定别人要唱你的空曲。不过这东西紧张，我还要了解了解情况才能答复你。你住下来再说吧。”

睡觉的时候，陈奂生正在解衣扣，吴楚拿了一只崭新的呢帽走进来，笑着说：“你看，我嫌大。”他往头上一套，果然遮到眼睛上。脱下来戴到奂生头上去，恰是正好。便说：“给你吧。”陈奂生心头的暖气，一直流到脚趾上。吴楚走后，陈奂生把那帽子放在手上，足足抚了两个钟头。

明早起来，吃了早饭，吴楚匆匆上班去了。陈奂生闲来无事，便出去逛大街。一路上车水马龙，花花绿绿。想到要回去吃饭，已经走出好远，来不及了。只得买了一斤僵饼，到老虎灶讨一碗开水，填饱了肚皮。索性不再回去，去那百货公司、食品公司细细看了一遍。只见吃的、穿的、用的，五花八门，种类繁多，眼也看花了，心也看野了。想着这世界上竟有这么多好东西，可叹自己辛辛苦苦做了一生，也不曾能买得几样，真是苦哇！

等到看完，天将黑了，陈奂生有点诧异，怎么城里时间这样容易过去？便匆匆忙忙，奔回吴楚家去。

吴楚不在家。老阿姨见他回来了，舒出一口气，说以为他摸不着家门了。赶快盛出饭来，还叫他到这里来了就别客气，以后不要到外面去买了吃，横竖家里是准备了的，不回来吃反而剩了，吃隔夜食。

奂生连连应着，问道：“吴书记吃了吗？”

“他上半天接到电话，回来吃饭收拾收拾，又到省里去开会了。”

“哎呀，”陈奂生叫出声来，“几时回来呢？”

“他也说不定。”

“他说什么没有？”

“吃饭时查你的，你又不在。”

陈奂生一口饭含在嘴里，目瞪口呆。

四

这天晚上，陈奂生平生第一次失眠了。那软软的被子，软软的枕头，比家里的好得多，偏偏竟觉得手脚无处安放。横翻一个身，竖翻一个身，横竖总是不舒服。想自己从不贪玩，难得放任一次，却误了大事。吴书记是个忙人，此番出去，几时才能回来？他对自己这件小事，会放在心上吗？说不定过几天就忘记了，岂不糟糕！

清早起身后，陈奂生心绪不宁，左思右想，不知如何是好。也没有心思出门去玩，想找个人商量商量，却一无亲戚，二无朋友。闷得发慌，便帮着阿姨淘米洗菜，把地面扫得干干净净。吃过饭，困了一个午觉，起身后找不着事情做，一个人坐在门槛上吹凉风，消散那胸中的气闷。坐了一阵，又不舒服，浑身肌肉紧绷绷，催他出力。他看看空地，忽然想起上午扫地时东屋里有一把钉耙，立刻高兴起来，便拿了去锄地。这地里碎瓦断砖极多，锄了两耙就得弯下腰去拾了丢在旁边；也不敢用力，怕碰坏了钉耙。所以干了一阵，使不出力，出不得汗，照样不痛快。第二天不想锄了，但没有事，想想吃了吴楚的饭，不帮他做点什么，总过意不去，还是翻地吧。翻着翻着，想起事情不曾办好，书记、厂长还在等回音，在外耽搁久了，空手回去不好交代；又想起老婆、孩子、猪、羊，不禁归心如箭。这陈奂生除了小时候舅舅娶舅母在外公家住过一夜，再就是在招待所耽搁半夜之外，从不在外住宿，自然不习惯了。

第三天一早，尽管阿姨殷勤挽留，陈奂生千恩万谢，说要回去看看再来。然后上楼别了吴楚的爹妈，把吴楚送给他的呢帽和装山芋来的布袋，塞进从前卖油绳的旅行包，走出堂屋。在天井里，又看到那只鸡婆悠闲地在他翻过的土地上觅食，不禁深情地恋恋留眼，唉，他不是舍不得送给吴书记，而是习惯了和它在一起呀！

出了小弄，他摘下棉帽塞进包里，把新呢帽戴在头上。跑过百货公司，他记得那里有一面大镜子，特地弯进去端详了一下自己的"尊容"，果然神气了不少。陈奂生笑了一笑，然后扬长而去……

回到大队，陈奂生满怀未能完成任务的歉意，唯恐受责。他家都未到，就先找书记、厂长汇报。谁知书记、厂长听了，把手一拍，劲道十足地说："哎呀，奂生你呆，回来做啥呢！吴书记待你这么好，还怕他不替你想办法吗！快点再去，快点再去！今天来不及就明天一早动身，你给我住在那里，十天八天，半月一月，也要等得吴书记回来。"

"去了没事做，等他回来了再去不好吗？"陈奂生不愿意。

"你知道他几时回来？你不去等他，他还会等你吗？他东一天，西一天，错过了机会你就寻不着。快去快去！"

陈奂生听着也对，只得答应。回去住了一夜，不顾老婆嘀咕，带了几斤上白米，一捆大青菜，又匆匆就道。

此番已是熟门熟路，原不必再有周折了。但陈奂生下了火车，经过一家旅馆门口，却触动了心机：人贵有自知之明，吴书记家虽然有吃有住，也该知趣；况且不是一天两天，不如住在旅馆里妥善。横竖费用厂里可以报销，何必去揩吴书记的油呢。踌躇半晌，便走进旅馆，在服务台旁看了片刻，学会了办理手续。便拿出介绍信来登了记，说明要一个最便宜的铺位，付一元钱押金，拿了钥匙，住进了214号房间。那房间里放了六张单人铺，挤得很，陈奂生不打算在那里拉场卖拳头，自然不嫌。躺了一会，想起那一捆鲜嫩的青菜，应该当天送到吴家，吃个新鲜。便提着走到吴家。书记还不曾回来，阿姨拿了菜，听他说住了旅馆，想他是个老实勤快的人，有心帮忙，劝他还是住到这里来，因为吴楚万一夜里回来，早上又跑了，住在旅馆就碰不着，白等。奂生觉得有理，连忙答应。吃过夜饭，就到旅馆去取东西。拿了东西，到服务台去还钥匙，服务员告诉他，铺位每天一元二角，钥匙押金一元，还应再付二角。奂生不懂，服务员才告诉他，这铺位不管他住不住，都应付一天的钱。陈奂生心里叫声："苦呀，又碰到鬼了！"他不肯吃亏，赌气不还钥匙，决定住一夜再走。又怕阿姨等他，只得再跑一趟，顺便把米也带了去。

等到回来，房里已经有两位旅客在那里交谈，一个年轻的，呢制服笔挺，皮鞋贼亮，长头发在电灯底下油光闪闪，派头十足。一个中年人，打扮得平平常常，面容却和善，见奂生进来，还微微点了点头。奂生不会交际，无话可说，便往床上一坐，看着电灯发呆。听了一阵，听出那两人也在谈生意经，不禁问道："你们也是采购员吗？"

那两人见问，回头细细看了他一眼。年轻的便说："你也是？"陈奂生点点头。年轻的又问："干了多久了？"奂生回答："刚刚头一趟。"年轻人便看不起，再瞧他那寒酸相，更不入眼，头就别过去又和中年人谈话了。那中年人虽不说什么，眼里却漾着关切的笑意，好像要同他攀谈。只是在听那年轻的讲，不便张开嘴来。

后来，年轻的有事出去了，中年人便坐到陈奂生的床沿来，先自报家门，姓林名真和，是×县×公社×大队×厂的采购员，然后请教了奂生的姓名、单位，笑道："我们是同行嘛，要搞的都是那种原料，现在很紧张。刚才那年轻人，也和我们一样。不过他们厂大，手段大，路子大，搞起来是有把握的。陈老兄，你搞到没有？"

"没有。"陈奂生高兴地说，他觉得林真和很看得起自己。

"局里边、厂里边有熟人吗？"

“没有。”

“你没有路，又不曾搞过，厂里为啥叫你出来？”

“不瞒你说，”陈奂生轻松地舒了口气，“我有个朋友在地委里。”

“做啥？”

“书记，管工业的。”

“噢！”林真和恍然说，“怪不得，怪不得。”便从袋里摸出一包大凤凰，抽出一支敬奂生。奂生推不过，只得接了。林真和便咔嚓打亮火机，帮他点着，自己也燃了抽起来。然后又问：“老朋友吗？”

“他以前一直在我们那里工作。”

“你跟他交情怎么样？”

陈奂生见人家这样看重自己，就像杀猪的给猪吹了气，自觉胀得大了，忍不住要摆一摆海，便把自己同吴楚的关系，吹了一遍。末了，又把帽子摘下来指指说：“这就是他送给我的。”

林真和听了，着实羡慕，对奂生十分看重，一连请他吸了几支香烟，说碰巧认识他，也是缘分。在家靠父母，出外靠朋友。以后大家要互相帮助，奂生有什么为难，只管找他。又声明，他晓得奂生是初次出马，他不指望靠奂生搞什么，倒愿意帮奂生出出主意。因为他多少有点经验，山是高的，江是长的，吃亏沾光，不在一朝一夕，能够真心实意交上一个长远的朋友，大家都有好处。

陈奂生见他说得动听，倒反有点疑心，因为他也常常听说外面有骗子。但看看林真和，额头宽阔、脸色正派，特别是那双善良的眼睛，好像流露出一种委曲求全、叫人怜悯的光彩，想来不是坏人。也就欣然赞成了。

临睡之前，林真和端来一盆水，问奂生洗过脚没有？匀了半盆给他。等到奂生洗好，林真和已穿了鞋，随手就把两盆水并在一盆里拿出去倒了，做得非常自然。陈奂生十分过意不去，便也拿出自己带来从未抽过的牡丹，抽出一支硬要他吸，这才安心睡觉。

早晨起来，林真和早已起身，两人又热络了一番。奂生说了吴楚的地址，叫林真和有空就去找他，然后走了。

从此，陈奂生住在吴楚家里，等书记回来。他是个闲不住的人，清早起来，就代阿姨上街买菜，家里事见什么就做什么。阿姨非常高兴，几天下来就觉得脸上胖些。每天下午，奂生就锄那空地，拣出的碎瓦断砖，一起搬到南墙下，堆得整整齐齐。地翻过来，晒了几天太阳，便做了垄，上街买菜时，买了些莴苣秧和三月白，种了几垄。林真和来看过他两次，还帮他拾砖瓦。他晚上也去看林真和。最后一次，林真和着急地悄悄告诉他，那年轻人厉害，几爿大厂都答应给他货色，如果吴书记再不回来，到时候货色给别人弄走了，面子再大，也只能以后有了再说，那要等到几时？林真和又说那年轻人刁，看不起人，请他帮点忙，硬是不肯。林真和只搞到半吨，再无办法，自己都不够，所以也不能帮奂生的忙。

陈奂生听了，急得如热锅上的蚂蚁。早盼夜盼，望穿了眼睛，吴书记却影踪全无。那省里的会，正不知要开到几时。

五

吴楚回来了。

他九点多钟到了地委，连忙就通知开会。十点一刻会议就开始，一直到下午五点结束，饭也没有回家吃。

回家的时候，他把旅行包放在办公室里，不曾带走；因为明天一早，他就要带几个人下去检查工作。在外面换下来的脏衣服，在宾馆里请人洗过了。老阿姨年纪一大把，行动已不大方便，烧点饭吃已经够累了，再要从外面带脏衣服回来给她洗，也作孽。

吴楚两手空空，悠悠然踱着慢步走进院门，眼前忽然一亮，他吃了一惊：原来院子里完全改了一个样子，已经变成极好的菜畦了。泥块敲得极细，垄沟做得笔直，一棵棵菜秧，种得疏密匀称，一片片嫩叶，已经竖了起来（活棵了），显然是内行人干的活。

“这是谁干的？”吴楚一时想不起来了，但马上猜到：“哎呀，一定是陈奂生！”他很高兴，心里暖暖的，甚至感激了。接着就内疚起来，骂自己道：“该死，我把他的事忘记了！”

吴楚快步走进堂屋，想看奂生在不在。却碰到老阿姨从厨房里出来，她打开电灯，见进来了吴楚，喜得两手一拍围腰布，说：“嗨呀，楚楚，你到今天才回来，奂生在这里等你，人都等瘦了，真要急出毛病来呢。”

吴楚说：“他人呢？”

“他今朝只吃半碗饭，就困了，还没起来呢。”

吴楚连忙打开房门。奂生床上空了，人不在，原来他借了附近菜农的粪桶，给莴苣浇了一次肥，还粪桶去了。

“哪里去了？”吴楚问。

“不会到哪里去，总在近旁。”阿姨说，“这个人真是老实勤快，样样都做，不肯歇。他在这里，我动也不要动，享福了。你看看，我自己都觉得胖了呢！”

吴楚看看，老阿姨真的胖了。

老阿姨说了奂生一番好话。又说：“他在这里横等竖等，做完了事，就呆钝钝坐在门槛上望着院门口，好像你同他约好了马上就回来的。那可怜相，我看得也心酸了。我就想，不晓得楚楚可曾帮他办哪？楚楚，你办了没有？你可要帮他办。他是个好人，又难得求你，你不能推哪！”

吴楚连忙应着，因为老阿姨是个知趣人，从不轻易代人求情的。如今说了这样动情的话，吴楚自然感动了。他心里很高兴，不禁好玩地想：“嗨，这陈奂生，还真厉害呢。”

说话间，陈奂生还掉粪桶，像青鱼一样投进屋来；一见吴楚，喊了一声书记，就说不出话来。顿了顿，才自顾自说：“还好，幸亏今天不曾回去，回去了就白等了。”

吴楚看看奂生，觉得他的眼睛变大了，吃惊地想：“哎呀，真瘦了一膘啦！”

“真的，我原打算今天回去的，幸亏不曾回去。我又拖了一天，明天是凿定要回去了。幸亏你今天回来了，要是你明天回来，我凿定已回去了……”陈奂生反反复复唠叨这几句话，除此以外，他好像没有说的了。

这单纯的、真挚的、深沉的情感，强烈地震撼了吴楚。这个做报告从不带稿子的地委书记，忽然也讷讷起来，连声说着：“我回来了，我回来了，我回来了。”……好像也找不到别的词儿。

等到坐下来吃夜饭，喝了一点酒，空气才活跃起来。吃过夜饭，吴楚想了一阵，便问奂生可曾带介绍信来。

陈奂生高兴了，他想也没想，直通通说：“有，有两封呢。”

“怎么有两封？”

陈奂生这才知道说错了话。又一想，反而理直气壮，觉得不错，应该老老实实告诉书记嘛！他伸手到胸口内衣袋里，掏出来两张纸，摊开来认了一认，说：“这一张是厂里开的，说好只要买两吨。”他递给吴楚。

“那一张呢？”吴楚问，觉得奂生还有别的话。

“这一张是公社工交办公室开的。”奂生迟疑了一下说，“我拿厂里的介绍信去转关系，工交办公室的老陆说他们也要，替我另外开一张，要五吨。”

“牛吃蟹！”[13]吴楚骂了一句，“这又不是河泥、猪灰，能随便要吗！”

“我也不肯。”陈奂生申辩说，“可是老陆开了，不肯在我们厂里的介绍信上盖印，叫我拿了他开的介绍信到县里去转。我到县里，县里也不肯在我们厂里的介绍信上盖印，倒说是老陆那一张合法。我就只好拿它来。老陆说，买了五吨，我们厂里的两吨就在里边了，不必另外再买。”

“你上他的当！”

---

⑬ 牛吃蟹：胡来的意思。

“我没办法。他说：‘你难得去找吴书记，两吨是一趟，五吨也是一趟。吴书记有的是办法，他若肯答应你，两吨、五吨还不是一样！’”陈奂生原原本本转告说。

吴楚看奂生傻乎乎的样子，呵呵笑了几声，说：“奂生呀，你总是牛皮吹在外边，大概人家以为我吴楚有半个家是你当的了。不行，你别理他们。”吴楚把工交的介绍信丢给奂生：“这种原料现在很紧张，两吨也不见得有；一吨也还要看人家有没有办法节约下来支援你。”他说着，拔出钢笔，在工厂介绍信上写了几个字，递给奂生，交代道：“明天上午，你乘九路公共汽车（到百货公司门口去乘），一直到底，下车顺马路往南跑半里多路，就是××厂，你去找朱明源朱书记，拿这介绍信给他看。这东西已经分配给他们厂里了，他如有得多，能给你一吨就一吨，两吨就两吨，我也不能勉强他。”

吴楚说罢，又沉吟半晌，交代说：“如果一点也没有呢——你就到办公室去找刘主任，我明天一早就要下去，又不知几时回来。走之前，我再和刘主任讲一讲吧！”

“你莫忘记了！”阿姨说。

“不忘记，不忘记。”吴楚连忙说。

陈奂生自然也不好再说什么。到了明天，就照着吴楚说的路线，到了××厂。经过几道关口，才在一个办公室里找到了朱明源朱书记。朱书记看上去年纪很大，须发都白了，待陈奂生倒很亲切。他把那介绍信反复看了几遍，又眯着眼睛看看奂生说：“吴楚怎么肯给你写这条子的？”那口气，好像他很了解吴楚，又好像吴楚是他的下级。

奂生虽笨，也晓得这句话有分量，连忙申辩说：“完全不为别的，吴书记晓得我们困难。”

朱明源就不再问，说：“材料的事，不是我管的。也不晓得有没有，我来问问看。”说着，正要打电话，就进来了一个人。朱明源不打了，对那个人说：“老王，我正打电话找你。”又对陈奂生说：“王厂长。”

“什么事？”王厂长问。

“吴书记介绍来的。要支援他们一点材料，厂里能不能解决？”朱明源一面说，一面递过介绍信。

王厂长看了介绍信，又看了看陈奂生说：“就是他吗？”

“唔。”朱明源点点头。

“没得办法。”王厂长毫不犹豫地说，“我们自己都不大够。”

陈奂生紧张了。

“一吨半吨都抽不出来吗？多少支援他们一点也好。”朱明源说。

“唉，朱书记。如果有一点办法，吴书记的批示我会不执行吗！”王厂长委婉地说，“前几天也有一个单位来求援，还是老关系，我同供销科商量了半天，他们不答应，一点拿不出。”回过身来，王厂长对奂生说：“我们不是不肯支援，吴书记是难得开口的，只要有一点松动，我都会想办法批给你。现在是一点办法也没有，请你回去向吴书记打个招呼。过两个月，等下季度的材料分配下来，我一定设法也给你们一点。”

话说得这样圆转，朱明源也不好开口了。他心里明白这不一定是真话，这样大一爿厂，多少是能够拿出一点来的。但自己并不彻底了解情况，吴楚也知道不能勉强，信上是介绍陈奂生来求援，是请厂里酌情支持。现在主管人不答应，自己就不好做主了。只得也跟着姓王的劝奂生说：“以后再说，以后再说，过两个月你再来看看吧。”

王厂长那番话，有真有假。他前几天为了一个老关系，确同供销科纠缠了半天，要五吨材料。他知道厂里两吨、三吨能抽得出，紧一点抽五吨也行。但是供销科长不答应，回说即使多下那么一点，已和××单位讲妥，要交换另外一些材料。其实供销科长已看出蛛丝马迹，晓得王厂长供应别人材料，是拿回扣的。那个老关系，本来和供销科长先搞上，说实在话，供销科长也得过一些好处，后来看到那老关系忒豁，报纸上又常揭发贪污这一类事，自己怕出纰漏，就收敛了。谁知那老关系倒搭上了王厂长，那暗地里的交易，供销科长自然一眼就看穿了，所以就不肯松口。但材料多在厂里，王厂长晓得，也不肯就此罢休。供销科长正在设法同其他厂协作换材料，把它处理掉。这个斗争，暗地里着实激烈。

只是难为了陈奂生。吴书记的大面孔都派不上用场，他灰心丧气，没精打采告别了两位领导，走出办公室。王厂长随后也出来了，他看看陈奂生的背影，心里骂道："穷煞坯！乡下人！衣裳没一身好的，还出来跑供销。呆头木雕，好话不会说一句，香烟不会递一根……你就是吴书记的小舅子，我也不睬你！"

六

陈奂生搭上九路车，到百货公司门口下来，再无闲情逸致去大镜子前照自己的"尊容"，急急忙忙，就往地委机关里跑。走过一段路，忽然被人一把拉住，那人叫道："奂生兄，忙什么！"

奂生一看，原来是新交的朋友林真和。奂生忙停住说："哎呀，我都没有看见你。"

林真和说："你倒快，去了回来了吗？"

"你怎么晓得的。"

"我刚才到吴书记家去找你，碰着老阿姨，说你到××厂去联系了。怎么样，答应多少？"

陈奂生把头一犟说："屁！"

"怎么？"林真和不信，"书记批了，会打回票？"

陈奂生直爽地把介绍信摸出来给他说："我还骗你吗！"便把在厂里碰到的情形，一一二二，统统告诉林真和。林真和把脚一跺说："老陈，碰着姓王的那只猢狲，你算倒了霉。那个人你同他空口说白话，不给他好处，你就是他爹娘，他也不会认，我是吃过他的亏的。唉，你也不晓得，难怪你。若早上同我商量了再去，我事前会提醒你避开他。候他出门了，你再去找朱书记，朱书记就会直接问供销科。只要供销科说声有，就好办了。现在弄僵了，怎么办呢！”

奂生见林真和一片诚心，比自己还着急，十分感动，说：“吴书记说过，打回票就找地委刘主任的。”

林真和忙说：“那好，只要有这句话，刘主任办起来比书记着力。书记是领导，有些话不好说，转一个弯，让刘主任出面，当任务压下去也没关系。走，我跟你同去，怎么样？我在门口等你，听你的回音，再有什么周折，也好给你出点主意。”说着，也不等奂生同意，跟着就走，一面悄悄地说：“要快，这里只有几爿厂有这材料，那个年轻的采购员，和××厂的王厂长恐怕有关系，前几天他露了点风，说有一爿厂答应给五吨，正在谈判。说不定就是××厂的。等他们谈妥了，你就完了。”然后又坦率地说：“我这个人没有歪心思，你只管放心。我看你也是老实人，诚心交一个朋友。采购员这碗饭，真不好吃，我们厂小，手段小，人家看不起，我又没有什么门路。我开始出来跑，这里有一个远亲，是靠他帮忙。后来调走了，我就瞎了，要想搞点东西，一直是磕头跪拜求人的。哪个有办法，要我服侍也肯，跑腿也肯，花小钱也肯，用得着我只管喊我，我做小媳妇做惯了。只要别人搞到材料以后能回给我一点，我就把他当老子待。那个年轻人忒狂，我同他认识两年了，只要碰在一起，香烟总是吃我的……衣服脏了我都替他洗。他一直答应给我点材料，到现在不曾给一斤。这一趟他已经搞到了三吨，还再搞五吨，我开口要回半吨，他说自己还不够，一推精光。还说他黑龙江有个朋友手里有点货，他没空去取。如果我等着要，他写封信去商量，给我半吨，自己去拿。嘿，赶几千里路去拿半吨材料，光路费都算不来，他真把我当小孩子，弄我的白相了。”

陈奂生听他这么说，知道是和自己一样的可怜人。自然信得过了，到了地委，林真和果然在传达室等他，让他一个人进去。

陈奂生跑进办公室，刘主任正在写东西。奂生在背后叫了一声，刘主任回头见他来了，放下笔，说：“怎么样，他们给不给？”另外几个同志，也都回头来看。

陈奂生一听，知道吴书记交代过了，心就放宽了一点，把到××厂的情况，详详细细向刘主任又说了一遍。

刘主任听了，好像很生气，重重地说了一声：“好！”便闷着长久不开口。

刘主任把手里半支烟吸完了，才抬头朝奂生笑了笑说：“不要急，介绍信呢？”

陈奂生连忙递给他。刘主任看了看，便拿起电话筒，拨了号，开始讲话：“物资局吗，我找唐科长……啊，你就是老唐，好，吴书记有点事，要拜托你呢。……不是客气，难哪……事情很小，就是吴书记不会烧香……你来？不要不要，我来吧，我来吧。”

电话挂断，刘主任对奂生说：“你坐在这里等一等，我去了就来，很近。”他出去了。不到一分钟，又跑进来对奂生道：“你还有介绍信在身上吗？随便什么介绍信都行。万一仍旧到××厂去拿材料，他们看见这是打过回票的，会改不过口来，最好换一封。”

陈奂生说：“有倒有一张，就是上面开了五吨。”

“五吨就五吨，管它！”刘主任说。拿了一看，又说：“这一张好，是经过县里转的，合法。”拿了就走。

不到一个钟头，刘主任兴冲冲回来了，大声说：“奂生，挑挑你[14]，给你五吨。你拿这介绍信，上面有物资局的印，仍旧到××厂去拿，直接找他们供销科的高科长，已经联系好了。不要去找那姓王的。”刘主任见大家在听，就告诉大家说：“还是那姓王的鬼，连供销科对他都一肚皮意见，那家伙邪得厉害，家里二十时彩色电视机，冰箱，空调都全了，手还伸得老长，人家说他还缺一口水晶棺材！”……

陈奂生喜出望外，走出来，在门口碰着了林真和。林真和看了介绍信，听陈奂生一说，就和奂生商量道：“这件事，我来帮你

⑭ 挑挑你：使你更满意的意思。

办，那姓王的认识你，别碰着了，你别进去，我去。你在门口等我，我办起来比你有经验，包你不出纰漏。”

陈奂生原怕再碰壁，乐得听他。两人一同到了××厂，林真和进去，陈奂生就在门口等：他提心吊胆，生怕再生枝节。等了几分钟，就像等了几十年：但急也无用，只得耐着性子，蹲在那里拾一块砖角在地上画痕痕，画了一阵，再一条一条地数清它，等到林真和出来，他已经等得心都烂了，其实还不到半个钟头。

林真和一见奂生，连连说：“成了，成了，只要回去把钱汇来，就好开票提货。”

两个人都高兴得不得了。乘车到百货公司下来后，林真和一把拉住奂生，进了一家不大不小的饭馆，硬要请客。把陈奂生按在朝南座位上，要来了两斤黄酒，一个拼盘，三个炒头，一只砂锅。两人边吃边谈。足足坐了三个钟点，那林真和当了七年采购员，经验丰富，讲了许多苦处；也讲了一个采购员应该懂得的各种事情，诸项关节，描绘出社会上各种人的嘴脸，把那表面一套，背后一套，搽了红粉，藏着黑心，开口为人民服务，伸手捞黄金钞票，婊子装正经的伪君子，骂了个狗血喷头。

末了，林真和以商量的口吻，问陈奂生能不能看朋友交情，回1吨材料给他救急。陈奂生从未受人如此尊敬，想着他许多好处，觉得大队里本来只要两吨，公社给两吨也说得过去了，反正有得多，自然一口答应了。林真和又劝他不必回去取款，只要打电报把汇款账号，汇多少款子，告诉家里，就可以了。如果奂生不会打电报，他包办就是。这样，还可以在这里玩玩名胜古迹，开开眼界，他也没有事了，打算陪奂生到处走走。

出了饭店，林真和又拉着奂生到旅馆里吃茶，揩面，洗脚。然后告诉他，这五吨材料，将来的发票，自然只能开奂生厂里的抬头，所以要拿出一吨，还要奂生厂里的领导点头，这就要看奂生回去能不能说服领导了。其实这也不难，只要说是吴书记和刘主任的意见，厂里就没得话说。

陈奂生听他说得在理，其实是被他教会了，否则，回去就想不到要这样说。现在有了主意，晓得不会有困难，连连点头称是。

“至于钞票”，林真和说，“我马上打电报回厂，叫他们汇到你们厂里，以后再来提货。”

两人刚刚说完，房门打开，那个年轻的采购员也吃得面孔红彤彤地闯了进来，他眼里像没有看见奂生，朝林真和瞪了瞪眼，狠狠地骂道：“×他娘，老子倒霉！”

“什么事？”林真和忙问。

“唉，别说它了。那五吨东西，明明要到手了，不知给哪个狗×的抢了去！”

“哪个厂的？”

“××厂，他们厂长和我老交情，一口答应的。供销科横撑船，作梗。拖来拖去，拖到今天，被物资局一口吃去了。不知他们私底下塞了多少钱！娘的，挑人家吃饱了。”

陈奂生一听，分明是说的自己，正想说话，被林真和轻轻踢了一脚。

林真和不动声色地说：“唉，你也会被人家吃瘪，我们这些人，还有什么办法！难啊！”

七

陈奂生回来了。

火车到达县城的时候，已经万家灯火了。陈奂生一点也不着急，他悠闲得很，好像已经到了家里。不，不是到了家，而是陈奂生心里太舒服，因此觉得这世界上的一切都很亲切，到东到西，都像在自己家里一样。他一路上碰到所有的人，都觉得很亲切。那些老人，那些孩子，那些老汉，那些妇女，都像是自己人。在火车上，坐在陈奂生对面的一个中年女人，漂亮极了，使陈奂生想起了自己的老婆。不错，老婆是很丑的，但总觉得那漂亮女人有些地方很像自己的老婆，是眼睛吗？鼻子吗？还是嘴巴呢？好像是，又好像都不是，总之吃准了有些相像的地方，不过是吃不准什么地方像罢了。陈奂生因此就开心，想象着自己的老婆如果也和那漂亮女人一样细细地打扮起来的话，一定也会把男人的乌珠儿吊出眼窝来的。

走出车站，陈奂生知道已经没有汽车下乡了。他横竖不想乘汽车，也不要住旅馆，早早晚晚只要两只长脚晃荡晃荡，到家极容易。所以他一点不急，像了结了人生的一切大事，可以随便游转了。他走过一向摆摊卖油绳的地方，依恋地逗留了一会，好像在寻找那少掉的三角钱；他又去看了看那次病倒、落难困着的长椅，想起和吴楚的邂逅，谁知道这竟是他命运的转机。咦呀，一个人活在世上，原不必穷凶极恶，苦也罢，乐也罢，总要凭良心过日脚，要吃、要穿、要钱用，就老老实实出力气去赚，不要挖空心思去转歪念头。自己想发财去害别人，到头来总没路好走。吴书记这条路，大队书记、厂长自己不能走，却叫他陈奂生走，也就能看出“天意”了。

想到这里，陈奂生心里坦荡荡，无忧无虑，天气虽冷，胸中滚热。他划着两只长脚，提着卖过油绳的旅行包，轻悠悠地摸黑走回去，看那夜空里的寒星，也觉得明亮清爽。他确实很满意，回顾自己的生平，也找不出一件快事能和今天比较。他不禁想起大队里那个说书的陆龙飞，讲过薛仁贵征东，岳武穆抗金，大将军旗开得胜，班师还朝，也不过像今天我陈奂生这样吧！当然，那些人是骑了高头大马回来的，不像自己靠11号，威风虽然威风，其实大官也不容易做，从来伴君如伴虎，皇帝一变脸，午朝门外就杀头，真不及自己安稳呢。

陈奂生手里拎的旅行包，装得满鼓鼓的，不是金，不是银，也不是油绳，而是老阿姨送给陈奂生老婆穿的几件旧衣裳。陈奂生把它看成了宝贝，不是值钱，而是情重如山哪！这是他用勤俭老实换得的关切和尊重，凭这就证明了吴书记一家对自己的情意。他回来的时候，吴书记还在外面检查工作；假使吴书记在家，也许会有更多关心的表示。因此，陈奂生竟然想到了买上一斤块块糖，他要告诉老婆和他的孩子。这糖是吴书记给孩子们的礼物。这不是骗人，因为吴书记定会这样做，这叫知情着意，方称得上知己呀！

胜利是胜利了，但是陈奂生觉得自己实在干不了这个行当。外面的世界这样复杂，如果碰到坏人，把自己卖掉了，也会不自知。他决不想吹牛皮，他在外面一共十六天，除了整理好一块菜畦之外，什么事情都不是他干出来的。没有吴书记、刘主任、老阿姨以及新交的朋友林真和帮忙，他会连屙屎都摸不着茅坑的，还能干什么。所以，林真和那一吨材料，不给他还有良心吗！

……

果然，回来以后，书记、厂长都把他捧得几乎上天，工交办公室原来也并不真指望他能办成功，不想居然也拿到了两吨，也喜出望外。拿他做例子，在全公社的采购员面前吹嘘，陈奂生成了香狸猫的卵子。

但是，陈奂生在外面出了大力气干的一件事情，回来却碰了壁。那是开了提货单以后，要把材料运到火车站去托运。叫一辆汽车，要六十元钱，叫板车拉，算算也要五六十元。按林真和的意思，根本不在乎，横竖回去报销。但陈奂生舍不得，他想想，这六十元钱，一个农民要辛辛苦苦做上二三个月才赚得到。这五吨材料，自己借一部板车来拖，顶多两天也拖完了，与其让别人把钱赚去，自己不好赚吗！所以他主张和林真和两人动手拖。板车他早已看在眼里，地委大院里有几部停在那儿，问刘主任借一借，不会不肯。林真和不同意，说是多花掉的力气，自己拖了，没有发票，回去报销会说不清，会计根本不会肯报。陈奂生哪里肯听，没有发票有啥关系，难道材料没人拖，它自己能跑到火车站去吗。会计又不是呆大，连这点道理都不懂。即使有意见，他陈奂生也可以便宜些，不要六十，算个三十、四十，也好嘛！这样厂里、个人都沾光，为什么不干。说来说去，林真和见他不肯听，也只好随他。但朋友交情，又不能不帮忙，只得跟在板车后面帮他推一把，声明自己不想要这脚钱。两个人整整拖了两天，汗水流了几碗。可是陈奂生向会计报账，会计竟然一文不付。气得奂生骂山门，问会计可是吃饭长大的？会计也不示弱，声明制度如此，谁也不能破坏。还笑奂生小算，贪小利，谁叫你出那么大力气去运呢，都像你这样，运输公司不要关门吗！你只想独吃饭，饭也应该留点别人吃吃嘛！公说公理，婆说婆理，钞票还在会计抽斗里。陈奂生火也没用，只好破口骂娘，说什么“早晓得行了好心没有好报，倒不如省点力气同老婆困觉”。唉！真不相干。

哪知过了三天，会计竟把他叫了去，拉开抽斗，数出一大叠钞票，一共五百八十三元二角，叫奂生当面点清，说这是按厂里规定，付给他的奖金：一吨奖一百五十元，连工交办公室的一共四吨，就是六百元，扣除了陈奂生十六元八角预支的路费。

陈奂生惊呆了，不相信这是真的。但事实摊在他的面前，不由他不信，他数着那票子，两只手瑟瑟地发抖。他活了四十八岁，从来不曾数过这么多的钞票，更别说占有了。假使在农业上，就算现在工分单价提高了，至少也要起早摸黑做一年。陈奂生把钱拿回去，好一阵心里不落实，他反反复复在想：“难道这是应该的？”

村子上的人都羡慕他，谁也没有说他不该拿。陈奂生却比以前更沉默了，他认定这一笔飞来横财不是他的劳动所得，他拿了，却想不出究竟有哪些人受了损失。

为什么出力流汗拖板车却没有报酬？为什么不出力气却赚大钱？为什么吴书记写条子求援两吨搞不到？为什么刘主任跑一趟就答应了五吨？这些问题在陈奂生脑子里转来转去，像摆了迷魂阵。没有人向他解释，他也不好意思请教，怕别人说他笨。常常半夜里醒过来，推推老婆唠叨这些话，也不过是想让心头轻松些。但是老婆看见家里有了钱，心宽了，夜里困得特别沉。好不容易被推醒了，听奂生一唠叨，就骂他十败命。只配做“漏斗户”！然后翻一个身，又睡着了。

陈奂生包产

一

采购员陈奂生，首次出马，便大获全胜，班师还朝，也不愧是一员福将了。人贵有自知之明，他在回来的火车上，就已经晓得采购员这饭碗不是他端得长久的，应该适可而止，功成身退，仍旧去干那种田、卖油绳的老本行。这主意原是打定了的，但回来之后，出乎意外，一次竟拿到了六百元的奖金。他高兴之余，总感到不自在。觉得这么容易得来的钱，多少有点不正路。现在没有人说什么，将来政策一变，说声“退赔”，你陈奂生就逃不脱。“文化大革命”的样子还没看见过吗！弄不好还要害吴书记呢。将来打倒吴书记，就会从你这条藤藤摸上去。还是赶快洗手不干妥当。但是钞票的诱惑，也不是轻易能够摆脱的。穷了大半辈子的陈奂生，难得碰上一个发财的机会，如果打错了主意，放了过去，以后懊悔都来不及。这样的大事，是不能随便甩手的。加上老婆也像扭股糖似的缠着他，一个劲儿怂恿他干下去，活着也好享点福。所以，陈奂生便像蚊子粘在蛛网上，挣扎着想飞，可飞来飞去飞不脱。厂长、书记又不断鼓动他。因为吴书记那里，原来是两扇铁门关得严严的，如今好容易靠陈奂生去挤开一条缝，正要靠他继续努力把门打开（最好是把门都掮下来，做到夜不闭户），工厂才能大发展。所以，对陈奂生十分照顾，说他立了大功，辛苦了，叫他回家休息休息，横竖目前没有任务。又教育他不要以为拿了六百元钱就发了大财，可以用一生了。惬意日子还在后头呢！六百元算得什么，够造房子还是够买彩色电视机！你儿子也十五六岁了，眼睛一霎就要娶媳妇了，你能拿得出什么来？想做公公，还要出把力呢！现在这好机会，赤了脚也找不到。奂生呀奂生，你是个四十九岁顶在头上的人了，为什么一直生活不及别人好过？你懒吗？浪吃浪用吗？还不是因为你太笨，脑子不灵巧，不会打算盘！？现在总算走上正路了，你倒还想打退堂鼓！

陈奂生被训了一顿，回头想想，人家也是一番好意。看来，这件事只好拖一拖再说了。陈奂生做梦也没有想到，自己竟被一些人当成了香狸猫的卵子，被一个劲儿吹捧起来。不但在本大队被说得神乎其神，公社的工交办公室也大会小会表扬他，那主管工业的李书记还特地接见他，谈了几个小时的话，央他细细地把吴楚书记如何招待他，吴书记家中的情形等等讲来听。连公社的头把手赵书记，见了他都笑呵呵地主动打招呼。陈奂生上一趟街，来回路上同他搭腔的人就数不清。陈奂生上街回到村里，别人也不再问他“今天街上怎么样”，他也不再说“人挤，猪行里有猪，青菜卖不掉”等一类的话。却一问一答讲些：“去工交办公室没有？”“去的。”“见到赵书记没有？”“赵书记不在。”“下次碰着了，那件事请你同他讲讲。”“好的。”……有人还惋惜陈奂生出山迟了一年，否则稳选上乡人民代表。有一次，赵书记要广播员王小蓉在广播里通知在乡下蹲点的副乡长张和生回公社开紧急会议。当时她正在听人家讲陈奂生的业绩，回身进去，对着话筒反复讲了三次要陈奂生迅速来公社开紧急会议，而竟没有发觉错误。一直到陈奂生晕头转向赶来，她还莫名其妙。幸而张和生恰巧回来，才没有耽误工作。可见在王小蓉的脑子里，陈奂生竟把张和生赶跑了。广播的时候，群众正捧着饭碗在填肚子，大家听得清清楚楚，简直就轰动了。全公社果真形成了“陈奂生热”。陈奂生的脑壳子并未经过冷处理，于是也就有点发热了，有点飘飘然了。在家里不大肯做事，一天三餐，要老婆端到桌上来吃，摆起家主公的架子来。队长王生发，是个见钱眼红的人，尤其看不得社员发财。他不管陈奂生有多红，横竖还是他手下的社员，犟不到哪里去。一再放出话来，要陈奂生表示表示。陈奂生心里虽然不满，也只得请了他一次客，才算安稳。盯着陈奂生钱包的人，也不止一个，试探着想开口借钱的人，不断放出风来。陈奂生几乎失了主意，倒还是老婆厉害，常常在大庭广众之间，骂丈夫没有算计，手里有几个臭钱，就东借西借，趸档打成零碎，要买砖头修房子都凑不全，才把别人的口塞住。但是，到了年底，陈奂生的堂兄，小学教师陈正清，还是跑来开口。因为他家缺乏劳动力，负担又重，挣几个工资，生活已够清苦了。没想到今年县里规定口粮提价，要照国家收购的粮价讨。他原来准备的钱就不够了，还缺六十元，口粮还押在生产队的仓库里，不得不借。陈奂生一直同他要好，念着兄弟之情，不顾老婆叽咕，满足了他。就在这个时候，公社里又掀起一个浪潮，要搞生产责任制，陈奂生知道了，不免又担心起来。

陈奂生早就听说过农村里要起大变化，怎么变法搞不清。干部也不宣传，问问他们，他们眼一瞪说："把田分给你自己种，你要不要？"那神态和口气，就像他们的腰包被动了一动，正要查扒手呢！陈奂生看着听着就难受。他虽然笨，也晓得共产党历来主张集体化。土地、土地，种了几十年田的庄稼人充分懂得它的好处，为它喜，为它愁，为它笑来为它哭，它是社员心头一块肉。哪个不想把它抱在怀里困觉。好容易经过二十几个年头，才勉强断了私情。虽然有时候看着它受糟蹋，弄得肚子吃不饱，心里又会枯井重波。但单干就是反对共产党，陈奂生饿死也不会唱这对台戏。他已经考验过来了，何必吹胡子瞪眼睛！这样大的事情，能开玩笑吗？听到谣言，问个清楚不应该吗？不该问，不问就是了。分也罢，不分也罢，横竖他又不做主。真要分的话，他也不会第一个伸手接，也不怕少了他一份，他要想那么远做什么。狗捉老鼠，多管闲事！这两年吃饱了肚皮，穿暖了衣，安稳日脚不过，找什么麻烦！分了就凿定好到哪里去吗？！弄不好会烦死，寿也要短几年！陈奂生从此把它丢在脑后。一动不如一静，捏牢锄头柄就算。过一阵又听说真要分田，而且是中央的政策，要社员包种生产队的土地，让社员有更多的自主权，有更大的积极性。陈奂生倒犯愁了，他想，这田叫我如何包法？记得二十岁前，那时单干，倒也独当过一面。后来集体化了，自己一直吃的荫下饭。队长指东就东，队长叫西就西，跟着他的屁股转了二十八年了，自己只管做就是。至于各种稻、麦品种的特性，栽培技术，不同性能的化肥、农药的使用方法，要说心里有谱，也都搞乱了弄不清。一年两熟，弄错了收不着，又不能重来，吃西北风？还有那种田家什，在队里劳动呢，十样缺八样也不碍。队长把工种派给你，你没有家什，就改派别样，工分照样赚。如今夫妻两个，家里只有镰刀两把，锄头一把，铁锴一把，罱网一口，铁锨一把，扁担一条，土筐一副。碰到下雨，只有笠帽，没有蓑衣，也照样一年一年混过去。若要一变，还得了！光是禾场上用的，就有翻耙、扫帚、丫枪、搔把、大小畚箕、箩筐、小匾……买一半也要几十块，哪里来的钱！还是大呼隆，混混算了，横竖大家的事，我又不想过好日脚。何必另起炉灶，既没有本钱，也烦不来那种心思。他把这想法，说给老婆听，这位贤德的夫人，一口赞成。还说她上次回娘家，娘家村上东边的生产队，就在闹分田。出头的人尽是些“尖钻货”，只想自己发财。最后还撂上一句：“你看好了！他们‘想发财，必倒霉’！”她真是陈奂生贴心的好同志，无愧是困在一头十多年的人。

陈奂生担心了一阵，后来只听雷声响，不见雨下来。一忽儿又说要收了，接着又有叫作“不要一刀切”的话。陈奂生虽笨，也琢磨出干部不赞成，顶住了。陈奂生这才放心。他觉得好，中央在北京，天高皇帝远，管不着。只要干部不动，荫下饭照吃。

这已是将近一年前的话了。后来陈奂生忙着卖油绳，早就丢光忘记。谁知如今当了采购员凯旋荣归不久，“陈奂生热”还未过去，忽然异军突起，全公社热火朝天地宣传起包产责任制来。原来他老婆娘家村上的东头生产队，包产一年大增产，不仅是几个“尖钻货”突破了历史上最高产量，百分之九十三的人都大幅度增加了收入。全公社的干部群众都轰动起来，原来反对的人也只得服帖。可是陈奂生一打听，那百分之三减产和百分之四平产的户头，竟有两家和自己的人品、条件差不多，于是他的心头顿时沉重起来，好像搁上了一块磨盘大的疙瘩。

那就难啦！要是不当采购员，到明年年底，不就归进那百分之七里头去了吗？

二

公社里虽然出了一个包产责任制的好榜样，但等到大家晓得，秋种早已过去，麦田都加工了两遍。这时再分田包产，本无不可。但陈奂生生产队的那个王队长，主张要包就该在下种之前，如今种上了，麦苗出得好坏不等，分着好的没话说，至于坏的，哪个肯舔屁股？再说已经花的工，下的肥料，没法算账，还是拖到麦收以后包产为宜。陈奂生听了，十分赞成。可是急着要分的人不同意，不管陈奂生红到什么程度，人家抢白他说：“你倒靠着吴楚，捞得到外快；我们呢，就别想过好日子了！”陈奂生马上吃瘪，无话可答。他们又同王队长吵起来，王队长骂他们是“尖钻货”，想发财想得等不及了，不死有得发呢。别人也骂王队长“尖钻货”，多吃多占惯了，舍不得变。闹来闹去，没有结果，便告到大队里去。陈奂生很放心，他知道大队周书记也是反对包产的。记得两个月前，周书记动员他出山当采购员，就曾在他思想上打过防疫针。周书记说：“你别赖在家里等分田，那是刘少奇路线（天晓得，那时少奇同志已经平反过了），要弄得富的愈富，穷的愈穷，两极分化。像你这种坯子，弄得过那班‘尖钻货’吗？”

想不到过了一天，周书记就到队里来开会，一出口就表示赞成包产责任制，而且支持大家积极去搞，这可叫陈奂生大吃一惊。接下去周书记才谈到这个工作不容易做，要充分酝酿，做好准备工作，确实需有一段时间。只希望在麦收以前，把包产任务落实到户，就可以了。这和王队长的意见相同，陈奂生这才觉得周书记仍是周书记，又放下心来。

谁知会议结束之后，周书记便拉了王队长到陈奂生家来交换意见，这就是有心同陈奂生表示亲昵了。因为通常应该是到王队长家去坐的，现在移到陈家来，说明在周书记眼里，把陈奂生看得比王队长还重。这种荣耀，就连奂生的志同道合的老婆都感觉到了，高兴得连忙抹桌子、扫地、烧开水。

两个干部交换意见，想不到竟也顶起牛来。陈奂生这时才明白周书记确实变了。他很严肃地指出，包产责任制是中央的政策，一定要搞。麦收以前一定要做好这个工作，不能借口麦收以后再包产就把准备工作拖下去，弄得夏种又包不成。王队长反问他："什么叫'不要一刀切'？"周书记说："要看社员愿意不愿意，社员要搞，就该搞。"王队长吵嚷道："周书记，这'一把刀'究竟捏在谁手里？捏着刀把子去切什么人？以前你不赞成包产，就说'不要一刀切'，顶住上面，这刀把子是你捏的。现在你顶不住了，就把刀把子交给社员来切我，我是刀砧板上的肉吗？那就切吧！"

王队长一吵，周书记倒笑了，说："意气用事，我几时顶上面的？啥叫'顶不住'？人总是跟形势走的嘛！不信你就一直这样啦？"

王队长气咕咕地笑着不响。片刻，站起来说："好了，不说了。你想得通的缘由我也晓得，我想不通的缘由你也晓得，还不就是那么回事。"说罢，把头一摇晃，走了。

陈奂生不晓得他们彼此互相晓得的是什么，也不便问。王队长走后，周书记也没多坐，他关照陈奂生："你看看你们生产队，就是搞了包产，要上轨道还有几年呢！横竖现在不关你的事，你替我安稳点跑跑供销吧！"说完，也就走了。

这两个人，从前都骂过陈奂生"漏斗户"，陈奂生也都愤慨过，现在都同他平起平坐了。"君子不念旧恶"，总还要念新恶的。陈奂生比君子更胜一筹，他连新恶也不大念，打了他之后马上替他拍拍背，他立刻就不怨；骂他的时候只要态度好一点，他就认为你是好心，而不抱怨。所以他是个超级的君子。一个使劲拉他在工厂里，心肠好得让陈奂生有苦难言。假使真有能力把供销干下去的话，他肝脑涂地也要报知遇之恩。另一个虽然最近还敲过他的竹杠，但顶住不包产，使陈奂生真要不干供销时照样有大锅饭吃，这交情也就不浅了。

果然，书记、队长没讲妥，王队长屁股一拍，甩手不管。虽然有人着急，但如砻糠搓绳，起不出头来。加上年关脚下，许多人都想收拾点农副产品，上自由市场去卖，捞点过年盘费，东串西串很忙。至于娶亲嫁女的人家，置备喜事用品，早就前门后门，搞得七荤八素，包产的准备工作，眼看也只好搁一阵再说。

陈奂生虽然心里有个疙瘩，但他从来就不是担得起忧愁的人，他若要担忧愁，过去早就愁死了。他这个人碰到忧愁，担着担着就丢光了。“管它呢，船到桥下自然直！”“愁什么，活着就快活点，谁晓得几时死！”家里没得米下锅，只要眼看田地还能种出粮食来，为什么要发神经寻死！所以，陈奂生很快就把“疙瘩”挖出来当团子给狗吃了。哈，你们看，一九八〇年江南农村年底年初是什么情景呀！猪满圈，鱼满塘，咕咕嘎嘎是鸡鸭，白白胖胖有兔羊，到时候都成了砧上肉。缸里米酒沉清了，东邻西舍，三朋四友，碰在一块，高兴就吃，随便哪家都一样。等到大年夜，还要纪念纪念祖宗，然后拆猪头，小孩子东家西家乱窜，进厨房拣猪骨头啃，到一家吃一家。家家炖酒，吃年夜饭，爱热闹的成年人又串门，一家家把酒吃过去。最后吃到萝卜汤，老年人轻松地舒口气，总算无灾无病，一年又活到了头。做父母的轻轻敲着孩子的后脑勺，过门交代清楚：马上又长一岁啦，乖点！等到炮仗一响，新年来到，一律穿新衣，戴新帽，着新鞋。路上的行人，来来往往如龙灯，东边西边团团转，然后在亲戚朋友家团团坐下吃年夜饭，讲山海经……来回往复，日复一日，直到吃光了准备好的年菜。这时如果还有客来，那么，有句老话，叫“新鲜团子腌咸肉”，只得从简了。

这种热烈丰盛的境况，虽然每年都有（只是程度不同），但陈奂生的家境能和大家融和一致的，还只是第三年。今年是在上乘了，有米、有肉、有酒、有新衣不算，枕头边还有一厚叠花花绿绿的钞票，五百多块。确实从未有过，陈奂生哪里还愁得起来！他乐，还不只是这样的乐，更有劲的是人家把他看成台面上的人物了，请客的时候都要拉他去坐坐。陈奂生从不拿架子，一拉就去，这实实在在不是贪嘴（以前他就不肯去），倒是想到别人看得起他，不能不识抬举。他从不曾因为别人捧他就真的以为自己了不起，倒是觉得人家把他捧错了，有点诚惶诚恐。所以，别人拉了不去，就更对不起人家了。况且他也有力量回请，并不白吃。这样一来，整个年底年初，陈奂生几乎天天有肴馔吃，光自己家里，就请了三次客，有一次书记、厂长都来了。有个老吃客，当面称赞陈奂生的菜肴丰盛，肉有簸箕大，一块就把人打倒了。周书记大笑说："今年能这样不错了，明年就有细货吃。"陈奂生没听懂，光知道是说的好话，开心得很。

这样吃了一阵，陈奂生觉得很精神，睡觉脱衣服，抚抚身上的皮肤，比以前光滑。有一次在东屋山头晒阳光，他堂兄陈正清坐在旁边看他，看着看着就笑起来。陈奂生问他笑什么，陈正清说："从前有个张良，骑着纸鸢飘到女儿国，女儿国里的人看他白白胖胖的，想杀来吃。张良说，我不胖，应该养胖了再吃我。人家问他养到什么程度才算胖，张良说要等肚脐眼凸出来。"说罢，戳戳陈奂生的肚子，问道："凸出来没有？"陈奂生这才觉得自己真的胖了。

真的胖了。陈奂生想起这一阵的生活，也颇得意。特别是小除夕那顿夜饭，是厂里聚餐。乖乖，那个吃法：整鸡、整鸭、整蹄、整鱼，八大盘炒头都是细货，不识得名堂。陈奂生一面吃，一面想到过去社员请干部吃东西，干部去了，说起来就是歪风邪气。其实社员哪里办得起这样的肴馔！现在办了工厂，才吃得更好呢。

说来也巧，酒酣耳热之后，周书记讲话也特别提到这一点。他说：“今年马马虎虎聚一聚算了。明年大家出点力，把厂办好，有得吃呢。现在农业上包产了，我可以少管些，集中力量来办厂。”接着重点突出，竟点了奂生的名：“奂生呀，现在就要看你的啦！”

陈奂生听了，肩胛上顿时像被千斤重担压了一压，几乎叫出来……

等到吃完，陈奂生已经八分醉，脑子里已经不能连续想什么了。哪里还把书记的话放在心上。

回到家里，灯还点着，老婆已经睡在床上，见他歪歪斜斜走到床边，乜眼瞪着他骂道：“醉了，少灌点！”陈奂生眯眼望望老婆，没搭理她，顺手一拉灯线，上床就睡了。

三

一九八〇年虽然受自然灾害的影响减了产，但是苏南农村的气氛却新鲜而活跃。盲目的开河、筑路、移山填海、平整土地、把房屋搬到一块去建设“新农村”等，都停下来了。社员们得到了休养生息的机会。同时，对党的政策已有所了解，有了信任，对今后该怎么办已经明白了。这就使社员们胆大放心地各自根据自己的条件去种植、去饲养、去编织、去引进新的技术、去创造更多的财富。

精明的社员，在年底年初的走亲访友活动中，已经为全年的家庭副业画好了蓝图，然后便忙碌地、很有信心地埋头干去了。

陈奂生却还不知道该怎么办。生产队里的农活不多，无非是锄一次草，修理排水沟，轮班罱河泥，为秋种积肥，做不着工分，春天变得很空闲了。陈奂生没有别的手艺，只能养些家畜家禽，也上城卖过几次油绳，生意却大不如前。车站上的小吃品种多了，挑担卖小馄饨的、卖豆腐脑的、卖煮熟了的鸡蛋的……比比皆是，很少人再买那吃了口干的油绳，这背时的活儿就不能干了。原来他不想再到厂里去，年底里厂长叫他休息，开了年他也没有去。自己既然干不了，就不要挂名揩油拿工资。后来看看不行，这样下去没出息。况且生产队的包产责任制势在必行，自己还拿不定主意，还是先在厂里待下去再说，横竖眼下厂里还有原料，暂时还不用出门采购。况且采购员也不光他一个，并不全靠他，可以拖一段时间。去了之后，其实也没有事情做。他倒闲不住，尽量插手进去，什么都干，例如搬运、扫地、上街买零碎。心里还老是忐忐忑忑，生怕有一天打发他去找吴书记。

开头几天，并不曾引起别人注意，后来厂长就找他谈话了，说："奂生，你来上什么班！你是采购员，应该出去跑。跑着了货，厂里付奖金；跑不着，你的工资和出差费厂里付。其他事情，有别人做。你做了，工资也不好开支的。"

陈奂生听了，倒说不出话来。厂长又说："家里安排安排好，还是去看看吴书记吧，要带些什么礼物去，只要你认定吴书记肯收，只管告诉我，给你带去就是了。"

陈奂生也没有回答，从此只好待在家里，想拖一拖再说。世界上的事情实在太复杂，陈奂生真是弄不懂。

尽管陈奂生不够关心国家大事，但时代的新风依然不断地吹进他的胸膛。自从"文化大革命"以来，大约有十年的光景，每到春天，总有一群群外省的农民流到这里来，要求帮助他们一点粮食。那时候陈奂生自己肚馁，无法解囊，但同病相怜，总是打了稻草地铺，留他们住，照顾是很周到的。七九、八〇年，就不再有人来。陈奂生先倒想着他们，后来也忘记了。现在他们又来了，不是因为饥饿，倒反带了各种各样的土产来这里兜售。他们三三两两在村头上转悠，既卖这里缺少的土产，又讲他们近两年来的变化。其中居然有过去住在奂生家里的人，念着旧情，找上门来，送了奂生五斤花生。奂生留了他一宿两餐，当天晚上谈了半夜，原来他们那里早已包产。那人兴高采烈，反反复复地说："各人包种一份田，收多收少自己负责，你别想沾别人的光，别人也沾不着你的，哪个还能不起劲！这才真是多劳多得呢。不光多劳，还要多动脑筋。农民有了自主权，哪个不会种田！哪个不晓得学好经验！哪个不想往好路上走！眼睛一眨，我们不就好起来了吗？要在过去，就不行，光听干部指挥，明知不对也不能犟，饿肚皮自己倒霉。有难同当倒也罢了，偏偏有些干部靠手里有权，手臂直伸，多吃多占，捞得结结实实，叫社员还有劲吗？！现在他们捞不着了！”又说：“你们这里怎么还不包？干部不肯吗？社员倒甘心把亏吃下去？”

陈奂生听了，不觉心动。疑疑惑惑问道：“这算不算资本主义道路呢？”

“当然不算。土地还是集体的，你又不去剥削别人，倒还把有些干部的剥削行为堵塞了，才真是社会主义道路呢。”

从那以后，陈奂生心里就常常盘算这件事。深更半夜，困不着觉，和老婆嘀嘀咕咕商量。老婆说：“分了田，你在厂里，哪个来种？收不着要赔呢。”奂生说：“这厂里的饭，我看也吃不长。”“为什么？”“吴书记……”“吴书记什么？”“你莫跟别人讲，上次吴书记就说了，这碗饭不是我吃的。”“只要他肯开条子，你就只管定心。”“唉，吴书记说那话，意思就是叫我下次不要开口了。”

老婆听了，也发慌起来说：“这头刚开，倒又斩断了。”接着嘴一噘，嘟囔道：“吴书记也真是，他晓得你忠厚，就不肯再帮帮忙！”

陈奂生叹气道：“现在都反走后门，他是个正派人，倒去开？”

“哼！”老婆痴不痴，呆不呆，忽然说了句绝话，“关了后门，前门为啥不拿货色出来卖？”

陈奂生不理她，自顾自说：“再去，我也说不出口。”

“我晓得你是知趣人。”老婆奚落他道，“肚子饿到不得过的时候，你也照样开口借米的，现在脸皮倒嫩了。你跟他单个单说一说，就是求求他，也不碍。”嘿，别看这女人平时不响，枕头边有了钱，人就变得精明了。

“上次我也不曾在喇叭里喊。”

“不喊？一个天下都晓得了。”

“说了他不答应呢？”

“也不算坍台！”

“白跑一趟，空着手回来，就坍台了。”

“坍什么台？买不到也作兴的。”

“人家会说我和吴书记的交情也不过如此。笑我！”

“由他去笑好了，又不是没被人家笑过。”

“路一断，厂里还要我做啥？只好回来了。”

“做啥，你又不曾犯错误。”

“人家不要你，你老着脸皮挨在那里，男子汉大丈夫，做得出吗！”

“厂里人也不都是采购员，你不能做别的事情吗？”

“自说自话。”陈奂生被缠得懊恼起来，“你去做，你能干。”

“我去好了。扫扫地总会的。”

争来争去，哪里有结果，陈奂生只得独自盘算。

就在这当口，陈奂生看见王队长家里常常请客。厂长来过，书记来过，就连厂里几个数得着的头面人物，也都分别在队长桌子上红过面孔，真叫人猜不透是什么原因。请客就该集中一次头，分散了岂不多花钱，这就不像精明人干出来的事，看来分明是有事情同他们个别商量。

想不到过了几天，王生发竟一脸挂笑来拉奂生吃酒。陈奂生吃过亏，料想黄鼠狼拜年，没有好事，推托不去。谁知队长拉住不放，说什么“吃了你的，要还还礼”。不由他不去，拉到家里就倒酒。一顿吃下来，嘻嘻哈哈也不曾说什么正经话。直到黄昏深了，送他出门时，王队长才正经地说：“奂生，你帮帮我的忙！”

“帮啥忙？”

“我要到厂里来，跟书记、厂长讲过多次了，不答应。今天总算口气里有点松动，趁热打铁，你也从旁帮我说几句。”

陈奂生诧异道：“你不当队长了？”

“再下去队长还有啥当头！”王队长说。他自己一怔，知道失口了，想了想接下去道：“哪个社员还会听队长的话，生产不好管，将来减产了，倒要剋我，还是进厂安稳。”

这些话，往常陈奂生是听不懂的，这一次心里倒也有些明白。便说：“我说话有什么用，又没得权。”

“嗨，你现在是红人，有用。反正你也别管，有用没用不关你事，只要说了就算帮忙。刚才我也同书记把话说到底了，只要答应我进厂，我马上积极把队里的包产工作搞完。否则我就拖，大不了辞职。就是辞职了，照往常的规矩，大队里也要安排我！”

说罢，王队长做了一个手势，表示务请关照的意思，这才送他出门。

陈奂生心里着实震动了一下：“哎呀，这‘尖钻货’连队长都不要当，一定要钻到厂里来，他是看准了这是块肥肉呢。”

四

春风马蹄，又快又香，吃过了甜蜜的春酒，照例就应该各奔前程了。大队工厂里的另外两名采购员，已经上了征途。陈奂生上班不能去，找吴书记又怕去，包产吧，一则吃着了甜食，舍不得丢脱那好差事；二则左思右想，拿生产队社员的情况，挨家排户，同自己比较，总觉得别人都比自己精明、能干、条件好，会发上去，自己只会落在后头。心中闷闷不乐，不想做事，躺着困大觉。

生产队里倒热闹起来，王队长的劲头忽然很高，成天嚷嚷，找大家讨论包产的事。陈奂生心里明白，一定是书记、厂长已经答应他进厂了。不由得更升起一股烦恼，干部究竟是干部，有办法，要是自己买不到货，不当采购员，想在厂里做别的，恐怕就办不到。这王生发也做得绝，自己反包产，倒又起劲地叫别人包，真是屙了屎不打算擦屁股的人。不过他离开了生产队，又是一桩好事。自己在厂里，要和他共事，只怕还要当心呢。

这些思想，在陈奂生脑子里兜来兜去直转，转不出名堂来。书记、队长倒一趟趟又上门来了。

“奂生呀，闷在家里做啥呀！”

“没得事。”

“没得事，那就收拾收拾出去吧！”

“哪里去？”

“去看看吴书记呀！”

“看他又没得事。”

“怎么没得事？要他批材料呀！”

陈奂生沉默了。半晌才说：“厂里不是还有得做吗。”

厂长连忙开导说：“你莫看现在厂里有材料，工作是要赶在前头的。否则，一脱空，生产停下来，大家要吃西北风：你的收入，也全靠搞到材料呀！快点，趁早动身。”

书记说：“你想，吴书记待你这么好，你就要多跑跑。去了，帮他菜畦上做做，也是好的，莫显得有事有人，无事无人。有了关系，也要靠自己去搞热络。”

劝了几次，陈奂生还是不去，倒反说：“没得事去做啥，我的嘴笨，又不会同人家热络。”

厂长劝道：“没得关系，我晓得吴书记也不欢喜花言巧语的人。他欢喜勤快的人，你帮他种菜，这个主意很好，真是开了一个好头。他欢喜你，你只要常去跑就是了。惯了，就会像自家人一样。”

横说，竖说，陈奂生还是不动身，但也被弄得愁死了。白天书记、厂长来说；晚上老婆还唠叨，日夜不得安稳，几天下来，头里昏沉沉，浑身没得劲，真的病了。

他一病，厂长就咂出苗头来了。一面关照赤脚医生天天来看病，自己就对症下药做思想工作。他打开天窗说亮话，说：“奂生呀，我也晓得你的难处。吴书记虽然对你好，但毕竟不是你的爹，不是你的舅，去一趟就求他一趟，你也开不出口，对吗？”

“就是。”陈奂生感激地说。

厂长点点头说：“我知道，你是个老实人，老实得没法跟你说。你就不晓得，做采购员的工作，就靠一股韧劲。看准了，就要蚂蟥叮螺蛳，就是石头，也要钻它一条缝。你同吴书记的关系，若换了别人，早就搞得要啥有啥了。吴书记很明白，社、队办工厂，材料没有计划供应，弄来弄去，总还是到公家的仓库里去挖出来；他若不批，我们工厂还是要寻别的路走。那么，他又何必难为你，只要方便，还会不照顾你吗！所以，你不要愁；我也不逼你，你病好了就去。到了那里，你也不要就开口。吴书记问你来做啥？你就说：‘没有事情，来看看你的。’他心里自然就有数。你不说，如果吴书记也不说，你也不要急，就在那里住几天，帮他做做家务，再回来，回来以后，过几天再去。几趟一跑，吴书记保险会帮你解决。因为他就是有心也急不来，要有了货才能给你批呀！你看，这有什么难！做事情就是要开窍，包你不会坍台。”

厂长这番话，真把传统的世道人情，放在太君炉里，炼得铿锵作响了。将来写“关系学”教科书，是要放在总纲里面的。陈奂生听了，一肚子疙瘩统统从肛门里屙出来，果然药到病除，十分轻快。

过了三天，陈奂生打扮就绪，决定去找吴书记。这三天中，真也花了一番心计。为了要带点礼物去，夫妻两个拿不定主意，连书记、厂长也都跑来精心策划。他们都晓得，对吴书记，不能送洋，不能送好，不能送多。想来想去，还是只有送土产。土产送什么？这里是稻麦产区，春天里青黄不接，自留地上也没得东西。后来还是奂生想起吴书记下酒爱吃花生米，便把外省人送给他的那五斤花生拿出来剥光了壳，用塑料袋装了带走，既不显眼，也讨得吴书记喜欢。

出得门来，总觉得有点心虚，不免放慢脚步，缓缓而行。这也是他本性老实，不会改变的了。他包里的那袋花生米，好像在作怪，沉重得就像压在他的心上，气也难透。只想着这番送礼，别有用心，已不光明磊落。少虽少，拎在手里，却像偷来的一样，生怕人看见，左右不是味道。正在这时候，只听那边有人喊道："奂生，你到哪里去？"奂生竟一吓，连包也落在地上。抬头去看，原来走过小学校，是他堂兄陈正清在招呼他。

陈正清走近来，注视着他说："怎么这样瘦，一场病生到这样吗！我听说了，今天原打算来看你呢。你这样子还出门吗？"

"我去找吴书记。"陈奂生老实地说。

"吴书记。"陈正清盯着他说，"你还去开口？"

陈奂生忽然觉得委屈，心中有泪，忍一忍，摸出香烟来，两人都点着了，便在路边坐了下来。

陈正清看奂生像有话说，便等他开口。吸了半支香烟，奂生却一言不发，陈正清就问了："奂生呀，你见了吴书记，那六百块钱的事，告不告诉他。"

陈奂生脑子里轰的一声："哎呀，倒没有想着！"他答不出。

"说不说？"陈正清又问。

"该说不该说呢？"陈奂生反而讨教起来。

"你不说，就是欺骗他。横竖他也会晓得，瞒不过的。"

陈奂生点点头说："要跟他说。"

"好。"陈正清说，"你讲了，他就要问你：'奂生呀，这趟你来，打算回去再拿多少奖金呀？'你怎样回答？"

陈奂生的脸红了。

陈正清毫不放松地说："你想发财叫别人犯错误，这不是缺德！？"

陈奂生把头低下去，双手捧着，耳朵像被热水烫着了。

陈正清见他那样子，也就不说了。一支烟抽光，摸摸自己袋里，竟没有带，便向奂生再讨一支。奂生伸手到袋里去摸香烟，陈正清才看到他哭了。

"说重了吗？"陈正清问他。

"我呀……想不到是这样的。"

陈正清叹了一口气，抽着烟缓缓地说："本来呢，我也早该劝劝你了。倒不是怕你不听，就怕人家以为我存心拆台。上次我问你，肚脐眼凸出来没有？我倒不是看你胖了不欢喜，我是说你是被别人吹胖了。要当心被吃掉！人家捧你，是要利用你。你当你真的本事就大了？你不还是原来那个样子吗！嘿，还好，幸亏只当了采购员，'文化大革命'里，还有被捧上天的，就真当自己是神仙了。结果呢，梯子一抽，跌个半死。想不到你也给捧得自己下不了台！我看你趁早醒醒吧！"

陈奂生一面掉泪，一面捧着头呜咽着说："我不去了。"

陈正清笑了，更加缓和地说："你真糊涂，还跟着王生发反对包产。我晓得，你是怕包不过别人，这有什么关系？跟着大家学就是了，还怕学不会吗！一包产，王生发就站不住脚了，你还愁什么。长手臂截短了，大家高兴。"

……

陈奂生醒过来了，他果然没有再去找吴书记。想着包产以后，只要勤快、肯学，总能赶上大家的。他记得，从前的油绳，自己也不会做，也不会卖，都是向人家学来的，难道以后倒反不能学了吗？！

于是，陈奂生又信心十足了。

陈奂生战术

一

陈奂生那次上城卖油绳，误入招待所高级房间，一宿花费掉五元钱之后，还是咬咬牙挖老本买了一顶帽子。因为天凉下来，裸着头觉着冷。那一年他已经四十八岁，到了齿危发秃的年纪，也怕脑后风了。

过去那些岁月，陈奂生活得窝窝囊囊，血都发了霉。他肚皮饿在背心上，还像投煞青鱼一样拼命去种田，不愧是个英雄。但是人们端着饭碗，并不看见饭粒上印着陈奂生的漏斗商标，就想不着。想不着挺好，陈奂生不在乎自己被埋没掉，独让别人不内疚，也省掉世上许多麻烦。他当“漏斗户”主，一直当到四十七岁，按照孔老二“三十而立，四十而不惑……”的古训，他的一生，分明已经定局，还何惑之有！然而巧也巧在他毕竟还只有四十七岁，还没有活到孔老二所说“知天命”的年纪，绝没料到一年后就时来运转，“漏斗户”变“余粮户”，卖油绳又巧逢吴书记。从此搭上了顺风船，那光景好比当年李太白出川，“朝辞白帝彩云间，千里江陵一日还……”船如箭发好不舒畅。这时候中国又有了“要让一部分人先富起来”的决策，陈家村上的人，自然就把陈奂生放在“先富户”里头了。可是，陈奂生这样的人，活在世上有许多困难，自从那趟跑供销独得了六百块奖金，虽然也尝到了一些宽裕的乐趣，但又觉得这是笔飞来横财，总有一天会惹出祸事来。他的心像被一只塑料袋包扎住了，郁闷又紧张，极想解脱；厂长、书记晓得他受到困扰，也极愿帮助他解脱，只是那力气用错了方向。陈奂生拉住塑料袋袋底要从口子里脱出来，厂长、书记却捏住了袋口叫陈奂生从袋底里钻出去。最后还是他堂兄陈正清果断，在关键时刻两人在学校外田埄上碰了头，陈正清把嘴一张，吐出三百八十一个大字，变成一把飞剑，直钻陈奂生的胸膛。神出鬼没地在那塑料袋上绕了一圈，就把它切成两半，没有伤陈奂生半点皮肉。只是陈奂生没有经过这种手术，倒急出了大半碗泪水。等到眼泪流完，陈奂生心里就明白了，他很感激正清堂兄。但是找不到话说，就把半包香烟摸出来放在身旁，两个人一支连一支把它全吸光了。陈奂生才抱歉地笑了一笑，拎着那只装了花生米的旅行袋，径直回了陈家村。从此同工厂脱钩，在村里包产种田。

陈奂生做出这种稀奇事，自然惹人关注，一时传开去。人前背后，议论都像烧滚的粥锅一样笃起来，笃得陈奂生的耳朵发烫。有许多闲话，不要说陈奂生想不出，就连诸葛亮都想不出。陈奂生当然对付不了。好在他有自知之明，晓得自己不是舌战群儒的料子，索性把嘴闭紧了，总不开口，不怕别人撬了牙齿去。

偏偏那几天说书的陆龙飞在家歇着，就打起陈奂生的主意来。他想作家既然可以拿陈奂生写小说，我何不也拿来编一回书说说呢。于是盘算了一阵，趁晚上没事，他就去找陈奂生。陈奂生不在家，老婆已经困了，陆龙飞敲了一阵门，陈夫人才阴阳怪气说丈夫到相好的陈荣大家坐黄昏去了。陆龙飞找去时，陈奂生果然在。那儿一屋子人，都在逗陈奂生。有的说："奂生，你打的什么算盘，为什么有财不去发？"有的点化他说："不要发呆，是要发财！"有的说："奂生，你人老实是好的，但忒古板，只晓得出力出汗，赚的钱才是正经钱。难道跑供销就不要花力气吗！"有人抢嘴道："什么正经不正经，自古以来，总说'吃力不赚钱，赚钱不吃力'。"说到这里，还看了看陆龙飞，借势就说："老陆你说是不是！只有奂生还死脑筋！"

陆龙飞连连点头，却不插嘴，想诱奂生说。

奂生低着头一言不发，同从前当“漏斗户”主一样神态，好像只想着肚子饿，全没有听进去。这时另有人发牢骚道：“天老爷总不肯睁开眼睛看看，不想发财的硬派他去发还不愿去，想发财的想去又不让去，为什么吴楚偏看中一个陈奂生呢！”……

陆龙飞看陈奂生横竖不响，谋划了一番就开口了，他是个说话专家，开口就打攻心战。他先“嘿”了一声，扫清了喉咙，接着就响亮地说：“陈奂生，你也变滑了。别看你的样子同从前一样，骨子里完全不同。从前你不说话，是不会说，没话说；现在你会说，有话说，是故意不说，我到眼就看出来了，你还装什么腔？”

陈奂生闷着头，只当听不见。陆龙飞看看大家，挤挤眼睛。这时候主家陈荣大便也帮腔说道：“奂生现在发了财了，怕开金口，不理睬穷兄弟了。”

陆龙飞马上抓住这个挑逗性的话头，故意反问道：“真的吗？好极了，恭喜恭喜，不知你的财发得多大？”

“你不晓得吗？”陈荣大也故意反问。

陆龙飞“哦”了一声，轻蔑地笑了笑，但颈脖子一缩，装滑稽说：“就是那笔奖金哪！唉，陈奂生陈奂生，不是我陆龙飞嘴痒说你，你眼光忒短，没见过世面，拿六百块钱当万海，以为就发了大财，就做了沈员外沈万山了？！其实算什么，我告诉你，光手扶拖拉机上那只机头，也要九百多块呢。你包产种田，只怕连本钱也不宽裕，还像煞有介事哪！我看你还是再找找吴书记吧，趁他还在马上，手里有权，说帮你就帮上，你不要错过了！”

“算了吧，奂生！”陈荣大觉得陆龙飞说得对，便帮着他激将奂生说，“我晓得你的，吴楚也不是你的舅舅，交情也有限的，帮一次忙是一次，还能一直帮下去吗？再去开口你也难，命中注定你只有这点财运！”

“对了。”陆龙飞马上接口说了一句，故意一顿，想让陈奂生表态，谁知道陈奂生仍旧纹丝不动，自己却耐不住不说了：“这就是陈奂生没有本事，他有了路都不会走，别人没有路还踏出一条来呢！逢年过节，你们上街去看看，公社里几爿大厂的厂长、供销，带了人像扫荡一样，价钱都不问，把鸡鸭鱼虾买个精光，装上车一车车朝城里送，是为了什么？奂生你就不会做！”有人轻轻摇摇头说：“作孽，这是腐蚀干部，不好做的。”

这时候陆龙飞虽然没有说动陈奂生，倒先感动了自己，他极容易迷醉在自己的思路和口才里。现在他开始即兴表演，把撬开陈奂生的嘴巴放到第二位去了。他又把颈脖子滑稽地一缩，得意得闭了闭眼睛，也跟着前边的人说了一声“作孽”。然后亮着嗓子问道：“谁作孽呀，是干了的他们还是揭发他们的我？请看现今的社队工厂，有几个不靠私对私先做好交易然后才公来公去？你以为一条腿就能走路了，另一条腿不赶快朝前伸就要被人家一踢一个筋斗，把你的路也截断了……你老兄不要乱摇头，从前的路，本是大家走出来的，强盗霸占了，还要行人丢下买路钱；现在的路，阔达达、光堂堂，是花了大本钱造出来的，难道会让你白走？”

这时候大家也忘了陈奂生，都喜欢听陆龙飞嚼舌头，陈荣大原是同他一唱一和诱奂生开口的，这时候却来刺激他说：“陆龙飞，照你的说法，那一车车送到城里去的东西，不是行贿，倒是有人伸手索贿了，还得了！”

陆龙飞的头颅在颈项上悠悠转了一个圈，故意兜圈子道：“说话不好这么直，我们的十七八代祖宗，早就晓得穿了裤子体面，脱光了难看。有个故事讲：张三头上有污，李四屁股上也有污，若要问污是哪里来的，张三说是李四拉在他头上的，李四说是被张三的头染上的。旁人呢，就是心里明白了，也是说不明白的。”这番话说得大家嘻嘻哈哈笑出来。陈荣大说：“陆龙飞陆龙飞，你不要在这里瞎说，你敢把原话搬到书场去说，才算本事。”陆龙飞笑道：“这有什么犯忌呢，要知道这些坏思想坏作风都是旧社会遗留下来的，不关新社会的事。这些阻碍新社会发展，所以我要揭发它嘛！”

陈荣大笑骂道：“我晓得你有本事，过门关节总是清爽的。”

陆龙飞得意地一耸肩说："否则我怎么吃得下这碗饭。"

"所以你也不用说奂生没有本事。"荣大又帮奂生说话了，"有本事又怎样呢，吴书记还会跟着他乱来吗？"

陆龙飞不觉叹了口气，说道："不会，吴楚倒着着实实是个好人，一个清官。不过，多一个清官，少一个清官，都改变不了时下的社会风气。"

这句话许多人听了都不满意，起哄道："陆龙飞你说什么来了？照你这么说，清官不清官倒无关紧要了？"

陆龙飞不在乎起哄，却认真说道："真难为吴书记，他要做清官，就莫想再做别的事。光要保住一个清白，只怕就把他的精神消耗光了！"

这话声音不高，却震动人心。一时间陈荣大屋里，竟鸦雀无声。沉默了好一阵，才有人嚷道："他娘的，莫非旧社会留下来的坏思想坏作风倒也成了万岁了？"

这句脱口而出的话，奇特得使大家惊愕。连陆龙飞都被镇住了，他枉自聪明，一张嘴枉自会说，却从不曾想到"万岁"这个词还可以过户到这里来派用场。

陈奂生本来就最佩服陆龙飞那张嘴，今朝陆龙飞对着他来，他有点馁。后来七拉八扯放松了，他也听出兴趣来了。陆龙飞说到行贿受贿那一节，他顿时想起了去年拿着吴书记的批文到××厂去，在朱明源书记那里碰到的王厂长，林真和说"不给他点好处，你就是他爹娘他也不会认"。这个当然是索贿分子了，陈奂生倒真想讲给大家听听，但是煞住了，免得再惹陆龙飞来缠他。想到这里，觉得还是回家睡觉好，便趁大家不注意，站起来拔脚就走。他一只脚刚跨过门槛，陆龙飞看见了，忙喊："奂生你别逃走，我问你的话你要回答我。"陈奂生去志坚定，另一只脚毫不犹豫又到了门外。陆龙飞大叫："你为什么屁都不放一个？"话音刚落，陈奂生的影子就消失了。他当时倒咕噜了一声的，不过只有他自己听见，他说的是"屁又不能垩田"。

陈奂生并不在乎别人的议论，那都无关紧要，各人都靠自己的本事填肚皮，陈奂生不能叫别人闭上嘴，他没有这个权。从前听陆龙飞说书，讲到周朝有个暴君，凡是批评他的人，他就割舌头；如果陈奂生也割的话，天下就大乱了。陆龙飞说过，“文化大革命”就是割舌头运动，当年他怕被割脱，所以躲在家里不敢出去说书。现在他向陈奂生大喊大叫都不怕了，陈奂生虽然笨，也早看穿这些都不过是空话。就算给他增添些麻烦吧，也不及他老婆一只脚指头，他何必举起刀来，把天下弄乱呢。

陈奂生的老婆不能干，算不得角色，连写在小说里也不曾提她的名字，其实她是有名字的，叫张荷妹。奂生走投无路让她饿肚皮的时候，她一句怨话都没有。哪管饿得站都站不动，在地上爬，也照常料理家务事。她安贫若素，平静得没有忧愁，她没有忧愁的能耐，反正全靠奂生过日子；如果日子过不下去了，也只有让奂生一个人去愁，她要愁也没有用，愁不出名堂来的。现在有了吃穿，手头宽裕些了，日子比从前过得有滋味。她愿意这样过下去，更愿意像别人说的那样，陈奂生现在还只刚刚发起了一个头，将来还要发达，那日子自然就过得更有滋味了。当然，陈奂生还要发达的原因绝不是秘密，她也完全明白是靠上了吴书记。现在奂生发痴，不到吴书记那里去替厂里买东西，就不会有奖金。家里的钱一用光，日子会同从前一样难过，她就愁了，她就怨了。钞票这东西实在奇妙，居然像一把钥匙开动了她的脑壳子，让她转念头去说服陈奂生。可是她想不出几句话，而且那话也忒幼稚，陈奂生连驳也不驳，只是皱皱眉头说：“别烦了，我全晓得。”张荷妹不死心，就往深处想，就记起了陈奂生讲过的“三打白骨精”。那时候奂生也没细讲，她也没有细听。现在倒有了灵机，好像是完全懂得的，就埋怨说：“连白骨精也晓得唐僧肉香，想尽办法要弄到嘴。只有你吃素，让你吃也不要吃。”奂生听了一呆道：“吴书记是唐僧吗？”他还没来得及说下去，小孩子嘴快脑子灵（他儿子大毛十四岁，刚进初中，女儿香香十二岁，读小学高年级了），大毛马上就笑道："姆妈不好这样说的，我们不能变作白骨精去吃吴书记的唐僧肉。"香香更好笑地说："姆妈你变成了白骨精，一定顶难看。"奂生被触动得很深，说："好人真难做啊，吴书记真成唐僧肉了，我要听你的话，一趟趟去找他，等于每趟去割他身上一块肉回来吃，倒真做白骨精了！"

这么一说，张荷妹受了冤枉，她哪里就想做白骨精呢？可是她找不到话来推卸。肚子里的气就膨胀起来，很快胀成一条牛，做起事情来重手重脚，把家什碰得乒乓响，表示她的抗议。家里摊得乱七八糟不收拾，奂生脱下来的衣服常常不洗，还把奂生放在里床垫被底下的人民币另换一个地方藏起来。原先打算送吴书记的几斤花生米，照例她一粒都舍不得吃，留给奂生下酒。说也可怜，本地不出产这宝贝，"文化大革命"以来成了贵公子，比肉价还高得多，哪一家待客用花生米做下酒菜，陈家村上的人会当一件新闻传开去。"漏斗"奂生家多少年都不敢有这奢望，如今吃在嘴里也是唐僧肉一般味道呢，她能不让她的夫君独享吗！这一次就变了，她一炒一大碗，放在桌上大家吃。奂生下酒她下粥，奂生吃一粒她吃三粒，父、母、儿、女四双筷乱叉，一碗一顿光。吃得胸口的闷气也出了点。

这也罢了，奂生原也不肯独吃。最可恶的是她瞒着奂生去找陈正清，要讨还正清借的款。正清还不出，只好来找奂生商量，希望照原先说的话做，一年期满后归还，提早就很为难。还有一次是厂长来劝说陈奂生把供销员当下去，奂生不松口，她就当场哇哇哭起来，边哭边说些要死要活的话。这两次惹得陈奂生决心要在她身上试试自己的拳头。他把大门都闩上了，可是想到她平时的好处，又晓得她脑筋有病症，心肠便软了，终于下不了手。而今包产伊始，家中百废待兴，老婆不能帮忙也罢，反而给他麻烦，掩住他的手脚，再下去还有日子过吗？可是除了把老婆打服，陈奂生又找不出别的办法来。没想到愁了一阵，忽然"办法"来找陈奂生了。那天陈奂生从地里回来吃饭，晚了，儿女已去学校，老婆正在洗碗，见奂生回来也不理睬。奂生自己拿碗开锅盛饭，盛满一碗锅里就没有了。奂生好奇怪，他没有三碗下肚不就又变成“漏斗户”主了吗？便问：“还有饭呢？”老婆嘟囔道：“小囡吃饱走了。”

一问一答之间，陈奂生觉察出锅子上今天烧饭留下的痕迹比往时浅得多，就生气道：“明明是你少烧了，倒说成是小囡贪吃，还亏你做娘哩！”

张荷妹嘟噜：“在家里种田了，还能天天死吃！吃光了再饿肚皮，做‘漏斗户’！”

陈奂生听着，就像被打了一鞭子，想从前不就有那些不相干的人说他死吃才吃成“漏斗户”的吗！现在连老婆也这样说了。他气昏了头，忘记了碗是瓷器，左手重重向灶面上一放就碎成了几爿，右手也失控，一把铲刀往锅里一戳，竟把锅子戳出拳头大一个洞来。他先一呆，回头看见张荷妹吓得抖了，他索性放开了手脚，先掼破两只钵头，再把张荷妹刚洗好的碗一只只摔着乒乒乓乓听音乐，摔到第五只，张荷妹就把身子扑在桌子上保护剩下的碗盏，伤心地呜呜呜呜哭起来。陈奂生看见过大丈夫摔家什整弱女子的场面，总觉得不合算。现在倒看出效果挺好，就硬硬心肠，逼老婆把藏着的钱拿出来，他要去买锅买碗买钵头，老婆敢拗强他就拿菜刀劈锅盖。老婆怕奂生的威势，又肉痛钱，只得服输投降。从此不敢再做气鼓。

老婆闹事虽叫奂生烦心，但是并不担心，我们祖宗一代代不知活过多少代了，哪一代不发明点管老婆的经验！哪里不拾得一大把来呢！即使用得不熟练，不得法，弄毛了，重新抚平也不难。夫妻总是夫妻，船头上相骂，船艄上亲嘴，犯不着认真，就是告上了公堂，无论清官、瘟官大都只劝和，不会不分青红皂白先打板子的，当官的愿意做老百姓的思想工作，约莫也是从这方面起步的吧！因为官民都有家庭生活体验，极容易找到共同语言，有条件亮嗓子，用不着拍桌子。

叫奂生最担心的，还是厂长和书记，他们把工厂、陈奂生、吴书记联结起来，看成是一条最好的黄金通道，如果陈奂生脱钩，这条线断掉。供销渠道只好黑来黑去，能赚多少就难说了。所以不怕麻烦，一趟趟跑来，苦口婆心劝陈奂生一定要以大局为重，爱队如家，把集体利益放在第一位，不能卸肩胛，倒集体的台。奂生虽然挺住了不曾松口，心里却是怕。厂长亲口教过他要做蚂蟥去叮住吴书记那只螺蛳，那么他们叮起奂生来自然一叮一口血，而奂生又不像对付老婆那样有办法。他烦死了，伤脑筋真比饿肚皮还难过，他从不爱动脑筋，自小就是听从别人安排长大的。父母当家的时候，他上面还有三个哥哥、两个姐姐，他就听他们的使唤。大家都喜欢他，可也有许多时候，父母叫他向东，哥哥叫他向西，弄得他东也不好，西也不好，两面吃夹档。不过毕竟是一家人，做小弟弟的受了欺侮，一哭就把大家哭软了。现在他能用哭来解决问题吗？陈奂生从小爱家，也被家爱，他最容易接受“爱社如家”“爱队如家”“爱厂如家”这类教育。凡同家一连起来他就懂，就有好感。“国家国家”，他原先是弄不明白的，后来有位书记点化道：“你这个陈奂生，真呆。这有什么不好懂的。你自己就有一个家，总不必要我再教了才懂罢！国呢，就是大家的家，所以叫国家。谁来当家呢，是毛主席、共产党。所以说毛主席共产党是我们的亲爹娘。嗨，就这样！”说得陈奂生一醒，快乐得拍了拍自己的屁股，他一通百通，从此凡做长和书记的，都看成是长辈。比如把生产队长看成爹，那么大队长就是爷，公社主任就是祖爷爷了。陈奂生接触的也就是这三辈人，自然也分得出亲疏，晓得一代管一代的道理。做社员最看重的该是队长，队长直接管他，才是亲爹爹；进了厂，厂长就最亲，把他当爹就好了。别人也管不着你，也不爱管你，大家都少掉许多麻烦，否则陈奂生只怕早烦死了。现在伤脑筋就因为认识了吴楚书记，论辈分吴楚比陈奂生不知高了多少辈，本来不该有亲近的感情，不会有什么往来。可是偏偏亲近了，往来了，奂生认为吴楚是个好人，不但肯听他的话，而且替他着想，不肯做损害他的事。这样就同他的厂长爹爹发生了矛盾，这矛盾最厉害的地方，就是县官不及现管。奂生同厂长闹别扭吃亏时，吴书记帮不上他的忙。奂生很懂这个道理，不敢同厂长顶撞，就算一口叮出血来，也愿意熬下去。但是后来厂长竟发生了怀疑，认为背后有人煽动陈奂生拆工厂的台，要把这个破坏分子追查出来。有一次甚至当着奂生的面问起是不是陈正清搞的鬼？其实这也是吓吓奂生的，换了正清，就不会睬他。可是奂生怕了，怕厂长害正清，不肯直说，为了保护正清，就想到从前厂长教他如何骗吴书记的事，他何不也仗着吴书记的名骗一骗厂长呢。于是就说："厂长，跟你说'实在话'吧，那一次我回来的隔夜，吴书记亲口交代过我，叫我以后不要再找他办这种事。他到此煞断，下次不答应了，所以我想来想去凿定不去了。我是听吴书记的话，不是听别人的话，吴书记的话还能是搞破坏吗？"这话说得挺厉害，真假不好核对。就是核对，也还不差多少，因为吴书记的确说过"采购员这碗饭不是你吃的"话，但因为加了点油酱，陈奂生还是心虚，不由得要声明是"实在话"，而且脸红了。厂长一向听惯谎话，关键时刻往往先提醒部下要讲老实话，所以别人声明"是实在话"就相信些。他不了解陈奂生从不说谎，从不发表这类声明，而今一声明，就是假话了。厂长不懂这一点，但看见奂生脸红，还是怀疑了，说："如果有这句话，为什么早先不说？"奂生道："我说了你们也不会相信，你们硬说吴书记相信我，再叫我去做吴书记不相信我的事，这不难死我吗！"厂长说："哼，陈奂生陈奂生，你的嘴巴子也滑起来了，只是你脸孔告诉我你说的不是真话。"奂生忙说："对了，厂长，我脸上这张皮薄，再去找吴书记就要碰破了。"

厂长仍旧不信，照样一趟趟来缠奂生，奂生也一口咬定不松，双方一直僵持了近半年。后来厂长悻悻地说："就算吴楚有那句话，关什么事！该做的，老老脸皮也要做，做人不能要了脸皮不要肚皮。现在你不做，将来求我也没得你做了！"从此不再光临陈府。只是在背后还要臭奂生，说他是捧不上的刘阿斗。

有一次公社张乡长在街上碰着了奂生，还问起这些事，也劝奂生说："你响应党的号召，包产务农，原是好事。不过也不要一门心思，种田空下来，还是可以到工厂里去做工的，亦工亦农嘛，何必弄得这样僵。"陈奂生嘴里唯唯，心里却想："我又不是反对亦工亦农，总是厂长对他瞎说了什么，张乡长不了解实情，才说出这牛头不对马嘴的话来……"

二

包产以后，农民都有了生产和生活的自主权力，一家一户，当家人都独立作战，既当指挥员，又当战斗员，而且还要兼任外交联络员，大家奔忙起来。三天不下雨，江南的土路也会踏得飞出半天烟尘，真是闹翻身的又一种景况。而陈奂生半年多时间卡壳，不曾有特别的爆响和命中，他那显赫的声名，就慢慢无人提起了。人们碰到了他，也不再指指画画谈论他的光荣历史。只乡里秘书有时要广播站在喇叭里叫人上来开会，还会对广播员王小蓉开玩笑说："别再喊错了，把张乡长喊成陈奂生！"他可以安心包产种田，只要他不去麻烦别人，大概别人也就不会再来打扰他。生产队原来的队长王生发，在包产工作扫尾之前就进了厂，推选另一个青年叫陈隆隆的当新队长。王生发以前请陈奂生吃酒时谦虚地说进厂去扫扫地也好，进厂后却当了采购员。这倒不是他有意抢占陈奂生的阵地，一是陈奂生不干了，二呢，即使陈奂生继续干，供销方面也要添人，因为这是生产的命脉，是要重兵布防的。王生发当然比奂生能干得多，他有文化，有当队长的经验，还有一些亲友和当年造反时的小兄弟在国家的企业里，虽然都不掌权，不算是条路，但帮他搭搭桥也是可以的。所以，他出去混了几趟，也能弄到原料，不过贵些就是了。反正羊毛出在羊身上，钱总有得赚，少点多点就是了。说到底一句话，不管吴书记肯不肯帮忙，不管这世界上还有没有吴书记，陈家村上的工厂还是会办下去。杀猪的死了，人们不见得就吃连毛猪。陈奂生把架子摆得那么大，倒下来跌痛的还不是他自己！厂长在招呼他进厂的后期，不光是王生发已经得力，还觉得形势发展极快，有许多种原材料已用两种甚至几种价格投放市场，给广泛的乡镇工厂提供了生存发展的广阔道路。只要财源茂盛，就能通达四海。天下除了用枪杆子打下来以外，还可以用钞票买下来呢。相比之下，利用陈奂生靠交情求人批点材料的路子只配小脚女人走走，长不了也快不了。陈奂生已经在短短的卡壳期间失去了机会，被时代淘汰，厂长还要他做什么呢，这个“捧不上的刘阿斗”！

厂长的看法，陈奂生全然想不着，他从来不会估量形势，去开风气之先。连卖油绳也等到村上人都卖了，他才跟上去。平生做惯顺民百姓，没有决策的才能。就连做决定的机会，老天爷也还是第一次提供给他，而且幸亏是要他在包产和采购员之间做个选择，如果是在采购员和营业员之间，他就会犹豫不决，不知所措了。包产不过是种田，他毕竟种了几十年，虽然没有专门学过，但祖宗传下来的那一套，从小连看都看会了（这就像他从来没有学过祖宗的做人规矩一样，在生活中自然而然学会了）。长到十七八岁，就扛得动车，掮得动轴，扶得起犁，甩得石锁，翻得碌碡，浑身力气用不完。做起生活来就像“投煞青鱼”，不要命地往前闯，宁可撞死也不转弯。奂生有此雅号，足见大家公认他劳动算得一把手。虽然长吃荫下饭，怕当不了司令官，有过短暂的犹豫，但一经点醒，想到把田包下来之后无非也还是种田，信心就马上找回来了。

包产的时候，春雨已经浇过麦苗，田野里绿得像一片海，非常诱人。陈家村上的农民，大都不了解自己的地位和价值，想不到生产队会把这样好的麦田随着承包的土地交到农民手里分文不取。按照生产队议定的方案，每人可承包口粮田四分五厘。其余土地按劳承包，全劳动力每人承包三亩，半劳动力一亩半。陈奂生的老婆不下田作业，所以陈奂生一户按理只一个全劳动力，连同口粮田应承包四亩八分。可是奂生看着麦苗眼馋，想着土地心贪，认为田地总是命根子，虽说现在分开来种，只有使用权，没有所有权，也是了不得的大事情。多少年才能碰到一次呢？分过以后再要，就不会有了。没有所有权也用不到交租米，不等于是自己的吗！所以能多分一些最好，多也是一种，少也是一种。况且有他这样一条好汉在，四亩八分也不够种，养活四个人也忒紧，要搞副业也没有本事，卖油绳的行当不吃香了，过日子没有额外来源，于是他就要求把他老婆张荷妹也算半个劳动力。这件事在队里议了几次，后来还是前队长王生发帮忙，说生产队中、青年妇女都当作半劳动力包产了，就不必单欺奂生的家主婆，于是陈奂生一共承包了六亩三分。这以后，尽管因为不当采购员常被老婆穿小鞋，心里却很实在，实在得总感觉这三间空荡荡的破房子比以前暖和富足，那六亩三分田，像绣花地毯那样折叠着藏在这房子里了，变得那么殷实。这土地有没有自主权全不管，反正放在队里和分到家里，奂生的心情完全是两样的。王生发虽然讲交情，关键时刻帮了陈奂生，后来到奂生家串门，却笑话陈奂生道："看你还挺心凶呢，好得你没有孙行者的本领，你如果能够，只怕会把全队的田像一张席条那样卷走的。"陈奂生笑笑，一点不反驳。王生发就挑逗他说："好呀，你高兴多包点，将来我的一份也让给你吧！"奂生暗笑他把自己当小孩子耍，天下有这样好事吗？就不曾理他。

隔了不久，夏收就是三麦丰产，大家高兴极了。这等于是生产队送给各家的礼物，不曾要承包人出多少力气。奂生那六亩三分田，有一亩半是紫云英，其余四亩八分全是小麦，竟收了三千二百六十多斤，平均单产六百七十斤开外，超过生产队任何一年，陈奂生像吃了人参一样精神。尽管季节不饶人，秧棵插开就像闯了祸，忙得火烧屁股，奂生却从不觉得吃力。七月十五鬼节，八月十五人节，他都上街买几样荤腥，把祖宗和老婆儿女全招呼来聚餐。还买了八个月饼，十只变蛋，由老婆张荷妹送回娘家去孝敬岳母（岳父已不在人世了）。说来惭愧，孩子都十多岁了，还只在结婚当年给岳母家送过东西。这一次想着要送，也是见老婆被他吓了一吓，虽不再做气鼓，却怕他，他要让她欢喜欢喜。八月十五中秋大家过得很开心，到了晚上还出现一个小小的插曲，奂生大姐的儿子张坤大忽然来了，他是个瓦匠，去前村联系建筑厂房回来经过陈家村，弯进来看看三舅舅。三舅舅憨厚，张坤大小时候最爱同他在一起玩，到如今仍觉得三舅舅最亲。奂生看见他来，非常高兴，因为本来就要找他。自从夏忙过后，奂生晓得三间破屋不够用了，要找这位瓦匠大师傅讨教如何改变一下。这三间屋虽破，奂生原先还只分到一间，其余两间，还是他有了孩子以后，由张坤大的母亲，也就是奂生的大姐姐出面，向几位已经迁居在外面的兄弟商量，才把分在他们名下的两间一起让给奂生的。

所以，张坤大来得正好。坤大爱喝酒，刚巧奂生今天买了一瓶白酒，只喝掉了一点，尽够外甥放量痛饮，可惜的是来晚了一步，菜肴已基本吃光，剩了些汤水，如果再迟到片刻，这些汤水也都进了陈奂生的肚子了。

张坤大一点不在乎有菜没有菜，俗话说外甥就是舅家狗，原不用任何客气的。他在桌子旁坐了下来，舅甥两个，边喝边商议，不时伸着筷子在汤水里捞点碗底里的剩余物资下酒，不到一刻，剩余物资全部捞光，只好蘸点菜汤下酒了。张荷妹忽然机灵起来说："我还藏着好东西给外甥吃呢。"说着，就起身去忙碌，接着厨房里响起一阵铲刀碰铁锅的声音，香味不久也传过来了。等到张荷妹把一盘炒花生端上台来，张坤大早就笑了，说："我当舅母拿什么好东西来吃，原来是这个。"

"这还不好吗？"

"早就过时了。"张坤大笑笑说，"这样东西，三年前头是宝贝，两年前就普通，到一年前头，就不上台盘了，舅母你还当名件呢！"

张荷妹吃惊道："真的吗？"外甥说："真的，现在贩子多，市上有的是，便宜了，长吃就厌，大家不要吃了。刈麦前头我们在街上一户姓陆人家造房子，主家拿出这东西来下酒，大家筷都不伸。有的人还说：'怎么这样不客气，替你们造房子倒还要让我们吃花生米[15]，不是要我们的命吗！’”

舅舅舅母都没有听懂，只老实地说：“你吃厌了，就不要吃……”

张坤大倒想着这话说漏了嘴，不好意思，改口说：“要吃要吃。”忙夹了一粒放进嘴里去嚼，然后有滋有味地笑道：“长久不吃了，倒又觉得蛮香。”他晓得这两个老实人包种了几亩田，埋头死做，旁的事情全不晓得，社会变起来快得打呵欠割舌头，样样都像花生米一样调整位置，舅舅舅母哪里弄得明白。看来调几亩田让他们种还是好办法，不过发财是轮不着他们的。

外甥走后，舅舅、舅母看着剩下的大半盘花生米，也都有点感触，舅母因不喝酒，原先坐在旁边没有吃，这时候捻了一颗放到嘴里去细细地嚼，吃了再嚼一颗，然后像查明真相般点点头表态说：“只怕是放得长久了，味道不及从前。阿弥陀佛，我天生喜欢它，一样爱吃，外甥的嘴巴忒刁，连这也会吃厌；他天天吃饭也不曾吃厌呢！五谷吃得厌吗？吃厌了还吃啥呢！”舅舅笑笑说：“坤大吃的百家饭，是晓得外面行情的人，他不会骗我们的，花生米算不上山珍海味，身价往下跌不稀奇。你看‘文化大革命’里那些做官的，平时抬一抬腿，举一举手，都像是李元霸，天下无敌，结果也跌得低头哈腰呢。刚才坤大说话的时候，我就想这花生米幸亏不曾送去给吴书记，说不定吴书记也像坤大一样吃厌了，拿了它还不晓得再去送给谁吃好呢。”

夫妻俩说话不多，发现了问题，不会深入下去研究讨论，有讨论的愿望也找不到明白了当的话说出来。上床以后，陈奂生的脑子转动后一时刹不住车，想起从“漏斗户”主变到现在，也不过几年罢了，花生米的身份起跌，还不及自己来得快。不过自己又没有共产党的政策变得快，以后自己跌下来，会不会也比花生米快呢……比如稻子熟了，上头来个命令叫全部归队，那就白喜欢……会吗？

---

⑮ 吃花生米：被枪弹打中了，也叫吃花生米。

不会吧？不会吗？会吗……他想不清楚，他那几亩田的稻子长得太好了，现在已经抽过穗，晾过花，灌了浆低头了，丰收已成定局，倘不得到手就要命了。他紧张得很，世上的事情原是防不胜防的，不如先下手为强，马上去刈了挑回来堆在家里再说。于是马上拿了镰刀，马上跑到田头，只听见田里嚓嚓嚓嚓一片刈稻声。有三个人正在抢割他的稻子，一眼看去，就认清是王生发、陈浩松和陈荣大，陈奂生又气又急，大叫一声，抬腿要追，一脚把老婆和被子全踢翻，张荷妹醒过来，昏头昏脑坐起来抚脸庞揉眼睛，不知道出了什么事情，奂生不好意思，把被头盖好了，却说："痴婆，坐着做什么，快困！"

可是他自己却无论如何也睡不着了，他想，这是怎么回事？虽然是一个梦，但为什么是他们三个人来抢刈他的稻谷却不是别人呢？这三个人又不是坏人，荣大同自己还挺相好，王生发虽然当队长的时候奸，后来也帮过忙。可是想到浩松，似乎应该防防他了。去年陈浩松造两间新楼房，买了砖、瓦、水泥、黄沙、石灰、桁条、椽子……要用船运回来，总喊奂生帮忙。奂生只要在家，再忙也会腾出空来。十趟行船，八趟少不了他。等到正式动工，从兴建到落成，前前后后二十四五天，奂生天天都去帮衬，只吃顿饭，不拿工钱。大家晓得创业不易，特别是造房子，不但关系到百年大计，也是让子子孙孙感念祖宗恩德的壮举，邻里之间，帮钱帮不起，出点力气还不应该吗？这互助互帮的乡风自古就有，习惯成了自然，谁也不曾计较过吃亏沾光。包产以后，奂生在麦黄以前，借浩松的五吨头水泥船罱水草河泥，用了七天，到麦收以后，浩松竟叫他老婆来收船租，每天两元，按理要十四元，因为是自己人，打八折，共十一元二角，零头不要了，就算十一元吧，这也相当于九十斤麦钱呢。陈奂生倒呆住了，这事从未听说过，怎么邻舍借用工具还要出租金呢？陈浩松造屋他出的力气不说，光帮他筛石灰，就筛掉自家一面筛子呢。他说过要赔吗？可他是他，浩松是浩松，过去是过去，现在是现在，陈浩松要租船费理由十分正当，因为他那条船，也是花钱从生产队承包来的。用坏了修理费还要另出，如果别人来借不收费，叫他怎么办？他又不是观音菩萨，能普度众生吗！可是陈奂生也会算账，他晓得陈浩松一年不过向生产队付八十元钱，他只用了七天船，倒替陈浩松付了五十天，不是盘剥得太凶了吗？可是奂生却无话可说，只好照付，这就难怪会梦到他抢割稻子了。荣大呢，大概刚才舅甥俩商量造屋的时候提到过要借荣大的拖拉机运石灰，那拖拉机的所有制也和水泥船一样，看来也要出租费的，只不知荣大会收多少。至于王生发，倒着实想不出因由来，他又不当队长了，还有什么干系？……可队还总是队，同他陈奂生千丝万缕连在一起，秋收以后，就算政策不变，只怕开支也是很大的，水电费不知摊到几个钱一亩，治虫统一使用的农药和人工又怎么算？还有管理费从哪儿出？一样样都要花钱。城里人总说住在城里费用大，吃口水都要钱，袋里一空就没法过日子。乡下大概也快这样了，陈奂生不禁叹气。当年他当“漏斗户”主，揭不开锅时，向左邻右舍开口借三五斤米，总肯，而且不指望他还。而今不是全变了吗？娘亲爹眷，交情都不及钞票那样显分量。固然，老辈也传下“亲兄弟，明算账”的话，但究竟怎样算法呢？八十元一年的船租，算到他名下变成了每天两元，得了吗？

陈奂生越想越担忧，他晓得这样下去，睁着眼睛吃老鼠药的事情常常会有，终究是弄不过别人的。他需要有一个得力的帮手，才当得了这个家，当得了六亩三分田王国的国王。

可谁能帮他呢？

“儿子啊，快长大吧！”陈奂生心里这样呼叫着，他只有这个盼头。

三

陈奂生不是做爹的“料”，不会像他父兄那样支配儿子，不会像队长那样支配社员，所以儿女不能盼望得到“拨一拨，动一动”的幸福。大前年春节，孩子们到外婆家去拜年，就从舅舅家讨回一对草兔来养，可惜兔种太劣，个儿小，毛质差，没有出息。去年开春，大毛缠着奂生去买一对德国兔种，奂生因为价钱太贵，不曾舍得。倒是陈荣大买了，只养过九十个月，产了两窝仔兔，就赚了几倍钱。奂生懊悔不及，再从荣大手里买一对回来养。不久市场兔种饱和，大跌价，只好靠剪兔毛慢慢挣回本钱来。这都是做爹的跟不上形势，该赚的没赚到，连本钱也一时收不回来，大毛似乎也晓得爹最怕钱出手，他一钱不花，四处搜柴仓、灶脚、墙沿、壁角，捉来几斤地鳖虫养了繁殖。这也极快，今年夏天就筛出了一批，卖了十来块钱，兄妹俩下半年的书费、杂费都够了。可惜不久药材公司就贴出通知，地鳖虫暂停收购，因为货源太多，收了无法存放。可见亿万同胞都在寻觅致富之路，竞争也是很厉害的，孩子毕竟小，看见许多人做了才学着样子做。可奂生枉为司令，却未能及早运筹，坐失良机。奂生不是不晓得副业的好处，也不是束手不做，但是想法不合潮流，做不出名堂。他也养猪，养大了卖出去，卖了大的再捉苗猪养，圈里这几年一直不曾空着；空着他难过，会想起“漏斗户”的日子，他明白“种田不养猪”，犹如“秀才不读书”，是不成体统的。还认为养猪本身不是经济活动，相信“养猪不赚钱，只要看看田”[16]的老皇历。根本不做单项经济核算,盈亏全没有数目,吃了亏也当赚了钱。养鸡就更滑稽了，每年春上，奂生夫妻俩都喜欢买雏鸡养。近两年手头宽了，村上凡有挑担来卖雏鸡的，奂生老婆总要去看，看着忍不住就买几只。前前后后总要买二三十只雏鸡。满屋满场乱跑，叽叽叫着，到处拉屎。然后有的厕死了，有的踩死了，有的被野猫叼去了，还有些贪小利的人路过，看着可爱，猛地一猫腰捉了只藏在袋里带走……天步艰难，一一牺牲，到长大已只剩三只、四只，运气好还有鸡蛋吃（如果有雌鸡的话），倘或晦气，染上瘟病，那就全军覆灭，片甲不留。一年复一年，奂生夫妻俩仍旧认为要吃鸡、鸭、蛋，

⑯ 意思是说养猪为了种田。

非从小养大它们不行；全不考虑合算不合算。不合算也合算，因为如果自己不养，实际上不会到市场上去买来吃。他们穷，习惯不买好东西吃。但是他们不去想，吃自己养的鸡和蛋，比市场上的贵得多。有时候亲戚来了，如果罐头里摸得出蛋来，就潽几个款待，还总说："这是自家鸡生的，又不是特为你来买的，不花钱的东西……"他们从不想这是花费了五个蛋甚至十个蛋的钱才有自家鸡生的一个蛋，是一个吃不起的金蛋蛋！

除此以外，陈奂生也不会做别的。多少年来，虽然政府也允许社员搞家庭副业，但态度是很严厉的，有点像让囚犯放风的样子，随时可以关进去。目的也只是在社员陷入困境的时候自救，并不允许发家致富。副业的范围也圈定在种养两方面，不得超越雷池一步，捕鱼捉虾都批判。有时候连种养也不行，自留地忽然会被没收去了，又忽然分下来了；困不着这条资本主义尾巴的人总不断根。陈奂生从来一切都听党安排，他连跟都跟不上，别人笑他猪都养不大。他从不会超过那条界限，他自然也从不曾遗憾。现在替旁人比起来，就觉得虚软了。那些有手艺的、会做生意的、能接到轻便加工生活的，甚至一无所长，只要在城里卖得出力气的，都比奂生进账大，都比奂生发得快。奂生空自羡慕，却无从做起。他仍像从前一样，别人找到了合适的位置，他似乎又不曾找到，总不及人家。

他把工夫全都花在田里。包产以后，队里不论哪一家，都不像集体劳动那样，天天下田。有的是巧安排，有的是懒安排，有的甚至已经不放在心上，准备赔产，他们忙于赚大钱，不在乎田里的收成了。只有奂生，全力以赴，一心扑在禾苗上，弄得田里没有一棵杂草，田塍四周刈得干干净净。禾苗因为干湿得宜，施肥及时（治虫是队里统一治的），长得旺盛而又清秀。有时已无事可做，他也一天两趟，绕着田转圈子，看见别人家的稻苗要加工，还去提醒主家。主家听了，不管采取什么措施，心里都会诧异，从前他们怎么没有想到要选奂生做队长呢！

所以，秋收还没有开镰，稻秆还竖在田里，大家就看出奂生家的收成定比别人家高，都称赞奂生是个勤劳当心的人。粗略算算，他一个人今年生产了一百担左右粮食，够他全家吃四年，那么他从前为什么发神经长期饿肚子做“漏斗户”呢？

奂生家的全部收入都靠种田，大家一算就算得出来，觉得也很可观了。只要顺顺当当几年，就不会愁什么了。有的人家不及奂生勤俭，有的人家这样那样头绪太多，应了“家有两行，必有一荒”的老话，都说“倒还是奂生，死心眼的人自有死心眼的好处”。也有荒了田禾却发了大财的，却悠悠地说：“不错，陈奂生总算也有碗饭吃了。”专打钞票算盘的人说：“一年辛苦，也不晓得流了多少汗，出了多少力。到头来毛收入也只千把块钱，陈奂生天生呆，他要是灵活点，到吴楚那儿去跑两趟，这点钱不就赚到了吗？”

众说纷纭，奂生自己却心满意足。他也看得出来，队里许多人家收入比自己好，有的像发了大财，但那是人家的本事大，他陈奂生种田能种出这样的结果，还是平生第一次，也算中了状元了。他依旧相信“衙门钱，一缕烟；生意钱，图眼前；种田钱，万万年”的老话。他不肯（也不会）做骗人的江湖郎中，也不信世上真有一本万利的行业。人无横财不发，暴发户总没有好结果，共产党的政策，不会一直宽下去。能放宽也能抽紧，等到抽紧的时候，会把他们的脑髓都榨出来。“善有善报，恶有恶报，如果不报，时辰未到”，陈奂生有耐心等着看结果。倘使结果并非如此，他也不会怀疑天老爷坏了心眼，只当“时辰”还没有到达罢了。

那么，“时辰”现在走到哪儿了呢？

两千一百多年前，“时辰”进入汉朝以后，有一位贾谊的书生，写了一篇《过秦论》，列举了秦国种种强大的情状，似乎永无失败的一天。那时候陈奂生的祖宗已经替后代子孙做出了一整套完善的思想示范动作，贾谊竟没有看出来，可惜正是这些，才是“子孙帝皇万世之业也”。

时间总想席卷一切而去，它当然不会忘记大地的主人。陈奂生已经从“漏斗户”的位置上起动了，他就应该加速度前进，要帮助他摆脱拖他后腿的绊脚石。世界上样样都要起变化，就连最硬的石头也在变，黄河里那根名垂千秋的中流砥柱，也变成了三门峡大坝的基石。它一向徒有虚名，从来没有挽住狂澜，只会翻船害人。后来建了大坝，那黄河之水，就算它从天外来，也无可奈何了，鱼龙泥沙，统统都被挡住。而陈奂生依然故我，太不像话。所以时间倒性急了，它骑着快马再来拍陈奂生家的大门：

“砰砰砰。”

“哪一个？”

“奂生伯伯，是我。”

陈奂生开门一看，原来是厂里门卫顺根的小儿子保青，和香香同年。手里拿着信，给奂生说：“伯伯，有你一封信。”

“我的信？”陈奂生还没有拿，先就吃惊起来说，“谁会写信来？我从来没有信的。”

保青指着信封说：“这是你的名字呀，我爹爹从厂里带回来的。”

陈奂生原是文盲，解放后进过扫盲班，最多的时候也识近千个字，后来用不着，又丢了不少。但自己的大名丢不掉，因为常常要查看队里工分榜上自己名下的工分。这时他拿过信封仔细一看，的确上面有陈奂生三个大字，心里狐疑道：“啥人弄白相？吃得这样空……”

保青见奂生呆住不响，记起来说：“伯伯，我爹爹叫我告诉你，这封信寄在厂里好几天了，也不晓得是哪个自说自话拆开来看的。”

奂生被他提醒，见信果然已拆开了，忙说：“好好好，省得我拆。保青，你替我看看，是哪里来的信？说的什么？”

“私拆别人的信是犯法的，所以爹爹特地叫我告诉你，不是他拆的。”保青一面继续着前面的话头，一面就接过信来看。这时候奂生笑笑说：“随它去，拆了看就看，没有关系的。我不曾做过撕簿割账的事，我的信拿去广播也不要紧。”

保青听了笑，奂生也笑，催问道："先看是哪个写来的？"保青说："是一个姓林的，叫林真和写的。"奂生顿时高兴道："是他呀！对对对，他是会写信给我的，信上说的什么？"

保青认认真真看了一遍说："我念给你听吧，横竖不长。"于是他念道："老陈同志：你为什么一直不出来？我每次到地区来都想碰碰你的头，总寻不着你。我还去吴书记家问过几次，老阿姨认识我，她说你一直不曾来过，连信也没有，说你把她忘记了。她怪你咧！我现在穷忙，没有工夫来看你。我每到地区，仍旧住老地方，如果你来，就去找找我。你们厂里现在发达吗？现在倒也好，只要有钞票，材料总归能够弄到点，钱也有得赚。我常想你，我和你在一起办事最舒心，我以后总想再和你会会。祝你全家平安！林真和。"……

信虽不长，奂生听了却有滋有味，回想起那一段生活非常亲切。特别是老阿姨怪罪他，他觉得比大冷天蹲在柴仓里烘火还适意。这林真和同他，也真算宜兄宜弟，什么事都互相照应着，从不计吃亏沾光的。他现在倒还在干，好像还挺顺利，看他"只要有钞票，材料总归能够弄到点"的话，办法就不是一眼眼了。要是这样，他陈奂生为什么不同他一起做！只要不去啃吴书记的唐僧肉，吃供销饭有什么不好呢？想到这里，倒有点像失落了东西似的。过了几天，村里开会又宣布今年各户生产方面用掉的水电费，一概不收了。因为工厂赚了钱，划出一部分支援农业，这笔钱就交了水电费。村长说到这里，还特地朝陈奂生点点头说："奂生，这也有你一份功劳呀！"

于是大家都朝陈奂生看看，有的微微笑，好像在说："这个陈奂生，倒也有点本事。"有的却不笑，乌珠定定地盯在他脸上，好像在研究他是哪一种货色，为什么对集体、对自己都有好处的供销不做，却缩在家里种田？

奂生被他们看着看着，慢慢地心里竟发虚，发现自己果然也有点稀奇古怪……

种田大户

一

人的思想往往像一个善变的精怪，不要说旁人难以捉摸，就连本人也抓拿不住。陈奂生巴望的丰收是得到了，但原先想造的房子，却意外地没有造起来。

这几年来，陈家村上的当家人，因为下一代急等着要做窝，不断有人家造了新房。有钱固然要造，没钱的借了债也要造。陈奂生还好，他的孩子小，还不会逼宫。但近几年来，手头慢慢宽裕了，便日渐觉得那三间老屋又破又矮又小，包产以后，实际上不够用了。因为既然不吃“大锅饭”了，就要另起“小炉灶”。必要的农具不能不添置。该养的家畜家禽不能不养。收获的粮食要有个干爽的地方圈囤起来。就连柴草也最好堆在屋里，免得损失。新形势咄咄逼人，所以奂生在秋收前看着长势喜人的禾苗，想到要造屋，完全合乎情理。他老婆张荷妹虽然不会想得那么周全，但无疑也是一力赞成的。她看着别人家住新房子很眼皮急[17]，所以做瓦匠的外甥张坤大来了，她才会主动炒出花生米来给他下酒。张坤大虽然是个忙人，却把舅舅的事情一直记在心上，秋忙以后，先后来过三趟，该替舅舅参谋的都参谋了；不但答应帮舅舅造屋，而且连建筑材料也答应尽量设法代他去买，保证做到省钱省工。只要舅舅一拍板，坤大愿意丢开别人家，先替舅舅动手。可是，陈奂生忽然变了。他

⑰ 眼皮急：羡慕。

似乎没有经过这样的世面，临场总是怯阵。一时说要把三间屋拆了重建；一时又说要在旧屋西山墙上向外放出一间；一时又决不定是放出一间新屋好呢，还是只把三间老屋修旧补漏再住几年为妥？时而击鼓，时而鸣金，摇摇摆摆，举棋不定。张坤大十分诧异，怎么舅舅这条著名的"投煞青鱼"，变得如此婆婆妈妈，不肯扇起尾巴向前直蹿了呢？大概是卵子还没有成熟罢[18]！于是就说："不成熟就等成熟了再说吧！"张坤大说出了这句即兴的双关语不禁笑了笑才接下去："横竖票子焐在心口膛里又不会烫人的，慢慢来吧。你多想想，什么时候凿定了，就什么时候找我。"他说了这话，陈奂生如果不找他，自然就不再过问了。

陈奂生后来并没有去找外甥，他犹犹豫豫没有个完，把一冬一春拖过去了，一块砖都没有买，一尺墙基都没有排。

如果陈奂生真想造屋的话，在秋收之前他早就该做准备工作了。他虽然没有造过但总也见过，应该知道造屋不是一件容易的事情。他首先要打报告申请批准地基，然后要有较长的时间去购买材料并且把它运回来。材料运回来确实不是一件容易事，运输工具要出租钱。如果要人帮忙，除了付工钱，还要供香烟酒饭。真要干起来，钞票得像水一样流出去……这些陈奂生一点也没有做，只是同外甥商量商量，纯是空口说白话。所以等到过了秋收，尽管张坤大能够尽力帮忙，房子也注定来不及造了。陈奂生并非故意这样做，他造屋的愿望发自内心，完全不必自己欺骗自己。不过他在想为造房做每一件事情的时候，不由自主地总打了一个嗝顿，想着要拿出多少多少钱，头脑便像猛然清醒似的，觉得还要再想一想，免得后悔。于是时间就像黄河上游的泥土一样流失了。

陈奂生觉得钱的确太宝贵了，长年饿着肚子下田劳动绝不是开玩笑的事情。当年如果有钱，也可以买到贸易粮。吃亏就在袋里摸不出一点纸屑屑。凡是经历过来的人，都要后怕。往后的日子，自

---

⑱ 青鱼只有在排卵时才不顾一切向前直蹿。

要谨慎小心，摸着石头过河了。陈奂生虽然一向笨拙，钞票的好处也是晓得的。他从卖油绳开始有钱积下来，等到成为六百元奖金的得主以后，叠得高起来的钞票就变成了一个精灵，悄悄地潜入奂生的肌体，七转八弯在他心上安营扎寨。从此以后，陈奂生再也摆脱不掉它的影响，只好俯首听命了。加上这一年两熟丰收，卖余粮和调剂粮所得一千出头，陈正清的借款也已如期归还，陈奂生手上集中了一大笔款子的精灵的营寨就扩大了地盘。人头上戴了箬帽，天就被箬帽遮住了，心头上包了钞票，思想就被钞票覆盖了。他第一次积蓄了这么多的钱，放在胸口上还没有焐热，叠在眼门前还没有看够，哪里就舍得用掉它呢！从前穷得袋布贴袋布的时候，缺吃的了，缺穿的了，缺用的了……总想着如果有了钱，就要吃个够、穿个够、用个够，哪管把钱用光了，也要过一过舒服日子。可是手头一旦真的有了钱，陈奂生的想法又完全变了，反觉得吃的、穿的、用的，都可以马马虎虎，只有这钞票是马虎不得的。钞票比什么都重要，别的东西样样可以缺，唯独钞票不能缺，有了钞票，要什么随时都可以买，所以任缺什么都不算缺；也就缺什么都不在乎了。这个陈奂生就学会了这样看世界，竟觉得造屋不造屋也不重要了。他瞅瞅那老屋，虽然又小又矮又破旧，却充满了恋情对自己说："不碍，还可以住几年呢。横竖要造随便什么时候可以造，何必性急。"

这样，陈奂生可以不管生产上的需要，不理老婆孩子的意见，让他们陪着自己在破屋里继续住下去。不但心安理得，而且扬扬得意。他的精神生活竟出奇地丰富起来，看见别人买了时髦东西，他总要凑过去看看，问问价钱，然后就对自己说："没有什么大不了，我高兴也可以买个玩玩。"陈浩松包队里一条五吨头水泥船，奂生因为付过十一元两角租钱一直肉痛，现在每看见那条船就会想："一条破船罢了，就是新的，我也买得起。"看人家造房子，他不着急，倒悠悠地想："让他们先去造吧，我也好学点经验。"……他甚至想起那一次在地区漫游百货公司见到的许多好东西，五花八门，品种繁多，现在如果想买的话，他好像也每一件都买得起。正像他当年饿肚皮的时候想着粮食一样，如果有了粮食，他就是一个魔术家，会变出各式东西来（不就变出油绳来了吗）。

总而言之，陈奂生如果造了房子，那就只是住得舒服些，想要别的就没有钱了。如果不造房子，兜肚里装着那一大笔钱，想法就丰富了。可以造屋，可以买船，可以买百货公司里的每一件商品，可以把世界上一切花花绿绿的东西看成同自己有亲密的关系，需要的时候随手可得。那么陈奂生又为什么要急急忙忙去造屋，把活钱变成死钱割断自己同世界的联系呢？现在他多舒服，海阔天空，任他神驰，好像没有什么办不到。别人家结婚，他也要问问一共花了多少钱，这些钱他也出得起。那么他高兴的话也随时可以再讨一个老婆了！唉，这个念头幸亏他老婆张荷妹不晓得。张荷妹虽然没有用，但妒忌是娘胎里带来的天性，一碰到丈夫另外找相好的，要不拼个你死我活，至少也要弄个两败俱伤。钞票虽好，到那时候也会当作破烂一样撕得粉碎的。张荷妹看到陈奂生拖拖沓沓不想造屋，本来就有过怀疑，干起家务事来乒零乓啷，声音又大起来。晚上睡觉，一上床就侧身朝里，不理睬奂生。奂生晓得她老毛病又犯了，笑着骂道："痴婆子，你又做气鼓了！"

"是喏，我是痴婆子，尽你欺。"

"哪一点欺你了？"

"不欺我，为什么又不造房子了，压着我住在'破窑'里。"

"不造房子就是欺你吗？住'破窑'又不是你一个人住，我不一样吗！"

"不一样。你是高兴住。"

"为什么我就高兴呢？"

"哼！"荷妹像洞悉一切地说，"不造房子，你的钞票呢？"

"钞票还会到哪里去？"

"拿出来我看！"

"做啥要拿给你看？"

"哼，你莫嘴硬，钞票贴给你姘头家去造房子了吧！"

"你真是个痴婆。"陈奂生气得笑起来道，"吃饱了没有什么好愁，就瞎想！我把钱贴给谁了？谁是我的姘头？当心吃耳光！"

"那么钱呢？"

"钱钱钱，钱能放在别人晓得的地方吗？丢了得了！？"

"我也是'别人'吗？"

"你不是'别人'就定要晓得吗？"

"我是'别人'，不是你老婆，是帮人家佬[19]。你一直这样待我的，你个'投煞青鱼'！"

"你是我老婆，我老公把钞票藏好了，你还有什么不放心！你想晓得——晓得了有什么好处？唔！"

"我晓得了有什么坏处？"

"哼，没有坏处！那一次谁叫你把床里边的钞票藏起来的？"

"藏又怎么样，我又不曾拿到外面去贴给野老公！"

"你有野老公吗？"

"有咧，一千一万个。"

陈奂生嘻嘻一笑说："痴婆子，有那么多吗？你晓得'一千一万'是多少？武则天也吃不消！你不要凶，你连数目都不识得。你不要不晓得钱藏在哪里就难过。你少东翻西翻，就是翻到了，你敢动它一动，我就劈了锅盖拆灶头，散了'火'各走各的路，让你去跟'一千一万'野老公！"……

这么说着，张荷妹倒放心了。陈奂生却越说越心热，反而睡不着，便披了衣裳下床，也不开电灯，摸黑行动。张荷妹以为他去方便，并不在意。后来听见像老鼠般塞塞搴搴响了片刻，正想要问，奂生已经回到床边，推推她低声说："痴婆。"

"做啥？"

"你把手伸出来。"

---

⑲ 帮人家佬：佣工。

“做啥？”张荷妹一面问一面就把手伸出被窝。

“你摸摸。”奂生握了她的手臂让她摸自己手里的东西。那是个四角方方的扁纸包。

“包里是什么？”

“痴婆子！”

这一骂，痴婆马上开窍，心里直甜起来，忙说：“晓得了。”

“晓得什么？”

“钞票咧！”

“你晓得多少？”

“我怎晓得多少！”

“一包一百张，半寸厚呢！”

“握握一把呢。”

“全是簇新的一块头。”

“开灯，解出来看看。”

“看什么，又不是没有见过。”

“给我的吗？”张荷妹把钞票握紧了，但是奂生把她的手臂一捏，就把纸包抽了出来说：“不要瞎缠！给你摸摸叫你放心就是了，谁给你呢！家里的钱是随便管得的吗！”

他不让老婆讨价还价，马上又把钞票藏好。然后在枕头上把推迟造屋的好处说给她听。说得她服服帖帖，相信丈夫精明能干，她心甘情愿在那又破又矮又小的房子里住下去，忠心耿耿辅佐她的夫君。

奂生知道老婆是容易想通的，即使想不通，她也有忠贞不贰保卫家庭利益的德行，自己有了这种贤内助，就扩大了伸腾的余地。凡是眼热陈奂生的腰包，找各种借口来借钱的，要是数目大，奂生就说：“钱倒是有，都存在银行里，还没有到期，取不出。”其实他连银行都不相信。如果有人希望到期以后再借，他马上就说：“我都等着钱买砖头呢。挪不出来给你。”决然把路堵住了。如果数目小，他就一推说：“你找我老婆借吧，她是内当家，钱都在她手里。”他无须关照老婆，张荷妹早就有过杰出的表演。果然，她总喳啦喳啦朝借主嚷嚷：“我有什么钱，我身边有钱怎么我倒不晓得，反而你们倒晓得？投煞青鱼把钱投到哪里去了？都来冤枉我！他几时舍得把钱让我放？我拿了他还要劈了锅盖逼我归还呢！”这么一来，人家也不好意思再去问陈奂生了。这当然叫人不愉快；于是背后就有议论，说陈奂生夫妻两个，财还没有发，刚有了几个臭钱，脸孔就变了。串通了演双簧搪塞别人，实在刁嚣。也有人理解奂生，帮他解释道：“奂生也难，自己房子说造不曾造，总也是钱不够吧，哪里还有借给别人呢！”谁知这一说却触动了另一些人，他们生气地说：“那也说不过去。他以前困难时候，总来开口借三斤、五斤米；好几次哩！我们都借给他。那时候我们也并不是有的粮食多，也是束紧了肚皮省下来的！总是要互相帮助嘛！现在他一有钱就忘了交情。漏斗变成笙笼[20]了。”

这些话，陈奂生自然也听到了。他很觉得委屈，他哪里就忘记了乡亲呢？要知道这笔钱连老婆儿子都不让动啊！何况别人，于是陈奂生不知不觉也以为天老爷永远同他作对。他也学着别人的话说：“还是做穷光蛋好，饿着肚皮，光着屁股，太太平平，一觉困到大天亮。现在有了几个钱，就横也不是，竖也不是，倒反心烦死了。”

二

在陈家村上，像陈奂生这样过惯穷日子的人，大概总占了十之八九吧。他们对付穷困，也像对付老婆一样有办法，都有祖祖辈辈传下来的丰富经验。比如五口之家，囤里只剩了两斤米，本来当天就不够吃了，却绝不吃光；顶多只吃一斤；因为还要对付明天哪！到了明天，只剩一斤了，还不肯吃光；只吃半斤，因为还有明天

---

⑳ 笙笼：捕鱼器，鱼进去了就出不来。

哪。他们从不绝望，永远有一个对付明天的计划，把那么一点熬命的东西匀着匀着，让明天还有那么一点，一点点，一点点点……从太阳东边出来拖到西边落山，从黑夜又拖到亮出曙光，就这样拖过来了。他们身经百战，在任何情况下都有保存自己打败敌人的办法。现在他们开始富裕起来了。他们都走到了一个新的站头，今后将怎样过日子，倒是没有经验的。可是，一旦有人向他们问起，他们先是一呆，接着便把你当成傻瓜，他们会笑着说："兜肚里有了钱，还怕不会过日子吗！"他们不承认"有了钱"确还有一个"怎样过日子"的问题要解决。他们自以为想过了，自以为解决了，其实完全没有。他们只不过朦朦胧胧地各自受着不同的影响罢了，并没有特别的主见。他们开始各干各的行当，除种田以外，有的开店做生意，有的办工厂，有的专搞一种副业，有的走南闯北贩卖，有的拉拢关系做掮客，有的靠技术出去当老师傅，有的光着肩膀找雇主出卖劳动力，有的买船买车搞运输，有的穿街走村收旧货……忙忙碌碌，熙熙攘攘，真是龙腾虎跃，生机勃勃。左邻右舍，彼此已不知道对方赚了多少，只能凭花钱的气派去推测。除了造房子，电视机、收录机开始在陈家村露出头角，城市里花花绿绿的打扮，姑娘头上的鬈发，传播之快，真如一夜春风吹，千树万树梨花开；全不用干部关心去做典型试验和全面推开的工作。赌博的不叫自聚，烧香的成群结队。这也不是阶级敌人在暗中兴风作浪，不过是老习惯仗了财势复兴而已。

陈奂生的榜样大概是一个十亩三间的小窗户，他晓得自己没有本事发大财成大器，能有安安稳稳的温饱日子过就很满足，至于要花多少力换得这种生活就不在乎了。现在他就要守住这样的日子，所以，别人家还不满足还力求发展的时候，陈奂生已经在往回收缩。他那位当小学教师的堂兄陈正清看了社会上许多"赚钱不吃力，吃力不赚钱"的勾当，牢骚又渐渐多起来，认为世道败坏，许多人都往钱眼里钻，什么卑鄙龌龊、男盗女娼的事都干得出来。倒还是陈奂生这样的人，平实稳当。他们辛辛苦苦生产粮食，不想沾光，只求公道。然而公道却往往得不到，眼看着这般社会风气，到头来吃亏的自然还是奂生他们。陈正清一面生着气替奂生担心，一面又自相矛盾地称赞奂生，劝奂生宁可吃亏也不要见钱眼开，做出不干不净的事来。

奂生照样相信正清的话；这也是相信惯了。老实人他会做，吃“亏”也做。不过他也晓得“亏”不像肉一样好吃。做到不吃亏又实在不容易。他从前拿了六百元奖金不晓得究竟是谁吃了亏，那么他自己在何时何地因何吃亏，吃多少亏就全能晓得吗？社会变得越复杂他越怕，他要想少吃些亏也只能退在一边，让出战场来由别人去争斗，而且不管你对谁胜谁负是否有兴趣，都要付票钱。不会让你白看。

有些关心奂生的人，看见奂生放不开手脚，还在单打一种田，觉得他太缺乏心机。陈荣大有一次吃过夜饭，就跑来看他，撺掇他说：“奂生你除掉种田，可还想做点别样？”奂生反问道：“你说有啥好做？”荣大笑道：“从前你还晓得做了油绳卖，现在倒一样不做啦？”奂生也笑笑说：“种了几亩田，倒忙煞。”荣大哼了一声道：“你也是欢喜忙罢咧！”奂生说：“这算啥话，我空着就难过吗？”荣大说：“你就是空了难过。你想想，这一阵你做了足够一两年用的干土[21]，一担担从田里挑到屋后堆好，然后慢慢拆下来敲碎了垫猪圈，变成猪灰以后，再一担担挑到田里去垩，这一出一进挑掉的担子，要花多少力气？要花多少时间？你不是吃饱了饭不得饿吗？”

“这有什么办法呢。世世代代都是这样养猪的。”

“你看看村上还有几家像你这样养猪？”

“唔，我晓得。”奂生不以为然道，“净用柴草垫圈。轻松是轻松，可是光柴草要花多少钱？我花不起。”

“能多花几个钱呢？一年多买一千斤煤球，就足够把烧柴省下

---

[21] 干土：用来垫猪圈。

来垫圈了！”

“一千斤煤球要多少钱？”

“大不了几十块吧。”

“这些钱天上掉下来吗？一只小猪养大了一共值多少？蚀本要蚀到印度国去了！”

“哼，你那些干土挑来又挑去，堆好又拆散，压坚又敲碎，要折腾掉多少人工？”

“人工能算吗，不做也是歇歇的。”

“这就是你的毛病了。”陈荣大一目了然说，“你有空为什么不找点赚钱的事情做做，倒架一副干土担放在肩上长挑呢。这不是空了难过吗？”

“挑挑至少也省下一千斤煤球钱哪。”

“这才叫蚀老本。你那猪灰的质量不及柴草垫的好，你花那么多工夫在别的事情上又何止赚一千斤煤球钱？说不定一万斤也赚着了呢？”

陈奂生看看荣大，心里佩服他的算盘，一时无话可说，停了半晌，才摇摇头道：“哪里有窖好挖啊！”

“嗳，奂生，你就是不动脑筋。”荣大叹口气说，“你看看人家这两年养珠蚌，赚头多好！比挖窖还惬意哪！”

“唔。”奂生点点头说，“赚着的人是赚足了。”他习惯了别人说他不动脑筋，一点不生气。

“你不想养吗？”

“我？”

“我们合养好不好？”

“合养？”

“我一直想同你合养的，你我各拿一千元本钱出来，赚了就平分。”

“一千元哪……”奂生吓了一跳。

“本大利大嘛！”荣大说，“你又不是拿不出！”

“……”

“奂生，你我自己人，合得来，信得过，我同你合养最好，否则，我宁可独养。”

“独养不是挺好吗！”

“我晓得独养好，就是家里还有别的副业，忙不过来，同你合养，大家好省劲点，比如看夜吧，一个月各看十五天，就不伤精神。钞票一样赚！”

“稳赚吗？”

“你不看见人家赚了几年了！”

“人家赚到是人家的，轮到我们呢？”

“这话怎么说呢？你想得也并不错。不过做一件事情，多少总要冒点风险。就是种田，也有年成好坏哩。话能说死吗？照我看，养珠蚌总比别的好。”

奂生半天没有响，最后说：“这么大的事，我还不曾想过。等几天再说。”

隔了几天，他碰到荣大，担心地问：“一千元来去忒大了，少点不好吗？”荣大说：“多也是一养，少也是一养。多养多赚，为什么不多养！”

“先少养点试试不好吗！”

“不算多呀，别人家都下几千本钱呢！再少养就算不来，一样花工，一样要看夜，一年到头看着它忙，忙那么一点点，不是弄白相！”

奂生摇摇头说：“你倒口气大，我吃勿消。弄得不好，蚀了本，性命交关的呀！”

“事情还没有做，倒急煞了！这样还能做事哪？”

再过了几天，荣大跑去找他，奂生摇摇头说：“想来想去，还是你独养吧。我不养了。”

“你怕蚀本？”

“是怕。”奂生老老实实承认，“我这个人运气不好，注定不会发财的，人家养德国毛兔赚大钱，轮到我养就亏了。人家养地鳖虫国家收购，轮到我养就不收了。凡事等到我去做就没有好处了。你别搭我这个倒霉人，我只配种田，别的都不是我做的，七合升箩八合命，满了升箩要生病。像我这样的人要发财，那么天下谁个还该穷？我还是安分点好。积点钱也不容易；容易钱我也怕积。我的钞票都是用自己汗水浸过的，舍不得随随便便脱手。要是蚀脱了，几时再聚得起？等于送脱我的命。”

于是陈荣大也只好由他了。

过了几天，又有个名叫王洪甫的同奂生商量合作养鱼。奂生心里倒动过一动。因为养鱼不比珠蚌，珠蚌在奂生看来是完全没有用的东西，如果没有地方收购，这东西不能吃，不能穿，又派不上用场，拿出去卖也没人要，放在家里烂都烂不掉。至于鱼，天天可以上街卖，而且俏，价钱挺大，能赚到钱。可是也要先拿本钱出来才能养。陈奂生就又打了个顿：“养在河里被贼偷掉了怎么办？”

“当然是日日夜夜要看牢的啰！倘若不要看守，我一个人也能养。就为要看守，才要同你合养啊！这样好轮班，大家轻松。”

原来如此。陈奂生明白了之后，就决然不肯合养了。“看鱼不是容易的。”他摇摇头说，“多少人吃过亏。看的人总只一两个，偷鱼贼要来就是一群，看鱼的还不曾喊得出‘捉贼’，就被贼捉住吃了一顿重生活，然后网放下去，连河底都卷了走。养鱼的蚀得家都不认得。”

陈奂生自然不肯冒这个风险。

“还有呢！”他还敏捷地想起另外一些险情来，“去年前村周元兴家养的那一池鱼，本钱也足，养手也好，看守呢，也算看守得紧的了；可是有人红了眼睛不肯舍，偷不着就花了一瓶乐果，一夜天一池鱼死个精光……”

经过几个回合，陈家村的人都明白了，不管社会怎样变化，陈奂生还是个种大田藏死钱的角色。

于是王生发又把他看上了。

王生发觉得奂生实在是个好人，从前自己进厂的时候，帮自己说过好话。现在自己这个位置也等于是奂生让出来的。虽然说，工厂里多用一个供销少用一个供销都可以，但奂生一走就有缺额，他填补进去就名正言顺了。奂生做得漂亮，做得叫王生发惬意，所以王生发念他的情。王生发在包产当中看到奂生贪田多，就说过：“我的田也送给你种。”这当然是一句玩笑话，那时候王生发还吃不准社会怎样发展，自己将何以为计。但不到一年，王生发就明白土地已经是他的拖累，他在工厂里打开了局面，不但能赚很多钱，而且连老婆也安排到别的厂里去了。他家没有工夫种田。特别是明白了没有必要种田。种田始终是末等生活，就是种好了那几亩田，一年能有几个钱收入？这点钱有没有对他来说都不在乎了。所以即使有工夫也算不来吃那种苦头。到了这种时候，王生发自然又想起陈奂生，想起当时说过的那句戏言来，觉得真能这样的话，对自己全家就解脱了。可是王生发也讲良心，他晓得种几亩死田没有出息，总要搞点别的名堂才会发家，如果把自己的田让给奂生种，就等于把奂生全家的手脚一齐捆在田上，再没有工夫做别的了。这不是害了奂生吗？这样想着，就只得放在肚里，不便做出来。现在听别人说了奂生这么些事，心里一亮，暗笑自己聪明一世，糊涂一时；社会上的人，本来是不一样的。想法不一样，爱好不一样，生产和消费能力也都不一样；所以到了共产主义，也只能各尽所能，按需分配，决不能一律对待的。不能够拿一己的喜爱，代替众人的喜爱。他王生发认为种田没有出息；陈奂生未必也认为没有出息。他王生发把田地当作累赘；陈奂生怎么也会当累赘呢！陈奂生这也不做，那也不做，只种田配他的胃口。既然如此，他怎么会不喜欢田！对他来说还有什么比田更好的东西呢？把田送他，他自然要。不要他还能要什么！所以，送田给他，绝不是害他，而是照顾他，他横竖专门种田，多也是一种，少也是一种，多种自然收入也多，他又何不多种些呢！对对对，这田是完全送得的。而且送也不是自家嫌它累赘，田总是田嘛，累赘什么！送给陈奂生是因为同陈奂生有交情，是替他的生产和生活着想，让他也能够安居乐业，丰衣足食。否则的话，王生发宁可送别的，也用不到送田呀！田可不是随随便便的东西，是处世立命的根本，没有田，莫说活着没有饭吃，就是死了都没有葬身之处啊！试看列朝列代，哪有人把田地送人的？地主、资本家哪个肯？从开天辟地以来，到他王生发手里只怕还是创举哩！怪不得想做又有点缩手缩脚，原来是前无古人的啊！这就对了，他终于发现它的伟大意义，终于发现自己想这样做的崇高感情。于是他首先感动了自己，确认他这样去做完全是大公无私的。他像个演员一样首先进入角色，然后去找陈奂生做他配角。陈奂生一看他的表情一听他的语声就被他同化了，尽管他习惯地不相信王生发的公心和私交，但又挑不出有什么毛病。这不附任何条件的馈赠的确无损于陈奂生一根汗毛却有益于他全家的事业，所以除了惊喜地愿意接受之外，就是让村长来证明这件事确实发生过并且允许存在，然后就只有肝脑涂地感激王生发的分儿了。

于是，王生发夫妻两人的四亩半按劳承包田，就经村长同意过户到陈奂生名下，从此，陈奂生一共种了十亩八分，成了陈家村上冒尖的种田大户。

三

这些年头，日子像一串鞭炮，过得又响又快，大家忙得疾风吹云，转眼间又是一年。跨着年头年尾，在一冬一春里，陈家村上又有十多户造了房子。其中有两户最引人注目，一户就是王生发，另一户就是陈奂生。

大家知道王生发早就造得起房子，他在“文化大革命”中期就当了队长。那时候队里很穷，社员不好过，队长也不好过。社员不好过不得不过，队长不好过会有办法变好过。他掌握了全队至高无上的权力，大小事情一把抓；有的抓在队里，有的呢，因为瞅着衣食的艰难，就抓在自己袋里了。队里有的，他袋里都可以有，队里没有的，他袋里也会有（比如有些物品分配下来的数字少得只能留下来供应干部，无法再分给社员，又有什么办法呢）。总说人多好做事，人少好吃饭，尽管王队长不想霸住了粮食独吃，但接触最多最了解的还是自家锅里柜里的虚实。因此往往不自觉地偏向于注重这一面，况且权力在握，保住一家不算难，只要社员每人每天少吃一口就富足有余了。报纸上总说我们是一个人口众多的大国，每人每天节约一分钱一两粮，就可以建设××个大工厂，让欧洲那些小国吃上一两年……王队长就从那儿学会了算账法。这是“井水浅一点，河水满一点”的算账法。当然，最好还是“河水也满，井水也满”，但如果阻挡不住河水浅下去，阻挡不住自家的井水跟着河水浅下去，难道就不能另挖一口深井或者干脆让大家的井水更浅一点吗，横竖已经浅的了，再让它浅一点也未见得就到了极限的程度吧。须知中国人民是一不怕苦、二不怕死的啊！或者竟要破釜沉舟，置之死地而后勃发生机呢。社员要缓解生活的困难，自会奋起寻找政策的空子。群众是真正的英雄，在他们眼里，上面定的政策是千疮百孔的，并不难找。找到了空子钻进去也容易，难就难在要王队长答应了才能去钻。王生发无须多花力气，守株待兔就行了。他只要守住空子的大门做售票员，不让钻进去的人逃票就行了。比如说吧，社员外出做工（如瓦、木、竹匠，裁缝、运输及做小工等），收益往往是生产队工分值的五倍、十倍、二十倍……但政策不允许劳动力外流，谁要流出去，或者罚款，或者要把全部收入上缴生产队，然后靠同等劳动力记给工分，这样就等于在外白做。他们损失太大，只好讨饶，向王生发买一张票。生发队长就会照顾到社员的困难，找一个借口，该交一百天的，改交三十天就算。或者上缴收入的15%做生产队的公积金完事……处理的分寸完全看你付多少票价来掌握。光是这一个项目，王生发几年中用权力兑换成的钞票，也造得起房子了。可是，这几年来尽管年年造屋成风，王生发都高卧隆中，稳住不动。他有经验，他还要看看形势如何发展。现在他动手了，也就是看准了，一造就是三大间二丈一尺六寸高的二层楼，占地一百三十五个平方，高度、牢度、漂亮程度，都在陈家村上开创了历史的新纪元。老年人因此想到从前造庙宇、祠堂的气派。从开工到结束，钞票像水一样流出去，王生发笃悠悠，好像牯牛身上拔根毛，全不在乎。老百姓这才明白小看了王生发，看来王生发靠当几年队长拿到的外快，不过是针屁股里穿线，不是大交易。他能发达到这步田地，自然是近两年跑供销捞着的，像陈奂生那种老实人，跑一次光奖金就得了六百元，那么王生发这两年究竟赚了多少个六百元呢？除了厂里的奖金还有哪些花枪可以耍的呢？他可不是陈奂生啊！

当然这都是背后的议论，甚至只是肚子里的叽咕。老百姓乖，晓得议论没有用。能干的人脸皮一般都老，你当面朝他吐口水，他一闪身像躲箭一样快，然后马上跟着你朝同一方向把口水吐过去，帮你骂别人。只当你原来骂的就不是他。

但是有关陈奂生的事情，男女老少都会大声说出来。陈奂生总算没有再拖下去，今年也造了房子，他的三间老屋没有动，只是修修漏洞、补补墙角，然后粉刷粉刷，重点工程是在老屋西山墙外造了一间新的。这新屋按去年的计划，原只想顺着老屋的高矮长短放出一间，他外甥张坤大一再劝他不要这样造，一则老屋毕竟寿命不长了，新屋如果搭在老屋山墙上，将来老屋或者倒塌或者重造，都会影响新屋；二则老屋又矮又短，放了东西住不下人，住了人放不下东西，而且住人放东西都嫌气闷潮湿，全不适合。多少年叨念着造屋盖房，到头来造那样的房可就太窝囊了，倒还不如不造的好。如此说了好几次，陈奂生才回心转意，听着张坤大的话，另立山头，造了一间楼房，因此超出预算，造得满头大汗，把往年的积余都花光了，不过还亏得张坤大精打细算，节省了不少。张坤大既怪娘舅又有点自悔说：“舅舅，如果我们上劲提早一年把房子造起来，工钱可以省一半，材料费可以省三分之一。现在只好硬吃亏，钞票放在家里白白受损失真正可惜了！”陈奂生听了，也很肉痛，但也仅此而已，并没有再联想到当年拿了六百元奖金不知是什么人吃了亏的问题；因此也不去想自己吃了亏又是被谁沾了光去。

村上人评比起来，就说：“今年造屋人家，陈奂生的房子造得最小最蹩脚。”晓得内情的人就不唱空曲了，他们很同情奂生的窘和拙，私下交谈起来，反而叹息说：“为了造房子，奂生其实不必呆，可以再去找找吴书记的。吴书记到过他家，见过他的破房子，会肯再帮他一把的。当官的帮起来又容易，只要再让奂生跑一两趟供销不就解决了吗！奂生傻，他不跑，白吃亏。”这也是天生就了各种各样不同的人，没法劝的。

这自然都是空话，无补于事，真正伸出援助之手的，倒还是王生发。总说恻隐之心，人皆有之。王生发毕竟也是种田出身，对种田的难处，一清二楚。他晓得奂生多种他送去的几亩田实在不容易，平心而论，能帮他忙的时候，应该帮帮他。这一年生产资料供应开始紧张，紧要关头逼着人走后门或付贸易价，亏得生发人头熟，消息灵通，总帮奂生买到平价货。可是他也不是保险公司，有一次急需治虫，奂生用光了计划分配给他的农药，还缺一半，到处买，市场上像被大水冲过一样干净，有人走后门买到了。奂生也想走，竟找不着路，这时想起了吴书记，觉得自己有那么一条大路都不想走，现在低声下气去求一个说不上算什么品外官，竟还无门可进，无处可求，实在可气。幸亏王生发跑了一趟供销回来，代他去想法，私底下送了一条香烟，才从门缝里通融来两瓶，还口口声声说卖了交情。奂生想想种田也免不掉送礼走后门，窝囊极了，原来一个人要本本分分过日子竟不能够，早知如此，当年何不在吴书记那儿走它一个痛快呢！

这自然也是瞎想。

还有更叫人哭笑不得的事情。有一次王生发给奂生一张单子，叫他赶快到农业局的良种站去买五十斤改良稻种，那稻种产量高，米还好吃，是生发在城里请客吃酒时朋友送给他的。他的田已经让给奂生种了，所以这好处也让给他。奂生很高兴，隔天就上良种站去买。那单子递在一个女同志手里，女同志看了看他，便把脸沉下来了，把单子往桌上一丢，不声不响走掉了。过了一阵又回来，没事人一样往凳上一坐，干别的事，好像把陈奂生忘记了。陈奂生只得说："同志，同志……"叫了几声，那人才抬头看他，奂生说："那单子……"话还没有说完，那位女同志就把单子往他手里一甩说："今朝没有了，过几天来。"便再不理睬。陈奂生呆呆看着她，觉得面熟，又想不起在哪儿见过，只得空手回来。到晚上睡觉时，才忽然记起那女同志就是当年县里招待所服务台收他五块钱住宿费的漂亮大姑娘，不觉高兴起来。接着又疑疑惑惑，觉得如果是她，也算有一面之缘，自己从未得罪过她，今日相见，又何必把脸板成一副寡妇相呢？便把这事去告诉王生发。生发哈哈大笑说："听说过，听说过，那年大家看到了写你上城的小说，凡是住招待所的人，都去认认那位漂亮大姑娘。有的戳她背皮，有的当面就说闲话，弄得她待不下去，才调走的。莫非就调在种子站吗！这都是那作家造的孽，她怪不着作家，倒怪到你陈奂生头上来了。过几天你同你老婆一起去，你再仔细认认，如果真是她，你就不要出面，叫你老婆拿条子去买种子吧。"陈奂生照着做了。认出那女人果然就是招待所的大姑娘。陈奂生不禁浩叹，活在世上，做人真有想不到的难处。他哪里愿意开罪那么漂亮的大姑娘呢。人皆有爱美之心，今天他晓得了也后悔、也难过呢……

总之，王生发是很关心奂生的，这一次，他在奂生家吃上梁席，看看听听，就知道陈奂生捉襟见肘了，吃到高兴的时候，便大声说："奂生，不要愁，船到桥下自然直，总有办法的。"过了一阵，奂生已经住进新屋。生发的新屋也上梁了，自然也邀奂生去喝酒。那一天真热闹，来了许多客人，坐了二三十桌。到了晚上，陈奂生已经熄灯上床，忽然王生发来敲门。奂生开了灯迎他进屋，生发看了看堂屋说："好，台、凳都是现成的，奂生，今天挑挑你，你把台子揩揩干净，等歇有人来。"陈奂生连忙答应着就做，也不知谁来，来干什么。生发出去了片刻，就带来十几个人，进来就把门关了，对大家说："就这里吧，这里最安稳。奂生是老实人，神仙也想不着我们会在这里开局，尽管放心好了。”

原来这些人是来赌牌九的。奂生晓得，打麻将、抓纸牌，现在也像姑娘烫头发一样流行，那叫文赌，都公开了，无所谓。这牌九是武赌，人多，输赢大，听说还抓。陈奂生从未看见过，有点怕。王生发悄悄说：“你怕什么，有我呢，你别管。去烧点茶，到半夜里我再叫你弄点吃的——家里有现成的吗？没有就到我家去端点来烧烧热……”就这么赌了一夜，到散场的时候，王生发说：“头钱呢，头钱在哪里？”原来大家都忘记了。一经提醒，几个做庄的赢家就摸出一些钞票来，数也不数，看也不看，乱得像字纸一样塞给了奂生。奂生还没有反应过来，他们就走了。

好，陈奂生成了抽头聚赌的坏分子了。头钱一共二百一十三元。他偷偷地去还给王生发，王生发训他道：“你又发呆啦，这是我帮你的忙哪！”一走了之。那怎么办，如果把这钱交上去，不等于揭发了王生发吗！奂生能这样干？只好闷声不响拿下了。心里忐忐忑忑一直发虚，好像自己参加了赌博集团，在公安局里挂了号了。

总而言之，种田大户陈奂生和供销员王生发的收入是悬殊得不能比较的。实在也无法比，因为王生发的收入谁也不摸底。除了王生发，还有劝陈奂生合伙养珠蚌的陈荣大，养鱼的王洪甫，一年的收入，也都比奂生大几倍。陈奂生不眼红王生发，因为他干不了，总嫌它是邪气的活路。但是看了陈荣大和王洪甫的收入，他实在懊悔，因为这是他认为的正经事情而且自己能够做好的。他只是由于怕蚀本不敢下本钱罢了。结果大吃亏。那么下一年怎么办呢？这个问题在陈奂生新屋落成以后，陈荣大和王洪甫去向他提出过。出乎意外的是陈奂生依旧摇摇头，没有参加。原因比去年要复杂些，田种多了，他忙不过来是一个。手头紧了，拿不出那么多钱来投资又是一个。但最根本的原因仍旧是“万一蚀光了怎么办”。而且这“万一”今年在陈奂生的思考中已经变成了“万二……”因为赚钱的时间过去得越多，倒霉的时光就越是临近了。他还是以不变应万变，根牢固实地守住自己脚下这块土地吧。

这就是陈奂生思想，它是在历史的长河中经过千锤百炼的，他会富起来吗？……他是很容易自满自足的。他至今还是社会中坚——他填饱我们的肚子，但他不会考虑社会是否亏待他；因为他自己亏待自己早就习惯了。

陈奂生决定就这样过下去。如果要变更的话，让儿子女儿大了再说吧。

谁知道将来会怎样呢！

春节过了不久就发生了一件事，那天早晨，陈奂生照例天刚亮就起身，他打开新屋的大门，发现阶沿石上有一个衣包，一面想着“谁会把个包裹丢在这里呢”，一面就蹲下身子把它拾起来。摸着絮软，而且微温，拉开包裹一只角看去，原来是一个生下不久的孩子，包扎得很厚实暖和，孩子安安稳稳睡着了。陈奂生连忙抱着沿屋跑了一圈，想找出那个送孩子的人来，却影踪都不见了。

很明显，这是个计划外的黑孩子，父母不肯动手术，生下来了又怕罚款受处分，便偷偷送人。

陈奂生把孩子抱起来了，他不能再丢掉，这已经是一条活生生的生命了啊！

他只得抱进门，喊老婆起来商量商量。张荷妹一听拾着了孩子，二话不说，连忙从奂生怀里接过来，又是闻，又是摸，母性大发作，像拾着了宝贝一样高兴，全不搭理奂生的问话，只管一面动作一面说：“拾着的，拾着的……谁个父母心狠丢掉的……哎呀呀，还是一个男……”她全不顾利害。

一个早晨，全村的人就都知道了这件事，几乎大家都来看过，热闹非凡，陈奂生新房子墙脚边头壅墙脚的泥土，都踹脱一层。后来村里几个管事的人坐下来商量这件事，大家想不出是谁的孩子，又究竟为什么选了陈奂生家来送。是看中陈奂生新造的房子吗？是看中陈奂生的儿女已经大了，有手脚照顾这孩子吗？还是因为陈奂生是村子里起身最早的人呢？也许都是，也许都不是……只有天知道。

孩子怎么办呢？

“报告乡政府，出个证明送托儿所去养吧。”村长、队长、邻居，好些人都这么说。

谁也没有想到张荷妹跳出来说：“不要不要，我来养，我来养。”

村长诧异道：“你又瞎来了，自讨苦吃吗？”

“不自讨苦吃，就只为是人家看中了送给我家的，自然我家养。”

村长摇头道：“亏你这样想的，你当人家送孩子给你就是看得起你吗？”

“他总是相信我，放心我。”

“是害你！”

“怎么害我呢？”

“带大一个孩子要花多少钱？多少粮？多少手脚？你不晓得么？”

“能这样算账吗？这样算就一个孩子也不要养，大家都断子绝孙好。”

大家听了又好气又好笑，知道这痴婆说话没轻重，又不便计较，只好望着奂生，叫奂生拿主意。毕竟奂生脑子要清爽些。

有个同奂生平时不大往来的人听了张荷妹的话，心里早就不快活，这时候冷冷地说：“还是送给公家养吧。总比你们养好些。”

“凭什么？”

“你们家条件也并不好。肚皮吃饱几天了？”

“多养个孩子还养得起，总不求你。”

“哼，你当孩子养在你家里就是享福么！是受罪！莫弄错了。”

“受罪就受罪，受罪也是人家看中了送来的，他就没有送到你家去享福！”张荷妹只会这样直通通说话，接着大声说，“就是我养，不关奂生事，又不用他投煞青鱼费手脚。”

村长喝道：“不要争论了。奂生，你决定吧。”

谁知陈奂生受了老婆的感召，也被不三不四的闲话所激怒，他满脑子充满了人道主义，竟慢吞吞地说：“不要去害公家了，既然送来了，我老婆高兴，就让她养吧。横竖我们穷惯了，苦一点也无所谓。其实也不算苦，比从前好多了。从前我爹爹只有三间屋，几亩租田，还养活了我兄弟姐妹八个。现在连这孩子在内，我也不过三个，总能养大的吧。”……

于是孩子留下来了。

该给孩子取个名字。陈奂生想着了堂兄陈正清。正清出门学习去了，要半月才回。等不及，转身碰到了陆龙飞。陆龙飞想起这样不明不白送来的孩子，习惯上叫作“天落子”，便在这三个字上打主意。“叫天落吧？不好，叫落子吧？也不好。”他用排列组合法筛选，最后又高兴又有点开玩笑地说：“对了，有个好名字。叫他‘天子’吧！”

陈奂生听说过“天子”是什么意思，也知道现在提这个名字不会杀头。“天子、天子”声音顺口又响亮，觉得不坏。

“怎么样？”陆龙飞怂恿说，“呱呱叫的名字。”

“好，就叫‘天子’吧。”奂生赞成说，“就不知是真命的还是假命的。”

嘿！原来陈奂生还有野心呢。

陈奂生出国

一

眼睛一眨，陈天子已经过了三周岁。谁也不知道他的生日究竟是哪一天，只好从陈奂生在门口台阶上拾起那时算起。这孩子肤色细洁，眉目清秀，从肌里溢出来一派聪慧之气，极惹人喜欢。于是议论也就特别多。村子上的人，都把自己认识的年轻夫妻拿来同陈天子攀比，想查出天子究竟是谁生的。结果统统失败。这孩子谁都不像，大概真是老天爷亲自把他生下来的了。

包产到户以后，农户们各自忙着自己的家事，已不像从前那么悠闲，有时间去关心别人家的长短；加上把注意力集中在陈天子身上，就忽略了陈奂生家的其他方面。其实这三年中，陈奂生家起了更朝换代的变化。时间对人的态度并不大公无私，它在某些人身上轻柔温顺，愿意做一个佞臣去抚平皇帝脸上的皱纹；而对另一些人，却总是风刀霜剑严相逼，做得断情绝义。陈奂生大半生吃糠咽菜，牛马般出力，自然身亏已久。一旦上了年纪，身体说败就败，不但手脚笨滞，机转失灵，而且操劳不久，就腰酸背痛，渴望歇息。所以，他那个种田大户的担子，是挑不动的了。产量逐年降低，收入逐年减少，偏偏不自量力，又慷慨承担了抚养陈天子的责任，加上物价浮动，原来积蓄的一点钱日渐贬值，家中生活，就日见窘迫。本来，他如果有心计，早该替自己留下老来的退路，比如前几年左邻右舍邀他合伙养鱼、养珠蚌等，学点轻工技术，不用硬拼力气，收效却好。无奈陈奂生习惯自给自足，不敢搞商品生产，就只好苦苦自己了。现在已经回天无术，只有卸肩胛。要卸肩胛也只有卸给儿子女儿。所以，儿子初中毕业，女儿小学毕业以后，都没有再升学。他们并非不想读书上进，只是读书毕竟没有吃饭穿衣重要。孩子们可以什么都不懂，但都知道不吃饭不穿衣不能去读书。他们晓得父母的难处，不得不提早接班。这也是孝感动天的事。总说父母无用，儿女精明，这也是环境逼出来的。儿女一上阵，家庭经济的滑坡现象似乎就刹住了。于是以儿子为主建立的领导班子就站住了。陈奂生自然没有退休的待遇，也不甘心退休，还要着力帮儿子敲敲边鼓。两代人的更替在不知不觉中自然而然地完成，远不及陈天子的生相那么引人注意。也不知道是从哪一天开始的，外面的人要来同陈家进行横向联系，陈奂生竟不敢擅自做主，脱口说出了“你找我家儿子商量吧”的话。来客一点不奇怪，果然就把奂生撇开；儿子也一点不奇怪，果然也当仁不让了。不管陈奂生的出身如何了不起，几十年来如何跟着共产党艰苦奋斗，长期当“漏斗户”饿瘪了肚子如何百折不挠，也不管他曾经创造过如何轰动的社会效应，他必须服从新陈代谢的自然规律。他的时代已经过去，他将越来越被人忘记，越来越衰老直至消失掉自己。

不过这对陈奂生来说却无所谓了。他不曾有过奢望，也并不觉得遗憾。父亲生了他，他也养了儿女。他把陈家的种子传递下去了，便对得住祖宗。更何况还造了点房子。应该说在陈家的历史上是有建树的人，据此自可心安理得地告退。他知道自己无用，也知道儿子比自己能干。他可以寄希望于下一代，不像很多人那样认为一代不如一代，因此寄希望于上一代；所以更有理由感到满足。他开始不慌不忙过日子，吃完了饭常常坐在桌子边头不起身，剔剔牙，打打饱嗝。冬天就端张矮凳坐在门口晒太阳，抚抚膝馒头，让陈天子站在他的两腿中间，把他的胸膛焐得热烘烘的，比太阳晒得还惬意。真是老天爷特别照顾他，临近晚年了，还送给他这么好一个天落子。看那一副聪明相，将来定然是大有出息的。陈奂生只要有了他，也就绝不会觉得寂寞了。别的还在乎什么呢？世界这么大，要都“在乎”也在乎不过来，说到底一切都是身外之物，由它去吧！

谁都知道陈奂生就只会这样过下去了，决不会再发生什么奇迹，改变他的道路。他认识的地委书记吴楚，也已经退下去，仍住在老地方，王生发去看过他，在他家坐了半天，不曾见有一个来客，连电话铃也不曾响过，冷清得出奇。当年陈奂生帮他耕熟的菜畦，却照料得特好，满畦碧绿，吴楚陪客吃茶谈话的时候，还常常朝着那些蔬菜出神。大概他平时的心思，大半用在这上面了。因此给王生发一个印象，他对别人说：“吴书记也是退得太早的一批，看来日子也不好过，有一块菜畦种种，倒是很有帮助的。”如此说来，吴楚已自顾不暇，也没有能量帮陈奂生再创造出奇迹来了，就连写小说的作家，大概也不能异想天开了吧！

可是，什么都难以预料，陈奂生的命运，从“上城”开始，老天爷就已经替他做了安排，他必然要重新腾跃起来，成为一颗更加耀眼的明显。

就在陈天子四岁那年春天，麦苗儿、紫云英和油菜花把陈家村打扮得花团锦簇的时候，一日上午，陈奂生正坐在太阳地里搓绳，搓得草屑沾满了裤子，忽听见有人唤他的名字，他抬头一看，是乡政府的张乡长。陈奂生就站起来，笑了笑，不经意地招呼说：“张乡长，到村子里来有事吗？要找什么人？我去替你找。你先坐下来歇息。”

张乡长的声音很欢畅地说：“不找别人，专门找你。”

“找我？”陈奂生不相信，他晓得大家已把他忘记了。

“就找你，你看，我给你带客人来了。”张乡长回身看了看说。

陈奂生跟他看过去，见几位村邻陪着两男一女正转过墙角走进来，其中那个稍嫌胖了些的中年人，十分面熟，一时却叫不出名字来。正发呆间，那人却笑嘻嘻开口道：“老陈哎，你怎么连我都不认识啦！”

陈奂生一听声音，便拍了拍大腿叫道：“老糊涂了，我是老糊涂了！怎么连辛老师都认不出来了呢！”

“嗨，不怪你，你看我也老多了！”辛主平说。

“老倒不老，就是胖多了，上次见到你，只有现在一半大。一个变两个了。”

“胖了就变坏了，将来进炉子，倒要多烧掉几斤煤呢。”辛主平开玩笑说。

可是陈奂生却摇摇头，显得很难堪地说：“真不相信，我竟会认不出是你来。”他呆想着，用手慢慢来回抚自己的颈项，自言自语道：“我一直想着你的，我总说，辛老师哪里去了？怎么不来？想不到今天你来了，我竟认不出。我真是老糊涂了。真的，我应该一眼就认出你来的，可就是不曾认出来。我老糊涂！你来了，走到我的眼门前，我倒反不认得。平常想你，都白想了……”他这种诚挚的情感把大家震慑住了，都愿意让他用这种简单的语言去重复表达他的深情。

那位唯一的女客显然深受感动，她轻轻叹息了一声说：“听了他这么说话，不用介绍，我也知道他是陈奂生了。”

大家听了都很惊讶，陈奂生看她腰把子瘦瘦的，戴着副眼镜，头发也没烫，好像很年轻。是辛老师的同事吧，便说：“我倒不记得了，你什么时候来过的呢？还记得我说话的声音吗？”女客笑着说：“不是的，我不曾来过。我是看写你的小说，晓得你说话的方式。”她说了，见陈奂生领悟不过来，便问道：“陈先生，你也看写你的小说吗？”陈奂生听她称陈先生，四周一查，在场的只自己一个姓陈，觉得十分新鲜，回答道：“我扁担大的一字，只识得一小捆。”虽然答非所问，偏偏倒把问题答上了。女客点点头，对辛老师说：“‘转业’里边，他在吴书记家里等吴楚回来，等了好多天，吴楚终于回来了。他当时对吴楚说的那一段话，很感动人。说的方式同刚才一样。”辛老师听了，心头一热，很兴奋地说：“一点不错，你真说到点子上了。”女客认真地说：“看起来只是几句简单的话，却感人极深，实在不是轻易写得出来的。”辛老师很激动，他沉默了片刻，让自己平静下来，然后叹息道：“评论这些小说的文章，不知有过多少篇了，却没有一篇提到这个的。”然后对陈奂生说道：“这是华如梅华老师，她从很远很远的地方特地来看看你的。”陈奂生不信道：“真的吗？”“真的。”“来看我做什么呢，我又不是大人物。”张乡长哈哈大笑说：“陈奂生，你的名气大得很。我以前还小看你，今天听华老师一说，才晓得你的名气已经漂洋过海出了国，全世界都晓得了。”陈奂生吃惊道：“真的吗，那么华老师你是从外国来的了。”华如梅点点头说：“我在美国教书。”陈奂生细细看看她说：“不像，你不像外国人，完全是个中国人。”华如梅听了非常高兴，说：“陈先生，真像你说的就好了。我本来就是中国人，在美国住了几十年，如果还完全是个中国人，那我就很高兴，你真是太称赞我了。”陈奂生又问：“在美国住了几十年吗，你今年多大了？”“五十五。”陈奂生又吃一惊道：“我还以为你只有三十岁呢！”张乡长插话道：“陈奂生，你看错的事情太多，我再说件事情你听听，你晓得写你的那些小说的作家，究竟是谁？”“这个还用问，不是一个姓高的叫高高高……什么的？”辛老师提醒道：“高晓声。”“对了，就是他。”张乡长又问道：“你认不认识高晓声？”“不认识。”“你知道不知道有没有这个人？”“当然有？”“为什么？”“没有他这个人，怎么有他写的小说呢！”张乡长哈哈笑道：“告诉你吧，我也一直上了当，其实并没有高晓声这个人，他也只是写你小说的作家想出来的一个符号，并非实有其人。”陈奂生睁大眼睛想了一阵说：“嗨，你越说我倒越糊涂了。那么作家究竟是谁呢？”张乡长拉长声音说：“你猜，远在天边，近在眼前！”陈奂生猛然醒过来，一声怪叫道：“辛主平，我看就是你！”

大家大笑，陈奂生和辛主平都笑出了泪。陈奂生说：“我原想，是哪个精明鬼钻在我的肚皮里，会把我的心思都写出来呀？那个高晓声哪！我总不相信。要说是你呀，我就相信了。不过这几年你也不曾来，怎么还晓得我的事情呢。”辛主平神秘地一笑说：“你看不见，我的灵魂在这里！”陈奂生呵呵笑着说：“你有道行，成了孙悟空，会七十二变，还变出一个高晓声来糊弄人，比陆龙飞本事大得多！”

陈奂生兴奋得不得了，一面说，一面把大家让进屋去。叫老婆烧茶，准备饭菜，留客人吃饭。大家刚坐下，同来的一个男青年却又站了起来，陈奂生忙拦住，那青年说：“他们不走，我就走不了。我去看看车，停在公路上，别让小孩子弄坏了。”原来他是司机，陈奂生看着他走出去，就说：“辛老师现在你高升了，出门有车坐，做了什么官？”辛主平说：“哪里是什么高升什么官，不过是挨了打以后，总算打不下去了，让我回去干老本行。”陈奂生说：“你骗我，我晓得的，你是怕老朋友来找你，开口要这样那样，把你麻烦煞。”辛主平说：“不是怕麻烦，我实在是没本事帮朋友的忙！”陈奂生叹道：“我也不知交的什么运，几个做官的朋友都是清正人。吴书记一个，你又是一个，全没有心眼。我也死了心，不来靠你们。”

说着话，村子上的人，有听到消息的，都来看辛主平。他们同辛主平都很熟，也要留饭。有的还动手拖他说：“奂生家客人多，你就到我家去坐坐吧！”辛主平说：“今朝不行，今朝我要陪客呢。”大家还来纠缠，辛主平说：“我不是客气。我到这里来，还客气什么呢。我在这里劳动了几年，不曾拿工钱，吃顿饭不算亏心。对吧，以后来！”然后对华如梅说：“十年动乱期间，学校里揪住我押到这里来劳动改造。还叫群众专我的政，结果这里的人待我十分好。他们喜欢我做的竹篮，砌的煤炉。我除了下田劳动，一有空就帮他们干这些，干得家家户户把我当客人待，关起门来请我喝老酒，你说有趣不有趣！”然后抬头向大家笑道：“当年胆战心惊的酒，我都喝，如今大开正门请我，我舍得不喝吗！总有一天我专门来喝！”

华如梅很专注地听着看着，很受感动，她马上有了一种新的了解。她读过辛主平的许多作品，也同辛主平面谈过几次，知道辛主平受冤几十年，受尽折磨，弄得家破人亡。这都不是东洋鬼子或西洋鬼子害他的，不是吃亡国奴的苦，而是那些号称同志（自然比同胞还亲啰）者的恩赐。可是辛主平依旧爱他的祖国，华如梅曾为他写下的几句话深受感动，他写道："……祖国是一棵大树，它的主根是在国内。国外的华侨，都是这棵大树的根须。他们之间有千丝万缕的联系，是决然不能分开的……"她真不明白，祖国给了辛主平这么深重的折磨，他怎么还能够给予如此真挚的爱？照毛泽东的说法，世界上并没有无缘无故的爱，那么辛主平的爱难道是有缘有故的吗？

现在，华如梅明白了，因为她看到了陈奂生，看到了陈家村上当年关起门来请辛主平喝酒的那些善良的老百姓。归根结底，祖国属于这样的大多数人，而不属于那些坏着良心把人整至死而后快的恶棍。

这也刚巧击中了华如梅多年来的矛盾心态。她在美国已经四十年了，自己早加入美国籍，就"国家"来说，她早已不是中国人，如果讲爱国，她应该爱美国而不是中国，然而民族的观念超过了国家，她仍旧深深怀念着中国，因此她会被辛主平那句"祖国的根须"所打动。她一直不明白自己为什么还如此眷恋，因为她的前辈也是在祖国无法忍受才被迫出走的。她不知道祖国的恩何在？情何在？她有何缘故还要爱？现在从陈奂生身上，她恍然明白了当年她的前辈背井离乡的时候，还有更不幸的人寸步难移，困守家园。哪管那里用水要跑半天路，斤盐要换十日粮，也不得不一年年换下去。就是这些，牢固地系住了游子心，牵动了身在异国人的怀乡情……想到这里，华如梅便觉得陈奂生是她久别重逢的骨肉亲人，而陈奂生那一句"你不像外国人，完全是个中国人"的话，自然使她分外感动了。于是她爱心倍增，就像远嫁归来的姑娘，对奂生家的一切都极关怀，对奂生的老婆、儿女都十分亲切，甚至爱乌及乌，对猪羊鸡兔都充满柔情。这一切都极自然地流露出来，因此竟没有人会想到她在国外的生活环境同这里有多大悬殊，倒反认为她也是从这种窝棚里飞出去的了。陈奂生的老婆，听说她已经五十五岁了，无论如何不肯相信。说她只比自己小了一岁，站在一起，别人准会说她是她的女儿。这话连陈奂生都觉得太占了华如梅的便宜，睁圆了眼珠瞪她，但是华如梅却分外高兴，觉得这一家人都亲切地把她当自己人了。于是她说明来意，她说："陈先生，你愿不愿意到美国去看看呢？"

这可是谁也没有想到的事，像个响雷把大家镇住了。陈奂生张着嘴巴答不上来。

"这件事，我已同辛先生商量过了。"华如梅继续说，"我这次来，是邀请辛先生去美国讲学的，辛先生说他写的陈奂生确有其人，我就想请陈先生一起去，辛先生赞成，要我当面邀请你。今天见面，我更加高兴，希望陈先生能够和辛先生一起去。"

在场的人，鸦雀无声，都盯着辛主平，一眨都不眨。

辛主平把头朝陈奂生一扬说："去，我们一起去，不要疑三惑四，玩玩嘛！华先生邀请我们去，一切都听她安排，没有问题。"

华如梅马上点头说："我回美国以后，就把邀请信，到大使馆签证用的文件和飞机票寄来。你们这边的事，辛先生会同你一起办，也请张乡长支持……"说到这里，忽然想起了什么，抿嘴一笑说："到时候我负责送他上飞机回国，决不会丢了，也不会拐走……"因为有个留学生赴美求学，是偶然碰到的一位来华旅游的美国老太慷慨作经济担保的，当时不少人猜不出这位老太用意何在，几乎怀疑是奴隶贩子呢。华如梅想着这个故事，便忍不住要说笑话。

别说我们的信息传得慢，"陈奂生要出国"这件事，却像一个开山炮，一下子大家都听见了。乡里边的有线广播，当作重点新闻播了两次。是张乡长亲口授的文稿。当天晚上，陈家村上的男男女女，像认新媳妇一样挤到陈奂生家来。大家争着说话，喳啦喳啦像一群出棚鸭，吵得谁都不知道谁在说什么。奂生家地方小，挤得大家一身汗，年轻人大喊气闷，要痛快痛快。王生发来了，一高兴，就说到他家里去闹一闹。大家巴不得，自然蜂拥而去。短短一段路上，几个女青年起哄，拉着陈奂生打转，说是教他跳舞，否则到了美国要做阿木林。进了王家，大家也不坐下来，有的问陈奂生晓不晓得到美国去有多远，坐飞机怕不怕？有的说不用坐飞机，也不用走一步，美国就在地底下，挖个洞钻下去就到了。有人说到了美国，听不懂他们的话怎么办？有人说这倒不要紧，世界上哑子聋聋有的是，活得反而省心。有人说美国的女人屁股大，奶子大，穿了背心短裤满街跑，奂生你当心看了红眼。有人说这个不要紧，奂生别的世面没见过，这方面也生了一男一女，坐得住禅的了。有人说这件事完全不要紧，充其量多带几瓶眼药水。最要当心的是黑社会里那些人，身上都有枪，还有炸弹、火箭筒，动不动就杀人。你陈奂生到了美国，脾气一定要改改，不要做投煞青鱼，一投投到人家枪口上，丢了性命白损！……这时候人人大谈美国，似乎大家都是美国通，都到美国去过，没去过的就只有陈奂生一人了。他们毕竟比陈奂生有见识，至少看过一些美国电影电视片。有人太看不起陈奂生，竟说：“奂生，你到了美国，不曾见过的东西就太多啦，你可不能再出洋相，像上次住招待所那样，连沙发也要爬上去跳跳。”王生发神气地说：“这一趟奂生可不会了，只要看看我这个家，这种装潢，这种设备，好东西哪样没有，电视上看到美国人家里的格局，也不过这样吧，有什么大不了！”陈奂生听了，也觉得腰杆子硬邦邦的，挺不在乎地说：“就算自家要不起，也总见过吧！就算还有不曾见过的，也总听说过吧，唔！”

正说的热闹，忽听大喝一声：“我来了！”大家一怔，回头看去，进来的是陆龙飞。大家轰的一声喊：“陆龙飞，你说说。”陆龙飞说：“我还说什么，陈奂生你这个家伙，生辰八字怎么排的，神仙也算不出你是什么命。到美国去！谁料到他还有这一着。这一着可厉害了，搞得好，老来享福；搞坏了，后患无穷。”说到这里，神情变得十分严肃，全场都安静下来听他讲。“我们是共产党领导的国家，是全世界著名的政治大国，你陈奂生到美国去，不管是为了什么，美国人都会怀疑你有什么政治目的。”有人嘘道：“别胡扯了，又不是陈奂生自己要去的，是他们来请的。”陆龙飞说：“你才胡扯，他们来请就更复杂，大概就是看中他忠厚，容易利用。况且请他去的又不是真正的美国人，只是住在美国的中国人，谁又能担保她不被美国政府怀疑是共产党早先派去的呢！”大家没有想到这一点，只好听他的。陆龙飞继续说道：“况且还邀请了辛主平，辛主平这个人可厉害啦！你们看，他写了陈奂生的小说，好几年了，我们只当是一个姓高的写的，都没想到竟是他。回想当年他在我们村上劳动的时候，就是一个摸不出他深浅的人。你们想，陈奂生出去可以没有目的，他出去会没有目的吗？他要和奂生一同出去，我看就是为了隐蔽自己。万一出了什么事情，就往奂生身上一推，他一走了之。奂生走得了吗？他天南地北都分不清！”他说得那么严重，陈奂生听得眼睛都直了。王生发笑骂道：“陆龙飞，你不要作孽。陈奂生你别听他瞎说，这几年到美国去的人，成千上万，回来的人个个都头颅长在颈项上。可惜那个女先生不请陆龙飞去，要是请，他脚底里揩油，去得才快呢。”陆龙飞做了个鬼脸，滑稽地说：“杀我的头也不去，那里的资本家剥削工人，人民生活在水深火热之中。我又没有本领去解放他们，也不想去受那个罪！”王生发大声说：“你们不要听他胡说八道，要玩就玩吧，陈奂生陈奂生，我看你最难办的是穿什么衣裳到美国去，带些什么去送人，山芋花生米总拿不出手了吧！等我有了空，找我商量商量，我能帮忙总归帮。你去了美国，给我看看美国人玩哪些东西，赌钱发明些什么新花样？回来的时候我别的不要你送，送几副美国最好的扑克牌给我就行。”……

从这一天开始，陈奂生这个名字，便从落进的谷底迅速升腾起来，重新成为挂在空中的明星。谈论他的人，从全村扩展到全乡，过了几天，县报也发了“陈奂生将应邀访美”的消息，于是在全县成为美谈。有些好事的人，再去找写他的小说看，书店里一本也没有，连图书馆居然也只有《“漏斗户”主》一篇。还有人赶去找陈奂生，以为他总有，谁知陈奂生一向没把这当一回事，一张纸也拿不出。来人以为他不肯拿出来，要藏在家里做传家宝，愿意出高价买他的。陈奂生十分后悔说：“以前倒是有人寄来过，总以为没有用，拿来生煤球炉引火烧掉了。”

只有一个陈正清，皱着眉头对陈奂生说了几句扫兴的话。他说：“奂生呀！你可要当心啊，人家请你去，你可不能让别人当猴子玩！”这位陈老师读过《红楼梦》，他是想到了刘姥姥。然而使他皱眉的远不止此，因为刘姥姥倒还不曾丧失人格国格啊！

陈正清老师的思考并非没有道理，但未免失之狭隘，因为世界是如此博大，情况可以如他所判，也完全可能始料不及。比如华如梅老师的邀请决无那种动机，再则陈奂生虽然当面受了点化，也还并不懂怎样才算被人当猴子耍。即使陈正清本人，也未见得被人耍了就觉察。

同样是人，观念不同如水火。陈奂生老矣，已经是一块成型的铸铁，一榔头打下去，连痕迹都没有。陈正清的话，对他的影响也是如此。他不会矫饰自己，也决无防人之心。不管在家还是出国，他只会把自己赤裸裸袒露在大家面前。

二

消息传播出去，反响十分热烈。群众真正发动起来了，都要看陈奂生怎样出国。天天有人来打听他几时动身，都准备得怎么样了。好像陈奂生变成了大姑娘，找定了对象马上要结婚，大家急等着吃喜酒似的。弄得陈奂生昏头昏脑，也以为迎亲的花轿立时三刻就会来。自己还不知道怎样梳妆打扮才合适，想买穿戴不知道买现成的还是买了料子回来做，想买料子又不知道该买什么料做什么款式。主意打不定怕花冤枉钱就什么也不买；不买又怕花轿来抬他的时候没办法上轿。左也不是，右也不是，晚上睡觉像只猢狲，放个屁的时光翻三个身，弄得老婆也睡不好。老婆本来因奂生要离家不快活，现在见他中了邪似的，知道已全不把自己放在心上了，十分气恼，干脆就踢他的屁股，还大彻大悟地说：“早先听人喊反修反修，我还不晓得修是什么东西哪，现在可晓得了，就是你这种样子，活该拉出去斗！”奂生也不理她。几天下来，奂生瘦了，老婆又心疼，安慰他说：“要你烦什么心呢。辛老师同你一道去，该怎么样他会关照你的，你耐心等他来就是了。”可是辛老师不来，十天不来，半月不来，一个月也不来。奂生叫儿子写信去问，回信也没有。急得陈奂生像热锅上的蚂蚁。儿子说：“辛老师现在是作家，是只白脚花狸猫，到处乱跑，哪会坐在家里呢，写去的信，只怕还躺在桌子上睡觉呢！”陈奂生埋怨道：“乡下的事情，辛老师都是晓得的，再拖下去，要刈麦了，我还有空到外国去玩吗？上趟城都没得工夫！”

儿子听了，半晌才慢吞吞地说：“这倒不碍，有得去，你去好了。我就怕人家是随口说的好听话，说过就忘记了。我们呢，还当是真的，一直呆等。再说又是大家都知道的事情，落了空，可笑话了！”

陈奂生听了，不再吭声。因为外面的确已经有了议论。热潮高涨了几天，没有燃料继续加进去，便冷却下来，一思考，许多人忽然不相信这会是真的；那个女教授同陈奂生非亲非故，为什么要请他到美国去玩？就是从坏处想，她又看中他什么呢？骗出去卖掉他只怕也没有人要，他不就老死坯一个了吗！请他去一趟美国总要很多很多钱，光一张飞机票往返就要几千块，女教授就算有钱，放在袋里又不会咬她的肉，干吗要花掉它，除非有神经病！嘿！好！你看她一走就没有下文了。这才对！人家是说的客气话，不能当真的！操，只有傻瓜才相信，全是瞎缠！

于是大家就不再相信了，倒反埋怨陈先生，说都是他惹的事，害大家空欢喜。刻薄的人，还笑话陈奂生癞蛤蟆想吃天鹅肉。其实哪里轮得到他呢！不过还好得没有真去，真要去了，还不晓得会落个什么下场呢！

陈奂生虽笨，也晓得这是有意损他。别的不说，辛主平这个人，他无论如何也是信得过的，跟他同去，尽可放心。不过现在没有消息来，就只好生闷气。这横竖是他习惯了的，闷气生得再多，肚子也不会爆炸。

接着夏忙了，一开镰刈麦，大家累得只顾流汗，嘴里就没有那么多涎水说空话了。过了夏忙，便没有人再提这件事。偶尔有人记起来，也只淡淡一笑，懒得说什么。只陈奂生还牢记着，却不敢说出来。有时闲了，就呆呆看着天边，怎么也猜不出去美国有多远：倘若要去，据说一定要坐飞机。飞机每天都有从这里飞过，陈奂生从来认为理所当然，现在竟忽然怀疑起来，天上空空的，一无所有，是什么把飞机托住了不掉下来呢？难道人真能坐着它上天去吗？

临近农历八月半，早稻已经黄熟，晚稻已莠齐扬花灌浆，依旧没有消息来。中秋节吃团圆饭，三杯酒下肚，陈奂生忍不住了，不免长叹一声。儿子问他为什么，奂生来不及回答，他老婆就说他害相思病。陈奂生瞪了她一眼，被她猜中心思恼火，骂她“你懂个屁”！心里却窝囊地想：“要是决定今年娶媳妇，八月半前头就该说定了[22]。到现在没有信息来，兆头不好，年内办不成事情了。”

真是出国难，比娶媳妇还难。这一阵听别人说这说那，陈奂生也晓得去一趟美国花的钱，该比替儿子娶媳妇还多。说到底难还是难在钱上面。

所以，陈奂生就想：大概那个华先生后悔了，她舍不得花那么多的钱。有时候却又想：“她也笨，与其花那么多钱请我去玩一趟，倒不如送给我派点正经用场。”可是他不会说出来，他晓得这想法有点贱，他懂得一个人要靠自己劳动才是正道。

其实这一切都是多余的想法，山穷水尽疑无路，柳暗花明又一

㉒ 当地风俗如此，这里作譬喻用。

村。过了三个月，他就跟着辛主平从上海飞到香港。还在香港住了三天，才飞往太平洋彼岸。从香港机场走出来的时候，陈奂生原也明明知道这里是香港，周围的人也是黄皮肤、黑头发、乌眼珠，可是一开口，都像车道上滚铁桶一样“咯通、咯通”，一句都听不懂。陈奂生便觉得上了当，认为这些人装得像中国人，其实是外国人。竟疑心已经到了美国。辛主平告诉他说，他们说的是广东话。陈奂生还不信，说广东话怎么会像听不懂的外国话呢？难道广东也是外国吗？辛主平听他这么说，不禁想起自己到各地讲课时碰到的难题，因为他的普通话讲得十分蹩脚，也常常被取笑为外国人的。于是就说：“你把他们当外国人，只怕他们听你说起常州话来也当是外国人呢。你还不知道，过了长江到蚌埠，那里的人就叫我们是蛮子，越往南说话就越蛮，我们是小蛮子，现在碰到大蛮子了。”陈奂生只好叹气，反又觉得到美国去的难处并不是不会美国话，因为不出国也一样听不懂中国话。

陈奂生当然还是第一次坐飞机，他在上海机场看那飞机同一节火车车厢那么大，总觉得它飞不起来。真要能飞得上天倒怪了。可是不容他多想，飞机已开始移动，然后就发疯一样大声吼着向前冲，路边的草地往后退得比疾风推云还快，吓得陈奂生一把抓住了辛主平的肩膀。这也是身不由己，纯属多余；因为如果摔死，何止辛主平一个，有的是伴，不会寂寞的。

后来从香港往美国飞，飞机更大了，坐了三百几十号人，等于载了整整两个生产队的人，陈奂生倒不怕了。一则有了经验，二则也想到这不是他陈奂生一条性命的事。好比“文化大革命”中生产队里的大锅饭，要冷大家冷，要热大家热，亏不了哪一个。哪一个也占不了便宜，用不到陈奂生劳神。再说这飞机上了天空，竟像坐在家里一样，比汽车、火车都稳，稳得动也不动，陈奂生于是很放心，能够顾盼自如了。他听辛主平的指点，朝飞机外面看去，竟是万里晴空，上下左右，一色碧青。这架飞机，就像悬挂在一个大碧球的中心，好像在飞，又好像不在飞，前进得十分缓慢。初看的时候，景色不但迷人，而且叫人吃惊。后来才晓得下面是太平洋，难怪碧色比天空还深些。看得久了，便很单调。又觉得飞机飞得这样慢，几时才能到美国？陈奂生知道急不得，就端坐闭目养神，想起离家日远一日，不知家里的人，现在怎么样了。再过一二十天，就要过春节了。原说要把那只最大的猪杀了过节的，不知杀了没有？能有几成肉？等他回去的时候，不晓得还有他吃的没有？陈天子爱吃肉，还要拣精的，杀了猪就惬意了。就怕他吃坏肚子……想着想着，一阵疲劳涌上心头，连连打呵欠，想也想不动了，直想睡过去，一个瞌睡接一个瞌睡，原来飞机震速很快，不易觉察，坐的时间长了就很累。辛主平拍拍他的肩膀，指指后面有几排座位空着，还未有人想到去占领，便同着他过去把座位旁的扶手一一往上扳，嵌进靠背间的空隙里。扳掉三个，四张座椅便连成一张可以躺着睡觉的床了。于是两人各占了一张。陈奂生的两只脚，已经坐得麻酸了，一躺下去，十分轻快，不到三分钟就呼呼睡着了。

他这一睡，竟睡到了美国。飞机在旧金山机场停下前，辛主平才把他叫醒。一听说快要到了，还以为辛主平骗人呢。

过了美国海关，就碰到了来迎接他们的华如梅先生。大家都很高兴，陈奂生一面高兴一面又觉得好诧异，他睁大了眼睛盯住华如梅看了好久，似乎不相信她果然会等在这里接他们。华如梅也像唱歌一样高声说："嗨，接到你们了。我就怕你们赶不上那班飞机呢。"辛主平说："怎么会呢，约定了的日子，能耽误吗。"华如梅就把陪她来的一位美国男人介绍给他们说："这就是文柯华。"辛主平一听，就记起华如梅以前讲到她丈夫的名字，知道他是一位著名的学者，便连忙同他握手；只是不晓得他懂不懂中国话，只得"嗨"了一声算是招呼。文柯华却从容地用中国话说："你们好，昨天我们这儿还下雨，今天知道你们要来，太阳就出来欢迎你们。"辛主平见他懂华语，便马上愉快地说："好极了，今天美国的太阳出来为中国的客人劳神，十分谢谢。"他的机智的语言使文柯华哈哈大笑说："喔，同作家交朋友的人总是赢家，随时都有妙语连珠。”大家寒暄了片刻，文柯华又对陈奂生说：“陈先生，我和我的妻子都钦佩你的为人，欢迎你来做客。我想我是你的一个亲戚，按照习惯的说法，是中国的女婿。所以你不用客气。”这么一说，气氛更加和谐。华如梅真像小妹似的靠着陈奂生，抚了抚他的衣裳说：“陈先生，你这副穿戴很合适。中山装，中国气派；浅灰色，显得精神。不穿皮鞋，穿旅游鞋，可最好了。它使人想起软底靴的鞋底，老棉鞋的鞋帮，都有中国传统在里边……看你这打扮，稳稳当当的，就像你的人一样。”

说着，夫妇俩帮着提了行李，一起出门上车。文柯华开车，华如梅告诉说替他们租了一套公寓房子，生活还方便，如果吃不来美国菜，可以买了生的自己烧。辛主平忙说：“不要紧的，我们吃东西都很随便。”华如梅说：“反正想怎样吃就怎样吃，要吃什么就吃什么。总得吃好吃饱，可不能饿瘦了回去。”辛主平不禁一笑说：“你放心，我们不会做‘漏斗户’的。”这句话通到大家的回忆，又笑了一阵。华如梅说：“我也实在不会照顾人，不知道你们会不会烧了吃。”陈奂生插嘴说：“会，只怕没有烧，不怕不会烧，尽管放心。”辛主平也说：“我都当过几十年单身汉，自己不烧哪来吃。”华如梅点点头说：“我知道的，从国内来的人，都会照料自己的生活。”

说着这些，汽车在一爿中国饭馆门前停下来。原来早就商量好了，他们要请两位客人在这里吃饭，算是接风。四个人走进门，便有一位年轻的中国姑娘上前招呼，领他们在一张舒适的桌子边坐下来，然后便去替他们沏茶。华如梅继续她的话头，她专对陈奂生说：“陈先生，你不要怕陌生，其实这里的中国人很多，还有专门住中国人的中国街。这爿饭店也是中国人开的。一百多年前，到这里来的中国人，十有八九都是同你一样的辛辛苦苦劳动人，他们来了以后，吃尽千辛万苦，才站住脚跟的。说不定当年有许多人都当过‘漏斗户’呢。”陈奂生听罢“啊”了一声，心想这就怪了。像我这种人，从前到美国来不稀奇，现在反倒稀奇。大家当做了不得的大事情，这算是什么毛病？

华如梅又说：“这里还传下来许多故事呢。”她指着窗外说：“你们看那边，一座高房子，那尖屋顶像个箭头一样竖在高空——看见了吗？那是电报大楼。可是这里的人谣传说，这是一个钉头，是从中国钉过来的一只钉，把地球钉穿了才冒出头来。我想这正好可以看到当年华侨创业的顽强精神。”文柯华接上说：“OK，非常动人的故事。”这些知识，陈奂生还是第一次听到，顿时长了八分豪气，觉得到美国来玩一趟，也是理所当然的事，不是自古以来就有的吗！

大家说得热闹，全不曾注意到那位招待他们的中国姑娘，给他们沏了茶之后，就一直站在桌后专注地听着，连菜单都忘了递上来。这时候竟忍不住笑着走上一步，低声对华如梅说：“华先生，他们来啦！”

华如梅定睛一看，一醒道：“黄芳，咦，我怎么没注意你，你在这里打工吗？”见黄芳点头，便高兴地说：“巧极了，黄芳，我来给你介绍，这就是辛先生，这就是陈先生。我早就同你们说过了，这就是他们哪！”然后便对辛主平和陈奂生说：“她叫黄芳，是国内名牌大学中文系毕业生，工作几年了，去年才带了孩子来伴读。她的爱人叫许宁，在这里读比较文学博士，就是他，我已经同学校当局商量好了，请他来照应你们。”

辛主平看着黄芳说：“好极了，好极了，以后要多请你们照应呢。”

黄芳的身材高挑挑的，虽然做了母亲，体型却还像个姑娘。这时她挺高兴地说：“辛先生，你可别客气，许宁就是你的老朋友沈永老师的学生。我来的时候还住在沈老师家里，沈老师就谈起你要来，所以许宁早就知道了。就是学校里不请我们，我们也会来照应先生的。”

她说得很热情，这时候因为已过了午时，店里没有旁的食客了，所以只有他们的谈话声，容易吸引注意。有个中年人从里面走出来，看是来了什么人。黄芳就叫道：“周先生，国内有客人来了。”等周先生走近，黄芳就介绍说：“这是文教授和华教授，这两位呢，是他们从中国请来的客人。辛先生是作家，陈奂生呢，是大名鼎鼎的农民，国内许多人都知道他。”然后转过来又介绍说：“这就是我们店的周老板。”周老板一顿，然后眼珠一转，有经验的人一眼就看出他一无所知，但是他的嘴已像浸在润滑油里一样直溜，他马上连贯地说：“久仰大名，久仰大名，我听许多国内来的客人谈起过你。现在你们也来了，欢迎欢迎，以后请多光临。我们一定优待，我请黄小姐特别款待你们。”他高高兴兴说了一通废话，然后便高高兴兴地点点头告退。他有意让人知道他习惯于这样的客串，让别人既能够保持兴趣又不对他抱希望。

客套过去了。他们便高高兴兴进餐，主人因为要开车，不喝酒，但是请客人喝，还问客人要喝什么酒，可以自己挑。辛主平要了两杯威士忌，给了陈奂生一杯。陈奂生看那杯里只有几口酒，很不起眼，心想外国人怎么这样小气呢。华如梅看出来了，便要了一瓶，请他们喝。陈奂生喝了几盅，心胸十分畅快。当华先生同辛主平谈起，这几年旧金山，同五年前有哪些变化时，辛主平倒只说了句：“不大看得出，但一样漂亮。”陈奂生却抢过话头说：“我看同香港差不多。”华如梅很有兴趣地问：“哪些地方差不多呢？”辛主平怕他答不上来，便笑着说：“大概是一样有山，一样有海，一样有高楼大厦吧！”陈奂生摇摇头，很有把握地说：“不是的，不是的，我是说它们都像一个大蚂蚁窝。”

一句话说得三个人你看看我，我看看他，面面相觑，一时都说不出话来。因为他们都没见过大蚂蚁窝。如果他们要问“为什么像大蚂蚁窝”，首先就要问明白“大蚂蚁窝是什么样子”。

陈奂生见大家不开口，以为赞成他的话，就发挥道：“你们说稀奇不稀奇，放着宽宽大大的地方不住，却到海边沿上的山坳坳里来。房子造得密簇簇，一层层拔得攀上天，千百十万人硬拼着性命挤在一起，这不就像蚂蚁在壁角落里做窝吗！”他说完，文先生很高兴地称赞说：“陈先生，你说得很好，像个蚂蚁窝，这个说法挺新鲜。”华如梅说：“那么上海呢？不也是蚂蚁窝吗？”陈奂生怔住了，他没有到过上海，这趟乘飞机，从火车站到飞机场，穿过上海一只角，不曾下来看，就像他们没见过蚂蚁窝一样，不好回答。辛主平知道这一点，便笑嘻嘻地说：“上海没有山，也看不见海，是宽宽荡荡的大平原。”说到这里，心头忽然一闪亮，明白了陈奂生说这话的观点，忍不住笑出声来。华如梅问他笑什么，他连连摇头说：“没有什么，没有什么。”却看看陈奂生有滋有味地想：“好家伙，人家是在‘海边沿上的山坳坳里’，是在‘墙壁角落里做窝’，而你陈奂生的家乡，自然就在世界的中央啰！”

吃完饭出来，主人就送客人去公寓。汽车开七八分钟就到了。那公寓是座三层楼房，同旁边几座连成一线，门前有三四丈宽的草坪，间有几棵疏疏朗朗的树，草坪边沿，还镶上一排花。很惹看，却不识得。走进屋，地面一层，有四套房间，各占一角。辛主平和陈奂生住的，进门右手第一套就是。华如梅拿钥匙开了门，引大家进去，里面有一间卧室，一间起坐，一间衣帽间，厨房、卫生间一应俱全，果然宽敞方便。陈奂生来不及注意这一点，他先被屋内的陈设吸引住了。原来这儿不但普通家具和零星用品应有尽有，还有大号的电视机和冰箱，炊具、清洗池和餐具，都是配套的，白的雪白，亮的雪亮，吓得人不敢用它。陈奂生忙问道：“这是谁的家，主人呢？”华如梅不懂道：“你讲谁？”陈奂生很不好意思道：“华先生，你太客气了，我们不能把你们夫妻赶跑了，让我们住。我们住了也困不着！”华如梅说：“不是的，陈先生，这是替你们租的房子。”陈奂生说：“不对，我不相信，明明这是一家人家住着的，怎么倒说是租的房子呢？倘若真是租的，哪里会有这许多家什呢？”三个人这才听明白了。辛主平忙说：“是租的，是租的，在美国租房子，常常有这些东西的。”陈奂生把手一指厨台上的几卷干面说：“这吃的也在租的里面吗？”这一驳把辛主平的嘴驳哑了。文先生有趣地说：“没有错，这也在租的里面。”华如梅连忙解释道：“陈先生，我晓得你们今天来，自然要准备一下，这里没有的东西，我家有就拿来用，没有就买一点。吃的东西自然都是买来的，这倒也不光是客气，要是不先买了，你们来后立时三刻也买不全。这里买东西要跑很远的路，都开了汽车去，所以横竖还是要我同你们去买的，何不先替你们买了呢。你们住下来以后，也不能天天上菜场，每星期顶多去一次，要买足一星期的食品，回来放在冰箱里存起来。我恐怕不会每星期有空陪你们去。许宁会帮忙的——就是刚才饭店里那位黄芳的丈夫，他知道你们来了，就会来看你们。”陈奂生忙说：“那倒用不着，我们在乡下，上街买一趟菜，往返也要走七八里呢。”华如梅说：“这里忒远，二三十公里呢！”陈奂生“啊”了一声还想说下去，辛主平轻轻推了他一下，接过去说：“好，反正来了也不客气了，一切听主人安排。华先生，文先生，你们很忙，今天快耽搁你们大半天了，赶快请回吧。”华如梅说：“回去了，回去了。你们一路辛苦，赶快洗洗就休息。你们绕地球走了半圈，白天黑夜都弄颠倒了，会有几天不习惯，等你们休养够了，再商量别的事情吧。”

辛主平把华如梅夫妇送出门，华如梅又想起一件事来说：“对了，辛先生，屋里只有一张现成的床，还有一张呢，把那张长沙发拉出来就行了，可以两用的。被铺有几套，尽够用。”辛主平连连说：“好，没有问题。”他已晓得陈奂生是困惯硬板床的，睡席梦思难入梦境，又怕困软了骨头吃不起苦，一路住宾馆，都把被铺摊在地毯上睡。他倒是睡得很香，辛主平睡不着，他明白这是在什么历史条件下养成的习惯，倒弄得他辗转难眠。

辛主平和陈奂生，都很累了，华如梅夫妇走后，真想马上躺下睡觉。但进入一个新的环境，像吃了一副兴奋剂，舍不得就睡，便翻箱倒柜，看看主人究竟替他们置备了哪些家底。结果发现，食柜里米、面、饼干、面包、油、盐、糖、酒、酱油、黄油、胡椒都有。醋不是忘了买，是拿错了，多了瓶酱油。冰箱里有牛肉、鸡蛋、蔬菜、豆腐、葱、姜、蒜头、饮料，一应俱全，光水果便买了苹果、橘子、香蕉、葡萄四种，连肥皂、牙刷牙膏、清洁用纸和擦桌子洗碗的抹布都全有了，处处可以看出主人待客的细心。陈奂生说：“这不连年货都办了么！”（他不禁又想起快过年了）辛主平也叹道：“想不到华先生一个学者，会这样细心照料别人。”

正感叹间，有人打电话来，辛主平一接，对方就说：“我是许宁，找辛先生。”辛主平来前就听老友沈永讲到他，所以很亲切。许宁说黄芳打电话回来，知道他们来了，要来看望，辛主平连忙答应。挂断电话只三四分钟，许宁就来了，原来他就住在公路斜对面的公寓里。他长得胖乎乎的，白白净净，厚道中透出一股聪慧的秀气，一看就叫人喜欢。他也像华如梅一样，知道客人累了，只是专门来打个招呼，要他们有事就找他，不用客气，然后就走了，留也留不住，他怕影响他们休息。

晚上陈奂生打好地铺，还没脱衣，忽然有一种又轻又柔的东西盖到他脸上，遮住了光线，陈奂生非常非常舒服，舒服得再也不想什么了。过不多久，觉得身子像吊在半空里晃动，原来自己又上了飞机，他记不起是什么时候上飞机的，但是明白他想过要坐了飞机回家。他想：“飞到哪儿了？”便往窗外看去，果然飞机又挂在大碧球里了，这一次却飞得快极了，一忽儿就到了世界中心陈家村。陈奂生看见了自家的一间楼房和三间破屋，但是没有机场，飞机没法停下来，只得像只大鸟一样绕着村庄转圈子，陈奂生急得团团转，想不顾死活跳下去。但是窗门都打不开，出了一身黄汗，又流掉许多眼泪，弄得软瘫无气了，只得重新把脸贴在窗玻璃上往下看。这时屋子里的人都站到外面来看飞机，他看见了老婆、儿子、女儿和陈天子，还有陈正清、陆龙飞、王生发和陈浩松、陈荣大，等等。他大声喊他们的名字，他们却像聋子一样没有反应，全昂头呆呆地朝着飞机转，陈奂生气得把头扭过了也不想看，却看见辛主平横身睡在四张座椅上，一动也不动。陈奂生认为辛主平自然懂得怎样走下飞机的，可他竟一声不吭，不帮陈奂生的忙。陈奂生很气，就叫醒他，叫不醒就用手去推他，推他不动，陈奂生就抚他的额头，额头冰冷，抚抚鼻孔，竟没有气，原来辛主平死了。陈奂生大哭道：“辛老师，你死了，叫我陈奂生一个人怎么回去呀！”

这一声大叫，终于把沉睡中的辛主平吵醒了。他以为出了什么事，连忙竖起身来看陈奂生，陈奂生却像有睡神护身一般，依然呼呼大睡，雷打不动。他似乎专为吓醒别人才做梦。

三

为了让客人好好休息，整整两天，华如梅没有来；近在咫尺的许宁和黄芳也没有来；但都来过电话。电话里也是一片价劝休息。好像辛主平和陈奂生都是豆腐做的，坐了一天多飞机就把骨头架子坐散了。其实到了一个新地方，最气闷的就是坐在家里。

没有陪他们玩，还说是照顾他们，闷煞也说不得。幸好想着脚还生在自己身子上，两个人便辜负了主人的美意，出门荡街头看风景。不过陈奂生毕竟老实，他不肯走远，有辛主平在一起，他并不怕认不得路回来，只是觉着越往远处走地皮越发软，踏下去不实在。

大概主方也是约定了的，只让客人歇两天，所以第三天早上，辛主平刚起身，许宁就打电话来，说如果客人休息够了的话，他就来拜访。过了三四分钟，就敲了休息够了的客人的门进来了。他一进门，就散发出一股奶味。同他的相貌一配合，觉得他真还像是个孩子。而且是挺惹人喜欢的孩子，一个刚从母亲的怀抱里吃饱了奶的孩子。他打过招呼就说，今天下午他和黄芳都有空，想请两位客人出去玩玩，然后在他家便饭。他说这是很方便的，一点不专为客人花费什么，所以用不着推辞。他先把退路堵住，叫客人只好答应。谁知应声刚落，电话铃又响，自然是华如梅打来的了。一开口也是请客人晚上去她家中便饭。看来他们并没有说好这顿晚饭该谁请。许宁已走在前头，客人就没法再答应。可是华如梅一听许宁约了，便叫许宁接电话。说她请客要谈公事，许宁不但不可以挡路，而且必须用车送客人一起到她家去做客。许宁没有料到这一着，不曾利用伟大祖国的文化，先筑起顽抗的隅。事到临头，只好俯首听命，连声允诺。放下电话筒，那天真的眼珠也调皮地一转说：“好呀，我请你们吃中饭，华先生同我抢晚上，我抢不过她，就抢她的先！”

他殷殷地把客人邀回家里，出来开门的是他妻子黄芳。原来黄芳本是下午四点以后上班，今天为了客人打算不去的。听许宁一说，便文静地笑道：“华先生真是好极了，她舍不得我误工呢。”于是请客人坐下，倒茶。两岁的女儿珂尼见了他们不用介绍，都叫爷爷。辛主平比陈奂生小六岁，不喜欢当爷爷。当爷爷就老了，但偏常常有人叫他爷爷。他只是认输。陈奂生不怕老，顶好当太公。可还是第一次有人叫他爷爷。一听就动了真感情，手就插到袋里去，想摸出点什么来给孩子做见面礼。但那只手进了袋却拔不出来了，因为实在未做准备。其实谁也没有理会他摸袋袋的意思，所以一点不觉得他有什么尴尬。

许宁和黄芳都很会烧菜，那洋酒也极醇香，上口不辣，却有后劲。辛主平识得那酒，说在中国卖一百四十元一瓶。陈奂生真正吃了一惊，他原也知道外国东西样样都贵，没想会贵到这个程度。那么，这牛肉、这鱼、这虾、这鸡……又该多少钱呢？他不便问，呆了片刻，转了个弯说：“你们家爹娘都是大干部吧，一年要拿多少钱出来才够你们念书？”辛主平听了，忍不住第一个笑，又连忙摇头说：“不是的，不是的……”许宁接着说：“不能靠父母，父母的官做得再大，也供应不起；当然，贪官除外。我是靠公费。光公费也不够，还靠争取这里学校的奖学金。黄芳来了，我们两个还都打工，才能够维持。”

提到打工，正在烧菜的黄芳忽然问道：“你们昨天报上看到消息没有，我在餐馆听见两位中国客人说有条新闻报道辛先生和陈奂生到美国访问的事。”

“真的吗，在什么报上？”大家不约而同地问。

“嗨，当时我忙得不得了，没顾上问，后来一转身，要问的时候，客人已走了。”

许宁寻思说："是什么报呢？"便去找家里订的一张报纸看。辛、陈两人也无心吃酒，空张着嘴巴等报上的消息吃。

可是许宁不曾查出来，便扫兴地说："不会吧，谁的消息这样灵通？辛先生、陈先生来了还没有出过门呢！"

陈奂生说："门是出过的，不过也没有碰到熟人。"

辛主平唔了一声，心想，陈奂生在旧金山逛街碰到熟人，就更是新闻了。

大家瞎猜了一阵，也没有结果。

吃过饭，喝茶、聊天、抽香烟。没觉得有多久，黄芳便去上班了。许宁便把孩子送到邻居家托管（每小时两美元），等到回来，华如梅的电话也来了。于是由许宁开车一同去华家。华家单独住一幢二层楼小洋房，四周有绿树、鲜花和草地环绕，幽美清爽。相比之下，停在路侧的小汽车倒像是垃圾桶，不大雅观了。

华如梅今天请客，实际上是正式把辛、陈两位客人介绍给学校中有关的负责人和专家，方便今后交往。再一个呢，还要同辛主平商量把今后的活动确定下来。她早已拟就一个计划，并且已同有关方面联系过。按照这个计划，辛主平将去十所大学参观和讲学，在旧金山和湾区停留一段时间之后，便沿太平洋洋岸南下圣得巴巴拉、洛杉矶直到圣地亚哥。然后折回旧金山参加一个全美东方文化研究年会，再飞往芝加哥、底特律、安娜堡、纽约、纽黑文和波士顿。所到之处，都会有大学有关部门接待。但考虑到辛主平在大部分城市都有朋友，难免会有意外逗留；所以东部地区各城市的到达时间，可以去了安娜堡的密西根大学以后再决定。这实际上是一次边讲学、边访友、边参观的旅行，自然是极轻松愉快的。只要辛主平同意了，马上就要落实下去，以便行动。所以，这一餐饭，吃得正儿八经，到的人虽不多，但言笑极有分寸。不过到后来，大家把注意力集中到陈奂生身上的时候，每个人的思路都突然活跃起来。他们都读过辛主平写陈奂生的小说，每个人发现自己还是第一次能够同作家和这位作家写的小说里的人物共聚一堂。他们一致称赞华如梅这种邀请行动本身就是文学史上的一个创举，对于文学理论研究开拓了一个全新的魔方。也许会使各种观点有所发展，也许会把一切都打乱了重建，也许它证明一切理论都是胡说，也许它会使作家对自己塑造的人物莫名其妙……当然，他们不便当着辛主平和陈奂生的面大声说出来。但是他们都对身边的人低声交换意见，辛主平和陈奂生还是听到了。陈奂生听不懂但知道他们是善意的，所以也乐呵呵地笑。辛主平当然是听懂了，他意外地发现陈奂生这次来也许比自己还重要。华如梅笑着低低地告诉他在座一位专家的意见，说他带了陈奂生来是一种大胆的行动，像带着一面镜子让人透视他自己。他的作品的成功和失败的程度将在每个人的眼里显出不同，这个例子会波及整个文学评论。

“也许可以把所有作品放在这把火里烧一烧，看看究竟有多少含金量。”华如梅得意地悄悄说。

对于陈奂生的热情议论，从黄芳打了电话来渐臻高潮。黄芳的电话是打给华如梅的，说当地华文报纸昨天的确登过陈奂生、辛先生应邀访美的消息。她在打工的那个中国餐馆老板周先生，看过报纸就托她邀请辛先生和陈先生明天去晚餐。还想请文先生，华先生也去。所以她来征求意见，是否可以答应。华如梅正在兴头上，马上就说：“这有什么不好答应的，只要周先生请吃，就去。”挂断电话，就当场宣布新闻，满座轰动。文柯华把手一摊说：“餐馆老板请客，一定吃得好，可惜我没有口福，明天上午就走了。”原来他今年轮休，应温哥华大学聘请去讲学半年。华如梅笑笑说：“你不参加最好，你吃得太多，你去了会让我们吃不饱。”说得大家哈哈大笑。

到了明天傍晚，华如梅开车来接辛、陈两位，竟把许宁也邀了去。许宁不肯，说周老板没有请他。华如梅说：“文柯华委托你代表他赴宴，你不肯做文柯华的代表吗？”许宁像被一座山压了一压似的说：“好好，文先生叫我去，我怎能不去。”

坐在车上，华如梅问许宁道：“黄芳知道不知道周先生为什么请客？”许宁摇摇头说：“不知道。大概是看了报上的消息吧。”华如梅又问：“看到了消息为什么请客呢？”许宁睁着天真的眼睛想了片刻说：“大概他也喜欢结交名人。”华如梅不置可否地笑笑说：“这个周老板，什么意思？好，我们不管他，横竖他不会在菜里放毒药。”一路闲聊，很快就到了餐馆。刚下车，餐馆门就打开，周老板满面堆笑，和黄芳一同迎接他们，开口就说：“噢，陈先生、辛先生，本人有眼不识泰山，原来两位是鼎鼎大名的人物。要不是报上登出来，几乎当面错过。今天特地请你们来，表表心意。你们肯再来小店坐坐，我很荣幸。”说完，又同华如梅、许宁一一招呼，还查问文先生怎么没有来。一面说，一面邀入室内，领大家走到一张漂亮的桌子旁。那儿先有一位先生坐着，这时已站了起来，周老板就介绍说：“这位是我们的名记者杰克逊先生，他会讲中国话，爱吃中国菜，还常常看中国书。他今天就是特地来看陈奂生先生的。”说着便笑，对陈奂生道：“陈先生，你的名气比辛先生还大，人家看了辛先生写你的小说，只记得陈奂生。你是中国最有名气的农民。”他说得挺认真，捧得陈奂生胡天胡地。杰克逊却马上接着说：“周先生说得很好，陈先生你这次访问美国，是很有价值的，我想替你拍几张照做个纪念，可以吗？”华如梅已经明白了几分，坦然笑着说：“这有什么不可以的，反正大家在这里用餐，尽有时间。杰克逊先生高兴拍就多拍几张好了。”说话归说话，动作归动作，这时候已经吃开了，周老板举起酒杯第一个敬的就是陈奂生。陈奂生的杯子刚和周老板碰上就是耀眼的一烁，他愣然还没有醒过来，杰克逊已经在喊“OK，Very good”。然后那照相机又连续亮了几次，把每个人都拍进去了。华如梅特别高兴，站起来走到陈奂生旁边说：“我跟陈先生合影一张，说不定能沾光在报纸上露露脸呢！”

今天周老板准备的肴馔也真不错，每上一碗菜，常常就问陈奂生：“味道怎么样，是不是真正的中国味道？”陈奂生也只得充美食家，连连点头。而周老板刺激他胃口的时候，杰克逊就刺激他的眼睛。他的适应性倒挺强，第二次就习惯了，眼睛眨都不眨，挺上镜头。

吃吃喝喝，大约也有个把小时，自然也说了许多说过便忘的废话。值得一提的还是周老板表示出来的爱国心。他说他爱他的祖国，因为祖国是他的衣食父母。后来谈到他的创业史，他又说在美国赚钱很不容易，他尽力为他的顾客服务，因为顾客是他的衣食父母。这些话在吃了他的人回程车中引起了一点议论，许宁说周老板把祖国和顾客是一样看待的了。辛主平说今天我们吃了他的，就不知道谁是谁的父母了。最后还是华如梅更懂周老板，认为一个商人把祖国和顾客看得一样重要已经不差了：怕的倒是周老板虽然爱祖国，肚子里祖国的语言文字已经用不转，所以只好都拿“衣食父母”来胡扯。

华如梅不开车，让许宁开，因为许宁没有喝酒。华如梅喝了。所以她的兴致挺高，这时候又笑着说：“再也没想到，陈先生，今天周老板请客是对着你来的，我们都是陪客。”许宁诧异道：“他怎么这样看重陈先生？”华如梅看看辛主平说：“倒是那位记者挺直爽，他说‘陈先生访问美国，很有价值’。陈先生，周老板要出钱买你下来呢！”辛主平这才有点明白，哈哈笑道：“对对，奂生，我不及你值钱，我赞成先卖掉你。”陈奂生知道都是说笑，不但不着急，也开玩笑说：“我还值什么钱，肉都老了，周老板买了去烧也烧不烂。还是先卖你吧。”

毕竟是华如梅了解美国社会，到明天上午，吃过早饭不久，许宁就笑着送了报纸来给辛主平和陈奂生。居然在第一版右下方登了陈奂生一张很大的照片，他坐在酒宴桌旁，正在同周老板（侧面像）碰杯，挺有点气派。照片配有杰克逊的文章，许宁译给他们听，约有三四百字。别人只约略提到，几乎是专门写陈奂生的。写他应邀访美，一下飞机就到周老板的中国餐馆吃饭。周老板知道他是中国最著名的农民代表人物，特地宴请他，并由某某等作陪。宴会中，陈奂生先生说周老板餐馆的菜很好吃，是真正正宗的中国菜味道云云。

辛主平听了，哈哈大笑道："这个周老板，真是无孔不入，原来他要陈奂生替他做广告。奂生，你也是交好运，周老板免费替你宣传，你在美国的名气也大了。"

陈奂生心里高兴，却抗议道："名气关我什么事！我要名气做什么？还不是照样种田！"

许宁也反驳辛主平说："辛先生，华先生刚才电话里也对我说起：周老板利用陈先生替他的餐馆做广告，应该叫周老板付陈先生广告费！"

辛主平听了，一拍手大叫道："对了对了，应该应该！"

陈奂生弄清了为什么周老板要付广告费之后，却坚决反对说："这算什么话！我又不曾出力气，也不曾破费什么，我只出张嘴巴白吃了他一顿，还能再去敲他的竹杠！"

辛主平思想一通百通，马上提醒说："你花了时间呀！就是在中国，也说'时间就是金钱'呢！"

陈奂生忠厚地说："吃饭花掉的时间也算金钱吗？那么困觉困脱的时间呢？"

许宁叹息一声说："唉，陈先生，你就是老实，也是天生的，没法说。可周老板不是厚道的人，眼乌珠只认钱。你不同他计较，他事情一过也不会念你的情。"

不管怎么说，陈奂生立场坚定，决不做那种事。心里想："人多读了书，常常就会出点这种歪主意，不好信的。"

下午华如梅来陪他们出去逛街，也说了广告费的话，明白陈奂生不能理解，只好叹气说："让周老板白沾光，那个杰克逊，不知拿了多少钱呢。"

今天逛街似乎是辛、陈两位开始正式活动，所以华如梅和许宁都陪同。以后就不会这样了。

对陈奂生来说，他从来没有见过如此丰富的商品市场，他东看看，西看看，总是掉在后面。嘴里老是说："乖乖，真是要什么有什么，见都没见过。”辛主平说：“比你当采购员的时候，在地区那个市里看过的百货公司，当然规模要大得多啰。”陈奂生说：“不能比，不能比，人家的布店，一匹匹布从地上堆到天花板高，像仓库一样的。衣裳呢，一摆就是十几间屋……”华如梅问他要不要买什么。他说：“不要不要，这里的东西太贵。”辛主平开玩笑说：“奂生，我也学吴书记，买顶帽子送你做个纪念好不好。”奂生说：“不要不要，我又不开帽子店。”华如梅说：“辛先生说得对，陈先生难得来，应该送你一点纪念品。”说罢，就买了一只石英电子表送他说：“这个你没有，出门人很需要。你拿着用吧。横竖你不必动它，它一直会走。电池用完了换一个就行。”许宁问道：“陈先生你出来，带几套衬衫短裤来？”陈奂生说：“两套。”许宁说：“少了，我们这里一星期去洗衣房洗一次衣服，如果每天换一套，得七套才行。两天换一次，也要有四套。我买两套送你吧。”陈奂生一跳说：“不要，刚才我看过了，最便宜的衬衫十五块一件，短裤也要六块，我省下钱来回去买，一套好变四套！”……

后来回到公寓里，许宁走时留下一包东西给他。陈奂生取出一看，是两套内衣。连忙追到门口，还给许宁说：“你还是个学生子，又不在赚钱，怎么能送我这样贵的东西呢。”许宁说：“没有关系，这也是难得的呀！”陈奂生不肯要，许宁说：“买都买了，你别客气，我以后就不买了。”陈奂生仍不肯要，说：“这样吧，这新的你拿回去，拿两套旧的给我替换就行了。我又不一直在这里，回家就有了嘛！”许宁笑着坚持道：“这个不行，怎么可以拿旧衣服送人呢。”结果还是把新衣留下了。

从此，辛主平除了写稿、讲课，一有空就和陈奂生一起出门参观。他和陈奂生不一样，最喜欢的是大自然的风光。在旧金山，他们到过如长虹横贯半空的金门大桥，在大桥北堍的高处，览尽了湾区美丽的景色。由此往北便是红杉林州立公园，群山起伏，林木挺拔高大，冠盖触云天。往往数株环生成簇，犹如合力擎天一般，使人肃穆。还游了金门公园，这个公园极大，从市内一直伸到太平洋岸边，树林草坪，曲溪幽径，鲜花芳草，层层叠叠。走到西边尽头，风大洋阔，惊涛击岸，震动山岳。山头苍松，被刮得朝后扭弯了脖子，树梢像一把把用过的旧扫帚。海上有礁石小岛，从望远镜里看到有海狮群居其上，挤在一起睡觉。陈奂生说那分明是一窝白猪。但如果真是白猪，定然饿死，那里寸草不生，全靠下海捉鱼吃。

有一天晚上，他们驰上加州勃克莱大学背后的高山，看旧金山湾区的灯火五光十色，幽明相间，变幻无穷，隐约中好像到处都藏着迷人的精灵，使人扑下去粉身碎骨都心甘情愿……而斯坦佛大学的一位教授，则不顾来客是否信任他的技术，开着小飞机把他们带上高空……这样一来，就像主人们终于找到了一个办法，他们把太平洋和旧金山湾区左护右拥的一块风水宝地，缩成一框真实的油画送给迷恋着它的客人了。

一切都赏心悦目。想不到离开旧金山的前一天，出乎意外发生了一件吓坏陈奂生的严重事件。那天阳光灿烂，天气转暖，许宁照例陪着他们逛公园，转过一片树林，便是一个大草坪，陈奂生忽然一哆嗦，脸色灰白，像看见了无常鬼一般，两眼直瞪瞪看着草坪喊道："嗨，你们看！"

大家朝那边看去，并没发现有什么异样可怕的东西。只辛主平微微一笑，晓得陈奂生惊怪的是什么。

陈奂生见大家没有反应，他疑惑自己眼睛看花了，便问道："那里是什么东西？也是海狮吗？旧金山的海狮像一群白猪，怎么这里倒像是一群躺着的人呢？"

辛主平忙说："是人，是人。"他不愿让奂生大惊小怪。

陈奂生却对自己的眼睛恢复了信心，他极不满辛主平的麻木，大摇其头说："这许多男男女女脱得只穿一条短裤头困在一起，成什么体统！乱得一塌糊涂！"

"他们在晒太阳！"

“我看见的，是晒太阳！”陈奂生不满这种解释；他也并不问为什么要脱到这种样子去晒。他自己年轻的时候也干这种事，那是夏天在戽水，热得连短裤也脱。但是不能有女人在旁边。如今这些人又不在戽水，竟脱得这种样子，而且男女混在一起，怎么做得出！特别是女的，脸皮怎么这样厚？真是戳眼睛！

于是陈奂生掉过头去，再也不肯看，他的心灵是那么圣洁，真怕眼睛被戳瞎了。

可是走了几丈路，再一抬头，天老爷，那些晒太阳的男女竟成群向他走过来，为首的一个人已经在向他招呼：“陈先生，陈先生，你好。”陈奂生一看，原来是在周老板那里陪他吃饭的杰克逊。他更加大吃一惊道：“杰先生，天又不热，你不要命啦！”

可是杰克逊全不理睬，只是呵呵笑着向他的男女赤裸朋友喊话，那发音也很简单，连陈奂生也听出来，反反复复喊着：“陈奂生，陈奂生……”于是那些光着身子的肉墙就笑嘻嘻地直向陈奂生围拢过来。陈奂生忽然想起陆龙飞说书，常常说起两军对峙，常常要摆出阵势，例如一字长蛇阵，八卦阵，天门阵等，这莫非是美国人摆的妖魔阵吗？想到这里，便再也忍受不住，他的神经铿锵一声绷断，大叫一声昏倒过去……

他当然不会完蛋。但从此朋友们谈起这件事，要么过于荒唐，要么过于严肃，再也无法调和。

大约花掉一个月，他们两个人，经许多朋友帮忙，坐着汽车（这些汽车像接力赛跑的运动员，逐段更换），沿太平洋西海岸走走停停，停停走走，凡有可看的，一处处看过去，环绕穿插，一滴不漏。从旧金山一直玩到圣地亚哥。他们走过一千多公里长的区域，到处都是树林、草地、花圃，宽阔的高速公路，碧绿的海水，金黄的沙滩和峻严的岸壁。无论是城市或小镇或孤零零的住宅，周围都有草坪、花坛和树木。在圣得巴巴拉，这个仅有六七万人的小城，布置得尤其出色。每一块草坪，每个花坛，每棵树木都经过精心的栽培，修剪得赏心悦目，而且无不别具一格，婀娜多姿，各放异彩。千家万户，连成宽广的一片。放眼看去，竟不见边际，使人叹为观止。辛主平看傻了眼，起初还用照相机拍摄，后来干脆不拍了，说："这么大面积的风景，拍几张照片反映不出来。可惜没有摄像机，有摄像机我就要一路拍下来。拍它一个全集！"接着又叹息说："其实，这样大面积的美景，我国也是有的，可惜每一幢房子的主人会用围墙围起来，一条条围墙就像蚕吃桑叶一样，把大面积的美丽景色分割成一个个灰色的小圈圈，过路人除了看到高处的树梢和偶尔出墙的红杏以外，便是拒人于千里之外的板着面孔的墙壁！"于是不由吟道："美被封闭而消失，美因宰割而丑陋！"

他毕竟是个作家呢。

可是，他的情绪并没有鼓动起陈奂生更浓的兴趣。越到后来，陈奂生越沉默，越迷茫。在圣地亚哥北面临海的一个小镇里，吃过中饭，几个人站在海边聊天，有一位朋友问道："陈先生，你有什么想法？"

陈奂生十分认真地问道："田呢？"

他一路都在寻找种植着庄稼的土地，竟一块都没有找到。

"吃什么？"他见别人不懂，便提足底气补充说。

四

出门旅行，虽然一点正经事都不做，却分外吃力。陈奂生初到美国，在旧金山活动的十多天中，一切都觉得新鲜，情绪过于兴奋，但以后的旅程，看到的东西同旧金山差不多，又对大自然的风景兴趣不大，似乎是被辛主平拖着不得不同去走走，就特别容易疲劳。所以，等到旅程结束，飞回旧金山，在机场降落时，他竟叹了口气说："总算回家来了。"辛主平听了不觉一笑，想说句笑话，问陈奂生几时把家搬到旧金山来的，但并没有说出来。在过道出口处，就碰到开车来接他们的许宁。许宁开口就说："你们今天回来，巧极了，华先生邀请你们到她家里去吃年夜饭，她正在准备着呢。”辛主平一顿，看看陈奂生说：“不错，是大年夜了。”陈奂生敲敲头说：“该死，我老昏了，怎么连过年都会忘记。”于是在汽车里，一路便想着老婆孩子，不知他们怎么过年。辛主平猜中他的心思，看了看手表说：“现在已是下午两点，我们那里大概刚过零点，已是大年初一，陈家村上的开门炮仗，乒乒乓乓闹得震天响了。”陈奂生好像没有听见，全无反应。他奇怪自己以前怎么竟没有想到会在外面过年呢？这算什么，野鬼似的。他觉得肚子里的心、肝、肺、腑噗噜噗噜张了翅膀往外飞，飞得剩了个空壳壳。他需要他的老婆、儿子、女儿、陈天子……需要抱住一个亲人在怀里，他才是实实在在的人，否则便虚得像团云，像阵雾，飘飘然果然是灵魂出窍。所以，车子在另一座公寓门口停下来，许宁领他进去的并不是原来的那套房间，他居然没有马上看出来。

原来这里的房子是按日出租的。他们离开旧金山那一天，住房就退掉了。知道他们今天回来，才预先租定了另一套。所以，辛主平觉得陈奂生说出“总算回家来了”那句话，就特别滑稽。

坐下来不久，许宁就想起一件大事说：“对了，陈先生，周老板的餐馆门口，把你登在报上的那张照片画出来了，还写上你说的话：‘这是真正中国菜的味道。’黄芳说这一阵生意果然特别好。”陈奂生不信道：“瞎说。”辛主平兴奋地说：“那可好，应该去看看，我去把它照下来。”许宁说：“去接你们的时候，原就想好回来路上拐过去让你们看看的，后来倒忘记了。”……正说着，华如梅打了电话来，说她今天请他们吃年夜饭的方式不得不改变。因为学校里的中国研究中心有一个“派对”，有许多中国留学生参加，也邀请了辛先生和陈先生，希望大家在一起过年。要许宁也去。华先生说她五点钟会来同他们会合了一起去，她会多带几份菜，连许宁也不必再去准备。原来这“派对”就是朋友们聚会的意思，聚会当然难免要吃顿东西，办法是靠每人带一点去，放到一起，就蔚为大观了。不用哪一个做主人请客，便有一顿丰盛的美餐。陈奂生听他们这么一介绍，想起聚沙成塔、积少成多的老话。

知道是中国人的老办法，自己也是很内行的，不过现在国内已经不时兴了。要吃就吃公家，还在乎私人凑那么点份子吗！就是私人请客，几百块钱一桌全无所谓，倘叫客人也带了东西来凑，那就什么事情也做不成，世界非混沌不可。想不到外国人倒不学这种先进经验，还用老办法。这叫陈奂生觉得又奇妙，又兴奋。

那天晚上的“派对”，十分热闹，除了有许多留学生参加，还来了一些学习和研究中国文化的白种人。特别使陈奂生高兴的是，中国留学生里边有不少在此伴读的妻子，大都带了孩子来参加，少则一个，多则两个三个。一个个都白白胖胖的，像米花团一样，滚到他脚边来叫他爷爷。叫得他心里乐开花，一时间把远在世界中心的老婆孩子都忘记了。他想中国人实在了不起，不管到什么地方，都能生根发芽，繁衍子孙，将来地球上住不下，住到别球上去的第一个一定也是中国人。所以，有人问他对国内的计划生育有什么意见，他就说：“其实多生也有多生的好处，虽然做爹娘的活着的时候多吃点苦，死后供饭总有得吃，不会做饿煞鬼了。”

还有一件有趣的事情，就是进门的时候，每人都被要求报出自己的生肖，然后领了一个硬板纸做的所属生肖别在左胸。等到吃完饭，主持人便要求大家按相同生肖集合，属鼠的归一组，属牛的归一组，属虎、属兔、属龙、蛇、马、羊、猴、鸡、犬、猪的都分开成十二个组。然后要每个组出节目表演。主持人指着墙上说：“什么生肖在什么地方集合，墙上有标记！”

大家便忙乱起来，不一刻，都找到了自己的位置。然后相互一看，发现牛组集中的地方，只站着一个陈奂生和三个一公尺高矮的男孩。旁边的鼠组，却是最庞大的群体，分给他们的地盘站不下，侵占到牛、猪的地界上来了。有人大叫道：“牛怎么这样少呀！还都是公牛呢。”有人说：“母牛都在奶牛场，不让来！”陈奂生刚才因为加州的白葡萄酒容易上口，多喝了几杯，底气足了，兴头高了，脑筋也灵活起来，他就高声说：“牛是农家宝，最珍贵的东西，不好多的！”有几个人就朝他拍手说：“幸亏陈先生专门从国内赶来，否则我们这里连一条像样的牛都没有。”陈奂生说：“那是不错的，牛要到美国来顶难了。你说一架飞机能坐几头牛呢，它可不比老鼠呀！”大家听了都高兴地笑，还说老鼠所以这样多，是因为飞机票优待它们，说不定还是偷越国境者。老鼠小组就有人出面反驳，说十二生肖鼠为首，没有特别能耐也轮不到它坐这个位置。现在出国难，而出国人中间属鼠的最多，这便证明他们的确优秀。另外组里有人耻笑说：“国内正在除四害，你们缺少藏身之处，只好逃出来。”鼠群中有人答道：“佼佼者不见容于世，在我国历史上屡见不鲜，悲夫。”另一人却不以为然道：“悲观大可不必，坏事是可以变成好事的。老鼠在国内是一害，到了美国，就变国内之害为敌国之害，就像孙行者钻进了铁扇公主的肚皮里一样，我们把美国咬出一个破洞来，也就帮助了共产主义去战胜资本主义。”主持人叫道：“不要扯皮了，你们组的人最多，又是为首的生肖，那就第一个表演节目吧。”鼠组里有几个人商量了一下，便站出一个人来说：“我们一轮一轮来，现在先出一个，我朗诵一首自己创作的打油诗，你们听着：‘千不该，万不该，属了老鼠真倒霉；一举一动都犯罪，口口声声是祸害。谁想跑到美国来，老板靠我发大财！’完了，请大家鼓掌。”大家吵起来说：“这算什么节目，胡说八道，哪个老板靠你发财呀？”朗诵的人马上回敬，他先弯着舌头说了句美国话，然后译成中国话道：“请不要忘记，我们的事业是从一只老鼠开始的。”然后加重语气说：“米——老——鼠。”大家哄笑。

顺着次序，该轮到牛组出节目，三只小牛很积极，都争着表演。但是许多人都在喊“陈奂生，陈奂生……”陈奂生连连摇手。主持人走过来说：“陈先生，大家早就知道你的大名，这次碰到你，都很高兴，你就随便什么表演一个吧。”陈奂生说：“我又不会唱歌跳舞，又不会讲故事，要嘛种田给你们看。”大家听了就笑。陈奂生也笑道：“我这条公牛在国内还好耕耕田，到了这里田也看不见，一点没有用了，母牛还好挤点奶出来。”有人叫道：

“有用，没有公牛，光母牛也没有牛崽出来啊！”陈奂生正要回话，忽然有人提议说：“陈先生，你有一个精彩的节目，很有名气的，为什么不拿出来？”陈奂生不知道何所指，那人便说：“跳沙发。”大家哄笑。那人接着说：“在沙发上跳三跳，最精彩了！”陈奂生等静下来，看了看辛主平，正经地说：“许多人都说我在沙发上跳的，都造谣，我没有跳。辛老师也没有写我跳。这一段，我要辛老师一个字一个字念给我听过。他的确没有写我跳。不晓得你们念书的人怎么会念出跳来的。我告诉你们吧，辛老师那一段写得也不活灵，还要改好一点。”许多人抢着问：“怎么改呢？”陈奂生想也没想就说：“我背着沙发站直了，把屁股像舂米榔头一样舂下去……”他这么一说，全场鼓起掌来，连站在龙组的辛主平和华如梅也鼓掌。华如梅还悄悄对辛主平说：“你讲陈先生不会说话，他不是蛮会说吗？”辛主平说：“这几年他当了家长，靠自己的本领去养活全家，也练出口才来了。不过今天特别兴奋，只怕是多喝了点。”

陈奂生受到大家称赞，更加神采飞扬，像又喝了一杯酒，卷着点舌头大而化之说：“现在还跳什么，那时候不曾看见过沙发，是实实在在的。这几年开放下来，样样见过了。”有人问道：“那么到美国来呢？也不稀奇吗？”陈奂生目空一切地说道：“也没有什么大不了，不过是房子高点，马路阔点，汽车多点，东西贵点，其实房子为啥要造得那么高呢？空地有的是，矮点不行吗？虽然乘电梯，高了，上下也繁难。马路造得那么阔，把正经田地都占了，粮食还要不要增产？中国要照这个样子就会饿死人！汽车多了也不能当饭吃……”说着说着忽然把下面的话忘记了，停下来想一想，嘻嘻一笑说：“稀奇事情倒也有，我到这里来一个多月了，走了许多地方，也不曾看见一块种庄稼的田。总说美国工业发达，我连一个烟囱都找不着。碰着的人，都不像种田的、做工的。除了知识分子，就是生意码子，都是说嘴郎中，不出力气的。一天到夜，尽是开着汽车这里那里乱窜玩耍的人。吃饭买东西全记账，硬牌牌一照，签一个名字行了。好像家里都开了银行……真不知道他们哪儿来这么许多钱！最滑稽的是，他们一个个尽有好衣裳穿，不晓得为啥下贱，却要脱得只剩条短裤像只白猪一样困在野地里……”他一边想着一边说，大家跟着一直笑，一直称赞，又热烈又融洽。到后来陈奂生不说了，脑子里只是想：“中国人真好，到了外国都变成一家人似的，不像在国内那样乌鸡白眼乱斗，斗得颈毛啄落，嘴巴流血。还要摔钵头砸铁锅欺侮老婆。其实一个人没有老婆不行。出来还只个把月，都改相了？孩子他妈明明不在身边，怎么老是眼花错看人，她那气息都沾到鼻子上来，那么浓，浓得身上一阵阵热起来想脱衣服……有时候真是光了身子最惬意……”

陈奂生真了不起，他一跳就从人圈中跳到云雾里，神游到另一个境界里去了。于是周围的声响，便像是从隔音板后面传过来似的，隐隐约约，似有似无。后来听见辛主平在讲话，他努力想听清楚，摇了几次头，还是晕，只听着“十二生肖……鸡翅膀……龙……腾飞……四不像……”便觉得辛主平说错了，十二生肖里没有四不像，四不像是姜太公的坐骑，不在生肖里面，他就懒得花力气再听下去……

其实辛主平是在说“飞”，他说十二生肖里面，唯一有翅膀的就是鸡，当然靠它飞靠不住，那靠什么呢，靠那条龙。龙其实最讨厌不过了，它做过几千年封建王朝的标志。可是中国人偏偏称赞它，说它会腾飞，还自称是龙的传人。近年来大肆宣扬，真算自身不觉丑。龙是什么样子，谁也没有见过，全靠想象，想象出来的龙，也奇怪，它的头面像牛，身子像蛇，鳞片像鱼，脚爪像鸡，完全是个四不像。偏偏没有让它长翅膀，又怎么会飞！我这个属龙的也真像龙，什么东西都懂一点，没有一样真正懂得透，也十足是个四不像。

辛主平不会飞，陈奂生却飞起来了，他坐上了那只小飞机，沿着太平洋的海岸去寻找那块太阳底下躺着一群光了身子的男男女女……

早晨醒过来他头脑还是昏沉沉的，身子软绵绵地懒得动，累得好像一夜天白睡了。一睁眼发现自己不在地上，却睡在沙发上了，才明白是这一夜把骨头困软了，同别的全无关系。

往后几天，辛主平忙着开会，华如梅既要参加会议，还要上课，更是忙碌。许宁也没有时间常陪陈奂生玩，除了去周老板门口看他的肖像以外，要去的地方全去过了。再去已没有意思，陈奂生也玩够了，口口声声不想出去。大家商量下来，就让陈奂生自由活动。怕他出去了认不得回来，便写了几张住地的街名宅号，分别放在他的衣服、裤子袋里，叫他找不着路就坐的士回来。或者去找中国饭店，中国饭店到处都有，都懂中国话，陈奂生可以到那儿去问路，万无一失。还给了他一些钱，要他随身带些，用得着就用，没有关系。

“不过，身上不要多带钱。”许宁劝告说，“当心碰到抢钱的人。”

“大白天街上会有强盗吗？”陈奂生大吃一惊，终于记起了这里是黑暗的资本主义社会。

“不是的，都是些黑人小青年。”许宁说。

陈奂生想：“对了，黑人受压迫，没有吃的，自然要造反。造反就不管三七二十一，革命不是请客吃饭，会连累无辜的人……总说世界上还有三分之二的人没有解放，大概这些黑人就是了。还有呢，那些光身子躺在草坪上的人，说不定就是没有衣服穿吧！”最后便想到了自身的危险，就问：“警察不管吗？”

“管不了那么多。那些小黑人并不是真正的强盗，只是想抢几个钱去买大麻过瘾。就像中国的犟叫花子，并不犯大罪，捉了过几天就放出来了。不过，你身上钱多，碰上了自然也抢走，该你倒霉。”

原来如此，那自然还是不带为好。陈奂生这样想，却被许宁猜中了，他接下去就说：“但是也不能一个钱都不带。”

“为什么？”

"如果他们拦住你讨钱，发现你一个钱也没有，就会打你，让你吃点苦头。所以你还是带一二十美元在身上好，他们抢到一天过瘾的钱，也就满足了。"

陈奂生听了，心里忐忑不安，一面点头，一面觉得还是不出去的好，免得发生意外。许宁说得轻飘，一二十美元对陈奂生可不是少数，用来应付犟叫花子太吃亏了。于是他不肯单独往外跑，不要那"自由"活动。许宁有空陪他，就出门走走，否则就闷困，困不住就上许宁家去坐。反正靠得很近，碰到断路的逃也来得及。

黄芳挺好，孩子也极亲昵，陈奂生去了，就陪他说话，留他吃酒吃饭，还总专门为他多烧两样菜，叫陈奂生尽吃，不要客气。在美国，吃的费用不大。黄芳每星期打四个半天工，这时候许宁就守在家里，因为孩子需要人照看。所以不管陈奂生什么时候去，他家里总有人。有时候气闷，许宁便把孩子和他一起带上汽车开了上公园兜一转，也去黄芳打工的那个中国餐馆吃过一顿饭，却没有看见周老板。有时上超级市场买菜，陈奂生发现这里荤菜素菜的价格同国内大不一样。比如一斤菠菜的价钱，几乎等于十二个鸡蛋，无论如何也想不通。许宁说这是现代化生产，却也说不明白现代化生产为什么鸡蛋会这样便宜，总要从鸡屁股里生下来呀！

这样过了一星期，陈奂生就同这一家人有了感情，他同他们在一起很自在，因为他比他们大了一辈年纪，因此不自卑。等辛主平的会开完了，要往芝加哥去，陈奂生已打定主意留下不去了，就在这里等辛主平回来后一起回国。辛主平劝了半天，他不听，说横竖到处差不多，省点路费吧，他在这里歇息。别的不想看了，只想到乡下去看看美国农民怎样过日子，不晓得这里当官的允许不允许。许宁一挥手说："这里当官的不管这种事，只管去好了。"华如梅说："别的不难，就是不容易找到农民。我还不晓得有谁认识农民的，等我到学校去问问再说。"陈奂生诧异极了，说："别的难找，农民还会找不到吗？"华如梅笑道："陈先生，这里的农民可少了，一百个人里只有一个，难得有机会认识他们的。乡下村子也没有，都是一家一户分散开来住，离得很远。许多都住在树林子里，寻都寻不着呢。”说着，见陈奂生似乎还不相信，便补充道：“好好，我想办法找一家让你去看。”辛主平咂咂嘴说：“那就留下来？”这么一说，大家顿了一顿，想想究竟还有什么不妥。最聪明的还是许宁，他说：“陈先生留下来，可以住在我家里，省得他一个人住了冷清，也彼此有个照应，好不好。”短短几句话，解决了陈奂生留下后的一切困难，光是房租，每天就省掉二十美元。华如梅觉得这样很好，便问：“住得下吗？”许宁笑道：“反正一样是住。”原来陈奂生已把困不惯沙发床困地板的事情在他家说过了，所以许宁说了这么一句很风趣的话。辛主平一听，也会意地笑了。

于是决定下来。到辛主平走的那天，许宁开车送他上了飞机场，回家就把陈奂生连人带物一起搬回自己家里。

陈奂生原不是不会动脑筋的人，当年做“漏斗户”主的时候，对于靛食的生产和分配，就有极精妙独特的想法。这几年独立自主谋划一家的事业，虽然有许多失误，跟不上时代的步伐，但毕竟也增长了许多见识：看看做做，比比想想，脑筋比以前灵活得多。这趟从国内走到国外，见闻广博，逼着他不得不动足脑筋。虽然还难免有失误的地方，但也算有一个飞跃的长进了。如果还像从前，他定然一切唯辛主平的马首是瞻，东东西西，跟着他玩就是了，决不会自己拿定主张同他分开的。他现在留下来的原因，最重要的却没有说出来，可见他不是一条“投煞青鱼”了。他看到许多留学生在这里的生活比国内好得多，费用也高得多，他们大都是靠业余打工赚钱来维持的，既然如此，他陈奂生为什么也不动动脑筋呢！他这趟出来虽然一切都不用自己掏钱，但时间倒的确就是金钱，浪费不起。在国内当农民的时候，还不知道时间和金钱这笔账怎样算，到了这里就一清二楚了。工资是一小时一小时计算的。最低四美元一小时……算得陈奂生的屁股坐不住，听说一美元值人民币五元，四美元就变二十元，一天干四小时就是八十美元，一个月下来二千四百美元，乖乖，发财真不难。陈奂生平生不是没有发财机会，只是脑筋死，都错过。现在已过去了一个多月，损失已达二三千美元，再不抓紧时机，便又要错过，这大概也是最后一次机会了，错过后只怕永不再来。所以哪管抓了尾巴发笔小财，也比全部错过为好。否则真连自己也对不起。况且周老板那里又是一条现成的路。

所以，在许宁家住到第三天，他就向这对小夫妻提出来，说他在这里闲得骨头痛，有没有办法找个零工做做。省得抚膝馒头白吃饭，能赚几个不也好吗；况且他又不是做不动，在家里又是做惯的。虽说年纪大了几岁，一般生活还不放在心上呢。怕就怕闲着，倒会闲出毛病来。

许宁和黄芳乍听他想打工，倒都一怔，后来听他说得那么地道，仔细替他想想，也觉得合情合理。但是一则他不懂美国话，二则他的护照，打工也不合法，怕弄出差错来，担负不起，没办法答应他。后来一打听，因为有些工种工资低，劳动强度高，没有人愿意干，老板只得找非法打工人。移民局考虑到市场需要，也只好张一只眼闭一只眼，所以非法打工也就没有什么危险。刚巧周老板的生意兴隆起来，要增加一个厨师下手拣菜和洗碗，每月工钱一千美元，每周工作五天，每天八小时。黄芳认为这对陈奂生倒是个绝好的机会。周老板大概总会用他，便同许宁商量。许宁在美国住了五年，一直打工，自然不觉得有失身份。但想到陈奂生是华如梅先生请来的客人，一定要先征求她的意见。于是就打了电话。华如梅听了笑得很欢，说这有什么不好呢，让陈先生晓得在美国打工是怎么回事，也不算白来一趟啊！但是，他们都认为不能让陈奂生去当月头工，累垮了可不是玩的。顶多每天四小时。黄芳就去找周老板说。周老板一听陈奂生要来打工，连连摇头说：“不行不行。”黄芳问为什么，周老板尴尬了半晌，指着外面说：“门口挂着他的广告画，是他称赞我们的菜是真正的中国味道。如果客人发现他是在这里打工的人，那他的称赞还有什么意思，这岂不倒了我的牌子！”黄芳说：“这有什么关系，陈先生是在厨房里做事，食客又看不见，会倒什么牌子！他也是你的客人呢，你请他吃过饭，也要讲讲交情嘛！”周老板只是不肯点头。等了几天，找不到人，厨房里又忙不过来，周老板想到黄芳的话也有理，才同意让陈奂生去。每周一到周五下午六点到十点打工四小时，每小时工资四块半；但绝不能进入餐厅，上下班都走后门直接进厨房。

黄芳回来同陈奂生说了，隔天奂生就跟黄芳一同去上班。这时候周老板的脸孔就像一块铁板，眼睛看着陈奂生头顶上一方天，交代了他规定的几条守则，不容陈奂生回嘴，就叫他快去洗碗。陈奂生活到这把年纪，也早晓得一个人可以有几副面孔，所以并不在意。好在是同黄芳在一爿店里，总还有个照应。

五

陈奂生一有事情做，就不再东想西想，完全定下心来了。华如梅先生送给他的那只表，现在可派了用场，如果没有它，陈奂生就不得不去买一只。否则就不知道什么时候去上班，什么时候落班。最最重要的是，在上班以后，一面洗碗，一面看看那表上的针慢慢转圈子。一个小时过去，就晓得赚了四元五角美金，绝对有把握。不比种田，秧苗插开了，一直要到稻子打下来晒干扬净才晓得究竟有几个收入，真是路漫漫而遥远兮，叫人走得又累又没劲。这儿却一分钟一个钟头都有一种刺激性，叫陈奂生觉得兴奋，觉得有劲。干了几天，许宁和黄芳问他累不累，他说：“一点不累，这又不花力气，别说是我，就连我那没有用的老婆也干得了。”这时候有人打电话来，原来是辛主平。他在芝加哥有点想念陈奂生，问他现在怎么样了。许宁调皮，自己不说，叫陈奂生接电话。陈奂生已经看惯了别人如何在电话里对讲，并不稀奇，接过话筒就提高喉咙说自己一切都很好，叫辛主平只管放心，尽可游四方。他不心焦。许宁一家待他很好，比住在自己家里还好，住多久他也愿意住下去。他们都不曾把打工的事告诉辛主平，省得啰唆。

又过了两天，陈奂生就拿到了一星期的工钱。一共九十美元，他在肚里换算成人民币，算成四百五十元。明明是实在的事，总觉得很不真实。陈奂生在大腿上拧了一把，拧痛了，晓得自己不在梦里，是醒着。晓得自己是在人间，不在天上。可此事只应天上有，怎么轮到他陈奂生呢？而且只是洗洗碗，那碗也不比中国的难洗，凭什么洗洗就洗出那么多钱来呢！这这这……况且他只洗了五个半天，二十个小时呀！倘若在家里种田，吃三个月苦头还不知道赚得到赚不到这些钱呢。这世界上的事哪能叫人想得通！原来就疯狂！不疯狂，为什么待一些人那么讨巧，待另外一些人又那么刻薄呢！他陈奂生一直看着别人快快活活发财的，怎么忽然自己也一跤跌到米囤里来了呢？莫非毕竟是坐了飞机上过天，在大碧球里挂了一天一夜吗！……陈奂生左思右想，越想越糊涂。其实事情很简单，他脑筋很正常，很容易想明白，只不过他不敢把它想明白罢了。想明白了他就白活了，还是不想明白的好。

许宁和黄芳因为陈奂生果然能够适应新的环境，打工打得顺利平安，也很高兴。陈奂生星期五晚上领了工资回来，他们就替他开庆祝会，烧了龙虾和小牛肉。星期天决定什么也不干，大家一起出去玩，他们先开车到最大的一个超级市场去买菜。陈奂生晓得美国菜贵，但因为自己赚了钱，白吃许宁家的于心不安，所以在出口处抢着付了钱。许宁不让，他不依，就只好由他。后来到了车上，许宁告诉他，他吃饭有一笔专门的费用，是华先生找得来的。在许宁家吃多少，许宁会向华先生“算账”。多下来的还要还给他，因为是他省下来的，所以他抢着付菜钱完全没有道理。许宁于是顺便取笑他说：“你别以为拿了点工资就像发了财一样。要花起来一花就光的，不像在家乡，当年拿到了六百块奖金就不得了，你还是节省点，留着回国去，那倒经用。”

车子开了约有一小时，大概走了很远，才到了一块地方。许宁说这儿是一个公园。但是没有见到门和围墙。也不用买票。汽车可以一直开进去，然后在一处停下来。三个大人带了一个孩子慢慢散步。陈奂生看看这里同别的地方也差不多，不知道为什么要赶这么多路来这儿。许宁说这儿离市区远，来的人少，清静些。又一处处指着说这儿有许多特别的设施，孩子到这儿来特别好玩，有专门为孩子设的溜冰场、游泳池，甚至有一个池塘是专供孩子钓鱼的。公园周围都是森林，不许打猎。许多动物看见人一点不害怕，常常会跑到公园里来玩。

正说着，黄芳停下来，悄悄地说："看，你们看那边。"大家朝她指的方向看去，就看见有几只鹿在林中吃草。陈奂生问："那就是野鹿吗？"许宁说是。陈奂生说："它要是不怕人，为什么不跑出来。"说着就要走过去。许宁忙拦住他说："鹿天生胆小，你不要惊吓它。"这时候一只松鼠，从草地上爬过来，一路觅食，抬头看见了陈奂生他们，不再前进，也不退缩，后脚一横，前脚一撑，踞箕而坐，乌珠儿朝着他们滴溜溜地转，像在打鬼主意骗他们似的。陈奂生来后，不止见过一次了。想不明白美国的松鼠为什么这样多，现在一触动，忙问："这松鼠也不许捕捉吗？"许宁说："当然。""鸽子呢？""也是。"陈奂生摇摇头说："一大群一大群，我还以为是有人养的呢，原来都是野生的。"许宁点点头说："野生动物都受到保护，不但这样，有些住在树林边头的人家，还在离家不远的地方定点放一点饲料引动物来吃。还有许多人家特地做了鸟窝放在树上让鸟栖止。"说到这里，许宁指指近旁河里说："你看，那白的是天鹅，当然受到保护，黑的是野鸭子，也是受到保护的。"陈奂生笑着说："美国人也真是见识浅，连野鸭子都当作宝贝了。你看这鸭子长得多肥，我看它肥得飞不动了！"说着就用手挥动，连声喊"啊！啊！啊！"那野鸭子却像聋子似的，一点反应也没有。陈奂生怀疑说："这不是野鸭子，是家鸭子。"许宁反问道："怎么是家鸭子呢？"陈奂生说："野鸭子会飞，家鸭子不会飞，这鸭子是不会飞的。"许宁细细看了一阵，极有趣地说："真的不会飞了吗？"陈奂生以为他不相信，便又舞着手臂去赶，那鸭子只慢慢往河心游去，就是不飞。许宁便再问道：

“能飞不能飞真就是家鸭和野鸭的区别吗？”

“当然啰！”陈奂生回答道，“野鸭子要是不会飞，早就被捉尽杀绝了，哪里还留得下种来，所以不会飞的定然是家鸭子。家鸭各有主，旁人才不便捉。”

许宁哈哈笑起来说：“不错不错。这些野鸭子，本来是受法律保护的。可是它们太不经心，饱食终日，不动脑筋。长得像肥鹅一样，再也飞不起来，变成了家鸭子了。”

“爸爸我要吃鸭子。”孩子立刻说。

“对，家鸭子就可以杀了吃，又肥又嫩。”许宁说。

大家笑着，陈奂生不禁想起陈正清当年取笑他的话，说他长胖了，等到胖得肚脐眼突出来了就可以杀了吃。这就像野鸭子肥得飞不动一样……又听许宁继续说道：“野鸭子上当了，它成了家鸭子法律就不保护它，因为人类是看不起那些驯服了的畜生的！”

这些话，黄芳是懂的，因为他们夫妻长年在一起，一言一行，都知道对方的含义是什么。陈奂生并不懂，但他也有自己的体验，所以又似乎悟了一点什么。因此就说：“贪懒当然不好啊！别说鸭子，就是人，也总要靠自己劳动吃饭。否则有谁看得起！”

陈奂生这么说了，许宁不禁多看了他一眼，同黄芳使了一个眼色，夫妻俩似有同感。许宁叹息了一声，心里说：“这就是陈奂生说的话，因为他一生辛苦劳动。这又不该是陈奂生说的话，因为他该明白，他的祖宗世世代代都靠自己劳动吃饭，有谁看得起！他自己当过‘漏斗户’主，即使他咬紧牙关、拼着命去劳动，为什么仍旧连肚子都吃不饱？……那么靠自己劳动吃饭还靠得住吗？如果靠得住，他为什么又长期饿着呢？他经过了那么多，为什么仍旧不明白？他究竟是原来就没有翅膀，还是长了翅膀被剪掉了呢——他可从来也没有肥过啊！”

临近中午，许宁就叫大家往树林子那边去，自己回头开车过来。树林边沿一带，散散落落有些石凳石桌供人休息，还有一处处架着铁条的野灶，已经有人生火烧东西吃。走近一看，原来是把切成片子的牛肉放在铁条上生烤，香味极浓，吊人胃口。许宁开车来了，就把买的牛肉片、面包、樱桃汁、啤酒统统拿到石桌上，黄芳便趁别人烤过的热灶，把牛肉片放上去烤。烤熟一片吃一片，十分惹吃。陈奂生觉得很有趣，想起小时候替别人家放牛，和小伙伴们偷了玉米棒、洋芋、芋头在野地里生火煨了吃的往事，津津有味。他惬意地说了句："好好好，日脚过得像白相[23]一样有趣。"说得许宁夫妻俩相视而笑。黄芳忍不住称赞说："陈先生，其实你挺会讲，我们刚来的时候，也觉得美国人过日脚挺会白相。"

回来的时候，已垂夜了。刚吃过晚饭，华如梅打电话来，问陈先生在不在，好不好，但是没有要他接电话，让许宁告诉他，总算找到了一个农民，已经约好了下星期六到那里去。陈先生那一天要不要打工？不打工最好，大家可以陪他一起去。

陈奂生听许宁说了，连忙点头。

星期一平平过去，星期二上午十点多点，陈奂生不声不响出去了，没有回来吃中饭。到五点半仍不见人影。许宁和黄芳着急了，还有半小时应该上班打工，陈奂生是从不塌班的，看来今天一定出了什么事。但究竟会是什么呢？认不得回来的路了？小流氓拖住他掏腰包了？碰到不正经女人被缠住了？还是给什么车撞了呢？越猜心越慌，想去寻又没寻处。许宁只得开车先把黄芳送去饭店，然后打算慢慢顺着街道去找。谁知到了饭店，黄芳进去穿工作服就在厨房里碰到了陈奂生。黄芳来不及问他，连忙回来告诉许宁，许宁却已开车沿街找去了。黄芳只得由他去。她也没有工夫再回厨房去问陈奂生，因为餐室里已等着她招呼食客。她一面忙着，一面想着陈奂生的奇怪行动，心神不定。过了八点钟，黄芳见陈奂生落班了，忙问他今天怎么了。陈奂生有点尴尬地顿了一顿说："昨天周老板对我横说竖说，店里缺人手，要我再加一班，一天做八个钟头，我推来推去推不脱，只好答应下来。本来想告诉你们一声，又……又

㉓ 白相：常州土话，即玩耍。

不好意思……唉，我这个人，实在……”他这么一支吾，黄芳自然明白了。想了一想，别的什么也没说，只告诉他，许宁只怕还在四处找他呢。陈奂生听了，连声喊“哎呀”，手脚无措，不知如何是好，真做了对不起人的事情了。正在这个时候，许宁推门进来，一见陈奂生，就站住不动，直往外吐气。陈奂生连忙跑进去说：“都是我不好，都是我不好。”许宁来不及理他，就去打电话告诉华如梅。因为她已经知道了，也在着急呢。

打完电话，许宁才在附近一张空凳子上坐下来，长长叹了口气，对陈奂生说：“原也晓得你不会出事的，就只怕万一……各处去找了，就忘记你已经在这里，也真好笑。”说罢，真的笑起来了。他就是这样的好脾气。

陈奂生又把刚才对黄芳说的话断断续续说了一遍，只想着自己尴尬，做错了事，要检讨检讨……还是黄芳过来问了许宁，才知道他的肚皮还饿在背上呢；幸亏孩子已经交给邻居看护了，否则会哭破喉咙呢。陈奂生这才找到了一个赎罪的机会似的，连忙要请客，但想到周老板关照过不许他进餐室，又没有了办法。幸亏黄芳也到了下班时间，大家就一起回家。上了车，许宁一面开车一面想，先觉得陈奂生的思想挺滑稽，很可笑。但想着想着便笑不出来了，直觉得他可怜。觉得这世界好悲凉，最后出奇平静地对他说：“陈先生，你也是给人管怕了，什么事情都不敢自己做主做。我们可是敬重你的人。你想做什么，只要有能力做，做得动，不伤身体，尽管做好了，不必瞒着我们的。说明了，就省得我们瞎担心。”陈奂生这才真正放心，好像这一来就过了明路了，明天开始可以大大方方上班。觉得这一对年轻夫妻待他真好。这一阵他碰到的尽是好人，也是他交的一步好运。

做了两天全日工，陈奂生刚下班回家，许宁就接到辛主平的电话。辛的情绪显然很好，语言听来轻快。他说他前天就离开了芝加哥，现在到了密西根大学。

“这儿冷极了，零下十几度。漫山遍野堆的雪，太阳底下融了一点，水蒸气升腾上天，马上又结成雪花落下来。你们看见过太阳光下落雪吗，晶亮晶亮，一闪一闪，真难得！”他赞赏地说，“但是室内很暖和，每个窗前都装一个大电炉，热得可以经常打开小半扇窗透新鲜空气。绝对舒服，绝对浪费，没经过的人绝对不相信。我算见过世面了。我也浪费，横竖是浪费美国的电，哈哈。”他说得很开心，竟讲起故事来：“这里的地名是ANN Arbor，据说中国人在这里大做文章。台湾来的同胞译它做安娜堡，大陆来的同胞称它做安阿伯，真有趣。毕竟是大陆同胞的文化根基厚，把美国的地名同化过去了。阿伯阿叔的，叫得多好听。叫安娜就肉麻死了，那是个外国女人的名字，妖形怪状的……”说得许宁陪着他哈哈大笑。笑过了，辛主平才问：“奂生呢？他好吗？”

“他很好。”

“叫他接电话。”

许宁朝奂生眨眨眼，把电话递给他。奂生接过来就说：“辛老师，我晓得了，你倒很快活。”

“你不快活吗？你想家了吧？”

“我不想家，家有什么好想的。”陈奂生说，“还怕老太婆给人抢走吗？”

“那就好，那就好。我就怕你一个人冷静，害相思病。你在做什么呢？你顶好多出去跑跑，玩玩，找点事情做做，帮许宁烧烧饭，带带孩子，散散心，不要焦急，我尽量早点回来就是了。”

“你打算过多少时光回来？”奂生连忙问，他最关心的就是这件事。

“少则四十天，多则两个月……”

陈奂生听了很安心，但还要补充说：“辛老师，不要紧的，你只顾做你的事好了。两个月就两个月，一过就过去了。我不会心焦的。我总归能把日脚消磨过去。我晓得我坐不住，闲了骨头痛。我随便做点什么都好的，你只管放心。”说得许宁和黄芳都痴痴地笑，原来陈奂生也学得很鬼了。他明明把打工的事告诉了辛主平，只怕辛主平倒被他蒙住了没听懂呢。

那一夜陈奂生很兴奋，他困在床上长久困不着，心里边一直在算账，再有两个月，能打多少工，赚多少钱？如果只有四十天，又能打多少工，赚多少钱？算清了两个月的，忘记了四十天的；算清了四十天的，又忘记了两个月的。算来算去算腻了，才困着。

星期天上午八点半，华如梅开了车子到许宁家来，这是事先约好了去农场参观的。星期四晚上华如梅就在电话里通知了。但这时候华如梅却说情况有了变化。好不容易找到的那个农民，本来表示欢迎大家去；可是昨天来电话说他的牛病了，正在医治，所以没有空招待客人了。希望他们暂时不要去，等牛病治好了再约时间。这样，今天就只好不去了。幸而有一位教授刚巧在场听到，说他有一个亲戚也有农场，不过主要是靠养鸡的，养了五六万只鸡生蛋卖，可以介绍去看看。华如梅就请他联系，倒很容易联系上了，约了今天去，那就去看看养鸡场吧。

陈奂生并不知道那个农民说的“牛病了”是什么意思，但从他的习惯出发，认为的确是一件大事，理所当然没工夫招待客人，只是觉着稀奇，现在国内耕田都用拖拉机了，怎么美国农民倒用起牛来？那还算什么发达！后来听说去看生产鸡蛋的鸡场，就分了心，不去问牛的事，却想起蛋的事来。他早就晓得鸡蛋很便宜，但上星期在超级市场买菜，许宁指着那一盒一打的鸡蛋告诉他说，有位同学从中部地区写信来，那儿有一个超级市场前一阵贴出广告，从×号到×号半个月内，凡到他那儿去的人都可以免费拿一打鸡蛋。陈奂生总以为那老板发了痴，许宁却说那老板很精明，因为绝少有人会耗费汽油开车去白拿一打鸡蛋。去了定然就买了下一周的食品，老板很容易从中多赚一打鸡蛋钱。不管陈奂生信不信这邪门，但鸡蛋不值钱这个事实是确信无疑了；所以他很想去看看鸡蛋究竟是怎样生产出来的。

其实陈奂生感兴趣的问题对华如梅和许宁夫妻都是共同的。他们也从未参观过鸡场，所以大家都兴致勃勃驱车前去，连小孩也带上。一面还说这都是陈先生带来的新节目；如果陈先生不来，他们大概永远不会想到去看鸡场和农场。

陈奂生坐汽车，一向不留神，坐久了往往就睡着。这一次想起华先生说美国的农民很难找，连村庄都没有，都是单家独户分散住的，寻都寻不着，便一路仔细看去，想认出一家像是农民的房子来，结果呆看了许久，从眼旁闪过的要么是有钱人住的小洋房，要么就是装着面粉厂那样大管子、高圆筒的小工厂，一间农舍都不见。后来厌倦了，希望鸡场快点到。可是车子横开竖开，好像永远也开不到头，心焦得很，便问还有多远。华如梅笑道："快了，快了。"然后补充说："我们到那地方，差不多就从上海到常州。"陈奂生想想，真好白相。从前在家里，看那些干部到外面去乱窜，说参观什么的，还不就是玩。现在自己也出来乱窜了，窜得那么远，一窜窜到地球对面来，倒也惬意。一个人活着也应该这样玩玩，一直做牛做马为什么？

后来车子终于在一处有几幢房子的野地里停下来，然后朝房子走去。房子不多，也不漂亮，就像国内农村里的大仓库，一共三幢。大的两幢，约有十五六丈长，八九丈宽，另有一些小屋，附在厂房周围。光看那外表，可算在美国看到的最蹩脚的房子了。

一只鸡都看不见，只闻着鸡屎臭。

走到靠近房屋，才看见有一个人走出来，华如梅就用美国话同他讲了几句。然后告诉陈奂生说："鸡场的主人有事情出去了，这位是主人的儿子。他晓得我们要来的。"于是主人的儿子就同来人一一握手。陈奂生看他虽然是白种人，但个子也很矮小，倒同他的职业很协调，因为大个子养鸡总有点滑稽。他开门见山，马上就介绍他的鸡场。说三个厂房里一共养了六万三千只鸡，每天吃六点三吨饲料，生蛋大约四万七八千个（四千打左右）。几个数字一报，规模就出来了。

陈奂生听说养了那么多，心想这要用多少人呢？便脱口问道："一个人能养几只鸡？"

小主人听不懂，许宁就译给他听。他听了就笑着告诉许宁，意思是说他们的设备不算好，如果用电脑，一个人可以养几百万只。

听来很像说海话。陈奂生不肯信，就问他养鸡要做些什么事？他简单回答说：“处理鸡蛋。”就不说了。

陈奂生见他不肯说，以为他有秘密，又追问道：“还做些什么呢？”

他想了想仍旧说：“处理鸡蛋。”

大家听了很不满意。华如梅用美国话换一个方式问道：“上午做什么呢？”

小主人看看她，似乎怀疑她听觉不好，便提高声音说：“处理鸡蛋！”

华如梅也提高声音再问：“下午呢，又做什么？”

“处——理——鸡——蛋！”他很觉得好笑，知道不是语言隔膜，而是大家不懂，就领大家到厂房里去看。

那儿满眼是鸡，叽叽喳喳闹成一片，都装在三尺长、二尺宽、一尺来高的铁丝笼里。每笼十六只，在人字架上从上到下斜着叠了四层，每一层笼笼连接，排成一个人字形的长条；厂房里就这样并列着六个人字形长条，长条和长条中间，留有两三尺阔的工作过道。整整齐齐，很像老式的纺纱车间，只不过此鸡声不是那机声罢了。

小主人就指着现状介绍。原来这里的机械虽然简单，已经完全自动化了。每只鸡笼壁上，装有两只染了红色的自来水嘴。鸡进笼以后，受到红色的引诱，用嘴去啄，水便从水嘴里流出来。不啄就不流。这样就使鸡饮水自动化了。饲料则由传送带从笼边经过，随时可供啄食。如果生了蛋，也会自动从笼底滚到笼边另一条帆布传送带上，直接送到处理鸡蛋的地方。而鸡屎粪则因笼子是斜叠在人字架上的，每层笼底并不重叠，直接落入人字架底下的坑里去了，每年只需清除一次就行。

只有“处理鸡蛋”才用得到人力。传送带运出来的鸡蛋，要经过洗涤，剔除破蛋，分别大小和装盒，装箱几个步骤。虽都用机器，还必须人力把关和辅助操作。大家这才明白，怪不得小主人只有回答“处理鸡蛋”那句话。

看过以后，大家才觉得自己刚才做了傻瓜。可是偏不甘心，却滑稽地学着小主人的口气，怪声怪气地连续说着：“处理鸡蛋，处理鸡蛋，处——理——鸡——蛋！”连华如梅也学着嚷嚷，全成了小孩子，倒像错处全在别人身上。陈奂生最聪明了，还说：“美国人巧的地方巧，笨的地方也真笨。”

“怎么呢？”

“养鸡能不用人工，处理鸡蛋倒大排场。其实何必呢，在中国就用不着，还不是一样卖。”陈奂生煞有介事地说。

陈奂生显然错了，中国那套生意经自然不能拿到美国来用。可是大家竟不假思索，一味顺着他说对。好像硬是要美国的鸡场老板学中国经验。

这一来陈奂生可得意了，嘴巴也活络起来，神气地说：“美国人促狭，鸡替他生蛋，他拿鸡当囚犯，一世关在铁笼子里，到头来还吃一刀，投胎投在美国，也是倒霉！”

“投在中国就好了，‘文化大革命’里我在乡下，养鸡就让它满天飞，灶台上随便拉屎，简直封了王！”许宁附和。

“对对对，”陈奂生马上抢着说，“我们养鸡就像养宝贝。小孩子拔根鸡毛，大人也骂。倘给野猫叼走了，就像割掉自身一块肉。处处都护着它，哪有像美国人这样把它作践的！他们还把鸡当鸡看吗？屁！”

不把鸡当鸡看，那当什么看呢？这种话已经够荒唐的了。可是华如梅却马上赞成并且引申道：“陈先生说对了，他们没有把它当鸡看，只当作生蛋的机器，成千上万活生生的生命他们视而不见，不讲一点人道主义。”

“妙极了，我还以为他们人道主义得很呢。”许宁夸张地说，“现在我明白了，人道主义应该对‘大多数’讲，鸡是大多数，对鸡不讲，就没有人道主义。他们对松鼠野鸭子讲，就是对少数讲，也就是对资产阶级讲，不对劳动人民讲。诸位，劳动人民和鸡，只有投胎投在中国最惬意！”

黄芳一直没讲话，这时推推许宁说：“劳动人民是劳动人民，鸡是鸡，别……”

“我反正说中国好。”许宁不服。

大家笑着胡扯，乱说一通，热闹极了。连小孩也甩着两只手，一连喊“鸡鸡鸡……”。

分手的时候，华如梅还笑了一阵，她大概好久没有这么纵情了。最后抚抚脸说：“今天大家都高兴得疯了。”算是告别。

六

陈奂生胸怀好生之德，对美国鸡的悲惨遭遇忿表不平，他如果有能力，定会把这些生了翅膀不会飞的可怜虫从铁笼子里解放出来，带回鸡的西方极乐世界——他的家乡——去的。

然而遗憾的是，陈奂生自己也不知不觉像鸡一样被关起来了。不过关住他的不是鸡场的铁笼子，而是周老板的厨房。他埋着头洗碗兼打杂。如果周老板需要他，他可以从八小时延长到九小时、十小时。他并不是财迷，当年拿了六百块奖金就受良心折磨，更不曾为了个人发财去拖累吴书记。但现在这四元五角美金一小时的工资却真正打动了他的心，他在这里干十天的收入，回去干一年也及不上，轰动一时的六百元奖金，在这里花二十七个小时就赚到了。差距之大先是叫人吃惊，然后便是不信，等到相信了，就一阵阵心酸，直觉得自己活得太窝囊。陈奂生并不想发洋财，不过确实也穷怕了。年纪又一年老一年，不多久就要靠儿子过日子了。这可不容易，儿子好了还要媳妇好呢。他眼里见过几个老人是有后福的呢！最靠得住的还是自己啊！现在有机会赚点钱，以后就不必愁了。儿子媳妇好就好，不好，老夫妻俩可以单独过。

有了这个想法，他自然要多打工，而且一个钱也舍不得花，尽量积起来。

“这里东西贵，花钱不合算；留了回去用最合算。”他这样对自己说。

许宁和黄芳心里并不赞成奂生做全日班，只是为了尊重他，不便说。碰到加班加点，就不得不劝他。毕竟是上了年纪的人了，还能像“投煞青鱼”那样不顾一切么！陈奂生嘴里唯唯诺诺，但经不起周老板一开口，就忍不住答应下来。就像那鸡在笼子里关惯了，对笼子也有了感情。许宁夫妇也不能过分唠叨，只希望辛主平早些回来，免得陈奂生长此下去吃不消。这同陈奂生的心思刚巧相反，陈奂生现在最希望辛主平在外面事情多得不能脱身，推迟回来，可以让他打工打一个痛快。

刚巧这时候辛主平又打了电话来。电话原是许宁接的，许宁原想说说奂生的事。可是一提到奂生，辛主平就抢过话头说他就是不放心奂生，他怕他一个人住长了冷清、无聊、想家，待不下去，他要找奂生谈谈。于是许宁只好把话筒传给奂生。奂生也急于要探听辛主平什么时候回来，也想说些让辛主平放心的话，可是他当然不是辛主平的敌手，辛主平马上掌握了发言权，而且一言堂到底。陈奂生听了可开心了，原来辛老师十分关心他，猜中了他的心思。他要说的话全都由辛老师代说了。辛主平因为要推迟回来，便把陈奂生当孩子般哄，说来一趟美国如何不容易，来了以后应该如何充分利用机会。劝他多玩玩，多见识见识，最后居然竟说：“真正玩腻了，你可以问问许宁他们可有地方去打工。我看这里的留学生都打工，有机会你也可以去打打。看看资本家怎样剥削你，也可以受点教育嘛！”说得陈奂生忍不住笑，连声说“好的好的好的……”。他还有什么话要说呢，不都全了吗。于是“啪”一声就把电话挂了。

许宁不便说什么了，只好背着奂生打电话给华如梅。华如梅上次同奂生一起参观了鸡场，觉得他比自己设想的更有见地，印象就比以前更深刻了。听到许宁如此说，便告诉许宁，最近艾教授夫妇要到中国去讲学，往返一个月，想找个可靠的人看家。没别的事，料理料理两只狗，一只猫，和几十盆花木就是了。那儿有吃有住，还出工钱。陈奂生如果愿意去，倒合适。

许宁和陈奂生说了，可是奂生不想去。因为那儿的工钱不见底，大概不会有在饭店打工赚得多。但是他也不好意思说不去，辜负华如梅一番好意。他一面吃饭一面想着怎样给华如梅答复，猛不防啃着的鸡脚骨不知怎么在牙齿上扭了一扭，“咯”地响了一声，觉着痛，抽出来一看，骨头没有嚼碎。再塞进去嚼，牙齿不敢碰它了。原来是一只牙嚼开了，裂成两爿，都还竖在牙龈上：小的一爿，一碰就摇，一摇就痛，痛得不能嚼。

于是陈奂生就没有心思去想如何答复华如梅了。一夜天困过来，就犯牙周炎。等到打工了回来，左面脸颊肿起来了，嘴里“咝啰咝啰”直往牙龈上吸气。因为那里火热，吸点凉气就惬意些。

许宁听见他吸气，注意他时，那左颊已像发酵馒头一样，异常突出。忙问：“陈先生你怎么了？”陈奂生还不肯说，被追问了几次，才承认牙齿咬碎了。许宁一摸他额角，觉着烫手，原来有热度，拿体温表一量，三十八度七。许宁就紧张了，问他除了牙痛，还有什么地方不舒服，他就说头晕。“什么时候头晕的？”他说中午就不好过了。可是他却打完了工才回来，不要命了。许宁觉得牙痛不见得发烧，恐怕还有别的病。即使牙痛，痛到发烧的程度也很严重，应该找医生诊治。他晓得华如梅替陈奂生买了医疗保险的，问陈奂生放在什么地方。奂生不知道哪一张是，只指指一只小箱子，叫许宁自己去认。反正所有的证件都归在那里边。许宁自然很快就找到了；但细细一看，在保险项目中，几十种病都列入了，偏偏牙病没有列入。原来通常都是如此，理由大概也同中国的一样，叫作“牙痛不会痛死人，叫爹叫娘无人问”。可是有病总该赶快医，何况病人是客，身在异乡，如果发生些差错，主人的责任就重大了。

许宁马上想把奂生送医院，打算自己替他付医药费，所以先不告诉华如梅，免得华如梅抢走付钱的权利。谁知陈奂生不领情，赖在地铺上不肯起身，嘴里咕噜咕噜说：“这算什么毛病！这要算毛病，毛病就多了！这点毛病要上医院，医生要忙煞了！省省吧，保险没事，别烦了，还是多困一�觉。”一面说，一面咝啰咝啰抽气，好像空气要涨价了，抢购似的。许宁提醒他道：“当年你卖油绳，病倒在火车站，要不是碰到吴楚，送你去看病，你会好得那么快？”奂生听了倒反把这当作根据说：“那一次发热都发昏了头，我也不曾吃药，还不是困过一夜就好了！”

许宁拗不过他，况且又是夜里，这病也未见得要马上去医院挂急诊，天亮了再说吧。

可是陈奂生这一趟不争气，困了一夜天，颊还肿，牙还痛，烧还发。他任务在身，还想去上班。许宁不许，他还说：“再去试试看，吃不消，下午就去看。”许宁一把拉住说：“要看就上午去，下午我有事，不能陪你。”架着他就上车。一面开车一面也生气了，觉得这老头怎么连好歹都不懂，不爱惜自己倒也罢了，总不能一点不替别人想想吧！便也平板着脸说：“有病总要医，你一个人又不认识去医院，就是认识了，找到了医生也听不懂你的话。否则也用不到我陪你去。我也很忙呢，不是随便什么时候能抽得出身来的。”陈奂生听了，也觉得自己忒任性了，不敢再吭声。

到了医院，自然一切都听医生的话。原来美国的医生，倒没有中国医生的生意好，因此看病不讲究速度，竟耐心地左问右问，横查竖查。约莫个把钟头，才算给了药。还说先试一试，今天晚上打电话把服药后的变化告诉他（许宁记下了电话号码），然后再决定明天的治疗。

如此过了三天，到第四天上，体温正常了，牙肿消除了，痛也不痛了。只是软瘫无力，坐着都吃力。毕竟年纪大了，不像年轻人那样容易恢复，还有那裂开的牙齿，小的半爿经过几天折磨，总算大慈大悲脱落了。但留下那大的半爿，棱角如快刀尖锥，锋利得很，常常把舌头刺刮得痛，吃东西便受罪，只好叹气。

这期间华如梅又来过电话，问陈奂生去不去教授家看家。听到奂生病了，就抽空来探望，才知道陈奂生前一阵打工过于辛苦，积劳成疾，倒很过意不去，觉得自己也有责任。便力劝不要再去打工，到艾教授家去要安逸得多，钱自然少一些，但不辛苦。舒舒服服的，还能把身体养壮了呢。黄芳乘机也告诉说，周老板晓得奂生病了，他们不能一天没有人帮厨，第二天就另外找到了人。那人年轻力壮，做起事来挺利索，所以周老板也叫奂生以后别去了。

到了这步田地，陈奂生也没有别的选择了。做老板的果然都黑心，你替他做，他付你钱，别的全不管。你做死活该。怪不得共产党要打倒他们。这也算亲身体验到了。可是现在共产党还不曾打到美国来，自己只好白吃眼前亏。还是许宁和华先生肯帮忙，不能敬酒不吃吃罚酒，于是便答应下来。约好过了两天由华如梅陪他去，因为还有四五天艾教授夫妇就动身了，奂生要先去熟悉熟悉。

大局定下来，奂生的心也就定了。心一定，情绪也好了，连腰板也硬朗起来，只是那半爿破牙，棱角依旧，吃东西不由得皱眉头。越觉得它碍事，它就越碍事，陈奂生就想趁这两天有空闲，想到医院里去把它拔掉了重新装一个。

他认为这是很容易的事，下午见许宁有空，便向许宁说了，要许宁再陪他到医院去一趟。

许宁听了坐着没有动，看了奂生片刻，才问道："还痛吗？"

"它倒不痛了，弄得舌头痛。"

"要紧不要紧？"

"要紧倒不要紧，就是不惬意。"

"看可以去看。"许宁斟酌说，"不过换一个牙齿很贵。"

"要几个钱？"陈奂生不大在乎地问，自以为兜肚里有的是钱，装个牙齿不算什么。

"大概五百到六百。"许宁告诉他说。

"嗨，海话，怎会要那么多！美元？"

“当然，美国不用人民币。”

奂生说不下去了，想了半天，还是不相信，又问了一声：“真的吗？”

“真的。”许宁说得非常诚恳，他晓得这使人难以相信。

陈奂生早就在病中算过账了：他一共打工十三天，第一周五天，每天四小时，后来的八天，每天八小时，加班加过六小时，总加起来，一共九十小时，拿到的工钱是四百零五元。没想到装一只牙装不起，只够装大半只，大半只不就在原地竖着吗，还拔什么呢！

这可真比当年住了五元钱一夜招待所还吃惊。钞票从来很珍贵，油盐糖酱都要节省点过日子，为什么到了有些关口上却像废纸一样甩出去呢？他再也不肯信，仍旧要问：“金的吗？全是金的，一个牙齿也不值这么多钱呀！”

许宁点点头说：“你不知道，这全不关金子的事，却是工资有高有低。高的极高，低的极低，你拿的就是最低的。所以美国人不愿干，才轮得到你去。高的呢，说不到边，比如我们学校，同样当教授的，低的一年三四万美元，高的就有二十万美元。二十万美元的教授就是医学院里的。他们除了教书还帮学校的医院赚钱呀！这还不算多，算起来每小时也只一百美元。纽约的律师事务所，你要是请一个普通律师工作一小时，要付九十五美元。如果是高级律师，就要四百五十美元。这还不算高，每年也不过一百万美元吧。有些出名的运动员、歌唱家，一年二三百万美元多的是哩。他们每个人也同你我一样，只有一副牙齿，他们如果装一只牙，付五六百块钱，算什么回事情呢，牯牛身上拔根毛嘛！医院里收费，不能拿你的收入做标准，要拿他们的收入做标准，因为医生要过的是他们那样的生活，不是你的生活呀！”

陈奂生听了，半天说不出一句话。许宁讲的这些事情，把他的思路完全弄乱了。老话说“千言万语，不知从何说起”，他这是千头万绪，不知从何想起了。

“这是实在的，但很难相信，我以前也不敢相信呢。”许宁说，“你想想，你在这里打工，每月赚八百美元，这是最低的工资了。可是在国内，谁的工资也没有你的高。这里最穷的人都成了我们那儿最富的人，你说稀奇不稀奇？可是这种最富的人却又装不起一个牙齿，他要不吃不喝干二十多天才凑得齐那个数目，可他却无时无刻不认为自己正在赚大钱而拼命去干……你真正不能够这样想下去，除非你准备发疯。”

陈奂生不会发疯，他也没有本领这样想下去。但是他却很容易明白自己吃了亏，他干活是替周老板赚钱，如果吃饭、住宿、穿衣都要出钱，别说一个月，三个月、四个月只怕也装不上一只牙，他瞎起的什么劲呢！还是歇歇吧。到艾教授那儿看完家，差不多也可以回国了。那里钱少一点就少一点，有吃有住，省些许宁的开销……他想到这里，忽然一惊，先就出了汗，忙问许宁道：“我上趟看病，你替我付了多少钱呢？”他盯着许宁，真怕许宁说出一个大得自己还不出的数目来。

许宁看着他的样子不禁笑起来，心想陈奂生真是老实人，便连忙安慰他说：“没有几块钱，不要放在心上。你看的那个病，是在保险范围里边，吃的是消炎药，连同牙周炎一起消了，所以并不算医了牙病。”

到了约定的日期，华如梅果然来了，刚巧许宁也有空，三个人便一同驱车去艾教授家。艾教授家在一面小山坡的半腰里，单独一座二层楼小洋房。花树绕屋，门前屋后还有大片空地。青草长得密密实实，像地毯一样整齐地铺平着，四周隔了五六十丈，才有别的房子。华如梅也介绍说：“他们家环境比我家好得多。”陈奂生心里就想：“这真是神仙住的地方。”

他们下车刚走了几丈路，艾教授夫妇从窗里早已看到，便开门迎了上来。他们都比华如梅年纪轻，大约不满五十岁，虽是白种人，艾教授却能说中国话。他非常高兴地对陈奂生说：“我和我的妻子都看过写你的小说。我很钦佩你的勤劳和诚朴，我们想不到会在自己家里看到你，更想不到你愿意来帮助我们看家。非常感谢你。我是一个信仰上帝的人，我想这是上帝替我做出的一次很有意义的安排。”

一切都是事前讲好了的，主客见了面果然十分融洽，陈奂生虽然有点陌生，但也觉得新鲜和舒服。本着既来之、则安之的精神，就留下来了。艾教授领着他屋里屋外转了一圈，顺便就交代了他们离家后委托陈奂生要做的事情。简单说来无非是养好两狗一猫，管好几盆花草，其余不过是叫他料理好自己的饮食起居罢了。然后还问他可有什么困难，陈奂生早有疑问，这时便问道：“你们孤单单住在这里，不怕冷清吗？”艾教授一呆说：“我们有两个人呀，怎么是孤单呢？”陈奂生笑笑说：“我说错了，你们住在这里不怕吗？”

“怕什么？”

“这房子没有围墙，窗玻璃几张台面大，半夜三更歹徒进来抢东西容易得很……”陈奂生不安地说，他设想假如发生了这样的事，怎么负得了责任？

谁知艾教授听了哈哈一笑说：“陈先生，你只管放心。我是一个穷人，歹徒不会进来抢东西的。”

“你还穷？”

“穷穷穷，我家里没有几块钱，也没有珍宝和古董。只有那些书、家具和我们夫妻俩的日常穿戴，送人都不要，有谁来抢。”艾教授愉快地说。

“真的吗？”

“当然。”

“我不相信，”陈奂生看住他，摇摇头说，“你真是一个穷人吗？光看这房子，这摆设……”

艾教授笑笑，抚了抚奂生的肩胛说：“当然啰，钱也有一些，值钱的东西也有一些，都不放在家里，在银行的保险柜里。”

陈奂生听了舒口气说：“这样我就放心了。”

可是当天晚上就出了一件出乎意料的事。

那天早上陈奂生起身迟了，走进厨房就看见艾教授夫妻两个神色不安地低声在商量什么，陈奂生马上觉得一定出了什么事。正要问，艾教授也猜到了，连忙就说："不忙不忙，是出了点事。"

"什么事？"

"你的鞋子脱在过道里，晚上被狗咬掉了一只后脑勺。"艾教授深表歉意地说。

"真的吗？"陈奂生不相信。狗吃他的鞋子做什么呢？昨天进门来，因为到处都铺了地毯，所以大家都把鞋脱在过道里才走进来的。"夜里怎么狗会到过道里去呢？过道两头都有门，晚上不关吗？"

"门是关的。"艾教授说，"可惜昨天没有来得及告诉你，每天睡觉以前，都要把狗放在过道守夜，这样我们可以睡得更安稳，你以后也要这样做。"

"也奇怪，你们的鞋不脱在过道里吗？"陈奂生不解。

"一样，只是因为你那双鞋的气味是陌生的，所以狗就咬。今天我要让他熟悉你的气味，晓得你是自家人，就不会咬了。"

陈奂生倒抽一口冷气，这才明白歹徒真要进来也不是那么容易的。

"陈先生，我和我的妻子正在商量去买一双赔给你。"艾教授说，"但你的鞋子是中国的产品，我们的商店里恐怕没有卖，不知道可不可以买另外一种式样的？"

陈奂生听了，一时无从回答。他平生穿过几种鞋，一是自制的草鞋，这里当然不合适穿。中华人民共和国的劳动人民已经当家做主几十年了，不能够穿了草鞋在美国被人笑话。第二种鞋就是老婆做的布鞋，现在老婆远在天边，呼叫不应，怎么叫她做！第三种就是帆布胶底鞋，当年做采购员买过一双，穿了脚臭，之后再也不买。这狗咬的是第四种，是平生穿得最舒服的一双，还能有什么可以替代它的呢。他不知道，说不出。但是他知道他不要的东西，那是在出国前买那双鞋的时候就决定的，所以他就说：“我不穿皮鞋！”

“为什么独不穿皮鞋呢？”艾教授对这份说明非常奇怪。

“唔，就是不穿！”陈奂生认定地说，但讲不出理由。他知道理由是很多的，多了就复杂，复杂了就难于表达。

“嫌它硬？”

“没穿过，不晓得。”

“嫌它亮？”

“也未必。”

“那又为什么？”

“不习惯。”

“穿穿就习惯了。”

“老百姓穿官靴，难看。”

“啊！”艾教授注视着他片刻才说，“陈先生你真怪，倒还一直不曾变。其实从前穿了草鞋革命的人都早穿上了皮鞋。他们都习惯了，都舒服惯了，现在谁也不肯再去穿草鞋。你为什么不穿？”

“那是他们福气，”奂生老老实实说，“我没有这份福。我看见过几个穿了皮鞋出纰漏的人，一个不当心路面的凹凸，一拐就把脚踝拐脱了臼。一个不当心路面太光滑，一跤摔断了股腿骨……”

艾教授听了不禁笑出声来。

陈奂生却正经地说：“你看，没有福气的人就是倒霉，路面凹凸他倒霉，路面光滑也倒霉……”

但是没有鞋穿总不行。当天下午，艾教授还是陪了陈奂生上市场去买鞋。说也奇怪，美国的鞋市场，虽然花色品种很多，但能配上陈奂生的朴素胃口的，还只有皮鞋。在艾教授的一再怂恿下，终于买了一双不滑，不硬，不显眼的软皮软底皮鞋。七十六块美金。艾教授抢着付了，说这是理所当然，应该由他赔给奂生的。

陈奂生穿上那皮鞋，试着走路，竟是又软又轻，一步踏下去，便如固定在地面上，不打滑塌，十分舒服。也就不肯再客气了。

他任艾教授付钱，一则是这么大的价钱他舍不得，再则呢，中国也有个老传统，叫作“狗咬一口，白米三斗”，既然“打狗要看主人面”，自然“狗咬应该主人赔”了。

两个人回到家，艾教授马上把两条狗放出来，朝它们吆喝了几声，又教它们嗅奂生的气味。那狗低低叫了几声，似乎什么都懂得了，竟伸出舌头在奂生身上东舔西舔，表示亲昵。奂生倒有点畏缩，他知道“狗面亲家公”，翻脸不认人，但是艾教授却一再敦促他说：“陈先生，陈先生，把手伸出来，让它舔，让它舔！”奂生被逼不过，心里想：“好，咬掉了我的手指头，你给我劳保！”硬硬心肠，把手伸给狗，准备痛一痛。谁知那狗已认作他是主人，便显出了十足的奴性，不光舔他的舌头温柔，就连牙齿也是软的了。那尾巴飞快地甩来甩去，一味讨奂生的欢心。奂生便去拿那双咬坏的鞋子塞到它们面前去，它们再不敢咬，只是埋着头低低地哼哼，就像犯过错误做检讨，那嗯哦嗯哦的叫声似乎是说“再也不敢了，再也不敢了……”哄得奂生也开心起来。

艾教授指着栗色的狗说：“它叫杜鲁门。”又指着另一只黑狗说：“它叫尼克松。你叫它们的名字，它们就听你的话。这两个名字很容易记，它同美国两位总统的名字一样。”

“要死了！”陈奂生脱口说出一句粗话，他太吃惊了，“怎好给狗起总统的名字呢？”

“为什么不可以呢，我一样爱他们呀！”艾教授毫不在意说，“比如我的儿子名叫乔治，他也是美国独立后第一位总统的名字，我也一样爱他们呀！”

“啊！……”陈奂生目瞪口呆，嘴里不说，心里却想：“荒唐，天底下还有这种道理吗？”

艾教授看了陈奂生的样子，便想到了什么，笑道：“这有什么呢，我替我的儿子和狗爱起什么名字就起什么名字，就像总统爱替自己起什么名字就起什么名字一样，这是各人的自由。”

“这就算自由？”

"当然。"艾教授说，"谁也没有妨碍谁。"

"为什么偏偏给狗取总统的名字呢？"

"为什么偏偏不能呢？"

"总统是总统，狗是狗呀！"

"哦。"艾教授想了想说，"我明白你的意思，不过我要问你，如果在一百年前就有两只狗的名字叫杜鲁门和尼克松，那么，后来的两位总统为什么偏偏要取一个狗一样的名字呢？"

"他们怎样会晓得有过这种狗名呢？"

"这个不重要，重要的是名字总会一再重复出现，所以重复是极普通的事情。你们中国人最有趣的是喜欢抓住随便什么比出贵贱来，如果把皇帝的名字给了狗，会杀头。可是在我们这儿只会笑一笑，说声'OK'就完了。"

陈奂生听了，倒当头吃了一棒。当年陆龙飞替他那送上门来的小儿取名"天子"，总以为了不得，现在看来，这"天子"二字也可以替小狗命名的；不但不稀奇，竟觉得从前"以为稀奇"的思想太滑稽。

七

陈奂生到任三天，艾教授夫妇就飞往中国去了。剩下一幢舒适的住宅，配上美丽如画的环境，让陈奂生一个人伴着两只狗一只猫居住，阔气极了。当皇帝又怎么样！真有点不可思议。假使陈奂生是一个漂亮的姑娘，狗和猫变成了白兔，那么，这里也就是月宫了。陈奂生真舒服。没有人来打扰他，也不必做多少事，又安稳，又悠闲，完全是神仙过的日子。不过，做神仙也有做神仙的苦恼，陈奂生固然年纪大了，按理应该比嫦娥更耐得寂寞，无奈他比嫦娥多吃了人间烟火食，同芸芸众生有许多拖拖拉拉的关系。一旦离群索居，猛然会害怕世界上的人都死光了。所以，过不了几天，他就发现这舒服日子是很难过的。他连嫦娥也不如，嫦娥寂寞，还可以婆娑起舞，陈奂生却一无排遣，对着狗和猫，就像对着语言不通的外国人一样无法交流情感。况且陈奂生一向欢喜的是牛、猪、羊、鸡、鸭等带来实惠的东西，从不喜欢猫、狗，因为它们是些串门走户，诲淫诲盗的东西，是些娼妓和嫖客，从来没有结果的。可是除了它们还有什么呢？只有那草坪。艾教授教过他怎样用剪草机，要他记住每星期六剪一次草坪，这是附近居民的公约，不可以违反的。那么，星期天到星期五又做什么呢？星期天许宁开了车来带他去买菜，买了再把他送回来，别的就什么也没有了。就只能够与猫狗为伍。电视机是有的，开出来都是说外国话的人，越看越气闷。音响也有，就是不知道怎么开。连汽车（而且一共有两辆）都停在车库，瞪着眼欺侮陈奂生不能动它分毫……生活实在太丰富了，但同陈奂生全不相干，就像未来更加丰富的生活同现代人全不相干一样。电话铃有时会响起来，华如梅、许宁、辛主平都打过。有时则是打给艾教授或夫人的，全是外国话，像天书一样。有一次竟是艾教授打来的。陈奂生听出确是他的声音，但绝不肯相信。艾教授不是到中国去了吗？电话里的艾教授哈哈大笑，说他就是从中国打来的电话。陈奂生还是不相信，看了看自己的表，问艾教授现在什么时候了？艾教授说下午四点，陈奂生一算，相差八个多小时，便点点头相信了。他晓得电走得比飞机快，算下来差不多，艾教授的确是从中国打来的。只是不晓得电线用什么办法渡过太平洋来，它又不像飞机那样有翅膀。

为此陈奂生很动心，他家里如果有电话，他从这里打出去，过了八个多小时，就可以同家里所有的人说上话了。倘有哪个孩子不学好，打不着也可以训一顿。

剪过第一次草坪，隔天许宁同他去买了菜回来，许宁的汽车刚开走，陈奂生忽然觉得这一切太笑话了。那么大一块土地不种菜，让荒草占据了，还要花时间修饰它。要菜吃呢，却又开了汽车奔那么远的路去花钞票买，聪明有学问的外国人为何愚蠢无知到这种地步呢！吴书记把园子荒着，的确是没有空去整治，艾教授呢，有空去买菜，有空到中国去旅行，为什么就没有空翻掉草皮种菜呢？

陈奂生想了一想，唔，明白了，他们美国没有共产党领导，知识分子看不起体力劳动。哪里肯握着锄头柄去种菜！不过倘有别人帮他们种，让他们不用花钱吃新鲜的现成食，一定很高兴。别说他们，就连吴书记那样的大官，我帮他种了菜，还不是很见情分吗！他现在退休下来，还幸亏有那块菜畦种着消遣，还省了不少开销呢。

想到这里，陈奂生便觉得如果草坪变成了菜畦的话，这里就真是人间天堂了。当然种菜要有种子，或者幼苗，都不曾见什么地方有得卖。不过以后会去参观农场，到了农场就不愁没有；还要拣好吃的种。陈奂生来了美国，吃到了荷兰豆角，芦笋和兰花菜，挺爱吃。他家乡从未见过，要种就种这三样。看现在的天时，也像家乡的春天，如果把地翻转来，正是种菜的好季节。可是艾教授家里，是不会有锄头铁耙的，剪草机有一部（只能修剪），拖拉机就没有了（想不到要翻地）。光看这一点，外国教授就不及中国教授富有；中国教授大都在田里劳动过。现在固然不干了，说不定家里倒还存点种田旧家什。真可惜艾教授生在美国，没到田里去干过活，否则也会有种田旧家什，就用不到陈奂生犯愁了。

明知没有，陈奂生还是不甘心，有意无意在壁根壁角寻寻觅觅，希望找到点代用品。发现铁质的工具不少，都放在汽车间里，大都叫不出名字，也没有一件能够翻地做垅的。不过心里有个念头在盘算，过日子就不像以前那么嫌它长。

如此过了两个多星期，毫无进展，许宁已经来过两趟；再有两趟，艾教授夫妻也该回家了。虽然无聊，时间毕竟照样往后退走，陈奂生也就灰心了。想不到那天下午喂猫，猫躺在一顶看柜顶上懒懒地叫着不起身，陈奂生要去赶它，怕碰碎看柜门上的玻璃，不免看了一看；谁知透过玻璃，竟发现柜里像古董一样供着一把亮锄[24]。陈奂生大喜过望，不敢相信，用手背擦擦眼睛再看，一点不错，的的确确有一把亮锄，而且是全新的，不是旧家什。不知道艾教授为什么要这东西，还像宝贝一样放着。陈奂生便拿出来细看。他别的不在行，这行可懂。他不相信这一把亮锄有什么特别值得珍贵的地方，完全同普通的一样，在中国要多少铁匠就给你打多少。如果陈奂生自作主张拿来用坏了，艾教授回来见怪，他也赔得起。于是他没有顾虑，但是却找不到一根东西做柄。只得先用手握了亮锄的脑头去草坪角上坌坌试试，果然管用。陈奂生高兴极了，就用双手捏着一口气锛脱了大约一个平方米的草坪，累得出了一身汗才歇。心里想："好，有了它就行，明天想办法找个柄装上，锄起来就轻松爽快了。"

于是他心满意足，夜饭美美地吃了一顿，正吃得酒足饭饱，坐在沙发上一面看电视一面打饱嗝，不几分钟就打起呼噜来。后来隐隐约约听到电话铃响，他想去接，但忽又想到自己已经睡着了，睡着了再听见电话响，一定不是真的，大概是做梦。梦里的电话接他做什么，不理它。于是一动不动死困。谁知那铃声也发了牛脾气，一个劲不停地响下去。终于使陈奂生惊醒过来，明白那是真的，连忙起身去接，却是许宁打来的。许宁就问他刚才哪里去了？奂生说："没有到哪里去呀！"许宁说："没有到哪里去怎么不接电话，是睡着了吧！"奂生被击中要害，看了看电视屏幕上刚显示出七点半钟，便赖账说："没有困着，我不坐在这里看电视吗！"许宁说："那为什么听不见电话铃响呢？"陈奂生正找不到话说，刚好电视里也在打电话，就说："我还当电视里响的呢。"说罢，自己也笑起来。许宁也笑了，却不驳他，只是告诉他说："明天要到农场去，一大早我和华先生就来接你一起去，你要提早把猫狗喂饱，门窗关严实。去了好放心，要一整天时间呢！"

陈奂生听了，连连答应。他高兴地想："真是凑巧，去了农场

㉔ 亮锄：一种很轻巧的锄头。

回来，兴许就柄也有了，菜籽也有了，还来得及帮艾教授种熟一块菜畦呢！”

陈奂生原本习惯早起，这一阵休息够了，精神好得三更就醒在床上了。听许宁说一大早就来，他就起得比平时更早。一切都料理停当，太阳出得半山高了，许宁和华如梅才来。陈奂生上车的时候，心里还在想，早晓得他们来得这样迟，我还可以锛掉一点草皮呢。白白等他们浪费时间。

华如梅把陈奂生送来以后，一直没有再来看过他，很觉抱歉，连连说：“陈先生，实在对不起，竟抽不出时间来看你。我总是很忙，我在学校里，这里跑到那里，一天到夜没有歇息。我的同事问我忙什么，为什么不坐下休息休息。我自己也说不出在忙什么，我只是觉得总有事情等着我去做，就坐不下来。”陈奂生看看她说：“你太辛苦，也太瘦。”华如梅说：“瘦些好，胖了人发呆，我没有工夫去运动，我就一天到夜跑来跑去，也是锻炼身体。”许宁一边开车一边听，这时插嘴说：“华老师，听说学校要聘任你当住院部主任，你做不做——做了就更加忙了。”华如梅犹犹豫豫地说：“就是啦，做了呢，就没有空研究什么了；要不做呢，又想着这样的位置，中国人是难得有机会担任的，这也是为中国人争口气的事啊！”许宁听了笑着说：“我知道了，你是会担任的。”华如梅也笑了，自言自语说：“什么国籍不国籍，中国人总是中国人，心总向着中国的。不知道为什么国内有些人却向往着外国，总有原因的吧！”许宁哈哈笑道：“众所周知的原因。”陈奂生倒也有所感触，长嘘了一口气说：“出来看看，我们呀，穷是也真穷！”许宁说：“怪谁呢！怪国民党，国民党把大陆的金银财宝都带到台湾去了，所以台湾很富。”陈奂生问道：“那么美国呢？为什么也这样富？”许宁说：“自然也是抢来的啰！”“抢谁的呢？”“抢全世界的，它不是头号帝国主义吗？”陈奂生想想说：“以前也总听人这样说，我想总也有根据的。不过像华先生、文先生、艾教授……他们总不曾去抢吧？”“那自然。”“我也看出来了，上次到鸡场去，他们那里几个人养几万只鸡。要是我们呢，只怕要两三百个人才能养那么多呢，所以我晓得他们每个人生产出来的东西明显比我们多得多。换了我，也一样会富啰！”许宁听了，回头看了看陈奂生，大加称赞道：“陈先生，我刚才尽是胡扯。你说得对极了。穷也好，富也好，根子的确被你看清了。”华如梅也说：“陈先生你真不错，等会到农场去看看，大概就更明白了。我在美国这许多年，也正是看了鸡场才体验到的呢。”

他们这样谈谈说说，约莫两个小时，才到了参观的农场。陈奂生一下车，看到了以前往鸡场去的路上见识过的小洋房和装着面粉厂那样大管子、高圆筒的小工厂，便惊喜道：“咦呀，这就是农场呀！”

话音刚落，屋子里跑出来两只大狗，直奔到客人身边来。紧接着，主人在门口出现了，呼啸了一声，那狗便围着客人蹦蹦跳跳，亲昵起来。陈奂生现在同狗打交道也有了经验，知道它们是绝对服从命令听指挥的，所以不管它们怎样表现，全不放在眼里。

主人大约不满五十，高大而和善，他不用介绍，走过来首先就同陈奂生握手，然后就讲陈奂生听不懂的话。华如梅翻译说：“他很抱歉，上一次因为牛病了，耽误到今天才能请你来。”陈奂生忙问：“牛好了吗？”华如梅再翻给主人听，主人点点头，然后又说了一些话，意思是他很欢迎客人来。但是农场实在并没有什么可以看的。他把手摆了一摆，表示无非是一大片土地，空荡荡的，一眼就看完了。他笑着，陪大家走向离房屋不远处的一架拖拉机跟前，说现在正在播种玉米，拖拉机后面是拖的播种机，并排列着二十个传种子的斗，把种子播入泥土。如果哪一个口子漏播了一穴，电脑就马上显示给人知道，可以随时补上。陈奂生把那机器看了好久，也看不懂，但听讲过倒明白了。只是看着那一大片土地，有点吃惊。问主人的农场有多少亩地，主人大约知道要问，事先就算过，说相当于中国的四千五百亩。

“几个人种呢？”

主人竖起两个指头："我们夫妻两个。"他看陈奂生很惊异的神色，便补充说他还有一个儿子，已经分居出去另外经营一个农场了，不过对父母还能帮忙。除此以外，他们不雇工，如果来不及，可以和各种专业公司（例如施肥、除草、收割等，都有专业公司）订合同，由他们负责按时来耕作。

陈奂生听着，想起包产到户以后大队里组成的管水、治虫等专业组，包揽各家各户的治虫、水利，也就是专业公司的意思了。倒也并不难懂。不过这里的气派，一家几千亩，中国哪里行得通！中国人多，一个人只能占一亩来地，像这里一占几千亩，剩下来没有地的农民到哪里去？怎么活？是不是又要土改呢？听华如梅说，美国人一百个里边只有一两个农民，还有九十八个做什么去了呢？他们能走，我们倒没有地方去，要是也有地方走，留下来的人就好多种些了。

看看想想，好像参观一下子就完结了。陈奂生想看看牛，主人笑笑指着北方林边的一些矮子，似乎太远了，没有意思领客人去看。却同华如梅和许宁说了几句，原来他认为还是去看看养猪场最好。于是大家跟他走到形似小面粉厂旁边的大平房门口，打开大门才知道里面是一个很大的养猪场。有一点同陈奂生在家乡看到的猪场一样，也是七八条或十一二条拦成一圈的，不同的是饮水和喂食与鸡场一样都自动化了。饮水装置差不多同鸡场一样，喂饲料就比较复杂，每个圈里竖着一只铁皮罐，粉碎过的饲料从罐底四周传入食槽，猪能随时吃到而不能踩到。铁皮罐顶又有通道和平房外小工厂的圆筒形高塔相连，原来那就是饲料的仓库。如果圈内铁罐空了，饲料就会自动从仓库输给，那个小工厂就是专门粉碎饲料的，粉碎后直接输入仓库，所以整个过程用不到人工。那些猪不吃青饲料，圈内自然干净得多，每天定时按一下水龙头冲洗冲洗就行了。陈奂生看了长久不发一言，后来他摇摇头说："这样养猪，我们也养不起。"这是指吃得太好。过了一会又摇摇头说："我们那里，只介绍一个人能养三十只猪，五十只猪，八十只猪，好像从没有人想到养猪可以不用人力。"

因为陈奂生全能看懂，不用多介绍，主人显然认为碰到了内行，很是高兴。领着客人往自己家里走的时候，才说到他曾到过中国两次，也到过江苏。他说江苏很好，很热闹。他指指自己的农场，说那儿在这么大一片土地上，可以住几千个人，不像这儿那样空旷和冷清。

许宁翻译给陈奂生听的时候，陈奂生郁闷了片刻才说："他们这样种田，还能学吗？我们人那么多，照他们这样种，大家就没有田种了。"说完，不禁叹息。

他可是只会种田啊，没有田种他怎么办？

也许农场的主人们认为到他那儿去参观是极可笑的，因为一切都一目了然，没有任何耐看的东西。所以客人来了往往不先请进屋，却先领他们匆匆转一个圈，算是完成了任务再邀入家中款待。

陈奂生进门一看，自然又大出意外，这家的陈设，虽然和华如梅、艾教授家不同，但一样富丽堂皇，那个客厅，比两家更宽敞，茶几上已经放了水果、糖、果核仁……这时候女主人从里间出来了，她比她丈夫年轻，而且漂亮得很。她同客人一一见礼，然后笑着说了几句话，便走过去倒咖啡。华如梅告诉陈奂生，刚才女主人邀请他们在这里午餐，她正在厨房里替我们做菜和点心。

陈奂生立刻想起他想看看农场的菜畦。可是场主听了翻译以后双手一摊说他们没有菜畦，他们从来不种菜。他们吃的菜都是去超级市场买来的，就连猪肉、牛肉也如此，他们从不自己杀了吃，都成批卖出去，自己再买肉吃。整个农场只有一样自制食品，就是奶酪。

这简直太荒唐，陈奂生无论如何不相信。

"居然从来不种菜？"陈奂生像受了欺骗，眼球都鼓起来了。

可是主人弄不明白农场为什么一定要种菜。

"自己总要吃嘛！"陈奂生理由十足地说，"在我们那里，不要说乡下农民，就是城里的工人和干部，只要屋边有空地，也都种菜。许多人家把鸡棚做在阳台上；鸡屎臭归臭，鸡蛋就不要花钱去买了。你有这么大的家业，难道连这点算计都没有吗？"

主人认真弄懂了他的意思以后，似乎觉得很新鲜，便说了一大串话。他说他当然有计算。他们家经常一共只两个人生活，吃很少一点蔬菜。种菜只需很小一块地方，用机器耕种不合算，用人工又抽不出时间。种下去之后还要随时关心栽培它，弄得精力不集中，影响大事业。所以在他看来买菜吃就最合算了。他想不明白中国的农民为什么一定要种菜，特别是城里人，他们为什么也去那样做。他们哪来那么多时间和精力？如果有的话为什么去做那种鸡毛蒜皮的事情，为什么不集中到事业上去赚更多的钱呢？

他毕竟是外国人，虽然他到过中国，却并不了解中国，不曾学到东西，受我们的同化。

可是陈奂生也不会受他的影响，而且决不赞成他的意见。

“连农场都不种菜，你不种，他不种，大家都不种，哪里来菜吃呢？”陈奂生驳他。

“如果大家都不种，我就种，把农场的土地全种上菜。”

“反又倒过来了！”陈奂生摇摇头咕噜说，“你们外国人过日子像开玩笑。”但是这句话没有译过去。

他们就这样一边吃，一边说话。桌上都是外国菜，半生不熟，一股奶味。怪不得外国人身上有那股气味，连许宁也有，都吃多了牛奶。大家都称赞主人家的奶酪好吃，很新鲜。陈奂生尝了一口却再也不敢吃。

此来似乎一无收获。

临走的时候，陈奂生仍旧忍不住问道：“那么，有没有菜籽呢？”

主人笑着摇摇头，对陈奂生的执着精神很有点钦佩。

回去路上，华如梅问陈奂生要菜籽做什么。陈奂生说：“种菜呀，艾教授那里空地多得很，我替他种点菜，省得去买不好吗？”

“算了吧！”华如梅说，“你又不长在他家。你种上了，一走，就没有人管了。”

“不见得。”陈奂生摇摇头说，“我当年替吴书记开的那几垅菜畦，现在吴书记还种着呢。”

“艾教授不是吴书记。”许宁插嘴说，“他不是农民出身，他不但不会种菜，连见都没见过，没有兴趣的。”

“不见得。”奂生说，“他连种田家什也有呢！”

“种田家什？”

“是呀，我找到一把亮锄。”

华、许两个人都不知道亮锄是什么东西，就没有说下去。许宁接着说：“就是有兴趣也没有空，种几盆花，养了猫、狗，也常常要请人照应呢！”

陈奂生摇摇头说：“外国人究竟是怎么想的，一说是想赚更多的钱，划不来为种菜分心。可是艾教授那么大一块空地放在那里尽长草，又有什么出息？”

华如梅听他说这句话，心里一动，似乎联想到了些什么，还不曾想明白。许宁却笑道：“人家是各打各的算盘，各奔各的前程，极有主见的。告诉你吧，刚才我没有译给你听，农场主人还说，他不但买菜吃，就连粮食也是买了吃的呢。”

“他不是种粮食吗？”

“种。但是他划不来为两个人的口粮去买加工粮食的机器。”

陈奂生一时无语。

华如梅忽然笑道：“对了，你还记得做采购员的时候买了原料，借板车运到火车站去的事吗？”

陈奂生叹气道：“记得那倒霉事做啥呢！最好忘了。”

华如梅却哈哈笑着说：“那件事很有意思的，不应该忘记。只要连起来多想想，就连眼前的情形也明白了。”

陈奂生似有所悟，但心中窝囊不快。好像受了欺侮，嘴里不说，肚里却想，可惜来不及了，倘若住得长久，我偏种块菜畦让他们瞧瞧。

回到艾教授宅前，时间还早。华如梅因为一直没有来看过奂生，早上接他的时候又急促，响了几次喇叭把奂生叫出来上车就走了。现在就和许宁一起下了车，陪奂生进去，想看看他在这里生活得怎么样，会不会有意想不到的困难。她从小说里看到奂生是个知趣的人，有难处怕他不肯讲出来。

两个人进去巡视一周。屋子里收拾得清清爽爽，动用家什，也放得条条贴贴；几盆花草，挺有精神，鲜崭崭叫人眼目清亮；那猫和狗见了奂生也极其亲昵。华如梅高兴地说："陈先生，你真不错，挺能干的。"正说着，许宁忽然指指窗外说："哎呀，陈先生，那草皮是你锄掉的吗？"

这么一说，华如梅也看见了，马上想起刚才汽车里听陈奂生说"一大块空地放在那里尽长草"的话，心里便动过，现在可一清二楚了。忙说："陈先生，你可不能锄，那草不是天生的，是特地买来铺上的，一平米几十块美金呢。"

陈奂生大吃一惊道："真的吗？"

"当然啰！"许宁马上说。

"还不光是钱呢。"华如梅说，"他们这一带，住户有公约的，规定要保护好草坪，还要修剪得整整齐齐。艾教授不是说明白的吗，要是不定期修剪，草长高了，周围住户就会批评，说这家人家没有教养。才厉害呢！更别说把草坪弄坏了！"

陈奂生想不到要做点好事竟出了纰漏，而且好像挺严重，一时目瞪口呆，无话可说。呆了好久，才想着一句话说："一平米草皮这么贵呀！"

华如梅点点头说："是很贵的。幸好你锄掉不多，还好！过几天我去买来补上吧。"

"倒真是闯祸了。"陈奂生自言自语地说，"一平米草皮几十美金，说给人听谁相信，只美国有这种稀奇事！怪不得不要种菜了，种上了菜又值几个钱呢！倒真正是草比菜珍贵了。我发的什么傻，还锄了草皮想种菜呢！才真叫白花力气，才真叫闯祸害人……"他感情激动的时候，就有这么一股真真挚挚的唠叨劲。

华如梅和许宁见他这种样子，自然不便再说什么。但水有源，树有根，不埋怨陈奂生，也总得找个替罪羊。究竟怎么会发生锄草皮这样的严重事故呢？追思之后，便想到了“犯罪”工具。许宁问道：“陈先生，你说艾教授家里真有锄掉草皮的工具吗？”

“有呀。”陈奂生醒过来说。便从角落里去摸出那把亮锄来，一路用手抹掉上面的泥巴，给他们看道：“这不是么！”

华、许两人都想不到艾教授家里会有农具家什，一时竟无从说起。

过了片刻，许宁还不相信说：“你是从哪里找到的？”

陈奂生指指书房里那顶柜说：“像宝贝一样供在那里。”

许宁大吃一惊，他记得仿佛也曾见过，忙说：“这可是艾教授觅来的古董啊！”

他的话刚说完，华如梅已经笑得转不过气来了，连忙接着说：“我晓得了，我晓得了……”

她晓得什么呢？大家等她说。她喘了口气对奂生说：“这就叫亮锄吗？”奂生点了头，便接下去说：“我记起来了，是放在那顶柜里的，不要紧，这不是古董。”

“那为什么当宝贝一样呢？”许宁问。

“这是艾教授看过红楼梦的纪念品。”华如梅越想越觉得好笑地说，“艾教授是物理学家，却喜欢看小说。看了红楼梦，就问过我，说贾府的佣工说林黛玉是一个出气大了会把她吹倒的弱女子，她怎么有气力去挖一个土坑葬花？她拿什么工具去挖呢？拿得动吗？这个问题我也没办法回答。不知道曹雪芹怎么想的，后来有一次艾教授去中国回来，就带回了这个东西。他说他看到的中国锄土工具，算这一种最轻了，大概林黛玉葬花用的就是它。他还看到葬花的戏，戏台上黛玉掮的果然同它一样，就不知道叫什么名字，原来就是亮锄。”

这么一说，连陈奂生也轻松了。

大家又说了些闲话，才和陈奂生告别回去。临走还谆谆告诉他千万别再去动那草皮，连锄掉的地方也别再去动，让华如梅叫人来办，把陈奂生轻视得像个连草都不会耍弄的小孩子。

他们走后，陈奂生坐在门槛上灰心丧气呆想了一阵子，明白此地无英雄用武之地，便狠狠地下了决心，将来回去要种点好菜让他们看看。在这个鬼地方，就只好收兵了。便拿起亮锄放到水龙头上去冲洗得干干净净，抹干了，仍旧像宝贝一样供到柜窗里去。

到下一个星期天，许宁来带陈奂生去买菜时便同一个白种人来，看了看草坪锄坏的情形，量准了尺寸。过了两天，便独自开车载了草皮来，细细地补了半天，像补地毯一样补得看不出痕迹。然后浇了水，用手势向奂生示意要连续像他那样浇几天，便笑笑离开了。

草坪补好了，陈奂生的心上却被划出了一条痕。只要朝草坪看一眼，便觉着心口痛。他猜想补好这草坪一定花了不少钱，可是华如梅不但不肯说，还叫他赶快忘掉这件事。愈是这样，他就愈忘不掉，弄得神不守舍，逐渐委顿下来。于是便十分地想家，想老婆，想儿女，想陈天子，想家里的猪、羊、鸡、兔……就巴望艾教授和辛主平快点回来，应该是回国的时候了。金窝、银窝，毕竟不及家中草窝！

他没有失望，过了不久，他就和辛主平双双坐上了旧金山飞上海的飞机。

陈奂生舍不得花钱，几乎什么都没有买。因为钱在这里不经用，回去就经用了，何必做傻瓜在这里胡花呢。不过他想起王生发是向他开过口的，他哪里晓得美国人赌钱的新花样呢！回去见了面，空口说白话又不好意思，所以买了两副扑克牌，打算送给他。许宁看见了，却说："这不是美国做的扑克牌，是台湾来的。"因为壳子上印着呢，不过是英文罢了。陈奂生知道了当然不舒服，中国人到美国来买了中国造的扑克回去做礼品，岂非多此一举吗！不过幸亏王生发也不识英文，糊糊算了。另外还买了一件宝贝，就是荷兰豆、兰花菜和芦笋的菜籽。那是陈奂生当正经大事拉了许宁跑了好几个超级市场才买到的，都只餐桌上的食盐那么一小包。陈奂生想到这是家乡没有的东西，回去种成功了，才真算来过美国一趟。再则也是在这里没有种成，偏要憋口气回去种出来让大家看看。

因为把菜籽看得很珍贵，陈奂生一直把它放在上装的夹里口袋里，去飞机场的时候，他还检查过，还在。可是飞机起飞以后，再摸一摸，忽然没有了。一摸没有，二摸没有，三摸还是没有。于是搜遍全身，翻转随身带的小包，还是没有。

哪里去了呢？莫非刚才登机的时候摸护照和飞机票带出来掉了吗（因为那个袋专放重要物品）？

哪里去了呢？……

陈奂生顿时烦躁得冒出汗来，他朝窗外看看，飞机已经在云层上面。要是火车，到下一站停住时他还能跳下来回过去找。飞机可不会停，停下来就是上海了。

郴江幸自绕郴山

叶兆言

林斤澜是父亲的挚友，他不止一次对我说过，江苏作家和浙江作家相比，现代是浙江强，当代是江苏强。现代是祖父那一辈，当代是父亲这一辈。现代作家中，浙江有鲁迅，有茅盾，有郁达夫，有艾青，都是高山仰止的顶级人物，自然无法比拟。到当代作家这一拨，按照林斤澜的看法，江苏有高晓声，有方之，有陆文夫，还有汪曾祺，情况完全不一样。

对新时期最初几年的文学，我始终有些隔膜。作为一名中文系大学生，你没有办法不感觉它活生生的存在，而且一段时间，江苏以及全国的文学精英都在眼前转悠，这些人是父亲的好朋友，在我没有成为作家之前，父辈的名作家见了不计其数。我常常听父辈煮酒论英雄，在微醺状态下指点文坛，许多话私下说着玩玩，上不了台盘。我记得方之生前就喜欢挑全国奖小说得主的刺，口无遮拦，还骂娘。最极端并且留下最深印象的，是高晓声神秘兮兮告诉我，说汪曾祺曾向他表示，当代作家中最厉害的就数他们两个。天下英雄，使君与操，余子谁堪共酒杯。我一直疑心原话不是这样，以汪曾祺的学养，会用更含蓄的话，而且汪骨子里是个狂生，天下第一的名分，未必肯让别人分享。

提起八十年代初期文学，不提高晓声和汪曾祺这两位不行，他们代表着两种重要的文学现象。八十年代中期，有一次秋宴吃螃蟹，我们全家三口，高晓声与前妻带着儿子，林斤澜夫妇，加上汪曾祺和章品镇，正好一桌。老友相会，其乐融融，都知道汪曾祺能写善画，文房四宝早准备好了，汪的年龄最高，兴致也最高，一边吃一边喝彩，说螃蟹很好非常好，酒酣便捋袖画螃蟹，众人的喝彩声中，越画越忘形。然后大家签名，推来推去挨个签，最后一个是高晓声儿子，那时候，他还在上中学，第一次遇到这种场面，有些怯场，高低声对儿子说，写好写坏不要紧，字写大一些，用手势比画应该多大，并告诉他具体签什么位置上。高晓声儿子还是紧张，而且毛笔也太难控制，那字的尺寸就大大缩了水，签的名比谁字都小，高因此勃然大怒，取了一支大号的斗笔，沾满墨，在已经完成的画上扫了一笔。

大家都很吃惊，好端端一幅画活生生糟蹋了，记得我母亲当时很生气，说老高你怎么可以这样无礼。汪曾祺也有些扫兴，脸上毫无表情。事后，林斤澜夫妇百思不解，问我为什么会这样。我说可能是高晓声对儿子的期望值太高了，他忍受不了儿子的示弱。按说在场的人，朋友一辈的年龄都比高晓声大，只有我和他儿子两个小辈，高晓声实在没必要这么心高气傲，再说签名也可以裁去，何至于如此大煞风景。

第一次见到高晓声，是考上大学那年，他突然出现在我家。高晓声和父亲是老朋友，与方之、陆文夫都是难兄难弟，五七年因为“探求者”被打成右派，一晃二十年没见过面。乡音未改，鬓毛已衰，土得让人没法形容，农民什么样子，他就是什么样子，而且是七十年代的农民形象。那时候右派还没有平反，已粉碎了四人帮，刚开完三中全会，右派们一个个蠢蠢欲动，开始翘起狐狸尾巴。这是个日新月异的时代，高晓声形迹可疑转悠一圈，人便没有踪影，很快又出现，已拿着两篇手稿，是《李顺大造屋》和《漏斗户主》。

高晓声开始给人的印象并不心高气傲，他很虚心，虚心请老朋友指教，也请小辈提意见。我们当时正在忙一本民间刊物《人间》，对他的小说没太大兴趣。最叫好的是父亲，读了十分激动，津津乐道，说自己去《雨花》当副主编，手头有《李顺大造屋》和方之的《南丰二苗》，就跟揣了两颗手榴弹上战场一样。《李顺大造屋》打响了，获得全国短篇小说奖，这是后话，我记得陆文夫看手稿，说小说很好，不过有些啰唆。话是在吃饭桌上说的，大家手里还端着酒杯，高晓声追着问什么地方啰唆了，陆文夫也不客气，让我拿笔拿稿子来，就在手稿中间删了一段，高当时脸上有些挂不住。在我印象中，文章发表时，那一段确实是删了。

八十年代初期的文学热，和现在不一样，不谈发行量，不谈钱。印象中，一些很糟糕的小说，大家都在谈论，满世界都是“伤痕”，都是“问题”，作家一个个像诉苦申冤的弃妇。主题大同小异，不是公子落难，就是才子见弃，幸好有“帮夫”的红颜知己出来相助，以身相许，然后选个悲剧结局悄然引退。公式化概念化的痕迹随处可见，文学成了发泄个人情感的公器，而且还是终南捷径，一篇小说只要得全国奖，户口问题工作问题包括爱情问题，立马都能解决。当时有个特殊现象，无名作家作品一旦被《小说月报》转载，就会轰动。我认识一位老翻译家，五十岁出头，译过许多世界名著，国外邀请他讲学，介绍中国当代文学。偏偏对当代创作一点不了解，那年头出国不容易，可怜他搞了一辈子外国文学，还没有迈出过国门一步，便随手揣一摞《小说月报》匆匆上飞机。这些《小说月报》还是我堂哥三午送的，并不全，逮着一本算一本。

高晓声显然也是占了文学热的光，他回忆成功经验，认为自己抓住了农民最关心的问题。对于农民来说，重要的只有两件事，一是有地方住，一是能吃饱，所以他最初的两篇小说，《李顺大造屋》是盖房子，《漏斗户主》是讲一个人永远也吃不饱。一段时间内，高晓声很乐意成为农民的代言人，记得他不止一次感慨，说我们家那台二十寸的日立彩电，相当于农民盖三间房子。父亲并不知道农村盖房子究竟要多少钱，不过当时一台彩电的价格，差不多一个普通工人十年工资，因此也有些惶恐，怀疑自己过日子是否太奢侈。高晓声经常来蹭饭，高谈阔论，我们家保姆总在背后抱怨，嫌他不干净，嫌他把烟灰弹得到处都是。一来就要喝酒，一喝酒就要添菜，我常常提着饭夹去馆子炒菜，去小店买烟买酒。高晓声很快红了，红得发紫，红得保姆也不相信，一个如此灰头土脸的人，怎么突然成了人物。

高晓声提起农民的生存状态就有些生气，觉得国家对不起农民。他自己做报告的时候，农民的苦难是重要话题。也许是从近处观察的缘故，我在一开始就注意到，高晓声反复提到农民的时候，并不愿意别人把他当作农民。他可能会自称农民作家，但是，我可以肯定，他并不真心喜欢别人称他为农民作家。农民代言人自有代言人的拖累，有一次，在常州的一家宾馆，晚上突然冒出来一个青年，愣头愣头地非要和高晓声谈文学。高晓声刚喝过酒，满脸通红，头脑却还清醒，说你不要逼我好不好，我今天有朋友在，是大老远从外地来的，有什么话以后再说行不行。那青年顿时生气了，说你看不起我们农民，你还口口声声说自己是农民，你现在根本不是农民了。高晓声像哄小孩一样哄他，甚至上前搂他，想安慰他，但是那年轻人很愤怒，甩手而去。高晓声为此感到很失落，他对在一旁感到吃惊的我叹了口恶气，说了一句很不好听的话。我知道对有些人，高晓声一直保持着克制态度，他不想伤害他们，但是心里明白，在广大的农村，很有这样一些人，把文学当作改变境遇的跳板，他们以高的成功为样板，为追求目标，谈到文学，不是热爱，而是要利用。我知道高晓声内心深处，根本就不喜欢这些人。

这样的人，当然不仅农村才有，也不仅过去才有。仔细琢磨高晓声的小说，不难发现，他作品中为农民说的话，远不如说农民的坏话多。农民的代言人开始拆自己的台，从陈奂生开始，农民成了被讥笑对象。当然，这农民是打了印号的，因为农民其实就是人民，就是我们自己。中国知识阶级总处于尴尬之中，在对农民的态度上，嘴上说与实际做，明显两种不同的思维定式。换句话说，我们始终态度暧昧，一方面，农民被充分理想化了，对缺点视而不见，农民的淳朴被当作讴歌对象；另一方面，又把农民魔鬼化了，谁也不愿意去当农民。结果人生所做一切努力，好像都是为了实现不再做农民这个理想，甚至为农民说话，也难免项庄起舞，意在沛公。

父亲一直遗憾没有以最快速度，将汪曾祺的《异秉》发表在《雨花》上。记得当时不断听到父亲和高晓声议论，说这篇小说写得如何好。未能即时发表的原因很复杂，结果汪另一篇小说《受戒》在《北京文学》上抢了先手。从写作时间看，《异秉》在前，《受戒》在后。以发表而论，《受戒》在前，《异秉》在后。

汪曾祺后来的大受欢迎，和伤痕文学问题小说倒胃口有关。当时，除了汪的《异秉》，还有北岛的《旋律》，这小说是我交给父亲的，他看了觉得不错，也想发表在《雨花》杂志上。根据行情，这些小说并不适合作为重点推出。大家更习惯所谓思想性，编刊物的人已感到需要新鲜的东西来冲击一下，但是这仍然需要时间。对八十年代初期文学有兴趣的人，不妨去翻翻当时的刊物目录。那时候，汪曾祺的小说，包括林斤澜的小说，显然不适合作头条文章。这两个人后来都获得全国短篇小说奖，只要看获奖名单的排名，就知道不过是个陪衬。我记得有人说过，汪曾祺和林斤澜只是副榜，有名气的作家早拿过好几次了，既然大家私下里叫好，就让他们也轮到一次。

和高晓声迅速走红不同，汪曾祺小说有个明显的慢热过程。高晓声连续两届全国奖，而且排名很靠前，一举成名天下知。汪曾祺却是先折服了作家同行，在圈子里获得越来越多的认同叫好，然后稳扎稳打，逐渐大红大紫。客观地说，在八十年代初期，高晓声名气大，到八十年代中后期，汪曾祺声望高。这两个人在八十年代不期相遇，难免棋逢对手，英雄相惜。高晓声一度对汪的评价极高，但是我印象中，绝对是汪成名之前，有一次他甚至对我说，汪的小说代表了国际水平。正是因为他强烈推荐，《异秉》还在手稿期间，我就看了好几遍。

高晓声一直得意《陈奂生转业》中的一个细节，小说中县委书记问寒问暖，把自己的帽子送给了陈奂生，说帽子太大，他戴着把眼睛都遮住了。这顶帽子显然有乌纱帽的意思，县太爷戴着嫌大，放在农民的头上却正好。熟悉高的都知道，他有“阴世的秀才”之美称，是个促狭鬼。“陈奂生”是高晓声笔下的一个重要人物，出现在多篇小说中，要比李顺大更有血有肉，而“帽子”恰恰是塑造这个人物的重要道具。在一开始，陈奂生有顶帽子叫“漏斗户主”，这是他的绰号，然后日子好起来，手里有了些闲钱，便想到进城买顶“帽子”，因此演绎了“进城”故事，再获全国小说奖的荣誉，然后不安分地“转业”，竟然要做生意了，莽莽撞撞走县委书记的门路，居然堂而皇之地戴上了县太爷的“帽子”。高晓声经常在这种小聪明上下功夫，也就是说经常嵌些小骨头。我觉得汪曾祺对高晓声的赞许，也在这一点上，他说高有时候喜欢用方言，自说自话，不管别人懂不懂，不管别人能不能看下去。汪的意思是他反正明白，知道高小说中藏有骨头，那骨头就是所谓促狭。

曾经有两次，和汪曾祺谈得好好的，突然就中止了。我一直引以为憾，后悔自己没有找机会，把没说完的话进一步谈透。一次是九十年代，父亲已经过世，他来南京开会，在夫子庙状元楼的电梯里，很认真地对我说：“你父亲的散文集，我都看了，很干净，没有一个多余的字……”因为是会议开幕前夕，他刚说完，电梯已到达，门外有人在招呼我们。汪曾祺意犹未尽，被一个小姐带走了。我很遗憾话刚开始就中断，匆匆开始，又匆匆结束。我知道后面还有话要说，他的表情很严肃，并不像一般的敷衍。作为长辈，他很可能要借父亲那本薄薄的散文集，说些什么。也许他觉得父亲不应该写那么少，也许他觉得我写得太多了，总之，提到父亲的时候，他眼睛里充满了一种悲哀。

还有一次是八十年代的扬州街头，当时父亲也在场，还有上海的黄裳先生，我们一起吃早餐，站在一家小铺子前等候三丁包子。别人都坐了下来，只有我和汪曾祺站在热气腾腾的蒸笼屉子前等候。我突然谈起了自己对他小说的看法，说别人都说他的小说像沈从文，可是我读着，更能读出废名小说的味道。他听了我的话，颇有些吃惊，含糊其词地哼了一声，然后就沉默了，脸上明显有些不高兴。我当时年轻气盛，刚走出大学校门，虽然意识到他不高兴了，仍然具体地比较着废名和沈从文的异同，说沈从文的句式像《水经注》，而废名却有些像明朝的竟陵派，然后捉贼追赃，进一步地说出汪曾祺如何像废名。蒸笼屉子里的三丁包子迟迟不出来，我口无遮拦地继续说着，说着说着，汪曾祺终于开口了："你说的也有一定道理，然而——"他显然已想好该怎么对我说，偏偏这时候，三丁包子好了，他刚要长篇大论，我们交牌子的交牌子，拿三丁包的拿三丁包，话题就此再也没有继续。

我自己也成为作家以后，才知道汪曾祺当时为什么不高兴。一个作家未必愿意别人说他像谁，像并不是个好的赞美词，作家永远独一无二的好。汪曾祺喜欢说他与沈从文的关系，西南联大时期，汪是沈从文的学生，在写作上曾接受过指导。八十年代也是沈从文热兴起的时候，沈门嫡传是一块金字招牌，汪曾祺心气很高，显然不屑于以此作为自己的包装材料。凭心而论，汪小说中努力想摆脱的，恰恰是老师沈从文的某种影响。在语言上，汪曾祺显得更精致，更峭拔，更险峻，更喜欢使才，这种趋向毫无疑问地接近了废名。"为人性僻耽佳句，语不惊人死不休，"鲁迅先生谈起废名时，曾说他有一种"着意低徊，顾影自怜"的情结，汪曾祺也提到过废名的这种自恋，而且是以一种批评态度。废名的名声远不及沈从文，汪谈到一些文学现象，为了让读者更容易明白，在习惯上，提到更多的还是沈从文，因为从熟悉程度上来看，毕竟自己老师更近一点。事实上，说他像沈从文听了都不一定高兴，说他像不如沈从文的废名，当然更不高兴。

高晓声成名后，闹过很多笑话，譬如用小车去买煤球，结果撞了一个老太太。他赔了几十元钱，为此很有些怨言，我笑他自找，煤和霉同音，在八十年代初，很大的官才有小车坐，如此奢侈，报应也在情理之中。那时候，北岛在《新观察》做编辑，有一次来南京找高晓声组稿，用开玩笑的口气问我，听说高写了一篇海明威似的小说，是不是真有其事。我告诉北岛，高不止写了一篇这样的小说，而是断断续续写一批，这就是《鱼钓》《山中》《钱包》，以及后来的《飞磨》，所谓“海明威似的”说法并不准确，应该说是带一些现代派意味。

高晓声一度很喜欢与我聊天，觉得我最能懂他的话，最能明白他的思想，而且愿意听他唠叨。八四年年初，江南下了一场罕见的大雪，我们去了江阴，躲在一家宾馆里，足足地聊了两天两夜。电网遭到破坏，结果我们用掉了许多红蜡烛。秉烛夜谈的情景让人难忘，那时候，已经五十好几的高正陷入一场意外的爱情之中，谈到忘形之际，竟然很矫情地对我说，现在他最喜欢两个研究生，一个是我，另一个当然是与爱情有关了。那是我印象中，高晓声心态最年轻的时候。

忘不了的一个话题，是高晓声一直认为自己即使不写小说，仍然会非常出色。毫无疑问，高晓声是个绝顶聪明的人，如果认真研究他的小说，不难发现埋藏在小说中的智慧。机会属于有准备的人，从五七年打右派，到二十年后复出文坛，他从来没有放弃努力。在“探求者”诸人中，高晓声的学历最高，字也写得最好。他曾在上海的某个大学学过经济，对生物情有独钟，虽然历经艰辛，自信心从来没有打过折扣。落难期间，他研制过“九二〇”，并且大获成功，这玩意究竟是农药，还是生物化肥，我至今仍然不明白。高晓声培育过黑木耳和白木耳，据说有很多独到之处，经他指导的几个人后来都发了大财。

我不知道高晓声有没有对别人表达过这种观点，那就是文学虽然给他带来了巨大荣誉，可是他一直相信，自己如果不写小说可能会更好。在八十年代，随着改革大潮的深入，他似乎看到了更多的发财机会，然而，他的年纪和已经获得的文学功名，已经不允许他再去冒险。在很多人的印象中，高晓声只是一个写农民的乡土作家，是个土老帽，可是大家并不知道，他身上充分集中了苏南人的精明，正是利用这种精明，他轻易敲开了文坛紧闭的大门。关于高晓声的成功秘诀，总能听到两个简单化的推论，这就是被打成了右派，是苦难成全了他，另外，他熟悉农民，因为熟悉，所以就能写好。

很显然，高晓声不会真心赞同这种简单观点。某种特定的场合，他或许会这么说，然而只是权宜之计，是蒙那些玩文学评论的书呆子，他知道这绝不是事情的真相。同时具备两个条件的大有人在，为什么偏偏高晓声出人头地。写作作为一种专业，自然应该有它的独特性。首先，是写作这种最具体的劳动行为，让作家成了作家。作家如果不写，就什么都不是，千万不要避重就轻，颠倒黑白。在被打成右派以前，高晓声就已经是个作家了，因此真实的答案，是五七年反右剥夺了一个作家的写作权利，不只是剥夺了高晓声，而且凋零了后来那一大批“重放的鲜花”。事实上，新时期文学的初级阶段，真正活跃在文坛上的，还是那些“文化大革命”后期的笔杆子，这些人中既有初出茅庐的新手，也有重现江湖的旧人。时过境迁，那些充满时代痕迹的文字，都是很好的文学史料，譬如方之，早在七十年代初期，就孜孜不倦地写过一部关于赤脚医生的小说《神草》。

把写作形容为一种手艺似乎有些不大恭敬，然而又不得不让人感到尴尬，它确实是真相的一部分。通常认为粉碎“四人帮”前后的小说泾渭分明，是完全不同质的文学现象，却很少去注意它们的一脉相承。其实“文化大革命”腔调并不是一刀就能斩断，在前期那些伤痕文学问题小说中，“文化大革命”遗韵历历可数随处能见。高晓声的精明之处，在于他一眼就看透了把戏。换句话说，在一开始，文学并不是什么文学，或者不仅仅是文学。文学轰动往往是因为附加了别的东西，高晓声反复强调自己最关心农民的生存状态，关心农民的房子，关心农民能否吃饱，这种关心建立在一种信念之上，就是文学作为一种工具，可以用来做一些事情。“利用小说进行反党”是“文化大革命”中作家们很重要的一个罪名，“文化大革命”已经结束了，人们仍然相信通过小说，能改变民间的疾苦。

成也萧何，败也萧何。高晓声身上贴着农民作家的标签，俨然是农民利益的代言人，但是他早就在思索究竟什么是文学这个问题。连续两次获得全国短篇小说奖，在当时是非常骄人的成就，面对摄像镜头的采访，在回答为什么要写作的提问时，高晓声嘿嘿笑了两声，带着很严重的常州腔说：“写小说是很好玩的事。”那时候电视采访还很新鲜，我母亲看了电视，既吃惊，又有些生气，说高晓声怎么可以这么说话。十年以后，王朔提到了“玩文学”这样的字眼，正义人士群起围剿，很多人像我母亲一样吃惊和生气。高晓声可不是个油腔滑调的人，他知道如何面对大众，绝不会用一句并非发自心腑的话来哗众取宠。

恰好我手头还保持着一九八〇年的日记，在十二月六日这天，记录我和高晓声的谈话：

“我后悔一件事，《钱包》《山中》《鱼钓》这三篇没有一篇能得奖。”

“是呵，《陈奂生》影响太大了，”我说，“我看见学校的同学在写评选单的时候，都写它。”

“唉，可惜，”他叹气。

“陈影响比较大。”

“是的，陈是雅俗共赏的，大家都接受。”

“但愿上面（评奖组）会换一下。”

“不会的。”

如果不是记录在案，真不敢相信当时会有这样的文字，而且是小说体。有一点我永远也忘不了，这就是高晓声对自己的这些现代派小说自视甚高，在十二月十四日的日记中，有这么一段记录他的话：

“《山中》是我最花气力的一篇小说，一个字，一段，都不是随便写出来的。”

我告诉他，《山中》以及同类题材三篇反映不好，有人看不懂。

他只是抽烟，临了，拧灭："一句话，我搞艺术，不是搞群众运动。"

……

"我的作品，要是有个权威出来说话，就好了。"

我说："光权威还不足，有更厉害的。"

"谁？"

"洋鬼子。"

他笑了。

"真的，你不要笑。现在最怕的就是洋鬼子，假如有个外国人站出来，说高晓声的作品如何，再和一个什么时髦的流派不谋而合。于是，你就要轰动了。"

他信服地点点头。

"像把《钱包》翻译出去，就是件好事。"

"对的，外国人他们是识货的。"

"当然，不能光译文，最好是那些精通汉文的文学家，他们对中国社会了解，感受深，感觉也准确。"

"就是呀，要不然，我的语言他们理解不了。"

那段时候，和高晓声之间有很多这样的对话，我只是觉得好玩，随手记了下来。当然有些属于隐私，不便公布。我不过想说明一点，当高晓声被评论界封为农民代言人的时候，身为农民作家的他想得更多的其实是艺术问题。小说艺术有它的自身特点，有它的发展规律，高晓声的绝顶聪明，在于完全明白群众运动会给作家带来好处，而且理所当然享受了这种好处。但是，小说艺术不等于群众运动。在当时，高晓声是不多的几位真正强调艺术的作家之一，他的种种探索，一开始处于被忽视的地位，即使在今天提起的人也不多。我们谈起大陆的现代派运动，往往愿意偷懒，一步到位，从八十年代中期开始说起，张口就是新潮小说或者先锋小说。其实早在八十年代初期，有思想的作家就蠢蠢欲动，值得指出的，大陆的现代派最初更热衷的是形式，这集中在那些尚未成名的青年作家身上，中年作家通常不屑这些时髦玩意，王蒙小说中有些意识流已难能可贵，像高晓声那样在小说中描写人的普遍处境，极力在内容上下功夫，用北岛的话来说，写出了“海明威式”的小说，简直就是凤毛麟角。

汪曾祺的叫好，充分反映了文坛的一种期待。高晓声动用了“国际水平”这样的大词，说明他在汪的小说中，看到了自己久已等待的东西。如果说，高晓声还在试图寻找艺术，还在琢磨如何做好艺术这道大菜，汪曾祺横空出世，很随意地将美味佳肴端到了读者面前。

汪曾祺的小说，很像一场不流血的革命。悄悄地来了，悄悄地有些反响。它不像意识流小说那么时髦，那么张扬，那么自以为是。新时期初期小说中的现代派，更多的是外在，表面上做文章，不加标点符号，冒冒失失来上一大段，然后便宣称已把意识像水的那种感觉已写出来了。意识流更像是一场矫情做作的形式革命，根本到达不了文学的心灵深处，在一开始就老掉牙，它的特殊意义，不过是往保守的传统叙述方式中，扔了几颗手榴弹。

如果汪曾祺的小说一下子就火爆起来，结局完全会是另外一种模样。具有逆反心理的年轻人，不会轻易将一个年龄已不小的老作家引以为同志。好在一段时间里，汪曾祺并不属于主流文学，他显然是个另类，是个荡漾着青春气息的老顽童，虽然和年轻人的方式完全不一样，然而在不屑主流这一点上找到共鸣。文坛非常世故，一方面，它保守，霸道，排斥异己，甚至庸俗；另一方面，它也会见风使舵，随机应变，经常吸收一些新鲜血液，通过招安和改编重塑自己形象。毫无疑问，汪曾祺很快得到了年轻人的喜爱，而且这种喜爱可以用热爱来形容。在八十年代中后期，他的声名与日俱增，地位越来越高，远远超过了高晓声。

一九八六年暮春，我的研究生论文已经做完，百无聊赖。一个偶然契机，为一家出版社去北京组稿，出版社的领导相信，我的特殊身份会比别人更容易得到名家稿件。这颇有些像今天的学生打工，当时并没有任何报酬，只是报销了差旅费。我第一次到北京不住在自己家，因为还有一个研究生同学与我同行，而且几乎整天骑自行车在外面跑。通过分配在北京的大学本科同学，我们下榻在外交部招待所，所以要提一句，因为它前身是著名的六国饭店，虽然破烂不堪，一个房间住六个人，当年的豪华气派隐约还在。短短的几天里，收获颇丰，我们走马观花，接连拜见了许多名家，其中就包括汪曾祺。

从六国饭店去拜见汪曾祺，仅仅从字面上看，仿佛在说一个民国年间的古老故事。事实上，当时的商业大潮已如火如荼，北京已开始像个大工地。我们骑着两辆又破又旧的自行车，风尘仆仆到了蒲黄榆路，见了汪曾祺以后，称呼什么已记不清，对于父辈的人，我一向伯伯叔叔乱叫。事先林斤澜已打过招呼，汪曾祺知道我们要去，因此没有任何意外，只是问我们从哪里来，怎么来的，问父亲的情况，问祖父的情况。我们冒冒失失地组稿，胡乱约稿，长篇短篇散文，什么都要。汪笑着说他写不了长篇，然后就闲扯起来。

那一年我已经快三十岁，做过四年工人，读了七年大学，当过一年大学教师，社会经验严重不足。我只是一个业余的编辑，初出茅庐，对文坛充满好奇心。汪曾祺住在一套很普通的房子里，不大，简陋，记忆最深的是卫生间，没有热水器，只有一个土制的吸热式淋浴器，这玩意现在根本见不到。很难想象自己心目中的一个优秀作家，就生活在这样的一个环境里，房子仍然还有几成新，说明在这之前的居住环境可能更糟糕。我记得林斤澜几次说过，汪曾祺为人很有名士气，名士气的另一种说法，就是不随和。我伯父也谈过对汪的印象，说他这人有些让人捉摸不透，某些应该敷衍应酬的场合，坚决不敷衍应酬，关键的时候会一声不吭。说老实话，我的这位伯父也不是个随和的人，他眼里的汪曾祺竟然这样，很能说明问题。

在父辈作家中，汪曾祺是最有仙气的一个人。他的才华出众，很少能有与之匹敌的对手。父亲在同龄人中也算出类拔萃，但是因为比汪小六岁，文化积累就完全不一样。虽然都被打成右派，虽然都长期在剧团里从事编剧工作，汪的水平要高出许多。很重要的一个原因，是汪在抗战前，基本完成了中学教育，而父亲刚刚读完小学。童子功不一样，结果也就不一样。和汪曾祺接触过的人，都应该有这样的体会，那就是他确实有本钱做名士。名士通常学不来的，没有才气而冒充名士，充其量也就是领导干部混个博士学位，或者假洋鬼子出国留一趟学。汪曾祺和高晓声有一个共同点，都是大器晚成。苦心修炼而得道，不鸣则已，一鸣惊人。高晓声出山的时候，已经五十岁，汪曾祺更晚，差不多快六十岁。

在我的印象中，并没有见到多少汪曾祺的不随和。只有一次，参观一个水利枢纽展览，一位领导同志亲自主讲，天花乱坠地做起报告来，从头到尾，汪曾祺都没有正眼瞧那人一眼。这给我留下了非常深刻的印象，以后遇到类似的场合，忍不住便想模仿。我们已经习惯忍受毫无内容的报告，习惯了空洞，习惯了大话，习惯了不是人话。仅仅一次亲眼目睹已经足够了，窥一斑而知全豹，这正是我在现实生活中所期待的，而在此前，文人的名士气通常只能在书本上见到，我成长的那个年代里，文人总是夹着尾巴做人，清高被看成一个很不好的词，其实文人不清高，还做什么文人。

还有一次是在林斤澜家，父亲去北京，要看望老朋友，一定会有他。那次是林斤澜做东，让我们父子过去喝酒，附带也把汪曾祺喊去了。林和汪的交情非同一般，只有他才能对汪随喊随到。开了一瓶好酒，准备了各色下酒菜，在客厅的大茶几上摆开阵势，我年龄最轻，却最不能喝，汪因此笑我有辱家风。这时候已是八九年的秋天，汪曾祺自己的酒量也不怎么行了，父亲也不能喝，真正豪饮的只有林斤澜。对于父亲来说，我吃不准是不是最后一次与林汪在一起，好像就是，因为自从前一年祖父过世，这是父亲最后一次去北京。这样的聚会实在太值得纪念，记得那天说了许多不久前发生的事情，汪和林都有些激动，有些感叹，也有些愤怒。后来话题才转开，印象中的汪曾祺，不仅有名士气，而且是非分明，感情饱满。

记忆中，更多的是汪曾祺的随和。那一年在扬州，我作为具体办事人，竟然安排他住了一间没有卫生间的房间。这种疏忽如今说起来，真是不应该原谅，应该狠狠地打屁股。让已经高龄的汪半夜三更起来上公共厕所，只有我这种刚出大学门的书呆子才能做出来，事实上，我根本就没想到上厕所的问题。当时完全是为了搞情调，好端端的酒店不去住，却住到了小盘谷公园，这里风景如画，于是便忽视了它的设施太落后。这是我一直感到后悔的一件事，虽然汪从来没有表示过怨言，而且夸奖我比他年轻时办事能力强，但是我不得不承认自己确实不像话。说起来真惭愧，当时我身上带着一笔公款，因为稀里糊涂，这笔公款竟然几次差点丢掉，一次丢在包租的面包车上，还有一次更悬乎，人都上了去镇江的渡轮，突然想到搁钱的黑皮包还丢在参观的地方。

我的糊涂一定也给汪留下了印象，到后来，每次出发转移，他都笑着问我，钱是否带着或保管好了。我父亲已是有名的糊涂人，他的公子事实证明更糟糕。那时候，还没有一百元的钞票，也不过是几千块钱，害得我成天丢魂落魄。前后大约有半个月，江南江北访古寻幽，就我一个莽撞的年轻人，冒冒失失地领着几位老先生东奔西跑，这种荒唐今天想起来根本就不可能。除了应该去的名胜之外，我们还去了一些很容易被忽视的地点，在扬州，去隋炀帝陵，在常州，去黄仲则的两当轩，参观一间东倒西歪旧房子，去赵翼故居，拜谒一个破败的楠木大厅，还去了正在筹备的恽南田故居，汪在那写诗作画，泼墨挥毫技惊四座。

高晓声和汪曾祺都是我敬重的前辈，是我文学上的引路人。八十年代的大多数时间，我在大学里苦读，不断地写些东西，对自己的未来，一直没什么明确目的。是高晓声和汪曾祺这样的作家，活生生地影响了我，让我跃跃欲试，但是也正是他们，让我对是否应该去当作家产生怀疑。按照我的看法，高和汪能成为优秀作家，都是因为具备了特殊素质，他们都是有异秉的人，高晓声绝顶聪明，汪曾祺才华横溢，而我恰恰在这两方面都严重不足。

我忘不了高晓声告诉的一些小经验，他告诫我写文章，千万不能走气，说废话没有关系，但是不要一路点题，写文章是用气筒打气，要不停地加压，走题仿佛轮胎上戳了些小孔，这样的文章看上去永远瘪塌塌的，没有一点精神，而文章与人一样，靠的就是精神。高晓声还教会我如何面对寂寞，很长时间，我陷入深深的苦闷之中，写的小说一篇也发表不了，他却认为这是好事，说你只要能够坚持，一旦成功，抽屉里的积稿便会一抢而空。对于小说应该怎么写，高晓声对我的指导，甚至比父亲的教诲还多。同样，虽然没有接受过汪曾祺的具体辅导，但汪文字中洋溢的那种特殊才华，那种惊世骇俗的奇异之气，一度成为我刻意的学习样板。我对汪曾祺的文体走火入魔，曾经仔细揣摩，反复钻研，作为他的私淑弟子，我至今仍然认为《异秉》是汪曾祺最好的小说。

毫无疑问，这是两位应该入史的重量级人物。评价他们的文学地位，不是我能做的事情，是非自有公论。我不过坐井观天，胡乱说说高晓声的聪明和汪曾祺的才华。进入九十年代，我一直在想，为什么我敬重的这两位作家，都不约而同越写越少。很显然，写作这工作，在高汪看来，都不是什么难事。高晓声不止一次告诉我，事实上，他一年只要写两三个月就足够了。对于高晓声来说，写什么和怎么写，他都能比别人先一步想到。他毕竟太聪明了，料事如神，似乎早就预料到文学热会来，也会很快地就去，在热烈的时候，他是弄潮儿，在冷下去的时候，他便成了旁观者。在七十年代末八十年代初，高晓声每年写一本书，到八十年代和九十年代，几年也完成不了一部作品。

年龄显然是个很好借口，然而肯定不是唯一的托词。这两个人出山的时候，年龄都已经不小了。有时候，我会自以为是，不知天高地厚地做假设，会不会物极必反，这两个人的聪明和才华，最后不幸都成了反动的东西。譬如高晓声，他敏锐地意识到，既然是搞文学，就要把它当作艺术来搞，就要有探索，有试验，然而这种探索和试验，由于脱离群众，注定是不会叫好的，对于一个成名的作家来说，不叫好将是一件很难忍受的事情。高的聪明是不是表现在他清醒地意识到，既然不叫好，还写它干什么。因为聪明，所以看透了文学的把戏。在高的晚年，已经看不到什么写作激情，而在汪曾祺后来的文章中，同样也看不到激情，汪刚出山时的那种喷薄之势，那种拔剑四顾无对手的气概，说没有就没有了。

有时候，过分的尊敬是否也会成为一种伤害。我们给知识分子似乎只有两种选择，不是捧上天堂，就是打入地狱。进入八十年代，作家地位有个短暂而急剧的上升过程，因为上升太快，后来的作家便会有些不服气的委屈。从一个小细节上，也可以看到这种变化。譬如父亲最初称呼汪曾祺，一直叫他老汪，然而到后来，不知不觉地便改口了，改成了“汪老”。我记得邵燕祥在文章中，好像也提到过，他也是不明白自己怎么就改了称呼。毫无疑问，这里面很大的原因是出于尊重。我想汪曾祺自己未必会喜欢这样，他可能会觉得很意外，觉得生分，当然也可能根本就没有意识到。然而，即使是没有意识到的问题，仍然会成为问题。在后来的写作中，汪曾祺似乎总是有太多的才华要表现，表现才华最后演变为挥霍才华，结果才华仅仅也就是才华，既是手段，又是目的。

举个不恰当的例子，新时期文学开始阶段，文学水准虽然粗糙，却很像历史上的初唐，这是个生机勃勃的时代，孕育着大量机会。高晓声和汪曾祺能够复出文坛，叱咤风云，显然与时代有关，早不行，晚也不行。高晓声曾经特别喜欢重复一个段子，说有四个人要过河，被摆渡人蛮横地拦住了，要他们拿出自己最宝贵的东西来，否则就留下来。四个人分别是有钱人，大力士，做官的，作家。有钱的用钱开路，大力士亮了亮拳头，做官的说我给你换个更舒服的工作，作家无计可施，便说我唱首歌吧。唱完了，摆渡人说你的歌难听死了，还不如做官的说得好听，于是把他扔在了河边。天渐渐黑了，作家又冷又饿，想到家中的妻儿，不禁仰天长叹，说自己平生又没有作过孽，为什么没有路可以走。这一声长叹让摆渡人听见了，说这才是你最宝贵的东西，比刚才唱得好听，我送你过河吧。高晓声想说的是，作家就应该有这种发自内心的感叹，而且他进一步发挥这个故事，说摆渡人在做官的照顾下，改行了，作家便当起了摆渡人，因为他突然明白自己的工作性质和摆渡人是一样的。

高晓声在晚年，根本不愿意对我谈起什么写作。他已经变得不屑与我说这些。他的心思都用到别的事情上，像候鸟一样飞来飞去。作为小辈，对他的私事我不应该多说，只是感叹他晚年的生活太不安定，安定又是一个作家所必需的。作家通过写作思考，不写作，就谈不上思考。有一天，他突然冒冒失失地出现在我面前，说今天在你这吃饭，有什么吃什么。那时候父亲已经过世了，他好像真的只是来吃饭，喝了些酒，夸我妻子烧的菜好吃，尤其喜欢新上市的蚕豆。我们没有谈文学，没有谈父亲，甚至都没有谈自己，谈了些什么，我根本记不清楚。妻子连忙又去菜场，专门烧了一大碗蚕豆让他带走。他就这么匆匆来，匆匆去，机关的车送他来，然后又是机关的车送他去。晚年的高晓声可以有很多话题，他开始练书法，练自己发明的气功，不断地有些爱情故事，可惜都与文学没什么关系。

我一直不明白的是，好端端一个中国当代文坛，为什么很快从初唐，进入了暮气沉沉的晚唐，没有盛唐，甚至没有中唐。从王杨卢骆的欣欣向荣，一下子到了李商隐和杜牧的年代，这种太快的过渡，让人匪夷所思，让人目瞪口呆。我忘不了汪曾祺讲述的“文化大革命”中被江青接见的故事。他叙述的时候，先是平静，继而苦笑，最后忍不住感叹。这是他一生最戏剧性的一面，后来，他用典型的汪氏简洁文笔，将这段故事写下来寄给我，如果说我不长的编辑生涯中，还编过一些好稿子，这篇文章应该名列榜首。二〇〇〇年初冬，汪曾祺的老家为他建纪念馆，征集留言，我写了几句话：

汪先生的才华举世共认，即使“文化大革命”那样的背景，也

出类拔萃。假如没有被打成右派，没有“文化大革命”，没有政治运动，汪先生一定会取得更大成就。好在历史终于给他最后机会，汪先生丰富了新时期文学，影响了一代作家。求仁得仁，这是人间的第一等快事。功遂身谢，名由实美，汪先生仰首伸眉，笑傲文坛顾盼自雄。

写了这段文字以后，我知道自己以后一定还会再写些什么。早在一九四六年，接受记者采访的时候，沈从文先生很有激情地说起当时最好的青年作家，是刚在《文艺复兴》上发表小说的汪曾祺。到文化大革命中的一九七二年，沈先生给巴金夫人萧珊写信，又描述了汪曾祺当时的形象，说他现在已成了名人，头发也开始花白，“初步见出发福的首长样子，我已不易认识 ”，这“不易”两个字很耐咀嚼，然后笔锋一转，说“后来看到腰边的帆布挎包，才觉悟不是首长”。生姜自然老的辣，沈先生是什么人，笔落惊风雨，诗成泣鬼神。

到“文化大革命”结束的时候，巴金老了，沈从文老了，写小说已没有那个精力。待从头，收拾旧河山的光荣任务，天降大任落到汪曾祺和高晓声这一代人身上。一个人真没有机会，呼天天不应，求地地不听，但是机会一旦出现，就只能属于有充分准备的人。聪明过人的高晓声登场了，才华过人的汪曾祺也登场了。当我们仰天长叹，对剥夺巴金和沈从文写作权利的那个时代，表示切齿痛恨之际，不得不庆幸后面一代人的运气太好，他们苦尽甘来，终于在最后抓住际遇。

今人不见古时月，今月曾照古时人。凡是读过《异秉》的人，都免不了去想，去思索，琢磨小说中王二的“异秉”究竟在什么地方。汪曾祺借王二之口，幽了一默，说他的奇异之处，只是“大小解分清”。什么叫大小解分清，王二进一步解释说：

我解手时，总是先解小手，后解大手。

这是王二随手扔的一块香蕉皮，顿时很多人中计，滑了一个大跟头，小说结尾时，厕所里已人满为患，大家都去抢占茅坑，研究自己是否有“异秉”。我喋喋不休提起《异秉》，喜欢这篇小说之外，更觉得可以用它说事。无论高晓声的聪明，还是汪曾祺的才华，都十分难得，这些东西本身就是异秉，是镜中花，是水底月，无迹可寻，可遇不可求。后人如果不明白，希望通过模仿，学些聪明和才华的皮毛，驾轻车走熟路，野心勃勃到文坛上去闯荡，去捞些什么，注定只能铩羽而归。高晓声和汪曾祺获得了应有地位，后来作家如果不能从他们的树荫中走出来，不另辟蹊径，不披肝沥胆，文学的前景就没什么乐观。换句话说，当代文学如果不够繁华，是否与太多的聪明和才华有关。

高晓声主要著作目录

1. 1951年，短篇小说处女作《收田财》发表于《文汇报》副刊。
2. 1951年，在华东新华书店出版诗歌集《王善人》。
3. 1953年，与叶至诚合作现代锡剧《走上新路》，1954年公演，1955年由通俗出版社出版。
4. 1954年，在《文艺月报》发表以新婚姻法为北京的短篇小说《解约》，获江苏文学评比一等奖。
5. 1956年，在江苏人民出版社出版短篇小说集《小青龙》。
6. 1979年5月，在《钟山》发表短篇小说《"漏斗户"主》。
7. 1979年7月，在《雨花》发表短篇小说《李顺大造屋》，获1979年全国优秀短篇小说奖。同时，在江苏人民出版社出版短篇小说集《李顺大造屋》。
8. 1980年2月，在《人民文学》发表短篇小说《陈奂生上城》，后获1980年全国优秀短篇小说奖。
9. 1980年，在江苏人民出版社出版《七九小说集》。
10. 1981年，在人民出版社出版《高晓声一九八〇年小说集》。
11. 1981年12月，在花城出版社出版《创作谈》。
12. 1981年，在甘肃人民出版社出版短篇小说集《陈奂生上城》。
13. 1982年，在福建人民出版社出版短篇小说集《陈奂生上城》。
14. 1982年，在人民文学出版社出版《1981年小说集》。
15. 1983年，在人民文学出版社出版《高晓声小说选》。
16. 1983年，在四川文艺出版社出版《高晓声1982年小说集》。
17. 1983年，在花城出版社出版短篇小说集《陈奂生》。

18. 1984年，在中国文联出版公司出版《高晓声1983年小说集》。
19. 1985年，在中国文联出版公司出版《高晓声1984年小说集》.
20. 1986年，在上海文艺出版社出版文学论文集《生活·思考·创作》。
21. 1987年，在黄河文艺出版社出版《高晓声代表作》。
22. 1987年，在香港香江出版社出版短篇小说集《钱包》。
23. 1987年，在中国文联出版公司出版散文集《生活的交流》。
24. 1987年，在台北新地出版社出版中篇小说《极其简单的故事》。
25. 1988年，在江苏文艺出版社出版1985年小说集《觅》。
26. 1988年，在江苏文艺出版社出版《高晓声作品》。
27. 1991年2月，在上海文艺出版社出版长篇小说《青天在上》。
28. 1991年12月，在上海文艺出版社出版长篇系列小说《陈奂生上城出国记》。
29. 1993年，作为“中国当代著名作家新作大系之一”，在华艺出版社出版短篇小说集《新娘没有来》。
30. 1994年，在人民文学出版社出版小说散文选集《高晓声》。
31. 1994年，在漓江出版社出版《高晓声点评〈三言〉》（上、中、下）。
32. 1995年，在漓江出版社出版《高晓声幽默作品自选集》。
33. 1995年，在中央党校出版社出版短篇小说集《钱往哪儿跑》。
34. 1996年，在海南出版社出版散文集《寻觅清白》。
35. 1996年，在《作家》第9期发表随笔《家园》，近四万字，酝酿并着手创作以日本侵略者占领家乡常州为题材的同名长篇小说。
36. 1999年6月，在作家出版社出版《高晓声散文自选集》。
37. 2001年9月，在作家出版社出版由陆文夫、费振中主编的《高晓声文集》，分为“短篇小说卷”“中篇小说卷”“长篇小说卷”和“散文随笔卷”四卷本。
38. 2006年，由北京燕山出版社出版《高晓声精选集》。
39. 2009年9月，由江苏文艺出版社出版《高晓声小说集》。